Heinz-Joachim Simon

Der Mann aus Hamburg

Die Vatikanverschwörung

acabus

Simon, Heinz-Joachim: Der Mann aus Hamburg. Die Vatikanverschwörung, Hamburg, acabus Verlag 2015

Originalausgabe
ISBN: 978-3-86282-389-5

Die eBook-Ausgabe dieses Titels kann über den Handel oder den Verlag bezogen werden.
PDF ISBN: 978-3-86282-390-1
ePub ISBN: 978-3-86282-391-8

Lektorat: Alina Hasecker, acabus Verlag
Umschlaggestaltung: © Marta Czerwinski, acabus Verlag; nach einer Idee von Gregor Middendorf
Umschlagmotiv: Schuhe: © shutterstock, Bildnummer: 96803218, Urheberrecht: Galushko Sergey

Bibliografische Information der Deutschen Nationalbibliothek:
Die Deutsche Nationalbibliothek verzeichnet diese Publikation in der Deutschen Nationalbibliografie; detaillierte bibliografische Daten sind im Internet über http://dnb.d-nb.de abrufbar.

Der acabus Verlag ist ein Imprint der Diplomica Verlag GmbH, Hermannstal 119k, 22119 Hamburg.

---

http://www.acabus-verlag.de
Printed in Europe

Ich halte immer noch an der Meinung fest,
dass in Zeiten wie diesen eine gute starke
Detektivgeschichte ein wahres
Gottesgeschenk ist.

Raymond Chandler

Wenn einer allein träumt, ist es ein Traum.
Wenn viele gemeinsam träumen, ist es der Anfang
einer neuen Wirklichkeit.

Dom Helder Camara

Gerechte und Selbstgerechte - Personenverzeichnis

Serge Christiansen	Ein Hamburger Ermittler, der ein furchtbares Geheimnis der Kirche aufdeckt
Dieter Prätorius	Hamburger Rechtsanwalt und Freund von Christiansen, protokolliert Serges Bericht über eines der größten Verbrechen im Vatikan
David Bradberry	Ein Padre, der hinter die Machenschaften der Vatikanbank kommt und untertauchen muss
Maja Buardi	Eine schöne Römerin, die erfährt, dass die Liebe zu einem Hanseaten nicht unproblematisch ist
Spencer	Ein australischer Hirtenhund mit eigenwilligem Charakter
Boris Brasaukas	Ein treuer Freund Davids, der dem Padre zur Seite steht
Papst Johannes Paul I.	Ein Papst, dessen Lächeln die Welt verzaubert und der die Kirche reformieren will
Enrico Navarone	Kardinalsstaatssekretär, „Staatschef des Vatikan", der jede Veränderung für Ketzerei hält
Fürst Andrea Caselieri	Römischer Fürst, Cousin Navarones, hasst den Ermittler aus Hamburg

Bischof Marcinkus	Chef der Vatikanbank, Geldbeschaffer des Vatikans mit guten Beziehungen zur Mafia
Santini	Chef der Banco Ambrosiana, ein guter Freund des Marcinkus, wäscht Mafiageld
Cantona-Familie	Sizilianischer Mafiaclan mit Verbindungen zur amerikanischen Cosa Nostra
Licio Gelli	Großmeister der Loge ‚P Due', der einen Umsturz in Italien plant
Dom Helder Camara	Brasilianischer Bischof, der den Katakombenpakt initiiert und eine ‚Kirche der Armen' fordert
Contessa Estefania Mazarini	Umschwärmte Schönheit aus uraltem römischen Adel mit eigenwilligen Vorstellungen von der Liebe
Paolo und Silvio Montebello	Kommissare in Palermo und Rom, Freunde guter Küche, schätzen Christiansen
McDonaught	Auftragskiller der Mafia

1

An Eides statt

Hamburg, im März 1979

„Diese Geschichte sprengt den Vatikan in die Luft", sagte Dieter Prätorius. „Wenn das in die Presse kommt, können die den Laden zumachen. Niemand in Europa wird dann an einer Kirche vorbeigehen, ohne daran zu denken, was die dort wieder aushecken mögen."

Sie saßen in einer Kanzlei am Jungfernstieg. Das Ambiente verriet, dass ‚Prätorius & Partner' gut im Geschäft war. Die mit gelbbrauner Eibe getäfelten Wände strahlten die Seriosität eines Londoner Clubs aus. Bilder von Baselitz und Polke stimmten schon im Flur die Besucher darauf ein, dass sie es mit einer bundesweit bekannten Adresse zu tun hatten und sie ihre Brieftasche weit würden öffnen müssen. Sie waren Freunde und kannten sich seit Jahren. Der Anwalt griff zum Humidor, entnahm eine Zigarre und sah Serge fragend an. Christiansen schüttelte den Kopf und holte Pfeife und Beutel aus seiner Lederjacke, stopfte sie sorgfältig und senkte das brennende Streichholz in den Pfeifenkopf.

Serge Christiansen hatte Prätorius gerade berichtet, warum er zu ihm gekommen war. Bevor Serge ein Zweigbüro in Rom eröffnet hatte, waren sie jeden Samstagmorgen zum Schachspiel zusammengekommen. Sowohl Prätorius als auch Christiansen waren das, was man sportliche Typen nannte, wobei dies bei Christiansen deutlicher und demonstrativer hervortrat, was auch mit seinem Beruf zu tun hatte. Serge war Ermittler und betrieb nebenher noch eine Schule, in der man asiatische Kampftechniken lernen konnte, wenn man sich dies antun wollte. Er war mehr als zwei Meter groß und hatte einen Körper, der preisgekrönten Bodybuildern in nicht viel nachstand. Er hatte ein kantiges Gesicht, graue Augen, die manche Wolfsaugen nannten, Frauen jedoch auf andere Gedanken brachte. Sein blondes, fast schulterlanges Haar verführte zu der Annahme, dass er weiche

Seiten haben könnte. Es gab einige Zeitgenossen, die diese Einschätzung später bereuten. Mit Günter Netzer hatte er nur die Schuhgröße und die langen blonden Haare gemeinsam. Mit seinen fast sechsunddreißig Jahren hatte er bereits mehr erlebt als andere am Ende ihres Lebens. Nach einer Jugendsünde – er hatte sich einen Jaguar E-Type für eine Spritztour an die Côte d'Azur „ausgeliehen" – war er zur Fremdenlegion geflüchtet. Er sprach nie über diese Zeit. Nach fünf Jahren hatte er den Dienst quittiert und eine Überprüfung seiner Fähigkeiten vorgenommen. Nach einer längeren Schnupperphase als Bodyguard war er zu der Überzeugung gekommen, dass seine Fähigkeiten sich durchaus für den Beruf eines Ermittlers eigneten. Mit der Zeit hatte er sich einen entsprechenden Ruf erworben. Selbst die Kriminalpolizei schätzte ihn als zwar beinharten, aber fairen Detektiv, dessen Seriosität außer Frage stand. Reich war er in dem Beruf nicht geworden. Deswegen fuhr er auch keinen Jaguar, sondern einen roten MG aus den fünfziger Jahren, auf den er aber nichts kommen ließ, obwohl dieser verlangte, dass er des Öfteren fluchend unter ihm am Schrauben war. Sein stetiger Begleiter war ein großer, weißgrauer australischer Hirtenhund, der etwas verträumt durch sein zotteliges Haar sah und auf den anspruchsvollen Namen Spencer hörte, was seine Charaktereigenschaften durchaus richtig wiedergab. Serge gab als Begründung für diese Namenswahl an, dass er Spencer Tracy wegen seiner Gelassenheit und Ruhe immer bewundert habe. Wer mit einer so zickigen Frau wie Katherine Hepburn klargekommen war, müsse ein wahrer Philosoph sein. Spencer war ein Hund, der sich ebenfalls durch scheinbar nichts aus der Ruhe bringen ließ, aber zu einer Bestie werden konnte, wenn er seinen Herrn in Gefahr wähnte. Der Hund lag zu Serges Füßen und beäugte gelassen das Gespräch.

Sie pafften, einander zunickend, ein paar Wolken in die Luft. Prätorius ähnelte dem jüngeren Kennedy – also nicht dem Präsidenten, sondern dem Justizminister – hatte eine jungenhafte Ausstrahlung und ein bestimmendes Wesen, das im Gerichtssaal manchmal arrogant wirkte. So mancher Richter, der sich darüber geärgert hatte, musste ihm aber Brillanz zugestehen und ein Talent als Redner, das einem Politiker wohl angestanden hätte.

Bereits sein Vater und dessen Vater waren Anwälte gewesen und Dieter Prätorius hatte es als Verpflichtung gesehen, diese alte Familientradition zu einem neuen Höhepunkt zu führen. Die Kanzlei galt als eine der besten in Norddeutschland.

„Ich bin Katholik, kein besonders eifriger, aber was du mir erzählt hast, führt mich in Versuchung, aus dem Verein auszutreten. Die Gläubigen würden ihnen in Scharen weglaufen, wenn deine Erlebnisse in der BILD-Zeitung stünden."

„Ach was!", wehrte Serge ab. „Die Kirche hat Hus, Luther und Calvin überstanden. Sie wird auch wegen ein paar weiterer schwarzer Schafe nicht zusammenbrechen. Was sagte Jesus noch? ‚Du sollst mein Fels sein, auf dem ich meine Kirche bauen will' oder so ähnlich. Der Untergrund der Kirche ist ein fester Boden. Die meisten Menschen brauchen etwas, an das sie glauben können."

„Immerhin hast du angedeutet, dass selbst der derzeitige Papst, der Pole Wojtyla, die Schweinerei gedeckt hat, um Millionen der Solidarność zukommen zu lassen."

„Er wird, wenn er so weitermacht, den Kommunismus zu Fall bringen", sagte Serge nachdenklich.

„Du übertreibst."

„Nein. Er ist ein streitbarer Papst. In der Renaissancezeit hätte er einen guten Condottiere abgegeben."

Es klopfte. Die Sekretärin, eine wohlproportionierte Rothaarige, steckte ihren Kopf herein.

„Möchten die Herren noch frischen Kaffee oder lieber etwas Stärkeres?"

Prätorius sah Serge fragend an.

„Nein. Aber einen Tee gerne. Wenn ihr Earl Grey habt."

„Haben wir", flötete die Sekretärin mit einem freudigen Lachen. Ihr kurzer Rock verleugnete nicht die aufregendsten Beine in Hamburgs Kanzleien.

„Ich weiß, was du denkst", sagte Prätorius grinsend, als sie das Zimmer verlassen hatte. „Sie ist außerdem sehr tüchtig."

„Auch das noch", sagte Serge und kraulte Spencer den Nacken, woraufhin dieser seinen Kopf genüsslich auf seine vorgestreckten Pfoten legte.

„Mehrmals hat man versucht, mich umzulegen", gestand er übergangslos.

Prätorius richtete sich auf und kaute nervös auf seiner Havanna.

„Tatsächlich?"

„Ja. Mafiakiller der Cantona-Familie aus Palermo, die mir, so nehme ich an, der Chef der Vatikanbank auf den Hals gehetzt hat. Kann sein, dass sie auch jetzt noch die Idee verfolgen, es mir heimzuzahlen. Ich bin ihnen etwas zu heftig auf die Füße getreten. Bisher haben sie sich aber nicht besonders geschickt angestellt."

„Wieso?"

„Ich lebe noch."

„Was kann ich dann für dich tun? Willst du eine Klage anstrengen?"

„Ach was. Ich will dich doch nicht noch reicher machen, als du ohnehin bist. Gegen wen sollten wir klagen? Gegen den Vatikan? Gegen die Cantona-Familie? Gegen Gelli, den Großmeister der Loge ‚P Due', der sich in Südamerika versteckt? Vergebliche Liebesmühe."

„Also, was kann ich für dich tun?"

Serge lehnte sich zurück und kniff die Augen zusammen. Die Sekretärin brachte ein Tablett mit Tasse und Teekanne herein, beugte sich kurz über Serge und goss den Tee in die Tasse. Meißner Porzellan. Noblesse oblige. Der Hund hob kurz den Kopf und knurrte.

„Spencer kann fürchterlich eifersüchtig sein … Also, die Sachlage ist die", fasste Serge noch einmal zusammen und skizzierte kurz die Gefahr, in der er sich befand.

„Ich kann nicht ausschließen, dass irgendein Verrückter in Rom mich für eine tickende Zeitbombe hält."

„Du solltest zur Polizei gehen."

„Die kann mich nicht schützen. Ich weiß ja nicht einmal, ob dieser Gefährdungsfall jemals eintritt."

„Wenn ich es richtig verstanden habe, hast du es dir gleich mit zwei Mafiafamilien verdorben."

„Ja. Mit der Cantona-Familie in Palermo und den Savinellis in New York."

„Tolle Leistung. An deiner Stelle würde ich aus Hamburg verschwinden und einen anderen Namen annehmen. Du sprichst doch Italienisch, Französisch und Englisch. Geh nach Neuseeland oder zu den ‚Aussies'. Ermittler braucht man immer."

„Wenn sie es ernst meinen, finden sie mich überall."

„Kein schönes Gefühl", stellte Prätorius fest, sprang auf, ging ans Fenster und sah hinaus auf den Jungfernstieg, der im hellen Licht eines klaren Frühlingstages lag.

„Man gewöhnt sich daran. Es ist nicht so, dass ich ständig daran denke."

Die Sekretärin kam erneut hereingestöckelt und brachte einen Teller mit Keksen und Pralinen.

„Belgische Pralinen, die mögen alle", sagte sie zu Serge.

Der Hund beäugte sie misstrauisch.

„Danke. Sehr gern."

Sie warf einen vorsichtigen Blick auf den Hund. Spencer hob den Kopf von seinem Bein. Ein strenger Geruch zog durchs Zimmer. Die Sekretärin bekam einen roten Kopf und stürzte hinaus.

„Dein Köter hat sie verjagt!", kommentierte Prätorius.

„Ja. Er furzt immer, wenn er jemanden loswerden will."

„Seltsamer Hund."

„Ein Hund mit einer Menge Lebenserfahrung."

„Ich weiß wirklich nicht, wie ich dir helfen kann."

„Hast du ein Tonband?"

„Wir haben da so ein altes Gerät. Wird kaum noch benutzt."

„Dann hol es und ich werde dir die Geschichte haarklein erzählen."

Serge beugte sich zu der Aktentasche, nahm sie hoch und entnahm ihr ein Bündel Papiere.

„Ich habe hier Belege über die Machenschaften des Vatikans. Bankauszüge, die beweisen, dass die Vatikanbank Geld wäscht. Außerdem eine schriftliche Stellungnahme, wie es dazu gekommen ist, dass ich mich um den Katakombenpakt gekümmert habe. Dazu eine Liste mit den Namen von hohen Würdenträgern der Kirche und des Staates, die der Geheimloge ‚P Due' angehörten. Ich habe der Kurie signalisiert, dass dieses Material bei einer Kanzlei hinterlegt ist und veröffentlicht wird, sollte mir etwas Unerklärliches passieren."

„Ich werde die Bankunterlagen einem Spezialisten übergeben, der soll sich das mal ansehen. Und du willst jetzt zusätzlich ein Tonbandprotokoll machen?"

„Genau das. Eine Schilderung dessen, was mich zum gefährlichsten Gegner des Vatikans gemacht hat."

Prätorius griff zur Sprechanlage.

„Sind Sie noch da, Frau Schneider?"

„Ja. Ich wollte gerade gehen. Brauchen Sie doch noch etwas?"

„Bringen Sie noch das Tonbandgerät. Wir wollen etwas aufnehmen."

„Das alte Ding? Das Gerät ist bei Ihrem Sozius Dr. Köhler."

„Es wird etwas dauern. Ich meine, die Schilderung, was ich erlebt habe", warf Serge ein.

„Wir haben alle Zeit der Welt."

Serge nickte abwesend.

Die Sekretärin kam mit einem großen Koffergerät herein, wuchtete es auf den Schreibtisch, öffnete den Deckel, nahm die Schnur heraus und verband sie mit der Steckdose. Fachmännisch schloss sie das Mikrofon an und reichte es, nach einem fragenden Blick zu Prätorius, dessen Klienten. Sie drückte einen Knopf und nickte Serge zu.

„Eins - zwei - drei. Hier kommt die gefährlichste Beichte in der Geschichte der katholischen Kirche."

Die Sekretärin kicherte und drückte einen anderen Knopf und nun hörten sie die gleichen Worte vom Tonband.

„Gut. Löschen Sie das!", sagte Prätorius. „Dann können wir loslegen."

„Noch etwas?", fragte die Sekretärin.

„Nein. Das ist alles."

„Hier ist noch eine Spule, falls das Band voll ist", sagte Frau Schneider, wirbelte um die eigene Achse und ging nach einem vorwurfsvollen Blick auf den Hund hinaus, der ihren Abgang mit einem gurgelnden Ton quittierte.

Prätorius nahm das Mikrofon und diktierte: „Anwaltskanzlei Prätorius und Partner. Hamburg, den 28. März 1979. In meiner Kanzlei ist erschienen: Herr Serge Christiansen, deutscher Staatsbürger, geboren am 12. April 1943 in Hamburg St. Pauli, wohnhaft in Hamburg Pöseldorf, Magdalenenstraße 58, und in Rom, Via dei Coronari 15, Inhaber einer Detektei, um eine Erklärung abzugeben."

Er schaltete das Gerät wieder aus.

„Nun leg los und tu dir keinen Zwang an. Wir werden davon eine Abschrift anfertigen, die du überarbeiten kannst und anschließend unterschreiben musst. Vielleicht kannst du später aus dem Protokoll sogar einen Schlüsselroman machen."

Prätorius nickte auffordernd und schaltete das Gerät wieder an. Christiansen räusperte sich und begann mit seiner Erklärung:

„Ich versichere an Eides statt, dass alles so abgelaufen ist, wie ich es schildern werde. Mein Bericht wird hier in der Anwaltskanzlei hinterlegt. Sollte mir etwas zustoßen, so ermächtige ich die Anwaltskanzlei Prätorius und Partner, das Tonbandprotokoll zu veröffentlichen. Ich betone noch einmal: Dieses Protokoll wird nur veröffentlicht, wenn mir etwas zustoßen sollte. Herr Prätorius wird eine Kopie des Protokolls dem Kardinalstaatssekretär des Vatikans zukommen lassen."

Prätorius nahm Christiansen das Mikrofon ab und sagte: „Mein Name ist Dieter Prätorius, Inhaber der Anwaltskanzlei, geboren am 18. Juni 1943, wohnhaft am Ballindamm 126. Ich versichere hier an Eides statt, dass ich das Protokoll des Serge Christiansen nur veröffentlichen werde, wenn diesem etwas zustößt, sei es durch einen Anschlag oder durch einen mysteriösen Unfall. Dieses Protokoll wird in einem Schließfach meiner Bank deponiert, zu dem nur ich und Herr Christiansen Zugriff haben."

Er übergab das Mikrofon wieder seinem Freund. Serge Christiansen nahm einen Schluck Tee, befeuchtete seine Lippen und begann mit seinem Bericht über das, was er in Rom erlebt hatte.

„Es schien ein Fall wie viele andere zu sein, ehe ich auf die Machenschaften stieß, die den größten Verrat darstellten, seit Judas Jesus im Garten Gethsemane küsste.

Ich werde mit meiner Geschichte ganz am Anfang beginnen und kein Detail auslassen. Es begann an einem Ort, der für die Freuden des Lebens steht."

2

Es begann mit einem Anruf

Bevor ich in den Strudel gefährlicher Wasser geriet, hatte ich noch einen unvergesslichen Abend im Restaurant *Haerlin* im Hotel Vier Jahreszeiten. Zweifellos eine der besten Adressen in Hamburg. Ich war dort mit einem Klienten verabredet. Dass er nicht auftauchte, war ärgerlich, aber erschütterte mich nicht. Ich würde die Rechnung trotzdem seinem Spesenkonto anlasten. Die Jakobsmuscheln mit Selleriecreme und der Lammrücken mit Lavendel waren sensationell und so grämte ich mich nicht, allein am Fenster zu sitzen. So ganz allein war ich allerdings nicht. Zu meinen Füßen lag Spencer, mein australischer Hirtenhund, der dieser Vergünstigung nur teilhaftig wurde, weil er das Herz des Restaurantchefs erobert hatte. Es war nicht seine einzige Eroberung. Kurz: Der Blick auf die Lichter rund um die Binnenalster krönte das kulinarische Ereignis. Danach gönnte ich mir einen Besuch in der Bar des Vier Jahreszeiten.

Mit Sicherheit ist es die netteste kleine Bar in Hamburg. Es gibt hier nicht nur die besten Martinicocktails der Stadt, sondern vielleicht auch die exzellenteste Auswahl an Malt Whiskys.

Es war noch früh am Abend und zu dieser Stunde war ich der einzige Gast. Später würde es so voll wie in einer Heringstonne sein. Aber dafür reichten bereits zehn Gäste, denn diese Bar war nur unwesentlich größer als eine Besenkammer. Harry, der Barkeeper, pflegte den britischen Stil. Mit seinem Oberlippenbärtchen sah er aus wie ein pensionierter Kolonialoffizier des britischen Empire. Er trug karierte Jacken mit Lederapplikationen an Ellbogen und Schultern, und was die Blasiertheit anbetrifft, konnte er es mit jedem Mitglied des Hamburger Reedereiclubs aufnehmen. Ich mochte ihn dennoch, da er gegen die Anwesenheit meines Hundes nichts einzuwenden hatte.

Unsere Gespräche waren für mich eine ständige Quelle der Freude, denn er war geradezu ein ‚Literaturbiest' und kannte all die guten Bücher, die auch ich liebte. Wir quasselten also stundenlang über Joyce und Finnegans Wake, auch Henry James kam niemals zu kurz und wenn wir besonders gut drauf waren, nahmen wir die Erzählungen von F. Scott Fitzgerald durch. Ihn störte meine Pfeife nicht, im Gegenteil. Er würzte bei unseren Diskussionen die Luft mit seiner Meerschaumpfeife.

Doch will ich nicht verhehlen, dass nicht nur die literarischen Gespräche, sondern auch seine vortrefflichen Malt Whiskys der Grund waren, dass ich sein Stammgast wurde. Er fuhr mehrmals im Jahr nach Schottland, guckte die feinsten Destillerien aus und kam jedes Mal mit ganz ausgezeichneten Entdeckungen zurück. Im Übrigen war er der Meinung, dass die Schotten jedes Recht der Welt hatten, sich von England loszusagen.

Wir waren gerade dabei, wieder einmal den „Ulysses" durchzuhecheln und stellten fest, dass es das katholischste Buch des Jahrhunderts war, was sicher nicht mit der Meinung jedes guten Katholiken übereinstimmte. Aber da ich Protestant war und Harry ein unerschütterlicher Atheist, hatten wir damit kein Problem. Wie oft vor ihrem Arbeitsbeginn kam Susan herein und erfreute uns mit ihrer prallen Weiblichkeit. Sie war Chefin eines Escort-Services, betonte aber stets, einer höchst seriösen Geschäftsidee vorzustehen. Sie selbst war nicht im Angebot, dafür ein paar bildhübsche Amateure - junge Frauen, die damit ihr Studium finanzierten. Sie trug meist schwarze Kostüme, die ihr den Anstrich einer Reedersgattin gaben, was allerdings durch ihr fröhliches Wesen und ihr dröhnendes Lachen konterkariert wurde. Sie war groß und an den richtigen Stellen füllig und so blond wie Marilyn Monroe. Harry und ich waren entschieden der Meinung, dass man mit ihr Pferde stehlen konnte. Über ihre Vergangenheit stellten wir keine Fragen. Susan war ein großer Fan von Kriminalromanen und wusste über Chandler und Hammett besser Bescheid als manche Kritiker in den Feuilletons. Bevor sie in ihrer Agentur nach dem Rechten sah, brachte sie sich im Vier Jahreszeiten in die richtige Stimmung.

An diesem Abend waren Harry und ich uns über den 16. Juni 1904 so richtig schön in die Wolle geraten. Wie Buck Mulligan intonierte er ein fröhliches, trompetenhaftes „Introibo ad altare Dei", als Susan sich neben mir auf einen Barhocker schwang, nicht ohne Spencer ein „Hallo Hundchen" zuzurufen und ihm als Verneigung vor seiner erhabenen Gelassenheit ein Mettbrötchen in die Schnauze zu stecken. Spencer ist ein großer Freund von Mettbrötchen.

„Na Jungs, über welche Nichtigkeiten seid ihr euch mal wieder uneins?"

Harrys Augen leuchteten auf.

„Wir befinden uns auf dem Kreuzzug des erhabenen Buck Mulligan und segeln mit Odysseus durch die Tyrrhenische See", jauchzte er glückselig.

„Weint denn nicht mehr, ihr Hirten, weint nicht mehr, denn Lycides, um den ihr trauert, starb euch nicht, wie wohl ihn tiefe Wasser decken", deklamierte ich.

„Es geht um Stephans heilige Seele", erklärte Harry.

„Ich verstehe kein Wort. Ihr seid mal wieder total verrückt", kommentierte Susan, nickte Harry zu und wies auf den Glenmorangie, der stets am Anfang ihres Barbesuches stand.

„Sie ist die rechte Magd des Herrn und gern geben wir ihr von dem köstlichen Nektar", erwiderte Harry, griff ohne sich umzudrehen nach hinten, erwischte zielsicher die richtige Flasche und schenkte ihr einen Doppelten ein. Er wusste, welches Quantum sie brauchte.

„Gelobt sei Jesus Christus", sagte Susan und kippte das Elixier hinunter.

„In Ewigkeit. Amen", gab Harry zurück.

Spencer erhob sich und drückte sich anschmeichelnd an ihre Seite. Sie sah zustimmend zu ihm hinunter.

„Kriegt der Philosoph in Hundegestalt wirklich alles mit?", fragte sie voller Bewunderung.

Mein Hund äugte unter einer Locke hervor und stieß ein kurzes „Wuff" aus. Ich sagte aus Bescheidenheit nichts dazu. Ich war durchaus der Überzeugung, dass er sich trefflich auf die menschliche Sprache verstand.

Das Telefon klingelte. Harry stöhnte und nahm ab. Spencer hob interessiert den Kopf.

„Für dich, Gefährte des göttlichen Odysseus“, sagte er und reichte mir den Hörer.

Es war nicht Penelope, sondern Iphigenie Alexios, die bei mir den Bürokram erledigte und die Tochter des Griechen war, der gegenüber meiner Detektei das renommierte Lokal *Ilias* betrieb. Nicht nur in Pöseldorf, in ganz Hamburg lobte man die Küche. Iphigenie war eine Zierde der Hellenen. Sie konnte es mit ihren dunklen Augen und den schulterlangen, schwarzgelockten Haaren durchaus mit der Helena aufnehmen, die die Griechen nach Troja ziehen ließ. Allerdings war sie in ihrer Moralauffassung nicht so lax wie das Weib, das Paris dazu brachte, die Gastfreundschaft etwas sehr großzügig auszulegen.

Ich betete sie von Ferne an, aber wohlweislich nicht zu nah, da ich mir die Freundschaft ihres Vaters erhalten wollte. Ich war nicht darauf versessen, dass für mich Teller zerschlagen wurden. Denn eines war klar: Wer sich mit ihr einließ, war für den Junggesellenstand verloren. Der alte Alexios hatte sehr strenge Ansichten hinsichtlich Ehre und Ehe.

„Da war so ein Typ aus England am Apparat und wollte dich sprechen. Sprach ein Deutsch als würde er durch einen Trichter reden. Als er nur noch Englisch quasselte, habe ich Siggi dazu geholt, der gerade bei mir ist. Er wird dir alles Weitere sagen.“

Statt zu arbeiten und meine Protokolle zu tippen, ließ sie sich wieder einmal von meinem Nachbarn den Hof machen. Nun, viel zu tun hatte sie ohnehin nicht. Siggi war ein cleverer Junge, der nebenan die einzige Kriminalbuchhandlung Hamburgs betrieb. Chandler's Corner konnte mit jedem Kriminalroman dienen, der je auf Deutsch erschienen war. Er war ein leidenschaftlicher Verehrer der Geschichten von Chandler und Hammett und wir hatten stundenlang darüber gestritten, wer von den beiden den „coolsten“ Stil hatte. Er war mir über, da er seitenlang Chandler deklamieren konnte. Hammett hatte er fast genauso gut drauf. Dessen Held Sam Spade schätzte er ebenso hoch ein wie Philip Marlowe.

„Den wievielten Whisky hast du schon intus?", fragte Siegfried anzüglich. Diplomatie war nicht seine Stärke.

„Es ist jetzt acht Uhr, da bin ich noch beim Aufwärmen."

„Genug gesoffen! Du hast morgen ein wichtiges Gespräch."

„Ha?", machte ich.

Spencer erhob sich und schüttelte kräftig seinen Zottelkopf. Ihm schwante bereits, dass ich ihn bald allein lassen würde. Das gefiel ihm gar nicht.

„Also, da rief ein Lord Bradberry an, der so sprach, als hätte er Kieselsteine im Maul. Er hätte einen Auftrag für dich. Du sollst sofort nach Kent kommen und er würde dir dort alles verklickern."

„Du verscheißerst mich?"

„Niemand verscheißert einen zwei Meter langen Kerl, der eine Sportschule für asiatische Kampftechniken betreibt. Jedenfalls nicht, wenn er genug Grips im Kopf hat."

„Wie ist der auf mich gekommen?"

„Er hat sich bei dem Konsul hier in Hamburg erkundigt und der hat dich unverdientermaßen über den grünen Klee gelobt."

Mir ging ein Licht auf. Ich hatte dem Konsul geholfen, sein flüchtiges Töchterlein wieder einzufangen, ehe sie sich von einem schmierigen Westentaschen-Casanova für eine horizontale Laufbahn begeistern ließ.

„Na gut. Und wer bezahlt den Flug?"

Meine Sportschule warf zwar einiges ab, aber das Detektivgeschäft ging recht schleppend, und ein sparsamer Schwabe war ich auch nicht gerade, sodass die knappe Kasse bei mir die Regel war.

„Du sollst den Konsul morgen aufsuchen. Der wird dich mit Geld und Tickets versorgen. Ich habe gesagt, dass du schwer überlastet bist, der Job aber vielleicht, wenn er gut bezahlt wird, dein Interesse wecken könnte."

Wie gesagt, er war ein cleverer Junge. Von schwer überlastet konnte natürlich keine Rede sein. Ich hatte seit Wochen keinen lohnenswerten Auftrag mehr gehabt, außer der Beschattung eines untreuen Ehemannes und einer zu unternehmungslustigen Ehefrau.

„Gerd kann während deiner Abwesenheit deine Schule leiten. Er hat gerade seinen Job als Bodyguard verloren."

Gerd war sein jüngerer Bruder. Ich hatte ihn schon des Öfteren zur Vertretung herangezogen. Er war mehr als ein zweitklassiger Ersatz. Immerhin hatte er den ‚Schwarzen Gürtel'.

„In Ordnung, Bruder des Philip Marlowe."

Ich lobte Siggi und dieser ermahnte mich noch einmal, nicht mehr zu viel zu trinken, damit ich am nächsten Tag einen guten Eindruck machte.

„Und du bringst mir Iphigenie nicht zu sehr durcheinander. Denk immer daran, dass der Vater aus den makedonischen Bergen stammt, und diese Leute können überzeugende Argumente anführen, wenn sie glauben, dass ihre Tochter zu tief in die Augen eines Kerls geguckt hat."

„Was für Argumente?", fragte er gedehnt.

„Willst du deine Eier verlieren?"

„Du nervst, du Penner!"

Er hatte aufgelegt. Das hat man davon, wenn man an die Vernunft appelliert.

„Arbeit?", fragte Harry stirnrunzelnd.

„Sieht ganz danach aus."

„Da fällt mir ein, dass du bei mir mit zweihundert Mark in der Kreide stehst."

Manchmal hatte Harry einen Anflug von Geschäftstüchtigkeit. In Anbetracht dessen, dass ich neue Einkünfte in Aussicht hatte, schrieb ich ihm einen Scheck aus.

„Gedeckt?", fragte er mehr mitfühlend als misstrauisch. Er wollte nur nicht, dass ich mich blamierte. Ich nickte.

Susans gutes Herz kam durch und sie lud mich zu einem weiteren Whisky ein. Allein trinken war nicht ihr Ding. Spencer stand die ganze Zeit neben meinem Hocker und warf mir vorwurfsvolle Blicke zu. Er konnte das. Und wie er das konnte.

Ich fand mich am nächsten Tag im Konsulat Ihrer Majestät ein. Es war ein regnerischer Tag. Hamburger Schietwetter mit einem beißenden Wind. Die britische Flagge wehte, als wäre es der Tag von Trafalgar. Das Innere des Konsulats zeigte, dass das Empire immer noch seine Einzigartigkeit zelebrieren konnte. Kostbare Mahagonimöbel und idyllische Bilder, wie von Constable gemalt, in vergoldeten Rahmen, zeigten, dass man sich immer noch als ruhmreiche Nation darzustellen vermochte.

Konsul Hawkins empfing mich mit einem wohlwollenden Lächeln und ausgebreiteten Armen und wies nach einem herzlichen Schulterklopfen auf den Sessel vor seinem Schreibtisch. Spencer ließ sich genauso würdevoll wie der Vertreter Ihrer Majestät zu meinen Füßen nieder.

„Wie geht es Ihrer Tochter?", fragte ich. Schließlich war sie der Grund unserer Bekanntschaft. Er seufzte.

„Sie ist auf dem Selbstfindungstrip in einem buddhistischen Kloster. Wer weiß, was danach kommt. Aber deswegen sind Sie nicht hier."

„Nein. Ich bekam gestern einen Anruf von einem gewissen Lord Bradberry. Ich soll mich an Sie wenden. Er hätte einen Auftrag für mich."

„Ja. Ich habe ihm mal erzählt, dass Sie mir in der Angelegenheit mit meiner Tochter sehr diskret helfen konnten. In welcher Angelegenheit er Sie braucht, wird er Ihnen selbst erzählen. Es ist eine ganz mysteriöse Geschichte. Die Bradberrys sind entfernt mit mir verwandt. Eine alte Familie, die schon mit dem Schwarzen Prinzen in Frankreich gekämpft hat. Unter Henry VIII. hatten die Bradberrys einiges auszuhalten. Sie emigrierten nach Frankreich und kamen erst unter King James II. zurück."

„Ach ja?", sagte ich ratlos. War ja nicht gerade gestern passiert.

Der Konsul bot mir Tee an und öffnete einen Humidor. Der Vertreter Ihrer Majestät wusste zu leben. Nur beste Havannas. Ich holte meine Pfeife heraus und widmete mich andächtig der Zeremonie des Pfeifenstopfens. Hawkins paffte ein paar schöne Kringel in die Luft und fuhr fort:

„Bradberrys Vater diente unter Montgomery im Afrika-Feldzug. Unter Lord Mountbatten nahm er an den Verhandlungen über die Unabhängigkeit Indiens teil. Ich erwähne dies nur, damit Sie sich über die Bedeutung der Familie im Klaren sind."

Selbst Spencer mochte nun klar geworden sein, dass ich es mit der Crème de la Crème des englischen Empires zu tun hatte. Mein Hund hob kurz den Kopf, um ihn dann wieder erschöpft auf seine Vorderpfoten sinken zu lassen. Auch er hielt nicht viel vom Adel. Bei seinem Stammbaum war das verständlich, konnte er doch bestenfalls britische Wachhunde in der Strafkolonie Australien zu seinen Ahnen zählen.

„Ich habe Sie ihm, wie gesagt, wärmstens empfohlen. Er wird Sie großzügig entlohnen."

Das hörte sich gut an, ließ aber mein Misstrauen steigen.

„Und Sie können mir nicht sagen, worum es geht?"

„Dazu bin ich nicht ermächtigt. Ich weiß es selbst nur aus Andeutungen des Lords."

„Gibt's im Empire keine tüchtigen Detektive mehr? Immerhin hatten die Sherlock Holmes und Miss Marple."

„Wir haben gute Kriminalschriftsteller", erwiderte er lächelnd. „Außerdem nahm der Fall in Berlin seinen Anfang. Er wollte einen Detektiv, der sowohl fließend Englisch als auch Italienisch spricht. Und Sie sprechen, wenn ich mich richtig erinnere, beides und auch noch ganz gut Französisch."

Da hatte Hawkins durchaus den richtigen Mann ausgesucht. Meine Zeit bei der Legion war eine gute Schule gewesen. Mein bester Freund dort war Luca, ein Römer aus Trastevere. Von ihm lernte ich ein Italienisch, dass Kenner als „trasteverisch" bezeichneten.

„Ich verlasse Hamburg ungern", spielte ich den Unwilligen. Ich hatte die Erfahrung gemacht, dass mehr dabei heraussprang, wenn man nicht sofort jedes Pferd bestieg. Außerdem dachte ich an meine Kampfsportschule, die ich nicht gern vernachlässigte. Zwar war Gerd ein tüchtiger Vertreter, der den Laden auch ohne mich schmeißen konnte, aber die Schüler kamen nun einmal meinetwegen. So eine Karate- und Jiu-Jitsu-Schule war eine Persönlichkeitsgeschichte und wenn ich zu oft fernblieb, schadete dies dem Image, die härteste Kampfsportschule Hamburgs zu sein. Seine Erhabenheit lächelte.

„Ich bin autorisiert, Ihnen eine Vorauszahlung von zehntausend Mark auf Ihr Honorar zu geben, außerdem noch einmal fünftausend für Spesen."

Er machte eine Schublade auf und schob mir einen Scheck rüber, dessen Anblick mich weichkochte. Dafür musste eine alte Dame sehr lange stricken. Ich nahm den Scheck und steckte ihn ein.

„Das ist, wie gesagt, nur eine erste Anzahlung", legte er als Argument noch obendrauf.

„Sie sagten, der Fall nahm in Berlin seinen Anfang?"

„Ja. In der Gemäldegalerie des Kulturforums. Aber das wird Ihnen alles seine Lordschaft erzählen."

„Dann werde ich hier in Deutschland arbeiten können", stellte ich hoffnungsvoll fest. Ein freudiges Zittern durchlief Spencers Körper. Er ist ein Menschenhund. Ich hätte nicht dagegen wetten mögen, dass er alles verstanden hatte. Wenn die Lösung des Falls in Deutschland lag, dann würden wir uns nicht trennen müssen, womit er unbedingt einverstanden war.

„Das glaube ich nicht", enttäuschte mich der Konsul und streifte die Zigarrenasche sorgfältig im Aschenbecher ab. „Wenn ich es richtig verstanden habe, werden Sie nach Rom müssen. Deswegen suchte er ja einen Detektiv, der Italienisch kann."

„Rom?", staunte ich.

Spencer knurrte ärgerlich und schüttelte seinen mächtigen Körper.

„Ja, Rom! Sie kennen doch Rom."

„Richtig. Ich war zweimal in Rom. Einmal privat, ein anderes Mal als Bodyguard."

„Na also, das trifft sich ja wunderbar. Ich wusste, dass Sie der richtige Mann für Bradberry sind." Erfreut griff er zum Telefon. „Ich werde den Lord informieren, dass Sie den Auftrag annehmen."

Ich nickte, nicht ahnend, dass ich mich auf das größte Abenteuer meines Lebens einließ.

Der Konsul drückte einen Knopf und bat seinen Gesprächspartner, ihn mit Lord Bradberry zu verbinden. Es klingelte auch kurz darauf und er hatte nach einigem Hin und Her seine Lordschaft am Telefon.

„Ich habe Herrn Serge Christiansen bei mir im Konsulat. Er übernimmt den Fall", sagte er in einem Englisch, das so gestelzt klang, als teile er Ihrer Majestät mit, dass Sir Walter Raleigh zu ihrer Verfügung stünde.

„Ja. Er wird morgen den Flieger nach London nehmen. Er ist absolut der richtige Mann für diese Aufgabe. Gut, gut. Ich werde ihm mitteilen, dass er einen Bonus von fünfzigtausend Mark erhält, wenn er die Angelegenheit zu Ihrer Zufriedenheit regelt."

Diesen Satz hörte ich natürlich gern. Das würde mich für einige Zeit aller finanzieller Sorgen entheben.

„Die Bradberrys sind in der Tat großzügig. Sehr großzügig. Die Angelegenheit brennt ihnen unter den Nägeln", sagte der Konsul, nachdem er mit einem fröhlichen „Cheerio" aufgelegt hatte.

„Bradberry und ich waren im gleichen Regiment", erklärte er die ungezwungene Art der Verabschiedung. „Noch etwas. Dies natürlich ganz im Vertrauen - wichtig wird sein, welchen Eindruck Sie auf die Mutter Bradberrys machen. Ihre Ladyschaft ist eine wunderbare alte Dame. Ganz außerordentlich wunderbar. Ein viktorianischer Charakter."

Ich hatte es schon beim ersten „wunderbar" kapiert. Die Dame hatte in der Familie die Hosen an.

Als ich aus dem Konsulat trat, war ich natürlich bester Laune. Ich stieg in meinen MG, dessen langgezogene Motorhaube sich durchaus mit einem Jaguar E-Type messen konnte. Ich liebte meinen Oldtimer, obwohl er mich so manches Wochenende kostete. Die englischen Autos sind wie ihre Ladyschaft Bradberry, charaktervoll, ganz wunderbar und äußerst schwierig. Es hatte aufgehört zu regnen und ich klappte das Verdeck auf, was nie ohne leichte Fingerquetschungen ablief. Ich klemmte mich in das kleine Cockpit und startete den Wagen. Der Motor heulte auf, als hätte er fünfhundert PS unter der Haube. Spencer nahm wie selbstverständlich auf dem Beifahrersitz Platz und genoss den Fahrtwind, der seine Zotteln schön nach hinten kämmte.

Ich fuhr zu meiner Bank und machte die Kassiererin glücklich, als ich den Scheck meinem Bankkonto gutschreiben ließ. Fünftausend behielt ich als Kampfbörse. Wer wusste schon, was in den nächsten Tagen auf mich zukommen würde. Wenn ich es gewusst hätte, wäre ich vielleicht nicht so vergnügt gewesen. Ich hatte keine Ahnung von der Macht der ältesten Institution der Erde.

Spencer fraß am Abend nichts, lag zusammengerollt neben meinem Schreibtisch und warf mir Blicke zu, die ein Othello auch nicht besser hinbekommen hätte. Natürlich konnte ich meinen Hund nicht mitnehmen und würde ihn der Obhut Iphigenies anvertrauen müssen, die er zwar akzeptierte, was ihn aber auf keinen Fall davon abhielt, mich seine Entrüstung spüren zu lassen. Für ihn war ich ein Verräter. Er wusste genau, dass ich deswegen ein schlechtes Gewissen bekommen würde. Er war wahrlich ein Menschenhund.

3

Engländer sind nun mal keine Europäer

Wenn man von einem Lord eingeladen wird, fliegt man natürlich nicht in der Holzklasse. Wie gesagt, ich hatte keine Ahnung, worauf ich mich einließ, und war guter Dinge. Dabei halfen ein exzellenter Champagner und ein Essen, das ganz ordentlich war. Auch der Cognac danach hatte genügend Sterne. Der Flug ärgerte mich nicht durch Luftlöcher, die Stewardessen waren schön und gut gelaunt und mein Buch zeigte Fitzgerald in Bestform. „Drei Stunden zwischen zwei Flügen" ist eine seiner schönsten Erzählungen.

In Heathrow mietete ich mir einen Land Rover, in dem ich, nach Eingewöhnung an den Linksverkehr, zwei Stunden später in der Nähe von Canterbury den Landsitz der Bradberrys erreichte. Das mit dem Landsitz ist eine typisch britische Untertreibung. Arundel Hall war ein bombastisches Schloss aus der Zeit des viel beweibten Henry VIII., mit unzähligen Türmen und Schornsteinen, das es mit jedem Loire-Schloss, sei es Chambord oder Azey-le-Rideau, aufnehmen konnte.

Ich fuhr durch ein prächtiges Tor, dessen Giebel zwei Löwen zierten, eine lange Pappelallee entlang. Dann tauchte eine riesige Rasenfläche auf, die bis zu dem gewaltigen Schloss dahinfloss und auf der sich Rehe und Hirsche tummelten und mich ohne Scheu anglotzten. Als ich direkt vor dem Schloss ausstieg, hörte ich krächzende Laute, wie ich sie noch nie gehört hatte. Die Verursacher dieser seltsamen Geräusche saßen in den Baumkronen und schienen sich über mein Kommen auszutauschen. Sehr erfreut schienen sie darüber jedoch nicht zu sein. Doch waren die Pfauen prächtig anzusehen und ich nahm mir die Zeit, sie zu bewundern. Die Tür am Portal öffnete sich. Ein Diener im Frack eilte die Treppe herunter und begrüßte mich mit einer Verbeugung.

„Herr Christiansen, nicht wahr? Herzlich Willkommen auf Arundel Hall."

Er war ein Hagestolz mit langen Koteletten, wie sie Anfang des 19. Jahrhunderts in Mode gewesen waren. Er hielt sich so gerade, als hätte er den Ladestock einer Muskete verschluckt. Er begleitete mich in eine große Halle mit Ritterrüstungen und wandhohen Spiegeln in vergoldeten Rahmen. Der Marmorfußboden wies das Wappen derer von Bradberry auf.

Ich hätte mich ja gern noch umgesehen, da an den Wänden auch zahlreiche interessante Totmacher hingen - Säbel, Degen, Schwerter, Musketen und Steinschlosspistolen, also genug Waffen, um eine kleine Armee auszurüsten -, doch der Hagestolz schritt mir rüstig voran und geleitete mich in die Bibliothek, wo sich ein weißhaariger Mann aus dem Sessel erhob. Er war groß, hatte ein scharfes Adlerprofil und trug, was ich schon lange nicht mehr gesehen hatte, Knickerbocker, die seine O-Beine unvorteilhaft betonten. Neben ihm saß eine alte Dame, die genug Falten hatte, um aus der Zeit King Edwards zu stammen. Sie trug schwarz, hatte wache Augen und ein spitzes Gesicht. Auch ohne ausführliche Charakterbeschreibung war mir klar, dass mit ihr nicht gut Kirschen essen war.

Der Lord begrüßte mich huldvoll, aber die Art, wie er es tat, machte schon deutlich, dass ich dies als besondere Gunst zu betrachten hatte. Die alte Dame stellte er als ihre Ladyschaft vor. Er brauchte nicht hinzuzufügen, dass sie seine Mutter war. Die gleiche Physiognomie, die gleiche lange Nase. Auch in ihrer Jugend war sie sicher keine Schönheit gewesen, allenfalls eine gute Partie.

„Sie hatten einen guten Flug?“, erkundigte sich der Lord, erwartete aber keine Antwort und fuhr fort: „Möchten Sie einen Whisky als kleine Stärkung?“

Das rote Gesicht und seine blau geäderte Nase verrieten, dass er selbst gern einen Whisky außer der Reihe nahm. Die langen Zähne in dem schmalen Gesicht erinnerten mich stark an das Pferd, dessen Kopf ausgestopft über dem Kamin hing. Ein Diener kam herein, nahm zwei Gläser und eine Karaffe von dem Silbertablett und servierte uns weihevoll den Whisky, der goldgelb in den Gläsern schimmerte. Er goss so kräftig ein, dass ihre Ladyschaft sich räusperte.

„Wir haben noch nicht die Dämmerstunde, Bob. Mir bringst du wie immer einen Sherry", sagte sie. Der Diener verbeugte sich und verschwand.

Wir musterten uns. Sie waren mindestens genauso neugierig auf mich wie ich auf sie.

„Sie sind also Deutscher", sagte der Lord.

„Hamburger", gab ich zurück. „Wir Hamburger sind ein eigener Menschenschlag."

„Ein Deutscher!", sagte die alte Dame und beäugte mich durch ihr Lorgnon. Der Diener kam zurück und brachte den Sherry. Diesmal bremste sie ihn nicht beim Einschenken.

„Inwiefern sind Hamburger ein eigener Menschenschlag?", fragte seine Lordschaft wachsam.

„Wir sind Hanseaten. Hitler hatte mit uns seine Schwierigkeiten. Wir legen Wert darauf, dass man Haltung zeigt."

„So, so", schob die Lady ein.

„Ja. Hanseaten halten ihr Wort."

„Sie sehen sehr ... kräftig aus", sagte Lady Bradberry und musterte mich erneut durch ihr Lorgnon.

„Ich trainiere viel."

„Ja. Das solltest du auch mal ausprobieren, Bob", sagte sie an ihren Sohn gewandt.

„Auf gutes Gelingen!", sagte Lord Bradberry. Er hob das Glas und wir prosteten uns zu.

„Waren Sie beim Afrikafeldzug dabei?", fragte er.

„Aber Bob, dafür ist der gute Mann doch viel zu jung", sagte die alte Dame kopfschüttelnd.

„Stimmt", gab er zurück. Beide musterten mich immer noch wie ein Ausstellungsstück.

„Dann wollen wir mal den Eigenschaften dieser Hanseaten vertrauen", sagte die alte Dame und schoss die nächste Frage ab: „Sind Sie katholisch?"

„Nein. Ich bin, wie soll man es ausdrücken, obwohl protestantisch, ein Agnostiker."

„So, ein Agnostiker. Das ist sehr betrüblich."

Die alte Dame hob wieder das Lorgnon, das ihre Augen vergrößerte. Sie hatte den Blick eines Habichts.

„Sehr betrüblich!", echote der Sohn und räusperte sich. „Wir müssen Sie darüber informieren, dass unsere Familie katholisch ist. Wir gehören also einer Minderheit an, die ihren Glauben ständig verteidigen muss, aber nie in ihrem Glauben an die Heilige Mutter Kirche schwach geworden ist."

Es klang wie ein Trompetenstoß. Seinem Gesicht war anzumerken, dass ihm diese Erklärung sehr wichtig war.

„Nie schwach geworden. Interessant", gab ich zurück. Was sollte ich auch auf dieses Bekenntnis hin antworten?

„Niemals", wiederholte der Lord ernst.

„Komm zur Sache, Bob", mahnte die alte Dame.

„Bin doch dabei", wehrte sich dieser ärgerlich. „Also, es ist bei uns Tradition, dass der jüngste Sohn sich in den Dienst der Kirche stellt. So auch David, der trotz seiner jungen Jahre bereits Sekretär Seiner Exzellenz, des Bischofs von Florenz, war."

„Ich wusste immer, dass unser David etwas Besonderes ist. Wie gern hat er schon als Kind im Spiel die Messe abgehalten und den Heiligen Vater abgegeben", fügte ihre Ladyschaft hinzu.

„Mein Sohn ist ein sehr begabter junger Mann", bekräftigte Lord Bradberry.

„Er ist also Priester in Rom."

„Sagte ich das nicht? Er ist von einer solchen Spiritualität, dass er bestimmt als Bischof oder Kardinal nach Großbritannien zurückkehren wird."

Warum nicht, wenn er tüchtig ist, dachte ich unbeeindruckt. Ich hatte keine Ahnung vom Katholizismus und wusste nur, dass sie in prächtigen Gewändern Messen feierten und ihr Häuptling in Rom Paul VI. hieß. Ich hatte auch nichts gegen Baptisten, Mormonen oder Buddhisten. Jeder nach seiner Fasson, wie schon der Alte Fritz feststellte. Ich fand es zwar etwas wunderlich, dass sich im 20. Jahrhundert immer noch Männer dem Zölibat verschrieben und an die jungfräuliche Geburt glaubten, aber was soll's. Wer das glauben will, der sollte nicht daran gehindert werden. Manche glauben ja sogar an Zarathustra und den Ahriman. Auch gegen Mohammed hatte ich nichts vorzubringen. Doch worauf wollte der gute Lord hinaus? Was hatte das alles mit mir zu tun und weswegen war man bereit, mir ein so fürstliches Honorar zu zahlen?

„Wenn ihm nichts passiert ist", warf die alte Dame leise ein.

„Sie haben also die Vermutung, dass ihm etwas passiert sein könnte", nahm ich den Faden auf. Endlich kamen wir zum Kern der Sache.

„Das wissen wir nicht", sagte Lord Bradberry. „Er ist verschwunden."

„Verschwunden?", staunte ich.

„Spurlos. Es ist, als habe er sich in Luft aufgelöst", bekräftigte Bradberry düster.

„David ist ein guter Junge", fügte die Lady hinzu. „Wenigstens einmal in der Woche hat er sich bei uns telefonisch gemeldet. Aber seit vierzehn Tagen haben wir nichts mehr von ihm gehört."

„Es kann doch selbst in einer Stadt wie Rom nicht jemand spurlos verschwinden", wunderte ich mich.

„Zuletzt ist er in Berlin gesehen worden", korrigierte der Lord. „Er hat dort einer ökumenischen Feier beigewohnt. Während des Freizeitprogramms, beim Besuch des Museums ... wie heißt es noch? ... ist er spurlos verschwunden."

„Gemäldegalerie. Bob, du wirst langsam senil."

„Richtig. Ich kann mir diese deutschen Namen nicht merken. Er war dort mit Pater Boris Brasaukas zusammen, einem Letten aus einer alten baltischen Adelsfamilie. Wir haben ihn auch einmal kennengelernt. Ein gebildeter junger Mann, den wir schätzen gelernt haben. David und er sind Freunde."

„Wir haben mit Boris telefoniert. Er weiß auch nicht, wo David ist. Sie haben sich beide das Bild ‚Die Vertreibung der Händler aus dem Tempel' angesehen. David habe danach die Toilette aufsuchen wollen. Von dort kam er allerdings nicht zurück", erläuterte die alte Dame mit ungeduldigem Blick auf ihren Sohn.

„Irgendetwas muss da vorgefallen sein. David sei nach dem Anblick des Bildes sehr erregt gewesen."

„Sagt dieser Boris?"

„Ja. Seltsam, nicht wahr?"

Der Diener kam herein und goss Whisky nach. Die Augen des Lords glänzten bereits verdächtig.

„Boris hat angegeben, dass er mit David noch darüber diskutiert habe, ob dieses Bild genau die Botschaft Jesu ausdrückt. Danach ward David nicht mehr gesehen", erläuterte Bradberry.

„Er muss entführt worden sein", bekräftigte die alte Dame.

Nun kannte ich also meine Aufgabe. Ich sollte den verschwundenen Padre suchen. Warum nicht? Ich hatte schon Ausreißerinnen gesucht, Ehefrauen und untergetauchte Manager. Einen Priester zu suchen, konnte interessant werden.

„Haben Sie denn eine Lösegeldforderung bekommen?"

„Nein. Das nicht. Nichts dergleichen. Weder einen Anruf noch ein Bekennerschreiben mit irgendwelchen Forderungen. Nichts", sagte der Lord und widmete sich seinem Glas.

„Was wissen Sie über diesen Boris Brasaukas?"

„Auch ein Padre, der es weit bringen wird. Er ist Sekretär Seiner Eminenz Enrico Navarone, der bekanntlich Kardinalstaatssekretär des Vatikans ist."

„Ach ja?" Mir war er jedenfalls nicht bekannt. Null Ahnung, welche Rolle so ein Kardinal im Vatikan spielte.

„Er ist so etwas wie der zweite Mann hinter dem Papst. Eine Art Regierungschef", klärte mich Bradberry auf.

„Ich soll also Ihren Sohn finden?", konkretisierte ich meine Aufgabe.

„Natürlich. Was sonst?", brummte der Lord.

„Vielleicht solltest du dem jungen Mann sagen, dass eine tiefgreifende Veränderung bei David eingetreten ist."

„Ach ja. Richtig", stimmte der Lord zu und rutschte unruhig auf seinem Sitz hin und her. „Bis vor zwei Monaten war David Sekretär von Erzbischof Benelli in Florenz und wechselte dann zu Bischof Marcinkus in Rom, dem Präsidenten des Istituto per le Opere Religiose, allgemein IOR genannt."

Ich hatte keine Ahnung, was das für ein Verein war. Der Lord bemerkte meine Unwissenheit und schnaufte.

„Die Vatikanbank. Zuständig für die guten Werke."

„Und was ist daran so außergewöhnlich?"

„Ich hatte kurz vor seinem Verschwinden ein seltsames Telefongespräch mit meinem Enkel", sagte ihre Ladyschaft und trank mit einem energischen Schluck ihren Sherry aus. „Er hat sich auf Bitten Seiner Eminenz Benelli dorthin versetzen lassen. Er sagte, er habe dort ungeheuerliche Dinge beobachtet. Er sprach davon, dass man sich weit von dem Weg des Herrn entfernt habe. Als ich Näheres wissen wollte, wich er mir aus, was gar nicht seine Art ist. Ich habe ein gutes Verhältnis zu meinem Enkel. Er sagte, dass er darüber nicht sprechen dürfe. Es sei zu gefährlich."

Ich konnte mir nicht vorstellen, was man im Dienst des Vatikans so Ungeheuerliches entdeckt haben mochte. Andererseits ... wenn man gesunde Männer zum Zölibat verdammt, konnte man natürlich auf manches stoßen, was nicht viel mit absoluter Keuschheit zu tun hatte. So etwas in der Art erwartete ich.

„Sie können sich nicht vorstellen, was er gemeint haben könnte?"

„Nein. Absolut nicht!", sagte die alte Dame entschieden.

„Na ja, dort sind viele Männer zusammen, die meisten haben keine Frauen, und irgendwie muss die Sexualität ja ausgelebt werden."

„Nein. So etwas können wir uns nicht vorstellen", erwiderte die alte Dame pikiert.

„Doch nicht im Vatikan!", entrüstete sich Lord Bradberry. Da war ich kräftig ins Fettnäpfchen getreten.

„Wie werden Sie es anpacken?", raunzte Bradberry.

„Ich werde mir mal diesen Padre Boris Brasaukas vornehmen."

„Wir haben mehrmals mit ihm telefoniert. Er ist sehr betroffen über Davids Verschwinden und hofft, dass er sich vielleicht nur zu Exerzitien zurückgezogen hat."

„Ich bitte dich!", empörte sich die alte Dame. „David hätte uns doch davon in Kenntnis gesetzt. Ich habe zu ihm ein besonders enges Verhältnis", fügte sie, an mich gewandt, hinzu. Dies noch einmal zu unterstreichen, schien ihr wichtig zu sein. „Er ist ein guter Junge und ein hervorragender Priester, der nicht einfach alles hinschmeißt, weil er sich irgendwelchen Prüfungen unterziehen will."

„Wie alt ist denn David?"

„Achtundzwanzig. Seine Exzellenz Benelli hat ihm Hoffnungen gemacht, dass er bald Monsignore werden wird."

Dass dies so eine Art Titel war, hatte sogar ich bereits mitbekommen.

„Die Honorarfrage klären Sie bitte mit unserem Verwalter", sagte Bradberry und starrte trübsinnig auf sein leeres Whiskyglas. Scheinbar war er der Meinung, dass alles gesagt sei.

„Wenn Sie keine Mühe scheuen, werden wir auch keine Kosten scheuen", bekräftigte die alte Dame und sah ihren Sohn streng an. Dieser nickte zögernd. „Natürlich, Mutter. Du vergisst manchmal, dass er mein Sohn ist. Am Geld soll die Suche nicht scheitern."

„Sag ich doch!", erwiderte die alte Dame scharf.

„Haben Sie ein Bild von Ihrem Sohn?"

„Ach so. Natürlich."

Der Lord erhob sich stöhnend und ging zu einem Bord, auf dem ein paar silberne Leuchter standen, zog eine Schublade auf, holte ein Bild heraus und brachte es mir. Es zeigte einen blendend aussehenden jungen Mann in einer schwarzen Soutane. Mit dem Jungen wurde den Frauen ein prächtiges Exemplar von Mann entzogen. Er blickte so melancholisch wie Alain Delon in „Der eiskalte Engel". Er sah einfach zu gut aus, und ich kam immer mehr zu der Überzeugung, dass sehr wohl der Eros hinter seinem Verschwinden stecken könnte. Aber diese Vermutung behielt ich für mich.

„Wie lange werden Sie brauchen, um erste Ergebnisse zu liefern?", fragte ihre Ladyschaft.

„Ich hoffe, in einer Woche etwas sagen zu können."

„Sie sollten schnellstens mit der Suche anfangen", forderte mich Lord Bradberry auf. „Wann fliegen Sie zurück auf den Kontinent?"

„Morgen früh, denke ich."

Die Tür wurde aufgerissen und eine junge Frau stürmte in die Bibliothek. Mit ihr kam das Licht eines schönen Sommertages herein. Sie war der Typ Engländerin, der in romantischen Romanen vorkommt, die in Cornwall spielen, wo an kleinen rotsteinigen Häusern Heckenrosen blühen und man sich unsterblich verliebt und wo dann etwas dazwischenkommt, ehe man im Abendlicht einer immerwährenden Liebe entgegenreitet.

Sie war groß und rothaarig und hatte sehr weiße Haut, jede Menge Sommersprossen und grüne Augen. Ein Mädchen, bei dem einem außer Pferde stehlen auch anderes einfiel.

„Darf ich dir Herrn Serge Christiansen vorstellen? Der Mann aus Hamburg, ein Detektiv", stellte der Lord mich vor. Es klang sehr nach ‚Jemand aus dem Prekariat'. „Meine Tochter Marybell", brachte er noch über die Lippen.

Sie kam mit forschen Schritten auf mich zu, schüttelte mir die Hand und sah mich neugierig an. Sie hatte einen guten, festen Händedruck.

„Sie werden David finden, nicht wahr?"

Da ich sie nicht enttäuschen wollte, nickte ich, was in Anbetracht dessen, was ich erfahren hatte, die reinste Hochstapelei war.

„Kannst du Herrn Christiansen zu Walker führen, damit sie das Finanzielle regeln können? Dann kannst du ihm sein Zimmer zeigen und ihn vielleicht bis zum Dinner unterhalten. Zeig ihm Arundel Hall und die Umgebung oder so etwas Ähnliches", sagte der Lord. Was er mit ‚Ähnliches' meinte, entzog sich meiner Kenntnis.

Das Mädchen nahm mich burschikos beim Arm. Ich verbeugte mich vor der alten Dame, in der Annahme, dass sich so etwas beim Hochadel gehörte. Es ging durch die Halle mit den Rüstungen hinaus vor das Schloss. Ich blieb stehen, saugte die frische Luft ein und sah auf die hügelige Parklandschaft mit den Rehen und Hirschen.

„Ja. Mit Papa Gespräche zu führen, ist manchmal sehr anstrengend", sagte sie mitfühlend.

„Schön haben Sie es hier", überging ich ihre Bemerkung. Immerhin war der Lord jetzt mein Arbeitgeber.

„Ja. Country eben", sagte sie und nickte nicht sehr begeistert. „Kann auf die Dauer ganz schön langweilig sein."

Wir gingen zu einem kleinen Haus hinüber, an dem die besagten Heckenrosen blühten und das mit den Butzenscheiben so recht an ein Hexenhäuschen erinnerte. Sie klopfte und wir traten ein. In dem Büro mit einer niedrigen Decke sah ein Mann überrascht vom Schreibtisch auf und erhob sich langsam. Energische Gesichtszüge, kühle, blaue Augen. Über seinem beträchtlichen Bauch hing eine goldene Kette.

„Walker, das ist Herr Christiansen. Der Detektiv."

„Der Detektiv?", wiederholte Walker und musterte mich. Vom Händeschütteln hielt er wohl nicht viel. Er schien auch ein Mann zu sein, der nicht viel Wert auf freundliche Konversation legte. Wahrscheinlich wurde man so, wenn man für „Hochwohlgeborene" arbeitete.

„Sie haben einen Vorschuss erhalten?"

Ich nickte. „Für den Anfang wird es reichen."

„Wie hoch ist Ihr Honorar?"

Ich nannte ihm das Doppelte von dem, was ich sonst nahm. Ich war entschieden der Meinung, dass sie ruhig von dem etwas abgeben sollten, was sie sich im Laufe der Jahrhunderte ergaunert hatten. Ich bekenne gern, dass ich, was die Aristokraten betrifft, ein Freund von Monsieur Danton bin.

„Das ist viel Geld", murrte Walker.

Ich nickte. „Ich habe eine Menge Arbeit vor mir."

„Na schön. Wenn Sie weiteres Geld brauchen, melden Sie sich. Am Ende Ihrer Arbeit machen Sie eine Schlussrechnung."

Dagegen war nichts einzuwenden, aber ich hatte bereits eine Ahnung, dass sich dieser Fall nicht so schnell würde abschließen lassen und entgegnete:

„Sie kriegen von mir jeden Monat eine Rechnung mit einer kurzen Beschreibung meiner Aktivitäten."

„Gut. Gut", brummte er wegwerfend. Er schien von meiner Arbeit nicht viel zu halten. Ich zog einen Vertrag aus der Jackentasche und reichte ihm die Papiere. Er überflog sie, brummte etwas, unterschrieb und gab mir den Durchschlag zurück.

„Ihr Deutschen seid also immer noch Bürohengste. Ich war lange Zeit in Celle stationiert, da habe ich euch Brüder studieren können. Wenigstens kann man sich auf euch verlassen. Sie werden Ihre Arbeit tun, was immer die wert sein wird."

Ich fand seine Bemerkungen nicht gerade stimmungsfördernd.

„Nehmen Sie es nicht so schwer. Walker hat immer schlechte Laune. Er hat nur vor einer Person Respekt", prustete Marybell.

„Lassen Sie mich raten. Ihrer Großmutter, nicht wahr?", fragte ich lächelnd.

„Bingo!", bestätigte Marybell.

Ich steckte den Vertrag ein und erwiderte augenzwinkernd: „So ein Vertrag hat den Vorteil, dass beide Seiten wissen, woran sie sind. Wir von der Unterschicht können dann darauf verweisen, was die Oberschicht herauszurücken hat."

Marybell kicherte und zog mich aus dem Büro.

„Kommen Sie, sonst verhageln Sie Walker noch mehr den Tag."

Nachdem das Geschäftliche geklärt war, zeigte sie mir Arundel Hall und erklärte dessen Geschichte. Die Bradberrys hatten seit Jahrhunderten hier das Sagen und mochten die Umgebung tüchtig ausgeplündert haben. Sie gab das jedenfalls zu.

„Der Labourabgeordnete Lindsay nennt uns Blutsauger und Schmarotzer, und ein Körnchen Wahrheit ist sicher daran", sagte sie lachend.

Wir gingen über den großen Rasen den Hügel zum Schloss hoch und sie zog mich zu einer Bank unter einer Tamariske, von der man einen schönen Blick über die Hügel ins Tal mit dem Fluss hatte. Sah aus wie von Constable gemalt. Es fehlte nur noch ein Regenbogen.

„Sie mögen keine Engländer?"

„Wie kommen Sie darauf?", fragte ich überrascht.

„Ich habe den Eindruck."

„Man sagt mir nach, dass ich geradezu anglophil bin."

„Dann mögen Sie unsere Gesellschaftsschicht nicht. Das ist es!"

Sie war nicht nur attraktiv, sondern auch nicht auf den Kopf gefallen.

„Nun erzählen Sie mir mal, was Ihr Bruder für ein Mensch ist", wich ich aus.

Sie starrte eine Weile in die Landschaft und ich tat es ihr nach. Wir gaben ein schönes schweigendes Paar ab.

„Viel weiß ich nicht über ihn. Als ich noch ein Kind war, liebte ich ihn sehr. Er war stets lustig. Dann geschah das Unglück und er fand Trost bei der heiligen Mutter Kirche, wie er es nennt. Großmutter sorgte dafür, dass er nach Rom durfte."

„Was für ein Unglück?"

„Ein Autounfall. Sie kamen von einer Party und sind zu schnell gefahren. Sie waren betrunken. Sein bester Freund saß am Steuer. Er und Davids damalige Freundin sind dabei gestorben. Das hat ihn total verändert. Gläubig war er ja schon immer, aber danach glaubte er, einen Ruf gehört zu haben. Großmutter setzte dem Erzbischof so lange zu, bis er als Novize bei den Franziskanern in Rom unterkam."

„Neigt er zu übersteigerten Gefühlsregungen?"

„Was meinen Sie?"

„Fällt er spontane Entscheidungen, die ihn von einem einmal eingeschlagenen Weg radikal abweichen lassen? Kann ja sein, dass er sich spontan entschieden hat, sich der schnöden Welt zu entziehen."

„Er ist ein Idealist. Er will das Wahre, Schöne, Gute. Er ist sehr gerechtigkeitsliebend. Er hielt nicht viel von dem hier." Sie wies auf das Schloss und die Umgebung.

Der junge Mann begann mir sympathisch zu werden.

„Er stritt sich deswegen oft mit William."

„William?"

„Mein ältester Bruder. Sie werden ihn heute Abend beim Dinner kennenlernen. Er wird der zukünftige Earl von Arundel Hall."

„Ach ja?"

„Sie werden ihn nicht mögen. Niemand mag ihn. Ich glaube, nicht einmal seine Frau mag ihn."

„Ich muss nicht alle Bradberrys lieben. Erzählen Sie mir lieber noch etwas über David."

„Was soll ich Ihnen sagen?", fragte sie unglücklich.

„Hat er irgendwelche Leidenschaften?"

„Ja. Seinen Glauben."

„Und sonst? Er sieht sehr gut aus."

„Nein. Seit Diane bei dem Unfall gestorben ist, hat er nie wieder … Er wandte sich ganz dem Glauben zu."

„Und Männer?"

Sie zuckte zusammen.

„Nein. Was denken Sie nur? Davon ist mir nichts bekannt", erwiderte sie trotzig. „Was Sie sich so vorstellen."

„Und Hobbys?", fuhr ich ungerührt fort. Ich kam mir etwas schuftig vor. Aber das Bild, das sie von dem Bruder zeichnete, erschien mir gar zu glatt. „Irgendwelche kleinen Laster?"

„Nein. Nein, David ist wirklich ein herzensguter Mensch. Aber da fällt mir ein, dass er sich lange Zeit mit der Kirchengeschichte befasst hat. Aber das muss man wohl, wenn man sich berufen fühlt."

„Mag sein", gab ich zu. Ich hatte keine Ahnung, was in so einem Menschen vorging, der sich berufen fühlte, sein Leben Gott zu weihen.

„Etwas Anderes gibt es noch. Bei einem seiner seltenen Besuche kamen wir auf die Kirche der Befreiung und einen lateinamerikanischen Bischof zu sprechen. Wie hieß er noch? Ach ja. Er bewunderte Dom Helder Camara. Das wäre ein wahrer Heiliger, sagte er. Wenn so ein Mann Papst werden würde, wäre es so, als käme Jesus in die Kirche zurück."

„Dom Helder Camara? Nie gehört. Wer ist der Mann?"

„Wie ich schon sagte: ein brasilianischer Bischof, der ganz bescheiden lebt. Er soll viel Gutes tun. Das ganze Land verehrt ihn, vor allem die Armen. Mehr weiß ich auch nicht über ihn."

„Ist Ihr Bruder gesund? Treibt er Sport?"

„Warum fragen Sie?"

„Ich will nur wissen, in welcher körperlichen Verfassung er sich befindet."

„Als Junge hat er gern Rugby gespielt. Nein, ich weiß nicht, ob er sich sportlich betätigt."

„Hatte er manchmal Visionen?"

„Ich verstehe nicht."

„Gesichte. Ist ihm die Jungfrau Maria erschienen? Etwas in der Art?"

„Nein. Er hätte damit nicht hinter dem Berg gehalten."

„Gut. Ein Spinner ist er also nicht."

„Aber nein. Wie können Sie nur?", empörte sie sich.

„Schon gut. Ich mache mir nur ein Bild von Ihrem Bruder. Er gehörte also nicht zu den Paulanern, die eine Begegnung vor Damaskus haben und sich vom Leben abwenden?“

„Nein. Ganz und gar nicht. Ich würde ihn sogar einen praktisch veranlagten Menschen nennen. Er fuhr nur nach dem Unfall nicht mehr Auto. Zumindest sehr selten. Sein schöner Jaguar E-Type steht seitdem unbenutzt in der Garage.“

Als Fan von englischen Roadstern nahm mich diese Information noch mehr für den jungen Mann ein.

„Wo wohnt er in Rom? Im Vatikan?“

„Aber nein. Er wohnt in der Wohnanlage von Bischof Marcinkus, die dieser für amerikanische Priester bauen ließ, wenn sie in Rom weilen. Übrigens, haben Sie einen Smoking dabei?“

Mir fiel die Kinnlade herunter. Ich hatte mein Lebtag noch keinen Smoking besessen. Ich trug stets Jeans, bequeme Schuhe von Clarks und hatte einige braune und schwarze Lederjacken.

„Wie kommen Sie auf die Idee?“, stotterte ich. Mir schwante Übles.

Sie musterte mich mit der ganzen Selbstsicherheit ihrer Klasse.

„Zum Dinner können Sie natürlich nicht in der Aufmachung kommen, die Sie jetzt tragen. Ich lasse Ihnen einen Smoking und Schuhe von David bringen. Die Sachen könnten Ihnen vielleicht passen. Ich zeige Ihnen jetzt Ihr Zimmer.“

Sie sprang auf, wohl auch erleichtert, meinen Fragen zu entkommen, und ging mit schnellen Schritten voraus ins Schloss. Wir durchliefen endlose Flure und stiegen einige Treppen hoch.

Das Zimmer war kostbar, aber recht altmodisch eingerichtet. Es roch muffig, aber man hatte einen schönen Ausblick aufs Land. Wer Himmelbett und Barockmöbel mochte, konnte sich in dem Zimmer wohlfühlen.

„Tut mir leid. Man hätte das Zimmer lüften müssen. Aber für eine Nacht wird es wohl gehen.“

„Ich habe schon schlechter geschlafen“, beruhigte ich sie.

„Ich weiß nicht, ob ich Sie mag“, gestand sie plötzlich und sah mich so kritisch an, als wäre ich ein leicht beschädigtes Möbel in einem Auktionshaus.

„Das macht nichts. Ich habe nicht die Absicht, in die Oberschicht einzuheiraten."

Erstaunlicherweise nahm sie es gut auf, lachte schallend, ging zur Tür und sagte: „Wir von der Oberschicht frischen manchmal das Blut auf. Aber Sie scheinen mir doch nicht das richtige Material dafür zu sein."

„Stimmt. Ich würde dann wohl vor Gericht geschleppt werden, da ich meiner holden Hochwohlgeborenen jeden Tag den Hintern versohlt hätte."

„Sie sind ein ganz Schlimmer!", staunte sie.

„Schon möglich", gab ich zurück, obwohl ich dazu eine Menge Einwände hätte vorbringen können. Ich war mir auch nicht sicher, ob ich sie noch mochte. Die verwöhnte Göre kicherte. Es klang jedoch zugegebenermaßen recht hübsch.

Ich legte mich aufs Bett und wachte erst wieder auf, als es klopfte. Der Diener, der mich zu den hohen Herrschaften geführt hatte, brachte mir Davids Kleider.

„In einer halben Stunde ist das Dinner", sagte er würdevoll und legte die Sachen auf das Bett. Ich entließ ihn mit einem Kopfnicken. Er hatte auch nicht mehr erwartet.

Ich ging ins Bad, das mit recht altmodischen Armaturen mit Schwanenköpfen ausgestattet war. Die Kacheln zeigten eine Menge Schlingpflanzen, hinter denen pausbäckige Mädchen hervorlugten. Ich holte mein Rasierzeug aus der Reisetasche, rasierte mich sorgfältig und zog die Kleider an. Der Smoking spannte an Schultern und Armen, aber wenn ich die Jacke offen ließ, mochte es gehen. Ärmel und Hose waren zu kurz. Ich kam mir vor wie eine Witzblattfigur. Aber das Honorar schloss so etwas mit ein. Mit der Fliege hatte ich einige Mühe. Schließlich bekam ich jedoch auch das hin.

Ich ging hinunter. Ein Diener im Frack empfing mich in der Halle und begleitete mich in das Raucherzimmer, wo die Herrschaften auf mich warten würden, wie er mir sehr formell mitteilte. Dort saß neben dem Lord sein jüngeres Abbild. Die gleiche Kopfform, die etwas hängende rote Nase. Er hatte einen mächtigen Bauch. An der rechten Hand fehlten ihm zwei Finger. Er schaute etwas indigniert drein. Um seinen Mund war ein gequälter Zug, als sei ihm dieses Dinner höchst zuwider.

„Kompliment. Sie sehen nun aus wie ein Mensch“, sagte Lord Bradberry. Takt war nicht die Stärke seiner Lordschaft.

„Einen Whisky?“, fragte er erwartungsvoll.

Ich nickte; er goss mir ein Glas voll und bediente sich ebenfalls reichlich.

„Sie sind also der Hamburger Detektiv“, sagte der junge Bradberry. Mir die Hand zu geben, hielt er nicht für nötig.

„Das ist er!“, sagte sein Vater überflüssigerweise. Er nickte dazu, als hätte er mich gekauft. „Walker sagte mir, dass er uns ein schönes Stück Geld kosten wird. Ein Abgeordneter im Unterhaus würde nur die Hälfte kosten.“

„Wenn er uns dafür die Sorge um David nimmt, dann soll es mir recht sein. Großmutter quengelt ja nur noch über den Verbleib ihres geliebten David herum. David hier, David da. Wird Zeit, dass wir zur Normalität zurückkehren und uns um die wirklich wichtigen Dinge kümmern. Haben Sie denn eine Waffe, alter Junge?“

Frage und Anrede verblüfften mich etwas.

„Ja. Aber nicht bei mir.“

„Was nützt eine Waffe, wenn man sie nicht bei sich trägt?“ Er wippte auf seinen Fußspitzen und sein Gesichtsausdruck zeigte, dass er mich für einen Blödmann hielt.

„Ich nahm nicht an, dass ich mich hier auf Arundel Hall in Lebensgefahr befinden könnte.“

„Gut gekontert!“, lobte mich der Lord. „Er wird keinen Waffenschein für das Königreich haben“, stand er mir bei. Sein Sohn nickte griesgrämig.

Der Diener im Frack erschien. „Es ist angerichtet.“

Wir gingen in den Salon, der die Größe einer Turnhalle hatte. An einem riesigen Tisch saßen bereits die Damen. Wir setzten uns dazu. Es hätten an der Tafel noch gut zwanzig Personen Platz gefunden. Außer Bradberrys Mutter und Marybell war noch eine sauertöpfisch blickende Dame anwesend, die sich als Williams Frau herausstellte. Sie war im Gegensatz zu ihrem Mann klapperdürr und hatte ein verschnupftes Gesicht. Ich konnte mir nicht vorstellen, dass man mit ihr viel Spaß hatte. Alle Damen trugen große Garderobe. Williams Frau hätte besser darauf verzichten sollen. Es gab nach einem Rindercarpaccio Fasan in einer Pfefferminzsoße, was meine Geschmacksnerven auf eine harte Probe stellte. Der Pudding danach versöhnte mich ein wenig. Während des Essens wurde nicht viel geredet, sondern mit leerem Blick gekaut. Mehr verdiente das Essen auch nicht. Der Wein dagegen war vorzüglich. Ein St. Emilion, der ein besseres Essen verdient gehabt hätte.

Sie sprachen über die Ernte. Die Frauen flüsterten über eine Gesellschaft und einen dabei stattgefundenen Skandal. Ich schaltete auf Durchzug. Nach dem Essen ging es in die Bibliothek, wo Cognac gereicht wurde. Die Herren bedienten sich am Humidor und steckten sich dicke Havannas ins Gesicht. Ich begnügte mich mit meiner Pfeife.

„Wie werden Sie es anpacken?", erkundigte sich William, wie zuvor bereits sein Vater. Er schien der Meinung zu sein, dass man für solche Fälle nach einem bewährten Regelwerk vorging.

„Nun, ich werde mich erst mal über die Lebensumstände Ihres Bruders schlaumachen." Meine Antwort befriedigte ihn nicht gerade.

„Wird nicht viel hergeben. Er rutschte den ganzen Tag auf den Knien herum, denke ich mal."

„Er war immerhin, wie mir Ihr Vater sagte, in einer Bank beschäftigt. Wo Geld im Spiel ist, ist meist der Teufel nicht weit."

„Sie glauben, er hat Geld abgezweigt und liegt auf einer Insel am Strand und lässt sich das Fell kraulen? Köstlich!" Er schien dies für einen guten Witz zu halten und schlug sich auf die Schenkel.

„William!", mahnte der Vater. „Was soll Herr Christiansen von uns denken? Du bringst ihn auf eine ganz falsche Fährte."

„Ich bin es leid. So geht das schon seit dem verdammten Unfall. Der arme David. Der gute David. Obendrein wird er plötzlich heilig und sein Nest in Rom wird gut ausgepolstert. Fast eine halbe Million Pfund hat uns der Spaß gekostet und nun verschwindet er spurlos. Und es wird uns noch mehr Geld kosten, ihn ohne Rufschaden aus der Bredouille zu holen."

„Rufschaden?“, fragte die alte Lady, die nun mit den beiden anderen Frauen dazugekommen war und sich würdevoll uns gegenüber in den Sessel setzte. „Was redest du da? Was für ein Rufschaden?“

„Na, die im Vatikan werden auch nicht erbaut davon sein, dass sich unser David in Luft aufgelöst hat“, brummte William, verlegen wie ein Schuljunge.

„Wir sind die Bradberrys und bekannt für unsere Überzeugungen und unseren Glauben an die heilige Mutter Kirche. Ich kann mir nicht vorstellen, dass irgendetwas unseren Ruf beschädigen kann.“

Die Männer mochten in London das große Wort führen, aber hier auf Arundel Hall hatte die alte Dame das Sagen.

„Es wird jedenfalls Geld kosten.“

„Wozu ist Geld sonst da?“, erwiderte die Alte spitz. „Bob, sag doch mal was“, forderte sie ihren Sohn auf. „Du wirst das doch in den Griff bekommen, was immer auch in Rom passiert ist.“

„Wieso habe ich den Mann aus Hamburg wohl kommen lassen?“, brummte ihr Sohn verärgert.

„Und was sagst du dazu, dass Marybell den Antrag von Lord Swinebury ausgeschlagen hat? Das ist nun schon der Dritte, dem sie einen Korb gibt. Sie wird noch als alte Jungfer enden.“

„Mutter, wir müssen jetzt nicht unsere Familienprobleme vor Herrn Christiansen ausbreiten.“

„Ach was, warum nicht? Der junge Mann scheint mir genug Lebenserfahrung zu haben, um zu wissen, dass auch die besten Familien Sorgen haben. Auf mich macht Herr Christiansen einen ganz vernünftigen Eindruck.“

Die alte Dame hob ihr Lorgnon und beäugte mich, als müsse sie sich noch einmal vergewissern, wie ich aussah.

„Sie sind wohl ein Sozialist?“, schnaubte sie.

„Schlimmer, Großmutter. Ein Freund Dantons“, warf Marybell kichernd ein.

„Papperlapapp! Das war doch ein Franzose!“, sagte die Lady trocken. „Man kann von den Deutschen sagen, was man will, aber tüchtig sind sie.“

„Schließlich brauchten wir die Hilfe der ganzen Welt, um sie klein zu kriegen“, goss Marybell Benzin ins Feuer.

„Ach, lassen wir das. Swinebury ist doch eine ordentliche Partie. Was hast du nur gegen ihn?“

„Er ist langweilig. Schlimmer noch, er ist dumm.“

„Welche Männer sind schon mit Geist gesegnet? Selbst Professoren in Oxford haben nur das eine im Kopf.“ Ihre Ladyschaft warf einen missbilligenden Blick auf uns Männer.

„Er macht jedenfalls beim Polo eine hervorragende Figur.“

„Ich will doch kein Pferd heiraten.“

„Er ist ein Kavalier, wie man ihn sich nur wünschen kann. Außerdem hat er die besten Beziehungen zum Hof und ist mit Prinz Andrew befreundet“, warf Williams Frau mit gehässigem Unterton ein.

„Was ja nicht gerade für Swinebury spricht“, gab Marybell schnippisch zurück.

Erfreulicherweise kamen sie dann auf andere Themen, die mit den Rennen in Ascot zu tun hatten, und diskutierten mit erstaunlicher Leidenschaft, ob ihr Pferd Black Arrow diesmal eine Chance hatte. Sie brauchten für das Thema noch einige Gläser Whisky. Ich war froh, als die alte Dame mit strengem Blick mahnte, dass es Zeit sei zu Bett zu gehen.

Ich schlief in dieser Nacht sehr unruhig, da ich davon träumte, Marybell heiraten zu müssen, und die alte Ladyschaft mich ermahnte, eine bessere Figur auf dem Pferd zu machen.

Nach einem ausgiebigen englischen Frühstück brachte mich Marybell zu meinem Auto.

„Sie haben gestern wohl keinen guten Eindruck von uns bekommen“, sagte sie in schöner Offenheit. „Leider ist er aber absolut richtig. Wir sind so. Wenigstens meistens. Es geht um den Namen, um das Erbe, um die Nachkommenschaft und um Pferde.“

„Was für ein Pech, reich und privilegiert zu sein“, konnte ich mir nicht verkneifen. Sie sah mich traurig an.

„Sie haben keine Ahnung. Ich mag Sie nicht besonders, aber ich hätte Sie gern näher kennengelernt.“

„Kommt mir wie ein Widerspruch vor.“

„Ist es aber nicht. Ich habe schon manche Frösche geküsst. Man muss alles ausprobieren, ehe man sich seines Urteils sicher sein kann."

„Sie sind eine recht eigenwillige Person."

„Seien Sie nicht so überheblich, nur weil Sie froh sind, nicht zu uns zu gehören. Dabei kann ich mir durchaus vorstellen, einmal mit Ihnen zu schlafen. Sind Sie eigentlich sehr grob dabei?"

Mir blieb schier die Spucke weg.

„Ich habe heute Nacht davon geträumt, dass ich Sie heiraten muss. Ich bin schweißnass aufgewacht."

Aber sie lachte und war kein bisschen beleidigt.

„Kann ich verstehen. Mit meinem Vater und Bruder als Zugabe kann man schon Angstschweiß bekommen. Sieh mal einer an, dass Sie sich im Traum mit mir beschäftigt haben, ist sehr schmeichelhaft. Rufen Sie mich an, wenn Sie erste Ergebnisse haben", setzte sie übergangslos hinzu.

„Das habe ich schon Ihrem Vater versprochen."

„Rufen Sie auch mich an. Ich bin hier neben Großmama die Einzige, die sich wirklich Sorgen um David macht. Vater tut nur das, was er als Vater glaubt, tun zu müssen. William hasst David, das werden Sie ja wohl bemerkt haben."

„Sie haben eine interessante Familie."

„Das haben Sie gut ausgedrückt."

Ich stieg in den Wagen. Sie beugte sich ins Auto und gab mir einen Kuss auf die Wange.

„Finden Sie mir David!"

„Ich werde mir Mühe geben."

Ich hielt die Bradberrys wirklich für eine interessante Familie, aber ich hätte für nichts in der Welt ein Bradberry sein mögen.

4

Caravaggios liebster Schüler

Mein Hund schmollte. Nach Hamburg zurückgekehrt, wurde ich von Spencer erst einmal mit Missachtung gestraft. So schnell wollte er mir nicht verzeihen, dass ich ihn zwei Tage allein gelassen hatte. Er wich mir aus, wenn ich ihn streicheln wollte und legte nicht mehr als Zeichen seiner Zuneigung seine Schnauze auf mein Knie. Ich konnte ihn nicht einmal mit den geliebten Wiener Würstchen gnädig stimmen. Ich schwang mich also in meinen MG und fuhr nach Berlin. Dass ich Spencer vor der Berliner Gemäldegalerie draußen festband, quittierte er mit einem Blick, den er sonst für Dackel und Pudel reserviert hatte. Ich ging durch die weitläufigen Säle und versuchte mir vorzustellen, was in David Bradberry vorgegangen war, bevor er das Museum verließ und nicht mehr gesehen wurde. Da ich das Bild nicht gleich fand, das nach Padre Boris' Schilderung David so beeindruckt hatte, fragte ich an der Kasse, ob ich eine persönliche Führung bekommen könne.

„Führungen sind erst am Nachmittag“, sagte neben der Kassiererin eine Blondine kühl. Nach ihrem Gesichtsausdruck zu urteilen, spielte sie Eisprinzessin.

„Und wie wäre es mit einer Privatführung?“

„Das wird teuer. Zweihundert Mark.“ Sie klimperte nicht einmal mit den Wimpern.

„Gut. Zweihundertfünfzig“, bot ich an.

Sie schluckte, tuschelte mit ihrer Kollegin und erhob sich.

„Dann werden Sie mit mir vorlieb nehmen müssen.“

„Wenn Sie Ahnung von Kunstgeschichte haben.“

Sie blickte mich an, als hätte ich laut geflucht, und nickte hochmütig. Sie kam aus ihrem Kabuff heraus und stöckelte mir voraus. Sie hatte eine Menge Ahnung und ich bekam eine Einweisung in die holländische und italienische Schule, wie und warum welche Maler ihre Leinwände vollgepinselt hatten. Ich ließ sie sich erst einmal warmlaufen. Schließlich unterbrach ich ihre etwas langatmigen Schilderungen, die sie mit vielen Jahreszahlen gewürzt hatte.

„Mich interessiert besonders das Bild ‚Die Vertreibung der Händler aus dem Tempel'."

Sie sah mich erstaunt an.

„Und was anderes interessiert Sie nicht?"

„Im Moment bin ich etwas einseitig interessiert."

Ihre blauen Augen wurden noch ein paar Grad kälter.

„Na schön. Der Preis wird dadurch nicht geringer."

„Dachte ich mir schon."

Es ging in einen Saal, den wir ganz für uns allein hatten. Sie wies auf das Bild, das Jesus zeigte, wie er mit einer Rute auf Geldwechsler und Konsorten eindrosch. Zu seinen Füßen lag bereits ein Mann, den er niedergeschlagen hatte. Sehr christlich sah das nicht aus. Wie war das noch mit der Nächstenliebe? Jesus schien ziemlich wütend zu sein, und ich stellte mir vor, dass die Kerle auf dem Bild aus den Vorstandsetagen der Deutschen Bank stammten. Ich hätte Jesus gern bei der Prügelei geholfen.

„Das ist ein Bild von Francesco Boneri, genannt Cecco del Caravaggio", flötete sie mit ehrfurchtsvollem Blick. „Es handelt sich also nicht um Michelangelo Merisi, der sich später Caravaggio nannte und die wunderbaren Jünglingsporträts geschaffen hat, die den Einfluss von Tizian erkennen lassen. Boneri war ein Freund, Schüler, Modell und vielleicht der Geliebte des großen Caravaggio. Man weiß nicht sehr viel über Cecco del Caravaggio, wie auch vieles vom Leben des großen Caravaggio selbst im Dunkeln liegt. Wie Sie vielleicht wissen, führte er ein wüstes Leben. Es fand überwiegend in Wirtshäusern statt, wo es auch ein Ende nahm. Was interessiert Sie an dem Bild des Caravaggio-Schülers?"

„Was ist an diesem Bild so beeindruckend, dass jemand alle Brücken hinter sich abreißt und spurlos verschwindet?"

„Wie? Was? Verschwindet? Warum?"

„Das versuche ich gerade herauszukommen."

„Sie sind also gar kein Kunstliebhaber?", fragte sie empört.

„Das würde ich nicht sagen. Ich liebe eher die Impressionisten und manche Sachen von Picasso, Braque und Konsorten."

„Konsorten?", fragte sie entsetzt.

„Na ja, den Immendorf oder den Klinger finde ich auch ganz gut."

„Was sind Sie denn?", bekam sie nur noch flüsternd heraus.

Ich sagte es ihr. Sie hatte einige Mühe, dies zu verdauen.

„Ach so. Ich dachte, Detektive gäbe es nur in schlechten Romanen."

„Sie sollten mal Chandler oder Hammett lesen. Viele Kritiker halten deren Romane für große Literatur, obwohl es Kriminalgeschichten sind."

„Sie wollen doch Totschlaggeschichten nicht mit den Werken eines Thomas Mann gleichsetzen?" Ihre Miene drückte aus, dass sie mich für das letzte Exemplar eines Neandertalers hielt.

„Der hat mir mit seinem gestelzten Stil in der Schulzeit einen ganzen Sommer verdorben. Unser Lehrer war ein großer Thomas-Mann-Fan. Sein Bruder und sein Sohn waren eher mein Fall."

„Nun ja, die Geschmäcker sind verschieden", brachte sie heraus. „Es gehört schon ein wenig Bildung dazu, die Vorzüge eines Thomas Mann zu erkennen."

Wumms. Da hatte ich es. Es schien, dass wir schwerlich eine gemeinsame Wellenlänge finden würden.

„Was kann ein gebildeter Mensch nur daran finden, Mordgeschichten zu lesen", setzte sie noch einen obendrauf.

„Wurde Ihr so bewunderter Caravaggio nicht eines Mordes verdächtigt? Gäbe eine gute Story für einen Kriminalroman ab. Mord und Totschlag gehören zur Menschheitsgeschichte. Sie finden dazu nicht nur in der Bibel ein paar überzeugende Beweise. Schon die alten Sumerer hatten ihren Gilgamesch und Enkidu, zwei wackere Totschläger. Und die besten Mordgeschichten schrieben alte englische Ladys, wenn sie ihr Strickzeug zur Seite gelegt hatten."

Ihr gefiel das gar nicht.

„Kann ich sonst noch etwas für Sie tun?"

„Was sagt Ihnen das Bild?"

Sie zuckte mit den Schultern.

„Es gibt eine Stelle aus dem Matthäus-Evangelium wieder."

„Fordert es Sie dazu auf, etwas zu unternehmen und einen radikalen Bruch zu vollziehen? Gehen Sie mal davon aus, dass der Betrachter dieses Bildes Priester ist."

Ihr Blick wurde etwas nachdenklicher. Sie legte die Hand ans Kinn und starrte unverwandt auf die Szene.

„Als Priester würde ich sagen, dass es für mich die Aufforderung ist, mich nicht um Handel und Geschäfte zu kümmern."

„So sehe ich das auch. Es ist die Aufforderung, dass der Mensch sich nicht um Geld und Profit kümmern soll. Sie sind eine kluge Frau."

Sie brachte nun sogar ein Lächeln zustande.

„Konnte ich Ihnen doch helfen?"

„Oh ja. Durchaus."

Ich gab ihr das Geld und sie steckte es rasch weg, als hätte sie Angst, dass ich es mir anders überlegen könnte. Nun, unterbezahlt war sie gewiss nicht. Ich schrieb den Betrag im Geiste dem Spesenkonto der Bradberrys zu. Nachdem sie das Geld hatte, bekam sie wohl das Gefühl, noch etwas für mich tun zu müssen. Sie ging näher an das Gemälde heran.

„Es ist erstaunlich gut. Es ist viel Bewegung und Dynamik in dem Bild. Es lebt. Boneri hat viel von seinem großen Freund gelernt."

„Aber es erschreckt Sie nicht, zwingt Sie nicht, ein anderes Leben zu führen?"

„Nein. Aber wenn ich ein Priester wäre, würde es mich vielleicht dazu bringen, darüber nachzudenken, ob ich so lebe, wie Christus es verlangt."

„Machen Sie weiter!", forderte ich sie auf.

Sie lächelte erfreut. Es war, als wenn die Sonne über einem zugefrorenen Gewässer aufging. Ich fand sie jetzt sogar attraktiv.

„Es fordert einen Priester vielleicht dazu auf, Jesus zu helfen."

„Steht nicht geschrieben: Mein Haus soll ein Bethaus heißen für alle Völker? Ihr aber habt eine Räuberhöhle daraus gemacht", murmelte ich zustimmend. Mir war ja auch schon der Gedanke gekommen, dass man in den Vorstandsetagen der Banken mit dem Knüppel aufräumen sollte. „Darf ich mich dafür bedanken, indem ich Sie in der Cafeteria zu einer Tasse Kaffee einlade?"

„Na gut!", gab sie sich einen Ruck. „Sie haben mich ja wirklich fürstlich entlohnt."

Wir gingen in die Cafeteria des Museums, die den Charme einer Mensa hatte. Ich bestellte zwei Kaffee und überredete sie noch zu einem Stück Käsetorte.

„Sie sind also ein richtiger Detektiv?", fragte sie, während sie sich mit der Gabel kleine Stücke des Kuchens einverleibte. Ich wusste gar nicht, dass man das so etepetete tun konnte.

„Himmlisch. Der Käsekuchen ist wirklich gut." Sie schloss dabei kurz die Augen. „Kann man denn von Ihrem Beruf leben?"

„Ich habe außerdem noch eine Sportschule, dann geht das schon. Reich wird man allerdings nicht dabei."

„Warum haben Sie sich nicht einen richtigen Beruf gesucht?"

„Weil ich nichts anderes kann."

„Ach ja."

Sie hielt mich nun für einen Loser und wusste nicht, wie sie sich verhalten sollte. Vielleicht tat ihr jetzt die Zeit leid, die sie mit mir verplemperte.

„Halten Sie es wirklich für glaubhaft, dass Jesus, der die Liebe predigte, Geldwechsler brutal zusammenschlägt?"

Sie staunte mich an.

„Stimmt. Es passt nicht zu ihm. Meistens wird er ja als Leidensmann abgebildet, aber in diesem Bild handelt er und gibt ein Bekenntnis ab. Er ist ein Held, so wie auf Michelangelos Bild in der Sixtinischen Kapelle. Auch da tritt uns Jesus als Heros entgegen, der zum Jüngsten Gericht aufruft. Eigentlich ein Widerspruch." Sie ließ nachdenklich die Gabel sinken.

„Was meinen Sie?", hakte ich nach.

„Wenn er gestorben ist, um unsere Sünden auf sich zu nehmen, was soll dann noch das Jüngste Gericht? Es ist doch alles verziehen."

„Jede Minute mit Ihnen ist ein Gewinn."

„Wirklich?", fragte sie zweifelnd.

Ich sagte dies nicht als Anmache, es entsprang meinem ehrlichen Empfinden. Konnte es nicht sein, dass Padre David hier im Museum vor dem Bild die Erkenntnis gekommen war, dass er etwas tun musste? Eine gewagte Hypothese. Aber immerhin war es mal ein Ausgangspunkt. Doch wozu hat ihn das Bild aufgerufen? Das würde ich nun herausbekommen müssen. Befand er sich in Gefahr und musste sich deswegen verstecken?

„Ich weiß wirklich nicht, wie ich Ihnen habe helfen können", sagte die Eisprinzessin, die sich langsam in eine wirklich nette Frau verwandelte.

„Sie haben mich auf interessante Gedanken gebracht."

„Wer ist dieser Priester, der verschwunden ist?"

„Vielleicht jemand, der sich viel vorgenommen hat und erst einmal in Deckung gegangen ist."

„Und die Kirche hat Sie beauftragt, ihn zu finden?"

„Nein. Seine Familie."

„Könnte er vor dem Bild so eine Art Damaskuserlebnis gehabt haben?"

„Ja. Und nun scheint er sich dazu berufen zu fühlen, etwas zu tun. Was haben Sie studiert? Kunstgeschichte, nehme ich an."

„Ja. Ich wollte mich schon immer mit Kunst beschäftigen. Mein Traumberuf. Aber er bringt nicht viel ein. Gut, ich wusste vorher, dass ich keine Reichtümer sammeln würde, aber dass es so wenig ist? Ohne die Unterstützung durch meinen Vater käme ich nicht über die Runden."

„Sie sind jung. Suchen Sie sich was anderes."

„Es ist schön, mit diesen Bildern zu leben, und manchmal kommt es während der Führungen zu interessanten Gesprächen. Letzte Woche war ein Professor von der Akademie der Künste mit seinen Studenten hier. Das hat Spaß gemacht."

„Vielleicht ist das die Entlohnung."

„Ja. So sehe ich es auch."

Wir verabschiedeten uns schließlich mit viel Verständnis füreinander.

„Vielleicht sieht man sich mal wieder", sagte sie zum Abschied.

„Ich werde ein regelmäßiger Besucher der Gemäldegalerie werden."

„Wirklich?"

Sie riss die Augen auf, die nun kein Eis mehr bedeckte.

„Ich muss jetzt nach Rom. Wenn ich wieder zurück bin, informiere ich Sie, was aus der Geschichte geworden ist."

„Das würde mich freuen", wisperte sie.

Was es doch ausmachte, wenn man miteinander kommunizierte. Es war immer dasselbe. Der Austausch von Gedanken konnte Mauern einreißen. Aristotelische Wucht hatte diese Erkenntnis nicht gerade.

Gut gelaunt verließ ich das Museum. Spencer überraschte mich draußen, indem er mich ansprang und meine Hände leckte. Ich war wieder in Gnaden aufgenommen. Als ich vor dem Europa-Center den Wagen parkte, fiel mir ein Auto auf, das ich die ganze Zeit im Rückspiegel gesehen hatte. Der rote Alfa Romeo hielt in einiger Entfernung.

Ich stieg aus. Die Männer in dem Alfa taten es ebenfalls. Mit Spencer an der Seite fuhr ich mit der Rolltreppe hoch auf das erste Plateau, wo sich neben Boutiquen und Souvenirläden auch ein chinesisches Restaurant befand, dessen Besitzer nichts gegen meinen Begleiter hatte, wie ich aus der Zeit wusste, als ich als Bodyguard in Berlin gearbeitet hatte. Der Besitzer hinter dem Tresen lächelte mir freundlich zu. Auch diesmal würde er für Spencer einen kleinen Extrateller zurechtmachen. Die beiden Typen waren mir gefolgt. Beide trugen schwarze Hüte, die sie tief ins Gesicht gezogen hatten. Wenn das ‚Beschatten' sein sollte, dann mussten die beiden noch tüchtig üben.

Ich nahm einen Tisch am Fenster. Die Bedienung, eine zierliche Chinesin, kam herbeigetrippelt.

„Sie waren lange nicht hier. Wie immer?", fragte sie. Es klang nach: Wie immel. Sie hatte ein fantastisches Gedächtnis. Nun, Spencer war ja auch kein alltäglicher Hund.

Ich bekam also meine Wan Tan Suppe und danach Eierreis mit Krabben, eines meiner Lieblingsgerichte. Spencer bekam einen Teller mit Rindfleisch, was er sich mit einer solchen Selbstverständlichkeit einverleibte, dass ich mich fast für ihn schämte. Ich sah, dass die beiden Hutträger gegenüber vor einem Zeitungsladen Aufstellung genommen hatten. Sie taten sich keinen Zwang an und starrten unverwandt herüber. Mit ihren schwarzen Anzügen und dem Stetson sahen sie aus wie Typen in einem Film noir. Nachdem mir die hübsche Bedienung noch einen Pflaumenschnaps spendiert hatte, zahlte ich und bekam ein schönes asiatisches Lächeln als Dreingabe. Ich nickte Spencer zu und dieser erhob sich träge.

„Bedank dich für das gute Essen!"

Stattdessen gähnte Spencer. Ich sah ihm an, dass er sich jetzt gern zu einem Mittagsschläfchen hingelegt hätte. Ich schnalzte mit der Zunge und er schüttelte sich unwillig. Wir gingen nach draußen. Die beiden Männer kamen auf mich zu und versperrten mir den Weg. Spencer mochte das nicht. Er schüttelte seine Zotteln vor den Augen weg und zeigte ihnen knurrend sein beachtliches Gebiss. Die beiden Typen hatten harte Gesichter, kalte Augen, schmale Lippen und eine tiefbraune Gesichtsfarbe. Sie gefielen mir ebenso wenig wie meinem Hund.

„Haben die Bradberrys dir gesagt, wo Padre David ist?", fragte der größere der beiden auf Englisch.

Sie wussten also verdammt gut Bescheid und, was mir noch weniger gefiel, sie sprachen ein Englisch, das sehr amerikanisch klang. Das Kaugummikauen verbesserte auch nicht gerade ihre Aussprache.

„Was geht euch das an?"

„Er will frech werden", sagte der Kleinere.

Der Große mit der Plattnase streichelte bedeutungsvoll mit der linken Hand über den Siegelring an seiner Rechten.

„Nun hören Sie mal zu, Christiansen! Es gefällt uns nicht, dass sich ein Schnüffler um Padre David kümmert. Halten Sie sich aus der Sache heraus. Dies ist ein gutgemeinter Rat. Und wenn Sie uns jetzt noch sagen, ob die Bradberrys wissen, wo Padre David ist, ziehen wir ohne Ärger zu machen ab."

„Tut euch keinen Zwang an. So ein bisschen Ärger kann sehr unterhaltsam sein", erwiderte ich. Man darf sich von solchen Pennern nicht einschüchtern lassen.

„Er denkt, weil er den doofen Köter dabei hat, kann er eine dicke Lippe riskieren!", stellte der Kleinere erfreut fest und sah sich vorsichtig um.

Um diese Zeit waren nicht viele Besucher im Europa-Center. Sein Kollege grinste und holte einen Revolver aus der Jackentasche. Ich kannte die Waffe. Eine ‚Glock' konnte schöne große Löcher machen. Berlin ist eine große Stadt mit einigen merkwürdigen Typen. Aber Chicagoer Verhaltensregeln hatten sich noch nicht eingebürgert. Er drückte mir den Revolver in die Seite. Dies hätte er besser nicht getan, denn Spencer nahm sein Bein als Nachtisch. Ehe er die Waffe auf meinen Freund abdrücken konnte, schlug ich ihm aufs Handgelenk, und das Schießeisen flog durch die Luft. Der Kleine wollte seinem Freund beistehen, aber ich brachte ihn mit einem Schlag auf die Halsschlagader auf andere Gedanken und er legte sich auf den Boden. ‚Plattnase' hatte genug zu tun, Spencers Gebiss auszuweichen, was ihm nicht ganz gelang. Er bekam ein paar prächtige Bisswunden ins Bein, die ihn davon abbringen würden, jemals wieder einen australischen Hütehund zu unterschätzen.

„Nun ist gut, Spencer!", bändigte ich meinen Freund. Nach einem anklagenden Blick ließ er von seinem Opfer ab. Dafür übernahm ich ihn und gab ihm ein paar kräftige Schläge auf die Leber, die seine Augen hervorspringen ließen. Ächzend legte er sich zu seinem Kollegen.

„Aufhören!", quetschte er schließlich hervor.

„Also, was soll der Zirkus?", herrschte ich ihn an. „Wer hat euch Penner geschickt?"

Spencer unterstrich meine Worte mit einem bedrohlichen Knurren.

„Wir wollten dich nur warnen", stotterte Plattnase.

„Und dafür haltet ihr mir eine Kanone unter die Nase?"

Ich hob die Waffe auf und steckte sie in den Gürtel. Beide rappelten sich nun hoch.

„Raus mit der Sprache! Wer hat euch geschickt?"

„Leute, mit denen du dich besser nicht anlegst!", giftete der Kleine. Wie das bei kleinen Hunden üblich ist, versuchte er die geringe Körpergröße durch eine große Klappe zu kompensieren.

„Geht das nicht genauer?"

Spencer schnüffelte an seinem Hosenbein, was der Kleine durchaus als massive Drohung verstand.

„Wir waren auf Sightseeingtour in Rom. So ein Typ hat uns angesprochen und einen Briefumschlag mit Geld gegeben und gesagt, was wir tun sollen", gestand Plattnase. „Geld kann man immer gebrauchen, nicht wahr?"

Er grinste etwas schief.

„Und was solltet ihr tun?"

„Die Bradberrys im Auge behalten. Nachschauen, ob dieser Padre dort aufgetaucht ist."

„Stattdessen machtest du denen deine Aufwartung. Seitdem haben wir dich beschattet", ergänzte der Kleine. „Als wir erfuhren, dass du Detektiv bist, haben wir eins und eins zusammengezählt."

„Ihr seid mir ja tolle Mathematiker." Ich glaubte ihnen kein Wort. Dafür plauderten sie mir zu bereitwillig. Sie schienen jedoch nur kleine Lichter zu sein. „Ihr seid keine Italiener?"

„Wir sind Amerikaner und machten Urlaub in Italien", erklärte Plattnase.

Ich musste über so viel Dreistigkeit lachen. Sie schienen sehr sicher zu sein, dass ihnen nicht viel passieren konnte, von den Zärtlichkeiten Spencers einmal abgesehen. Gern hätte ich noch gewusst, was hinter ihren Lügen steckte. Aber mittlerweile hatte sich ein Kreis von Zuschauern um uns gebildet, die darüber redeten, ob man nicht die Polizei holen solle, da der Hund bissig sei.

„Verschwindet und kommt mir nicht mehr unter die Augen!", sagte ich Abschied nehmend.

Ich pfiff Spencer an meine Seite und wir gingen aus dem Europa-Center und machten uns bei schönem Frühlingswetter auf den Weg zurück nach Hamburg.

Ich war froh, wieder in meinem Pöseldorf zu sein. Auch hier war das Wetter gut. ‚Marlowe' hatte die Stühle vor seinen Kriladen gestellt und ließ sich von der Sonne bescheinen. Er hatte natürlich einen bürgerlichen Namen, aber jeder in Pöseldorf nannte ihn Siggi ‚Marlowe'. Der Name seines Krimiladens forderte das geradezu heraus und er ließ es sich gutmütig gefallen.

„Wie geht's, wie steht's?", fragte er, nachdem er Spencer geknuddelt hatte, der sich dies in erhabener Gelassenheit gefallen ließ. Er mochte Marlowe und war gern im Chandler's Corner.

Ich setzte mich zu ihm und erzählte von dem Fall und meinen Erfahrungen.

„Da hast du dir ja ein dickes Eisen eingefangen."

Ich verstand erst nicht so recht.

„Eine Kanone hat man mir schon öfter unter die Nase gehalten."

„Denk mal nach. Ein Priester verschwindet, der bei irgendeinem hohen Popen im Dienst stand, aus Italien werden dir zwei miese Typen auf den Leib gehetzt und du willst nun nach Rom und nach Antworten schnüffeln. Wenn du dich nicht mit der ältesten und mächtigsten Institution der Welt angelegt hast, dann vielleicht mit der Mafia. Was du erzählst, klingt verdächtig nach Mafia oder Cosa Nostra."

„So doll waren die Knaben nicht."

„Vielleicht weil sie dich unterschätzt haben oder du bist noch so weit von der Wahrheit entfernt, dass man nur ein paar zweitklassige Brüder auf dich ansetzte."

„Die Kirche ist doch heute keine Macht mehr. Warum sollte ich der gefährlich werden? Nur weil mich die Bradberrys engagiert haben, ihren Sohn zu finden?"

„Die Kirche ist keine Macht mehr? Männeken, da irrst du gewaltig. Ich habe einen Freund, der brachte im Fernsehen mal ein paar tolle Sketche über Zölibat und Haushälterinnen und schon war er auf irgendeiner verdammten schwarzen Liste und bekam kaum noch Engagements. Nur weil er den Chef von den Wühlmäusen kennt, kann er sich über Wasser halten. Ne, Männeken, die Kirche kann immer noch Strippen ziehen."

„Ich dachte zuerst, dass David sich eine Auszeit genommen hat. Aber nun ist mir klar, dass ihn das Bild von dem Cecco del Caravaggio darauf gebracht hat, irgendetwas durchzuziehen."

Marlowe zog seine Taschenuhr heraus.

„Gleich fünf Uhr. Jetzt wird ohnehin keiner mehr kommen. Ich hänge ein Schild an die Tür, dass wir im *Ilias* sind, und wir nehmen einen Kleinen zur Brust." Dagegen hatte ich nichts einzuwenden.

Iphigenie stand hinter der Theke und winkte mit dem Kopf, dass wir uns zu ihr an die Bar setzen sollten. Ihr Vater Alexios saß wie immer an der Kasse und schaute griesgrämig drein. Wir waren die einzigen Gäste und das verdarb ihm immer gründlich die Laune. Wir bestellten zwei Glenmorangie und bekamen die Gläser, nach Iphigenies Blick zum Vater hin, reichlich eingeschenkt. Spencer ließ sich von ihr streicheln und beschnupperte hingebungsvoll ihre Hände und Arme. Er war ein ausgesprochener Liebhaber schöner Frauen und wusste genau, wann ich mich zurücknahm. Iphigenie stellte für ihn keine Gefahr unserer Zweisamkeit dar.

Die Abendsonne schien herein. Staubteilchen tanzten durch die Luft. Der Whisky war vorzüglich und unsere Stimmung so friedfertig wie bei einem Kaffeekränzchen. Wir hechelten noch einmal durch, was ich in Erfahrung gebracht hatte. Viel weiter brachte es uns nicht.

Alexios, der auch zugehört hatte, erhob sich von seinem Sitz an der Kasse und kam mit glänzenden Augen zu uns. Mit seinem mächtigen weißen Schnauzbart und dem wettergegerbten Gesicht sah er aus wie ein Schäfer aus den Bergen an der albanischen Grenze.

„Es geht um Geld, da könnte ich tausend Drachmen drauf wetten."

„Vater, wenn du was von Geld hörst, kriegst du Augen wie ein türkischer Taxifahrer", mahnte seine Tochter.

„Du meinst, weil das Gemälde zeigt, wie Jesus die Geldwechsler vertreibt?", fragte ich und fand, dass dies gar kein schlechter Schluss war.

„Klar doch. Du sagtest, dass der Padre sich zur Vatikanbank versetzen ließ. Wenn dieses Bild ihn beeindruckte und man seine Versetzung dazuzählt, dann ergibt eins und eins zwei. Es geht ums Geld."

„Bei Vater geht es immer um das liebe Geld", warf Iphigenie spitz ein.

Alexios zwirbelte mit listigem Grinsen seinen Schnurrbart.

„Es gibt drei Dinge, die die Welt bewegen. Geld, Macht und Liebe. Alles andere sind nur Spielarten davon."

„Vielleicht hat das Bild gar nichts zu sagen", schüttete die schöne Griechin Wasser in den Wein. „Vielleicht hat er die Liebe seines Lebens gefunden."

„Gut genug sieht er ja aus", stimmte ich zu, nahm das Bild aus der Brieftasche und schob es über den Tresen.

„Ein Adonis. Mein Gott, bei dem bleibt doch keine Besucherin einer Messe ruhig", sagte Iphigenie beeindruckt.

Alexios nahm ihr das Foto aus der Hand und runzelte die Stirn.

„Könnte wetten, dass der für die Frauenwelt verloren ist."

„Meinst du wirklich?", bedauerte Iphigenie.

„Dafür habe ich einen Blick. Wer so aussieht und dann noch Priester geworden ist, tat dies nicht ohne Grund."

„War dieser Caravaggio nicht auch ein Freund der gleichgeschlechtlichen Liebe?", fragte Marlowe.

„Stimmt. Dieser Cecco del Caravaggio soll sein Liebhaber gewesen sein."

„Vielleicht hat dein Priesterlein Kummer mit seinem Freund?", mutmaßte Marlowe.

Ich zuckte mit den Achseln. Beim gegenwärtigen Stadium meiner Ermittlungen war jede Theorie so gut wie die andere.

„Was meinst du dazu?", fragte ich scherzhafterweise Spencer. Dieser sah zu mir hoch und schüttelte sich.

„Er meint nein", übersetzte ich.

„Hat der dich verstanden?", staunte Marlowe.

„Wie sah es denn aus?", fragte ich zurück.

„Ich kann ihm nur recht geben", trumpfte Iphigenie auf.

„Unfug! Er ist nur ein Köter und manchmal stinkt er auch danach", knurrte Alexios.

„Mach so weiter und er fängt an zu pupsen", warnte ich ihn.

Alexios winkte ab und verzog sich wieder an die Kasse.

„Vielleicht kann ich mehr über seinen Freund erfahren. Ich fahre morgen früh nach Rom."

„Ich beneide dich", stöhnte Marlowe. „Rom. Das ist das Zentrum der Welt. Caput Mundi. Fliegst du?"

Das hatte ich vorgehabt. Aber ich wollte Spencer nicht noch mehr verärgern und hatte mich entschlossen, mit dem Wagen zu fahren. Auf der Strada del Sol Rom entgegenzufahren, hatte schon seinen Reiz.

„Mein MG schafft das schon. Ich würde dich ja gern mitnehmen, aber auf dem Beifahrersitz macht sich Spencer breit, und mehr Sitze hat mein Roadster nicht zu bieten."

„Ruf mich an, wenn ich dir helfen kann."

„Und dein Laden?"

„Um den kümmert sich dann mein Neffe. Ist ein fixes Bürschchen und, was noch wichtiger ist, er liebt Maigret."

„Gut, wenn es die Lage erfordert, rechne ich dich über mein Spesenkonto ab."

„Abgemacht!" Marlowe strahlte.

Es war gut, ihn in der Hinterhand zu haben. Ich kannte Marlowe seit zwei Jahren. Er war, wie sein Bruder, Mitglied in meiner Sportschule und hatte so einige Sachen in Jiu Jitsu drauf, die ich auch nur hinbekam, wenn ich mich mächtig konzentrierte. Er wirkte immer etwas schläfrig, als würde er gerade darüber nachdenken, wo er den Malteser Falken suchen sollte, aber konnte Zweizentnermänner aufs Kreuz legen. Auch Iphigenie war von ihm sehr angetan, was Alexios argwöhnisch beobachtete. Schließlich sollte seine kostbare Tochter mindestens einen Reedersohn bekommen, wobei die Schwierigkeit darin bestand, dass sich Reedersöhne selten nach Pöseldorf verirrten.

Am nächsten Morgen, es graute bereits, machten wir uns nach Rom auf. Spencer genoss den Fahrtwind und konnte scheinbar nicht genug davon bekommen, so viel Land wie möglich zu betrachten. Hinter München, bei Rosenheim, machten wir eine erste längere Pause und Spencer freundete sich mit einem grauhaarigen Mischling an, der ihm knapp bis an die Brust reichte. Ich hatte einen kurzweiligen Flirt mit dessen Besitzerin, einem blonden, unkomplizierten Mädchen aus Bremen, das ein Norddeutsch sprach, als sei es die Tochter eines hanseatischen Senators. Die nächste Rast war hinter Innsbruck, wo ich wieder die Bremerin traf, die mit ihrem Mini nach Verona unterwegs war, um sich dort in der Arena Aida anzuhören. Wir intensivierten unseren Flirt und verabredeten, uns in Verona zu treffen. Als dann die ersten Zypressen am Gardasee auftauchten, betete ich das Gedicht von Goethe herunter:

Kennst du das Land, wo die Zitronen blühn,
Im dunklen Laub die Goldorangen glühn …

Es gehört zu meinen Lieblingsgedichten und hat nicht unmaßgeblich zu meiner Italienliebe beigetragen.

Ich übernachtete also in Verona im *Due Torri*, das mit seiner großen Ritterhalle an die Streitigkeiten zwischen Ghibellinen und Guelfen erinnerte. Wie immer ging es um die Macht, wobei die Ghibellinen dem deutschen Kaiser ergeben waren, die Guelfen dagegen dem Papst. Natürlich ging es vor allem um wirtschaftliche Interessen zwischen den oberitalienischen Städten.

Abends traf ich mich mit der Bremerin auf der romantischen Piazza Erbe. Wir schauten zu den Lichtern an der Arena hinüber und tranken einen guten Barolo. Anschließend spazierten wir Hand in Hand zum Balkon von Romeo und Julia und dadurch inspiriert verlebten wir eine unkeusche Nacht im Due Torri. Ich war ein wenig traurig, als wir uns am nächsten Morgen trennten. Ich musste weiter nach Rom. Wie hätte ich wissen können, dass mich jeder Kilometer einer Menge Ärger näherbrachte?

Das Hotel, das Iphigenie gebucht hatte, sollte in der Nähe der Spanischen Treppe sein. Doch Rom ist mit vielen Einbahnstraßen gesegnet und ich kreiste eine Weile zwischen Piazza del Popolo und Vittorio Emanuele herum. Schließlich kümmerte ich mich nicht mehr um Verbotsschilder, was zwar heftiges Hupen auslöste, mich aber schließlich ohne Zwischenfall vor das Hotel *D'Inghilterra* in der Via Bocca di Leone brachte. Ich hatte dieses Hotel gewählt, weil es das Lieblingshotel Hemingways in Rom war, und ich wusste, dass er mit Hotels ein gutes Händchen gehabt hatte. Dass die Nacht vierhundert DM kostete, regte mich nicht auf, da das Spesenkonto der Bradberrys gut gepolstert war. Dass ich für Spencer einen Aufpreis zahlen musste, trieb meinen Blutdruck in die Höhe. Aber der ölige Kerl an der Rezeption gab mir zu verstehen, dass die meisten Hotels niemals einem Hund ein Dach über dem Kopf gewähren würden. Dann kam eine Schönheit an den Tresen, deren Gesicht mein Herz zum Stolpern brachte. Ich war mir sicher, nie ein so schönes Gesicht gesehen zu haben. Sie hatte ein Profil wie Audrey Hepburn. Allerdings war sie an den richtigen Stellen besser gepolstert. Das göttliche Mädchen hatte den Disput mit dem Concierge gehört und lächelte beruhigend.

„Das mit dem Hund bekomme ich schon hin. Ich spreche mit dem Direktor. Wie lange werden Sie bleiben?"

„Mindestens ein paar Tage, schon um Sie des Öfteren zu sehen."

Sie neigte den Kopf und wurde rot.

„Dann werde ich den Direktor bestimmt überzeugen können. Ich meine, weil Sie länger bleiben", setzte sie rasch hinzu.

Ich war nun davon überzeugt, das richtige Hotel gewählt zu haben.

Als ich abends auf der Dachterrasse bei einem guten Wein saß, ging mir das Gesicht nicht aus dem Sinn, das ich unten an der Rezeption gesehen hatte. Diese großen dunklen Augen.

Ich genoss den atemberaubenden Blick über die Ewige Stadt. Noch spät am Abend, als der letzte rote Lichtstreifen am Horizont versickerte, war die Luft warm und samtig. Auch Spencer schien sich wohl zu fühlen. Die Kellner machten viel Gewese um ihn und er war der Star auf der Terrasse. Ich fand, dass der Auftrag sehr angenehme Seiten hatte. Dieser Ansicht sollte ich ein paar Tage später nicht mehr sein.

5

Wenn der Nebel sich lichtet

Da ich mich in den Blick über die Dächer Roms verliebt hatte, nahm ich auch das Frühstück auf der Terrasse des *D'Inghilterra* ein. Wenn über Rom die Sonne aufgeht und der Nebel noch über dem Aventin liegt, kann man sich gut vorstellen, wie es damals war, als sich Cäsar zum Senat aufmachte und die Warnung vor den Iden des März in den Wind schlug. Man glaubt wieder das Brüllen der Löwen vom Kolosseum her zu hören, sieht wieder Senatoren mit eiligen Schritten durch die Gassen eilen und sich zurufen, dass die Vandalen vor der Stadt stehen. Man kann sich vorstellen, wie Barbarossa hoch zu Ross in die Stadt einzieht und wie der Papst beim Sacco di Roma in die Engelsburg flieht. Die Mauern, die das Herz des Reichs einst schützten, sind lange zerfallen, und dort, wo Paläste standen, weideten lange Zeit Kühe, und erst der Glaube an einen armen Wanderprediger ließ auf dem verödeten Feld Kirchen in der Pracht von Palästen entstehen, wie sie nirgendwo schöner sind.

Ich ließ mir Zeit für das Frühstück und beobachtete das Licht, das goldgelb über den Kuppeln tanzte. An diesem Morgen begann meine Liebe zu der Ewigen Stadt. Bis dahin waren Paris und Hamburg meine Lieblingsstädte gewesen, aber an diesem Morgen, mit dem flirrenden Licht über den Dächern, schloss Rom zu diesen Städten auf. Auch Spencer war mit sich und der Ewigen Stadt zufrieden. Ich wusste, dass sich dies im Laufe des Tages ändern würde, weil ich ihn nicht überallhin mitnehmen konnte. Also genoss ich seine Huld und tätschelte ihn ausgiebig, was er mit dankbaren Blicken quittierte. Dann suchte ich den Concierge auf. Ohne Hilfe würde ich diesen Boris Brasaukas niemals finden. Emilio, der Concierge, war ein kleiner, schmal gewachsener Mann mit pechschwarzen Haaren und dem Schnurrbart eines Herzensbrechers über den strahlend weißen Zähnen. Ich schilderte ihm mein Problem.

„Soweit ich weiß, soll er Sekretär des Kardinalstaatssekretärs Enrico Navarone sein.“

„Oh, Seiner Eminenz Navarone?“, staunte Emilio. „Das wird nicht so einfach werden. Das ist so, als wenn Sie den Sekretär Ihres Bundeskanzlers sprechen wollten.“

Ich zuckte mit den Achseln. Ich hatte keine Ahnung, ob der deutsche Bundeskanzler einen Sekretär hatte. Emilio klemmte sich aber ans Telefon. Er wählte und wählte, jammerte und gestikulierte, bombardierte seine Gesprächspartner mit Wortkaskaden und die Rezeption war erfüllt von seinen „Avanti“, „Scusi“ und „Prego“. Nach einer halben Stunde brach er erschöpft ab.

„Nein. Einige erzählen mir, dass er nicht in Rom ist, andere wollen ihn überhaupt nicht kennen. Einer sagte mir offen, dass er keine Zeit für irgendwelche Deutschen habe. Mein Eindruck ist, dieser Padre will Sie nicht sprechen.“

Plötzlich erstarrte Emilio. Aber nicht nur er, in der ganzen Lobby wurde es still. Aus dem Büro hinter der Rezeption hörte ich eine Radiostimme in getragenem Ton etwas vortragen.

„Der Heilige Vater ist verstorben. Paul VI. ist von uns gegangen“, flüsterte Emilio ergriffen.

Nun schlug das Stimmengewirr hoch. Die Nachricht schien alle Italiener aus der Fassung zu bringen. Die Gäste des Hotels, überwiegend Amerikaner, nahmen den allgemeinen Aufruhr eher gelassen hin.

„Jetzt verstehe ich“, flüsterte Emilio. „Ihr Padre wird eine Menge um die Ohren haben. Nun wird es fast unmöglich, diesen Boris Brasaukas in den nächsten Tagen zu erreichen.“

„Warum?“, fragte ich ahnungslos.

„Na ja, sein Vorgesetzter Navarone wird nun als Camerlengo, als Kammerherr des Vatikans und höchster Würdenträger, die Wahl des neuen Papstes vorzubereiten haben. Da werden seine Mitarbeiter eine Menge zu tun bekommen. Kann mir nicht vorstellen, dass er sich vor der Wahl des neuen Papstes mit Ihnen treffen wird. Wer weiß, wie lange das Konklave dauert. Es gab Konklaven, die dauerten Monate. Aber das war zu früheren Zeiten“, setzte er lächelnd hinzu.

Die Aussichten behagten mir gar nicht. Schön, die Stadt hatte genug Museen und Kirchen, die man besuchen konnte, aber ich hatte nicht vor, hier wochenlanges Sightseeing zu machen. Ich hätte gar nicht zu einer ungünstigeren Zeit nach Rom kommen können.

„Da kann man nichts machen", wiederholte Emilio dumpf. Seine Augen blickten traurig, wobei offen blieb, ob wegen des Ablebens des Papstes oder weil er mir nicht helfen konnte. Die Schönheit an der Rezeption, die sein Bemühen, mir zu helfen, beobachtet hatte, kam zu ihm und flüsterte etwas. Emilios Miene hellte sich auf.

„Vielleicht kann Ihnen Maja helfen. Ihr Bruder ist bei der Guardia di Finanza und kennt sich auch in Vatikanangelegenheiten aus."

„Das wollen Sie für mich tun?", fragte ich begeistert. Nicht nur über dieses Angebot, sondern auch, weil ich dadurch mit der Schönen, die sogar eine Raffaelsche Madonna in den Schatten stellte, enger in Kontakt kam. Sie war groß, hatte ein schmales Gesicht, hohe Wangenknochen und eine schöne, wohlgeformte Nase, die ihrem Gesicht etwas Klassisches gab. Dazu diese großen, dunklen Augen mit den langen Wimpern, die schon am Vortag mein Herz hatten schneller schlagen lassen. Sie war einfach vollkommen.

„Wer so einen netten Hund hat, dem muss geholfen werden", sagte sie lachend und wurde rot dabei. „Unser Haus bemüht sich immer, den Gästen zu helfen", setzte sie schnell hinzu.

„Hast du das gehört?", sagte ich zu Spencer. Mein Hund hob seinen Kopf, blickte die Schöne an und drückte sich an sie.

„Ein netter Hund", sagte sie begeistert.

„Ein Verehrer schöner Frauen."

Spencer sah mich an, als wolle er sagen, dass ich froh sein könne, wenn er mich weiterhin begleitete.

„Ich rufe nachher meinen Bruder an und frage ihn, ob er Zeit hat, Sie zu treffen. Er ist bei der Guardia di Finanza und weiß eigentlich immer Rat. Warum wollen Sie denn diesen Padre sprechen?"

„Es geht um einen Priester, der verschwunden ist. Ich soll ihn für die Familie suchen."

„Priester verschwinden eigentlich nicht einfach so. Gut, ich sage Ihnen Bescheid, wann es klappen könnte."

Ich ging zur Via Condotti, die mit ihren sündhaft teuren Luxusgeschäften die Betuchten aus aller Welt anzog, aber auch die dorthin lockte, die nicht reich waren und sich allein damit begnügen mussten, mit einem heiligen Schauer zuzusehen, mit welcher Lust man Geld vernichten konnte. Es war ein ziemliches Gedränge, aber beim Anblick von Spencer machte man mir bereitwillig Platz. Einige Frauen blieben stehen und wollten ihn streicheln. Manchmal mochte er das gar nicht, von wildfremden Leuten getätschelt zu werden. Aber er spürte wohl die Bewunderung und ließ es klaglos über sich ergehen. Wir gingen zur Spanischen Treppe, stiegen die 138 Stufen bis zur Kirche Trinità dei Monti hoch und sahen auf die Stadt hinunter. Ich habe ja keine Ahnung, wie ein Hund Rom sieht, aber ich fand den Anblick atemberaubend, während Spencer sich von einer Golden Retriever-Hündin ablenken ließ, sodass ich ihn zur Ordnung rufen musste.

Die Treppe war mit hunderten von Touristen bevölkert. Viele junge Leute hatten sich um einen Gitarrenspieler versammelt, der Lieder von Simon & Garfunkel zum Besten gab. „Bridge over troubled Water" und „Cecilia". Lieder, die jeder kannte, der um die Dreißig war. Obwohl ich dieses Datum beträchtlich überschritten hatte, hörte ich gern zu. Schließlich meinte Spencer, dass ich genug herumgeträumt hätte, und nachdem er mich einige Male energisch angestupst hatte, stiegen wir die Treppe wieder hinab. Stimmt schon. Es waren exakt hundertsechsunddreißig Stufen.

Im berühmten *Café Greco*, in dem schon Goethe und Lord Byron gesessen hatten, nahm ich einen Latte Macchiato. Der Kellner brachte Spencer eine Schale mit Wasser, was dieser dankbar mit einem Schnaufen quittierte, schließlich bewegte sich die Temperatur trotz des frühen Nachmittags bereits auf die dreißig Grad zu, was für einen Hund, der mit einem dichten Pelz gesegnet war, eine ziemliche Belastung darstellte. Wir gingen zur Via del Corso, überquerten sie und liefen weiter bis zum Ara Pacis, wo wir uns den wunderschönen Friedensaltar des Augustus ansahen. Spencer knurrte aufgebracht, als ihm die Dame am Eingang den Einlass verwehrte und ich ihn eine halbe Stunde draußen warten lassen musste. Im Restaurant *La Capricciosa* am Largo dei Lombardi nahmen wir auf der Terrasse Platz, da Spencer eine Verschnaufpause brauchte. Der Wirt, ein kleiner buckliger Mann mit einem stattlichen Bauch, erkundigte sich nach Spencers Herkunft und erzählte von sizilianischen Hütehunden, die zwar nicht das dicke weiße Fell hätten, aber auch sehr intelligente Tiere seien.

Ich bestellte Tomaten-Carpaccio und Tagliatelle mit Pilzen. Spencer bekam Spaghetti Bolognese, garniert mit einem feinen Lammkotelett. Er war eigentlich kein Pastafreund, aber bei Spaghetti Bolognese machte er eine Ausnahme. Die Freude darüber konnte man ihm an seinem rot verschmierten Fell ansehen. Wie immer brach die Damenwelt in Entzücken aus. Eine ältliche Engländerin am Nachbartisch lobte sein würdevolles Aussehen. Da sie nicht hübsch war, glubschte Spencer auch nicht lange hinüber. Da die Hitze meinem Hund doch sehr zusetzte, beschloss ich, ins Hotel zurückzukehren. An der Rezeption winkte mir Maja zu und ich ging eilig zu ihr hinüber.

„Marcello ist einverstanden. Er trifft sich mit Ihnen gern heute Abend in der *Antica Taverna* in der Via Monte Giordano 12 um einundzwanzig Uhr. Nehmen Sie Ihren Hund ruhig mit. Marcello hat auch einen Hund, einen unfassbar großen Collie. Sie verdanken es Spencer, dass er sofort bereit war, sich mit Ihnen zu treffen. Er ist ganz wild darauf, einen australischen Hirtenhund kennenzulernen."

Auf dem Zimmer versorgte ich Spencer erst einmal mit Wasser, was er dringend nötig hatte. Danach machte ich, was für jeden Römer eine lebensnotwendige Selbstverständlichkeit ist, ein kleines Schläfchen. Pünktlich um acht Uhr wachte ich auf und machte mich ausgehfertig.

Das Restaurant machte einen sehr gemütlich rustikalen Eindruck und hatte eine schöne Terrasse, die überwiegend von Italienern besetzt war. Die Karte zeigte, dass man echte Cucina Romana bekam. Majas Bruder war noch nicht erschienen und ich bestellte erst einmal eine Karaffe des Hausweins, der sich als vorzüglich herausstellte. Schließlich tauchte Marcello auf. Ich erkannte ihn an seiner Begleitung, einem Collie, der es von der Größe her mit Spencer aufnehmen konnte. Marcello setzte sich lachend zu mir und tätschelte erst einmal begeistert Spencer, der sich sofort erhoben hatte und interessiert um die Colliedame herumtanzte, sie vorne und hinten beschnüffelte, wie es sich bei einer ordentlichen Begrüßung gehörte. Als die beiden Hunde sich darüber einig waren einander zu mögen, legten sie sich zu unseren Füßen nieder.

„Sie verstehen sich wunderbar. Marcello Buardi", stellte sich Majas Bruder nun vor. „Mein Hund heißt Livia."

„Nach der Frau des Augustus? Sehr schön. Meiner hört auf den vornehmen Namen Spencer."

Wir fachsimpelten ein wenig über Hunderassen und ihre Eigenheiten. Hundebesitzer haben immer eine Menge zu erzählen. Schließlich griff Marcello zur Speisekarte.

„Was essen wir?", fragte er mehr sich selbst und studierte sorgfältig die Gerichte. „Ich kann Ihnen die Kutteln empfehlen. Beste Cucina Romana", sagte er schließlich.

Ich entschied mich für Spaghetti Pesto und danach für die besagten Kutteln. Eigentlich nicht mein Leibgericht, aber ich wurde angenehm überrascht. So gut schmecken Kutteln vielleicht nur in Rom. Als wir gegessen hatten und bei der zweiten Karaffe Wein angelangt waren, erzählte ich ihm meine Geschichte. Er hörte mir äußerst konzentriert zu. Ich war kaum zu Ende, als Maja, die sofort von dem Wirt und den Kellnern mit großem Hallo und vielen Küsschen begrüßt wurde, auf die Terrasse kam. Der Geräuschpegel stieg um einiges an. Die reine italienische Lebensfreude.

„Unsere Schöne ist wieder hier!", hörte ich jemanden entzückt rufen.

Römer wissen Schönheit zu würdigen. Ich hätte nichts dagegen gehabt, wenn ich von ihr auch mit einem Kuss begrüßt worden wäre. Aber sie beließ es bei einem herzlichen Händedruck.

„Nun, seid ihr schon miteinander warm geworden?", fragte sie und bestellte sich einen Teller Spaghetti mit Meeresfrüchten.

Marcello goss seiner Schwester ein Glas Wein ein.

„Er ist gut. Sehr trinkbar", lobte er.

„Und die beiden Hunde vertragen sich?"

„Es war eine Begegnung auf Augenhöhe."

„Va bene", freute sich Maja.

„Ich habe von dem verschwundenen Priester gehört", nahm Marcello den Gesprächsfaden wieder auf. „Die Familie Bradberry hat über die englische Botschaft mächtig Druck gemacht. Wir sind für solche Fälle zwar nicht zuständig, aber den Ärger, den die Engländer den Kollegen bereiteten, haben auch wir mitbekommen. Ich bin, wie Ihnen Maja sicher gesagt hat, bei der Guardia di Finanza. Ich bin ..." Er zögerte einen Augenblick und sah seine Schwester an, die ihm zunickte.

„Ich bin der Divizione Investigativa Antimafia zugeordnet. Wir haben verdächtige Geldbewegungen zwischen der Vatikanbank und einer Bank in Mailand beobachtet und vermuten Geldwäsche. Natürlich haben wir die Versetzung des Padre David Bradberry zur Vatikanbank registriert. Es ist schon seltsam, dass der Padre gerade jetzt verschwindet, wo die Gerüchte über die Machenschaften der Vatikanbank dazu geführt haben, dass wir deren Geldbewegungen verschärft beobachten. Ich weiß, dass sich Commissario Capo Montebello mit dem Fall des verschwundenen Priesters beschäftigt. Aber soweit ich weiß, tappt er völlig im Dunkeln."

„Padre David ist mit einem befreundeten Priester in Berlin gewesen, einem gewissen Boris Brasaukas, der der Sekretär des Kardinalstaatssekretärs Navarone ist. Ich hoffte, von ihm etwas zu erfahren, aber ich komme nicht an ihn heran."

„Navarone, ha! Nun wird klar, warum Sie im Moment kaum Kontakt zu ihm bekommen. Kardinalstaatssekretär Navarone ist nicht nur so etwas wie der Regierungschef des Vatikans, sondern jetzt als Camerlengo auch für das Konklave und die Wahl des neuen Papstes zuständig. Navarone wird Ihren Boris ganz schön auf Trab halten. Ich habe mich nicht ganz uneigennützig mit Ihnen getroffen. Wir ermitteln gegen Bischof Marcinkus, den Chef der Vatikanbank. Navarone hält seine schützende Hand über ihn. Der Vatikan ist ein unabhängiger, souveräner

Staat. Wir müssen also sehr vorsichtig vorgehen. Wir wissen nicht, wie viel Navarone über die Machenschaften Marcinkus' weiß. Vielleicht hat das Verschwinden des Padre David etwas mit dessen Geschäften zu tun. Wusste er zu viel? Hat man ihn deswegen verschwinden lassen?"

„Du meinst, dass man ihn ermordet hat?", hauchte Maja.

Diese Augen, diese wunderbaren Augen, dachte ich und konnte mich kaum von ihrem Anblick lösen. Sie bemerkte dies und lächelte.

„Man muss mit allem rechnen. Ich werde morgen gleich mal Erkundigungen über Boris Brasaukas einholen. Wo er wohnt und so weiter. Meine Schwester wird Sie benachrichtigen, wenn ich was herausbekommen habe."

Mir war das nur recht. Mit der Guardia di Finanza im Rücken kam ich vielleicht weiter. Wir saßen bis Mitternacht in der *Antica Taverna*. Ich erzählte, wie ich dazu gekommen war, Detektiv zu werden, und er erzählte mir von seiner Arbeit, die Geldströme zwischen der Vatikanbank und diversen Tochtergesellschaften zu kontrollieren.

„Wir wissen, dass hier Geldwäsche abläuft. Aber uns fehlen handfeste Beweise und selbst dann kämen wir nicht an Bischof Marcinkus heran, aber wir könnten über die Medien Druck auf Navarone ausüben."

„Sie sind sicher, dass die Kirche mit Mafiosi zusammenarbeitet?"

„Zumindest die Vatikanbank IOR", engte er ein. „In Italien geht etwas Unheimliches vor. Haben Sie schon einmal von der Loge ‚P Due' gehört?"

Hatte ich nicht. Aber nachdem ich gehört hatte, dass ein Bischof mit der Mafia zusammenarbeiten sollte, konnte mich nichts mehr erschüttern.

„‚P Due' ist eine Freimaurerloge, zu der hohe Offiziere, Minister, Industrielle, Bischöfe und Kurienkardinäle gehören und die über die Banco Ambrosiana finanziert wird. Der Vorsitzende der Bank ist ein gewisser Santini, der mit dem Chef der Loge ‚P Due', einem Licio Gelli, befreundet ist. Die ‚P Due' ist ein Staat im Staat und vertritt einen strengen Antikommunismus. Einst als ‚Propaganda Due' im 19. Jahrhundert gegründet, wurde die Loge in den siebziger Jahren wieder ins Leben gerufen, um die italienische KP zu bekämpfen. Man munkelt, dass sogar der Geheimdienstchef Mitglied der Loge ist. Alles Gerüchte? Wir kennen nicht die Namen der Mitglieder."

„Und was will der Verein?"

„Die Angst vor den Kommunisten eint die Leute. Sollten die Roten bei der nächsten Wahl die Oberhand gewinnen, schließe ich einen Staatsstreich nicht aus."

„Wenn ich das richtig verstanden habe, dann ist die Loge eine Vereinigung von Faschisten, hohen Geistlichen, Politikern und Mafiosi?"

„Richtig. Mit Unterstützung der CIA. Die Mafia wäscht mit Hilfe Marcinkus' und Santinis das Geld aus dem Heroingeschäft. Das Geld läuft über die Banco Ambrosiana zur Vatikanbank und dann hinüber zu den Filialen in Nassau oder Panama, die wieder das Geld zurück zur Vatikanbank und über Santini an die Loge ‚P Due' transferieren."

„Und der letzte Papst hat das mitgemacht?"

„Wir wissen nicht, inwieweit der Papst über diese Geschäfte Bescheid wusste. Marcinkus war einmal Leibwächter Pauls VI. und hat ihm zweimal das Leben gerettet, weswegen dieser ihm sehr verbunden war. Ein Mannsbild wie ein Schrank. Man nennt ihn intern den ‚Gorilla', was, glaube ich, viel über ihn aussagt."

Ich hatte ganz schön was zu verarbeiten. Da hatte ich geglaubt, in die heilige Stadt der Christenheit zu kommen, und war in ein Schlangennest geraten.

„Und Sie glauben, dass vielleicht mein kleiner englischer David in diese Geschichte hineingeraten sein könnte?"

„Könnte", echote Marcello und strich sich über sein gepflegtes Bärtchen. Er hatte die gleiche schmale Kopfform wie seine Schwester, die gleichen, wenn auch nicht so großen, intensiven Augen, aber im Gegensatz zu Maja ein sehr ausgeprägtes, energisches Kinn mit einem tiefen Grübchen. Er konnte sehr streng dreinschauen. Beim Abschied der beiden hielt ich Majas Hand etwas länger, als dies schicklich war. Sie sah zu Boden, aber ließ es zu. Ich sah darin ein gutes Zeichen.

Als ich zum Hotel zurückging, hatte ich einiges zu bedenken. Nun sah ich meine Begegnung mit den beiden Banditen im Europa-Center in Berlin in einem anderen Licht. Noch einmal würden sie nicht nur reden.

„Spencer, ich glaube, da kommt noch einiges auf uns zu."

Mein Hund blieb stehen und sah zwischen seinen Wuschelhaaren zu mir hoch, als wolle er sagen, dass ich mir das selbst eingebrockt hatte. Einzig die Begegnung mit Maja verbuchte ich auf der Habenseite.

Am nächsten Tag, ich wollte ich mich gerade mit Spencer zur Piazza del Popolo aufmachen, um mir den Park der Villa Borghese mit den Museen anzusehen, winkte mir Maja von der Rezeption zu.

„Mein Bruder hat gerade angerufen. Er hat Glück gehabt. Padre Boris Brasaukas wohnt nicht im Vatikan, sondern in der Via Rosetta 8 über dem Lokal *La Rosetta* gleich neben dem Pantheon. Er isst regelmäßig in dem Lokal, meist gegen zweiundzwanzig Uhr."

Das war gute Arbeit. Ich dankte der Schönen mit meinem reizendsten Lächeln und war nicht erstaunt, dass Spencer gleich zu ihr trottete, um sich von ihr streicheln zu lassen. Oh ja, er wusste, was er tat und wie man sich einschmeichelte. Ich war doch ein wenig neidisch, wie er von Maja geherzt wurde. Nach ihrem verzückten Lächeln zu urteilen, war Spencer bei ihr bereits weiter als ich. Es war etwas demütigend, einen Hund als erfolgreichen Nebenbuhler zu haben.

Den Tag verbrachten wir in den Museen des Parks Borghese und ich bewunderte die etruskischen Fresken und natürlich den Apoll von Veji mit dem geheimnisvollen Lächeln.

Am Abend fand ich mich im *La Rosetta* ein. Es war von Italienern gut besucht und ich verwöhnte mich mit Pasta e Ceci und Rognoncini di vitello, und weil es so himmlisch schmeckte, gönnte ich mir noch Rigatoni con la pajata. Spencer hatte sich wieder einmal Lammkoteletts schmecken lassen. Wir waren also beide zufrieden und ich hatte Zeit, die Gäste zu studieren. Römischer Mittelstand. Rosige, fröhliche Gesichter. Sie hatten sich wohl alle gute Stellungen in den Verwaltungen gesichert. Rom war eine Beamtenstadt. Aus den Gesprächen hörte ich heraus, dass man hierher ging, um Fisch zu essen. Man lobte ihn in den höchsten Tönen. Ich war mit den gewählten Gerichten durchaus zufrieden gewesen, aber entschloss mich, beim nächsten Mal auch den Ruf des *Rosetta* als Fischrestaurant zu testen. Kurz nach zweiundzwanzig Uhr erschien ein Priester. Dass er nicht irgendein Padre war, signalisierten die feinen violetten Streifen an Kragen und Ärmeln und die prächtige Schärpe. Ich hatte es mit einem Monsignore zu tun. Für sein Alter bereits eine beachtliche Karriere. Der Wirt empfing ihn, als sei er der Heilige Vater persönlich. Er geleitete ihn zu einem Tisch, an dem auch vier Gäste hätten Platz nehmen können, der aber wohl für den Stammgast reserviert war. Boris Brasaukas war ein schmaler, gut aussehender Mann mit blondem Haar und hellen Augen, der auch als Model hätte arbeiten können. Er mochte um die fünfunddreißig sein. Warum waren so viele Padres im Vatikan so verdammt gutaussehend? Ich verkniff es mir, die Frage zu beantworten. Er bestellte eine Minestrone und danach Lammkoteletts und las dann in seinem Brevier, das er erst beiseitelegte, als die Suppe kam. Mit großem Ernst widmete er sich dem Essen. Erst als er fertig war, setzte ich mich zu ihm. Man soll die Leute nie bei der Mahlzeit stören.

Er sah mich erstaunt an. Der Wirt kam hinter dem Tresen hervor, wohl in der Absicht, mich zu verscheuchen. Ein Blick auf Spencer brachte ihn davon ab. Dieser hatte sich bereits zu Füßen des Padre gelegt.

„Padre Boris Brasaukas, nicht wahr?"

Er nickte zögernd.

„Ich muss Sie sprechen."

Ich nannte ihm meinen Namen und wer mich geschickt hatte. Er erschrak sichtlich. Vorsichtig drehte er sich um und musterte die Gäste.

„Richtig. Sie haben mehrmals versucht, mich zu erreichen. Aber der Zeitpunkt ist ungünstig. Wir haben ein Konklave."

„Ich muss Sie trotzdem sprechen."

„Was wollen Sie von mir? Ich habe der Familie Bradberry bereits alles gesagt, was ich weiß."

„Es sind eine Menge Fragen offen. Warum ist er verschwunden? Was ist in Berlin vor dem Bild Cecco del Caravaggios passiert? Was hat ihn so erschüttert, dass er seitdem verschwunden ist?"

„Ich habe keine Ahnung."

Aber so leicht sollte er mir nicht davonkommen. Ich war mir sicher, dass er den Anfang des Ariadnefadens, der den Weg aus dem Labyrinth weisen würde, kannte.

„Hören Sie, ich kann sehr hartnäckig sein. Ich werde jeden Abend hier erscheinen und Sie so lange belästigen, bis Sie mir Rede und Antwort gestanden haben."

„Sie wissen gar nicht, in was für eine Lage Sie mich bringen. Wenn Seine Eminenz erfährt, mit wem ich mich treffe, kann das die schlimmsten Verdächtigungen auslösen. Gehen Sie und lassen Sie mich in Ruhe."

„Das werde ich bestimmt nicht tun. Welche Verdächtigungen soll es auslösen, wenn Sie sich mit jemandem treffen, der Padre David sucht?"

Spencer half mir bei der Überzeugungsarbeit, indem er vernehmlich knurrte, was einige Gäste ängstlich zu uns herübersehen ließ.

„Mein Hund mag auch keine Ausflüchte", kommentierte ich mit drohendem Gesicht. Vielleicht dachte er, dass Spencer ihm nun gleich an die Kehle springen würde, jedenfalls gab er nach.

„Gut. Wir treffen uns in San Paolo fuori le Mura. Sie kennen die Kirche?"

„Keine Ahnung. Aber ich werde dort sein."

„Die Kirche enthält das Grab Paulus'."

„Wunderbar. Der Urvater aller Damaskuserlebnisse."

„Wie meinen Sie das?", fragte er erschrocken.

„Bekanntlich wurde aus Saulus, dem Christenverfolger, auf dem Weg nach Damaskus Paulus, der Begründer der christlichen Religion. Könnte doch sein, dass auch David so ein Erweckungserlebnis gehabt hat."

„Wie kommen Sie denn darauf?", hauchte er.

Ich hatte ihn ganz schön durcheinandergebracht.

„Wann sehen wir uns?", überging ich die Frage.

„Ich habe im Moment unendlich viel zu tun. Vielleicht nächste Woche? Wo wohnen Sie? Ich lasse Ihnen eine Nachricht zukommen."

„Unfug! Ich treffe Sie morgen. Wenn Sie mir hier nicht Rede und Antwort stehen wollen, dann meinetwegen auch in der Paolo Dingsda."

Meine flapsige Ausdrucksweise gefiel ihm gar nicht. Aber ich ärgerte mich über seine hinhaltende Art und wollte endlich weiterkommen.

„Hören Sie. Wir treffen uns morgen nach der Frühmesse um sechs Uhr. Einverstanden?"

Er nickte nicht sehr begeistert.

„Ich habe bereits um acht Uhr einen Termin", jammerte er.

„Das ist mir scheißegal. Falls Sie nicht da sind, stehe ich morgen Abend vor Ihrer Tür. Sie wohnen doch über dem Lokal, stimmt's?"

„Was haben Sie nur gegen mich?", klagte er. „Sie wissen gar nicht, was Sie anrichten. David hat sich in eine höchst brisante Situation gebracht. Seine Eminenz ist außer sich."

Eben hatte er noch gar nichts gewusst und nun gestand er ein, dass David den zweithöchsten Mann des Vatikans verärgert hatte. Er merkte, dass er sich verplappert hatte, und biss sich auf die Lippen.

„Wer A sagt, muss auch B sagen. Ein schönes deutsches Sprichwort. Und nun buchstabieren wir das Alphabet zu Ende. Sie werden kommen!", sagte ich noch einmal mit drohendem Unterton. Er nickte.

„Das ist gut." Ich starrte ihn an, als wolle ich ihn mir als Dessert vornehmen. Seine Augen flatterten. Monsignore hatte Schiss. Er würde kommen. Ich verzog mich wieder auf meinen Platz und winkte nach der Bedienung.

„Il conto!"

Der Wirt kam und bedachte mich mit wütenden Blicken. Fast verächtlich warf er die Rechnung auf den Tisch. Sie war gesalzen, aber das Essen war gut gewesen, und ich zahlte ohne Reue. Ich nickte dem Padre noch einmal zu und verließ mit einem guten Gefühl die Trattoria. Ich war endlich ein Stück weitergekommen. David hatte sich also in eine höchst brisante Geschichte verwickeln lassen und war deswegen bereits tot oder hielt sich versteckt. Rom hatte viele Orte, die sich als Versteck eigneten.

Ich fand mich am nächsten Morgen pünktlich vor San Paolo fuori le Mura ein. Der Vorplatz war menschenleer. Ich hatte mich im Baedeker ein wenig über die Kirche schlau gemacht. Auf den ersten Blick sah sie durch den schönen Portikus wie der Eingang zu einem Tempel aus. Wer weiß, aus welchem römischen Palast oder heidnischen Tempel die Säulen hierhergeschleppt worden waren. Dahinter verbarg sich ein Langhaus. Schon die römischen Kaiser hatten hier ihre erste Basilika erbaut. Die Kirche verkörperte den Geist der alten Römer und der frühen Christen. Im 19. Jahrhundert war die Kirche nach einem Brand neu aufgebaut worden. Man hatte das antike Erbe bewahrt. Mein Baedeker nannte es das klassische Modell römisch-christlicher Basiliken mit Atrium, Schiff und Apsis. Ich grüßte auf dem Vorplatz der Basilika die Statue des Paulus und band meinen Hund an einer Säule des Portikus fest, was er selbstverständlich mit einem beleidigten Schnauben kommentierte.

„Ich weiß nicht, ob die Priester auf einen frommen Hund vorbereitet sind“, entschuldigte ich mich. Spencer wandte mir den Rücken zu und legte sich hin.

Im Kirchenschiff beeindruckte mich die lange Säulenreihe mit korinthischen Kapitellen. Das alte Rom lebte noch. Vorn an der Apsis war man noch eifrig am Beten. Kirchgänger knieten in einer Seitenkapelle. Es war nicht einmal ein Dutzend. Ein Chor von Kastraten pries Gott in der Höhe. Da kein Sänger zu sehen war, konnte es nur ein Tonband sein. Es klang sehr feierlich. Von Padre Boris war noch nichts zu sehen. Ich betrachtete die Medaillons an den Seitenwänden, die die Köpfe der Päpste seit Petrus zeigten. Nach einer Legende würde Rom untergehen, wenn für weitere Köpfe kein Platz mehr vorhanden war. Ich fragte mich, ob vor dem Bau dieser Kirche hier ein Mithras- oder Isis-Heiligtum gestanden hatte, deren Priester genauso andächtig ihre Zeremonien absolviert hatten wie der Soutanenträger dort am Altar. Ich bin, wie gesagt, ein wenig heidnisch, wobei dies nicht an Christus liegt, der uns die wohl schönste Botschaft von allen Religionen brachte. Leider hat sie uns Menschen nicht besser gemacht. Selbst seine leidenschaftlichsten Anhänger versagten. Das fing schon mit Petrus an. Dass die Kirche ihn immer noch verriet, sollte ich schon bald erfahren.

Ich begann langsam unruhig zu werden. Vorn hatte man mit der feierlichen Handlung aufgehört. Die wenigen Kirchgänger erhoben sich und drängten zum Ausgang. Verärgert sah ich auf meine Uhr. Mittlerweile war der Padre eine Viertelstunde überfällig. Ich legte mir schon zurecht, was ich dem Monsignore an den Kopf werfen würde, da hörte ich schnelle Schritte. Jemand hatte es sehr eilig. Dieser Jemand kniete im Gang nieder, bekreuzigte sich und kam zu mir. Der Padre war etwas außer Atem.

„Wenigstens haben Sie Ihren Hund nicht mit in die Kirche genommen", flüsterte er übellaunig.

„Er wird es mir nicht danken. Wenigstens haben Sie Ihr Wort gehalten."

„Viel Zeit habe ich nicht."

„Wir haben die Zeit, die Sie brauchen, um mir Ihre Geschichte zu erzählen."

„Sie wissen gar nicht, in welche Gefahr Sie David mit Ihren neugierigen Fragen bringen."

„Na also. Er lebt. Das ist doch schon mal eine erfreuliche Information."

Padre Boris nickte zögernd.

„Wo ist er? Was soll das Versteckspiel?"

„Er ist in Lebensgefahr. Er will das Vermächtnis des Zweiten Vatikanischen Konzils erfüllen."

„Ja und?" Ich hatte keine Ahnung, was es damit auf sich hatte. Er merkte dies und seufzte.

„Was für ein Ahnungsloser mischt sich in die brisanteste Geschichte ein, seit Theodosius das Christentum zur Staatsreligion erhoben hat?"

Ich musste mir ein Lachen verkneifen. „Geht's noch größer?"

„Sie sind ein Narr. Ein unwissender Narr, der viele Menschenleben und sein eigenes in Gefahr bringt. Wollen Sie wirklich, dass ich es Ihnen erzähle?"

„Ich bin ganz Ohr."

Als er mit dem Erzählen aufhörte, wusste ich, dass er nicht übertrieben hatte.

6

Das Geheimnis des Zweiten Vatikanischen Konzils

Ich will versuchen, seine Geschichte annähernd so wiederzugeben, wie Padre Boris Brasaukas sie mir erzählt hat, wobei ich das ganze katholische Beiwerk weglasse, von dem ich ohnehin nichts verstehe.

„Was wissen Sie über das Zweite Vatikanische Konzil?", fragte er mich.

Ich wusste nicht einmal, dass es das zweite war, es also ein erstes gegeben haben musste, und hatte auch keine Ahnung, welche Bedeutung sie gehabt hatten. Padre Boris stieß einen tiefen Seufzer aus und murmelte etwas über die Unwissenheit der Heiden. Ich korrigierte ihn nicht.

„Johannes XXIII. rief 1962 die Bischöfe der Welt zu einem Konzil nach Rom, weil er erkannt hatte, dass mittlerweile ein erheblicher Reformbedarf bestand. Ihm schwebte vage eine ‚Kirche der Armen' vor, was anfangs, insbesondere von den Kurienkardinälen, als Rhetorik verstanden wurde. Johannes wusste, welcher Widerstand ihm erwachsen würde, und setzte darauf, dass aus der Kirche heraus der Wunsch nach Reformen übermächtig werden würde, sodass die Traditionalisten dem nicht widerstehen konnten. Er hoffte auf eine Hinwendung zu den Problemen der Menschen, auf Zustimmung zur Empfängnisverhütung und auf andere bahnbrechende Änderungen, die der Kirche neue Impulse geben würden. Doch er verstarb bereits 1963, und sein Nachfolger Paul VI. neigte eher den Traditionalisten zu, die mit Kardinal Alfredo Ottavani, der das Heilige Offizium leitete, einen einflussreichen Sprecher hatten. Dieser sah in der Empfehlung zur Empfängnisverhütung ein gottloses Bestreben und Paul VI. ging in der Enzyklika ‚Humanae Vitae' darauf ein, indem er festlegte, dass die einzige Methode der Empfängnisverhütung, die die Kirche zulassen könne, die Enthaltsamkeit oder die Kalendermethode sei. Jeder eheliche Akt müsse auf die Erzeugung menschlichen Lebens hingerichtet sein. Doch 1965, in der letzten Sitzungsperiode, kurz vor Ende des Konzils, erwuchs der Kirche ein Mann, den David als wahren Heiligen bezeichnet hat und in dessen Person die Botschaft Jesu sichtbar wurde. Dom Helder Camara, ein brasilianischer Bischof, traf sich am 16. November 1965 mit vierzig anderen Bischöfen in den Domitilla-Katakomben. Dieses nicht der Aufsicht der Kurienkardinäle unterworfene Treffen war eigentlich streng verboten und kam einer Verschwörung gleich. Nach einem feierlichen Gottesdienst beschloss man, den Gedanken Johannes' XIII. in die Tat umzusetzen und sich konsequent in den Dienst für die Armen zu stellen. Man unterzeichnete ein Dokument, das in seiner Radikalität einer Revolution gleichkam und zu den Anfängen der Kirche zurückkehrt. Inspiriert von Dom Helder Camara legten sie ein Gelübde ab, das unter anderem folgende Gebote enthielt:

1. Wir werden uns bemühen, so zu leben wie die Menschen um uns her üblicherweise leben, im Hinblick auf Wohnung, Essen, Verkehrsmittel und allem, was sich daraus ergibt.

2. Wir verzichten ein für alle Mal darauf, als Reiche zu erscheinen wie auch wirklich reich zu sein, insbesondere in unserer Amtskleidung und in unseren Amtsinsignien, die nicht aus kostbarem Metall - weder Gold noch Silber - gemacht sein dürfen, sondern wahrhaft und wirklich dem Evangelium entsprechen müssen.

3. Wir lehnen es ab, mündlich oder schriftlich, mit Titeln oder Bezeichnungen angesprochen zu werden, in denen gesellschaftliche Bedeutung oder Macht zum Ausdruck gebracht werden. Statt ‚Eminenz' oder ‚Exzellenz' wollen wir als ‚Padre' angesprochen werden.

4. Wir werden alles dafür tun, dass die Verantwortlichen unserer Regierung und unsere öffentlichen Dienste solche Institutionen schaffen und wirksam werden lassen, die Gerechtigkeit, Gleichheit und eine gesamt-menschliche harmonische Entwicklung jedes Einzelnen ermöglichen. Dadurch soll eine neue Gesellschaftsordnung entstehen, die der Würde des Menschen und der Gotteskinder entspricht."

Er schwieg erschöpft. Ich blickte ihn erstaunt an, hatte die prächtigen Feiern der Kirche vor Augen, die kostbaren Roben der Konzilsteilnehmer, und konnte mir gut vorstellen, welche Panik diese Erklärung bei den Kirchenfürsten ausgelöst hatte. Es war das revolutionärste Bekenntnis seit der Bergpredigt.

„Durch Dom Helder Camara inspiriert, unterschrieben vierhundert Bischöfe diese Erklärung. Für David und für mich ist es wie ein drittes Testament", fuhr Boris andächtig fort. „Die lateinamerikanischen Bischöfe bekannten sich nicht nur zu diesen Thesen, sondern versuchten, sie in einer ‚Theologie der Befreiung' in die Tat umzusetzen."

„Was ist aus diesem Dom Helder Camara geworden?"

„Er hielt Wort und zog aus dem Bischofspalast aus, um von nun an in einem Zimmerchen neben seiner Sakristei bei den Armen zu leben."

„Fast zu schön, um wahr zu sein. Warum weiß die Öffentlichkeit so wenig über den Katakombenpakt?"

„Oh, ganz unbekannt ist das Dokument nicht. Aber die offizielle Kirche schweigt dazu. Dom Helder Camaras Gedanken gingen nie in eine Enzyklika ein. Er und die Priester, die für eine Theologie der Befreiung eintraten, wurden als Kommunisten diffamiert. Das Dokument mit den Unterschriften gilt als verschollen, wahrscheinlich in den Archiven des Vatikans vergraben. Enrico Navarone, mein Vorgesetzter, hat Ottavanis Nachfolge angetreten und sorgt dafür, dass die Modernisten nicht die Gedanken des Katakombenpakts zur gültigen Kirchenlehre durchsetzen können. Die Kurienkardinäle wissen genau, dass die Verwirklichung des Katakombenpakts das Ende des Vatikanstaats bedeutet. Sie würden ihre Posten, Privilegien und prächtigen Gewänder verlieren. Wir wären tatsächlich in der Nachfolge Christi. Dass dies nicht eintritt, dafür sorgt die Kurie. Sie verhindert heute, dass die Enzyklika ‚Humanae Vitae' zurückgenommen wird. David sagte einmal, Dom Helder Camara war der dreizehnte Apostel, der uns auf den Weg Jesu zurückgeführt hätte, wenn er von dem Papst unterstützt worden wäre. Aber der Nachfolger hatte nicht den Zuschnitt von Johannes XXIII. David hat von Erzbischof Benelli erfahren, dass es eine Urfassung des Katakombenpakts mit der Unterschrift Johannes' XXIII. gibt."

„Moment mal, der war doch 1965 schon zwei Jahre tot."

„Diese Urfassung hat Camara mit dem Heiligen Vater vor dessen Tod ausgearbeitet und dieser hat sie unterschrieben. David suchte mit Unterstützung Benellis diese Urfassung. Sie soll, wenn auch nur skizzenartig, in Stichworten das wiedergeben, was Dom Helder Camara später ausformulierte und was nun als Katakombenpakt bekannt ist. Er hoffte mit diesem Dokument Paul VI. davon überzeugen zu können, den Katakombenpakt in eine Enzyklika umzuwandeln. David hat anfangs natürlich angenommen, dass der damalige Kardinalstaatssekretär Ottavani das Dokument im Archiv hat vergraben lassen. Leider konnte er es nicht finden. Wer weiß, in welchem Bündel Papiere es versteckt worden ist. Das Archiv ist natürlich geheim und schon gar nicht für einen einfachen Padre oder Monsignore zugänglich. Es hat von ihm unendlich viel Geduld erfordert, den Vorsteher des Archivs davon zu überzeugen, ihm heimlich Zutritt zu gewähren. Doch Seine Eminenz, der Kardinalstaatssekretär, kam dahinter und besetzte den Posten des Vorstehers mit einem Mann, der ihm ergeben ist. Der Vatikanstaat schottet sich nach außen ab, aber intern bleibt kaum etwas geheim."

„Und Padre David wird deswegen verfolgt?"

„Nein. Nicht deswegen. David vermutet das Dokument im Palais Seiner Eminenz, des Kardinalstaatssekretärs. Er tauchte unter, weil auf ihn ein Mordanschlag verübt wurde."

„Auf Befehl Navarones?", fragte ich ungläubig.

„Nein. Ausgeschlossen. So etwas dürfen Sie nicht einmal denken", erwiderte Boris erschrocken.

„Wer steckt dann dahinter? Warum will man David töten, der nur hinter einem alten Dokument des Dom Helder Camara her ist?"

„Keine Ahnung. Das Dokument ist allerdings für die Kurie das reinste Dynamit, wenn es in die falschen Hände gerät."

„Ihr bekommt jetzt einen neuen Papst. Vielleicht ist er zugänglicher für Davids Vorhaben."

„Ich weiß nicht. Mein Chef arbeitet heftig daran, dass der Bischof von Palermo Paul VI. nachfolgt. Der neue Heilige Vater wird Seine Eminenz Navarone sofort in seinem Amt bestätigen und alles bleibt, wie es war."

Ich sah zu den Köpfen der Päpste hoch, die längs des Kirchenschiffs auf uns herabsahen. Was für prächtige Schurken waren doch schon unter den Kirchenfürsten gewesen. So vertraut, wie Boris von David sprach, musste er wissen, wo dieser war. Ich musste seinen Aufenthalt erfahren, damit ich ihn schützen konnte.

„Irgendetwas stimmt da nicht, Padre. Wegen eines Dokuments, das er nicht hat, schickt man ihm doch keinen Mörder auf den Hals. Da muss noch etwas anderes dahinterstecken. Ich muss David finden. Wo ist er?"

Boris schwieg. Selbst hier im Halbdunkel konnte ich erkennen, dass er schneeweiß war. Er atmete schwer. Angst? Angestrengt sah er auf das Christusfresko in der Apsis. Nun waren Schritte zu hören. Erschrocken sahen wir uns um. Ein kleiner stämmiger Mann blieb überrascht stehen.

„Bruder Boris? Du hier bei uns in der San Paolo fuori le Mura? Schickt dich Seine Eminenz Navarone?"

„Hallo, Jack Flaherty. Die irische Antwort auf Don Camillo", sagte dieser nicht sehr begeistert.

Der untersetzte Padre konnte seine Herkunft nicht verleugnen. Rote Haare und ein pausbäckiges, rosiges Gesicht. Das warmherzige Lächeln nahm einen sofort für ihn ein. Boris stellte mich vor und setzte für mich hinzu:

„Flaherty, David und ich sind seinerzeit gemeinsam gefirmt worden."

„Und du hast es am weitesten gebracht", sagte der Ire in ehrlicher Bewunderung.

„Ich hatte Glück. Nein, ich komme nicht von Seiner Eminenz. Ich wollte meinem Freund nur die Schönheit dieses Hauses des Herrn zeigen. Es ist ja nicht nur durch die Architektur bedeutsam, sondern auf dem Grab des Apostels Paulus errichtet worden. Vielleicht hilft dies Serge Christiansen zu einem Damaskuserlebnis."

Nun hielt mir Padre Flaherty auch seine Hand entgegen und schüttelte meine kräftig, während er mich aufmerksam betrachtete.

„Sind Sie ein verlorenes Schaf, das zum Stall zurückdrängt? Sie kennen doch die Geschichte vom verlorenen Sohn. Die Kirche freut sich besonders über jeden, der reumütig in den Schoß der Kirche zurückkehrt."

„Ich bin auf der Suche", gab ich verlegen zurück. Es entsprach ja der Wahrheit. Flaherty mochte denken, dass ich den Weg zur alleinseligmachenden Kirche suchte. Wenn Boris vorgehabt hatte, dass mich Flaherty in Erinnerung behielt, hatte er die richtigen Worte gefunden. Betrachtete mich Boris als schwarzes Schaf und wollte die Gelegenheit nutzen, mich zum wahren Glauben zurückzuführen?

„Manchmal ist der Weg zur Kirche steinig, aber die Belohnung ist mannigfaltig und wird Ihr ganzes Leben verschönern", sagte Flaherty salbungsvoll und schlug ein Kreuz. „Hast du was von David gehört?", fragte er dann Boris. „Es geht das Gerücht, dass er spurlos verschwunden ist. Du bist doch sein engster Freund."

„Nein. Ich weiß nichts."

Ich musste mir ein Schmunzeln verkneifen. Er würde nachher diese Lüge zu beichten haben.

„Ist schon eine mysteriöse Geschichte."

„Ja, sehr mysteriös", gab Boris zu.

Warum wirkte er jetzt so nervös?

„Ich mache mir Sorgen um ihn. Er ist so wertvoll für uns, für die Kirche. Ein absolut guter Mensch", sagte der irische Padre und fuhr dann fort: „Du bist doch an der Quelle. Hast du eine Ahnung, welcher Papili das Rennen machen wird?"

„Man spricht davon, dass der Erzbischof von Palermo gute Chancen hat."

„Oh nein", stöhnte Flaherty. „Aber vielleicht kommt der Heilige Geist doch noch über das Konklave und der Sizilianer bleibt uns erspart."

„Dafür beten wir alle."

Boris machte dabei ein ernstes Gesicht. Er glaubte wohl tatsächlich, dass dieser Geist etwas bewirkte. Mir fiel es schwer, das mit der Dreifaltigkeit ernst zu nehmen. Ich hatte ohnehin nie verstanden, was es mit ihr auf sich hatte. Es war schon schwer genug, Jesus als Sohn Gottes anzusehen, was ich durchaus gelten lasse, weil wir alle Kinder Gottes sind. Aber mit Maria und jeder Menge anderer Heiliger kam ich gar nicht zurecht. Doch wenn dies einen Menschen wie Camara hervorbrachte, dann war ich gern bereit, auch einige Merkwürdigkeiten zu akzeptieren.

„Vielleicht sollten wir uns mal wieder treffen, so wie früher", schlug Flaherty vor. Zu mir gewandt sagte er: „Auf dem Seminar haben wir früher Football gespielt. Wohlgemerkt American Football und nicht Fußball. Es hat großen Spaß gemacht."

„Ja. Das sollten wir machen – nach dem Konklave", stimmte Boris zu. „War eine schöne Zeit damals."

„Oh ja, sehr schön."

Ich merkte Boris an, dass er langsam ungeduldig wurde.

„Ich melde mich", sagte Boris und sah demonstrativ auf die Uhr, so andeutend, dass er das Gespräch als beendet betrachtete. Ich war mir ziemlich sicher, dass er sich nicht melden würde. Sie schüttelten sich noch einmal die Hände. Ich bekam von dem Iren einen freundlichen Schlag auf den Arm.

„Ich wünsche Ihnen, dass die Erleuchtung über Sie kommt."

„Wird schon!", gab ich zurück.

Er musste lachen, ging zum Altar, wo er sich bekreuzigte, und verschwand zum Seitenausgang hin.

„Unser guter Jack ist manchmal etwas anstrengend. Morgen weiß halb Rom, dass ich mich in San Paolo fuori le Mura mit jemandem getroffen habe, den ich bekehren will." Er holte ein Taschentuch heraus und wischte sich die Stirn.

„Wovor haben Sie Angst?"

„Angst? Sie kennen Seine Eminenz nicht. Er hat mir schon zu verstehen gegeben, dass er nicht glaubt, dass ich Davids Aufenthaltsort nicht kenne. Wenn er herausbekommt, dass ich mich mit jemandem getroffen habe, den die Eltern beauftragt haben, David zu suchen, wird er mich als Pfarrer in ein Dorf auf dem Apennin versetzen."

„Sie wissen, wo David ist!", sagte ich ihm auf den Kopf zu.

Er schrak zurück, als hätte ich die Absicht ihn zu schlagen.

„Selbst wenn ich es wüsste, würde ich es Ihnen nur mit seiner Einwilligung sagen!“, erwiderte er schroff. „Hören Sie auf, ihn zu suchen oder Fragen zu stellen. Sie bringen ihn in höchste Lebensgefahr.“

„Nur weil er auf der Suche nach der Urfassung des Katakombenpakts ist?“, fragte ich, um meine Zweifel noch einmal zu unterstreichen. Ich musste seinen Aufenthaltsort erfahren und wissen, was wirklich dahintersteckte.

„Sagen Sie David, dass ich nicht aufhören werde, ihn zu suchen. Wenn die Gefahr wirklich so groß für ihn ist, dann soll er sich mit mir treffen. Nur wenn ich weiß, in welcher Geschichte er drinsteckt, kann ich ihm helfen.“

„Ich weiß nicht, wo er ist“, wiederholte er eigensinnig. Er war ein treuer Freund, was meine Achtung verdiente.

„Gut. Sagen Sie ihm, was ich Ihnen gesagt habe. Er kann entscheiden, wie es weitergehen soll. Ich wohne im Hotel *D'Inghilterra.* Sie können beim Concierge eine Nachricht hinterlassen, sollten Sie mich nicht antreffen.“

„Wenn ich nicht weiß, wo er ist, kann ich ihm auch keine Nachricht von Ihnen übermitteln“, leierte er sein Mantra herunter.

„Mir gefällt durchaus, dass Sie zu David stehen. Aber denken Sie mal gründlich nach. Die Suche nach dem Urdokument des Katakombenpakts löst nicht so einen Wirbel aus, dass man auf jemanden ein Attentat verübt. Wenn Sie wissen, was es ist, werden Sie auch die Brisanz beurteilen können und das Ausmaß der Gefahr für David. Dann sollten Sie Ihre Freundespflicht erfüllen und ihm gut zureden, dass er sich helfen lässt.“

„Ich sehe keinen weiteren Sinn in dem Gespräch!“, rief er mit sich überschlagender Stimme. Ich hatte ihn jetzt ganz schön in der Zange.

„Sie bringen alles durcheinander!“, fauchte er und stürzte dem Ausgang zu. Er vergaß sogar, vor dem Altar noch einmal in die Knie zu gehen und ein Kreuz zu schlagen. Ich war recht zufrieden mit dem Ergebnis des Gesprächs. Wenn er Davids Aufenthaltsort wusste, wovon ich ausging, würde er ihn informieren. Ich blieb noch in der Kirche und sah mir die Papstmedaillons an. Wenn Padre Boris beobachtet wurde, war es gut, wenn ich nicht gleich nach ihm die Kirche verließ.

Flaherty tauchte wieder auf und steckte am Altar die Blumen zurecht. Als er mich bemerkte, kam er mit einem gutmütigen Lächeln zu mir.

„Aha, Bruder Boris ist gegangen. Durch das Konklave wird er sich nicht nur seiner Missionsarbeit bei Ihnen widmen können."

„Er hat wohl eingesehen, dass mich nicht so schnell die Erleuchtung überkommt."

„Sie sind kein Katholik?", fragte er irritiert. Ich klärte ihn auf.

„Ein Protestant aus Hamburg, der einer englischen Familie hilft, die fest im Glauben ist? Was für Menschen führt der Herr in Rom Tag für Tag zusammen. Ich bin ein Ire, Boris ist ein Lette und David ein englischer Aristokrat. Sie haben also nie die Kommunion empfangen?"

„Nein. Und je länger ich in Rom bin, desto weniger habe ich den Eindruck, dass mir etwas fehlt."

„Sie dürfen das, was Sie hier sehen, nicht mit dem Glauben gleichsetzen. Wir sind alle Menschen. Ich werde für Sie beten."

Ich hatte nichts dagegen. Schaden konnte es ja nicht.

„Wie lange sind Sie schon in Rom?", fragte ich, um aus ihm noch mehr über David herauszuholen.

„Seit fünf Jahren. Seit einem Jahr hier in San Paolo fuori le Mura. Ich lebe gern in Rom. Nur im Sommer habe ich manchmal Sehnsucht nach Dublin, dem Regen und dem Wind. Sie suchen also David?"

„Was ist er für ein Mensch?"

„Er hat alle Anlagen für einen Heiligen."

„Sie idealisieren ihn", erwiderte ich ärgerlich. Alle hatten ihn mir zwar so geschildert, aber ich traute solch übertriebenen Bekundungen nicht.

„Oh doch. Sie werden schon sehen, sollten Sie ihn kennenlernen. Das mit Damaskus war also nicht die Wahrheit?"

„Nein. Ich bin hier, weil ich David helfen will."

„Warum hat Boris dann von Damaskus gesprochen?"

„Es ist ihm wohl eingefallen, weil wir hier in der Kirche des Apostels sind. Ich habe ihn ganz schön in die Mangel nehmen müssen, damit er eine Botschaft an David weitergibt. Da ist ihm wohl der Gedanke gekommen, dass er dabei ein Schäfchen für die Kirche retten kann."

„Wenn einer weiß, wo David ist, dann Boris. Sie waren schon im Seminar die besten Freunde", stimmte er zu.

„David muss unter unheimlichem Druck stehen, dass er so ein Versteckspiel treibt."

„David ist so rein wie die Seele der Jungfrau. Ich habe mich gewundert, dass er sich ausgerechnet zum Istituto per le Opere Religiose versetzen ließ. Er ist so wahrhaftig im Glauben und beschäftigt sich nun mit dem Geldbeutel des Judas."

„Wie meinen Sie das?"

„Ach, nur so eine Redensart", erwiderte er schnell. „Geld hat Judas dazu gebracht, den Herrn zu verraten. Ich habe dies auch David gesagt, als ich ihn getroffen habe."

„Sie haben David getroffen?", fragte ich überrascht.

„Vor drei Wochen. Rein zufällig. Im belgischen Seminar. Er hatte sich einen Vortrag über die lateinamerikanischen Bischöfe und die Kirche der Befreiung angehört. Er wirkte sehr niedergeschlagen. Er sprach davon, dass ihm Erzbischof Benelli ein schweres Kreuz aufgeladen habe. Sie müssen mit Benelli sprechen und herausfinden, was diesen dazu veranlasst hat. Aber der ist im Moment nicht für Sie greifbar."

„Warum nicht?", fragte ich ahnungslos.

„Weil er im Konklave ist. Das Konklave wird seit alters her durch den Camerlengo, also Kardinalstaatssekretär Navarone, total abgeschottet. Paul VI. hat seinerzeit aus Angst vor Beeinflussung und Manipulation die Abschottung noch verstärkt. Es wird eine schwierige Wahl werden."

Er sah, dass ich mit dieser Bemerkung nichts anfangen konnte und klärte mich geduldig auf.

„Es gibt wie in der Politik einen linken Flügel, das sind die, die als Modernisten beschimpft werden. Sie wollen den Leitspruch Johannes' XXIII. verwirklichen, der das Zweite Vatikanische Konzil unter den Leitspruch ‚Kirche der Armen' gestellt hatte. Sie wollen demokratische Spielregeln einführen und die Enzyklika ‚Humanae Vitae' einer Revision unterziehen. Der rechte Flügel, die Traditionalisten, unter ihnen die Kurienkardinäle, fürchten eine Verwässerung des Glaubens und die Minderung ihrer Macht. Sie wollen die Kirche in die Zeit noch vor dem Zweiten Vatikanischen Konzil zurückführen. Es tobt ein Kampf um die Zukunft der Kirche."

„Aber Sie stehen auf Seiten der Linken?"

„Wenn die Kirche bestehen will, muss sie sich den Zeitläufen anpassen. Natürlich darf sie nicht jeder Mode folgen, aber sie darf den Menschen in seiner Schwäche nicht verleugnen. Deswegen bin ich auch für eine Revision der Enzyklika ‚Humanae Vitae' mit ihren strengen Geboten zur Empfängnisverhütung. Sie muss vor allem der Gier entgegentreten und dafür sorgen, dass der Reichtum der Erde gerechter verteilt wird … und muss darin ein Beispiel geben."

Der kleine Ire gefiel mir immer besser.

„Sie sind richtig!", lobte ich ihn. „Wenn es mehr solcher Priester wie Sie gäbe, würde ich sofort in die katholische Kirche eintreten."

„Die Kirche ist nicht Gott. Man darf nicht zu viel von ihr verlangen. Der Papst ist nur sein Stellvertreter; ein Mensch, der irren kann."

„Aber die Päpste verhalten sich manchmal unmenschlich."

„Auch darüber kann man trefflich streiten, lieber Herr Christiansen. Ich möchte, dass Sie wissen, dass ich Ihnen gern helfe, wenn Sie mich brauchen."

Er sah mich so treuherzig an, als wäre ich Robin Hood und er ein Yeoman, der sich mir anschließen wollte. Aber ich war kein Rächer aus dem Sherwood, sondern nur ein ahnungsloser Ermittler, der sich auf einem Feld schlug, auf dem er sich nicht auskannte.

„Ich werde darauf zurückkommen."

„Sie finden mich hier", sagte er schlicht, schlug über mir ein Kreuz und wandte sich wieder dem Altar zu.

Ein erstaunlicher kleiner Kerl. Ich fühlte mich durch ihn irgendwie gestärkt. Nach Marcello Buardi hatte ich nun auch einen Priester, der mir helfen wollte, mich in der Schlangengrube zurechtzufinden. Ich war guter Dinge, hatte ich doch einige Informationen bekommen, die mir weiterhelfen würden.

Draußen empfing mich Spencer mit einem Winseln. Im Gegensatz zu seinem üblichen Verhalten, wenn ich ihn zu lange allein ließ, zeigte er mal wieder seine anhängliche Seite.

Ein Taxi fuhr vor und ihm entstieg ein amerikanisches Ehepaar, unschwer am Slang und an dem Cowboyhut des Mannes zu erkennen. Er, rotgesichtig und breitschultrig, schimpfte auf die Hitze, auf die Unfreundlichkeit der Taxifahrer und auf die Vielzahl der Kirchen und machte seiner Frau, einer dürren, spitznasigen, gouvernantenhaften Erscheinung mit einem großen weißen Strohhut, Vorwürfe, dass sie ihn auch noch zu dieser Kirche schleppte.

„Es lohnt sich wirklich", stand ich ihr bei und gab dem Taxifahrer zu verstehen, dass ich ihn brauchte. „Die Kirche steht auf dem Grab des heiligen Paulus."

„Und ist er wirklich da drin?", fragte der Mann misstrauisch.

„Keine Ahnung. Fragen Sie Pater Flaherty", antwortete ich und stieg mit meinem Hund in das Taxi.

„Dass der Köter mir aber nicht die Sitze schmutzig macht", bekam ich gleich zu hören. Der Ami hatte recht gehabt. Roms Taxifahrer waren wirklich selten freundlich. Aber Deutschlands Taxifahrer standen ihnen in nichts nach.

„Spencer ist ein anständiger Hund. Nur wenn er merkt, dass man ihn nicht mag, ist er zu jeder Schandtat fähig."

„Dann mag ich ihn lieber", knurrte der Taxifahrer.

Das Ehepaar zankte sich immer noch. Ich drehte die Scheibe herunter und rief den beiden zu:

„Sie finden in der Kirche die Porträts aller bisherigen Päpste. Man sagt, dass das Jüngste Gericht kommt, wenn kein Platz mehr für ein weiteres Papstbild vorhanden ist."

Das schien den Amerikaner zu beeindrucken, denn er tippte dankbar an seinen Hut. Ich kurbelte das Fenster wieder hoch.

„Fahren wir. Zu den Domitilla-Katakomben."

Nachdem ich so viel über diesen Ort gehört hatte, wollte ich wissen, wie er aussah.

„Sind Sie wegen des Konklaves in Rom?", fragte der Taxifahrer nun versöhnlicher. Ein unverschämt gut aussehender Mann, von dem sich Touristinnen sicher gern die Via Veneto zeigen ließen. Er hätte sich als Marcello Mastroiannis Bruder ausgeben können. Nur die verkehrt aufgesetzte Basketballmütze verdarb etwas diesen Eindruck.

„Nein. Ich suche das alte Rom der Cäsaren und der Christenverfolgungen", gab ich zurück, um einen plausiblen Grund für die Katakombe zu liefern.

„Wissen Sie, dass die Katakombe nach einer Nichte des Kaisers Vespasian benannt wurde?", fragte der Taxifahrer wichtigtuerisch. „Übrigens, heute stieg schwarzer Rauch von der Sixtinischen Kapelle auf. Sie haben sich immer noch nicht geeinigt, wer neuer Papst wird", versuchte er, ein Gespräch zu führen. Spencer knurrte aus unerfindlichen Gründen dazu. Der Fahrer sah sich erschrocken um.

„Schauen Sie auf die Straße", mahnte ich ihn. „Mein Hund meint nur, dass die sich langsam bei der Wahl eines guten Papstes beeilen sollten."

„Ha, Sie verscheißern mich."

„Spencer ist ein ungewöhnlicher Hund. Er versteht alles."

„Wirklich alles?"

„Ja. An Spencer ist ein Mensch verlorengegangen."

„Weiß nicht, ob ich solch einen Hund im Haus halten würde."

„Kann ich verstehen. Hast du das gehört, Spencer?"

Mein Hund knurrte etwas unfreundlich.

Das Taxi hielt vor einem flachen bungalowartigen Bau aus braunen Felssteinen, der mit neuen roten Dachziegeln gedeckt war.

„Hier ist es. Wie kommen Sie zurück?"

Ich verstand, worauf er hinauswollte. Ich gab ihm ein Bündel Lire.

„Das wird wohl reichen. Warten Sie. Es kann aber etwas dauern."

„Lassen Sie sich Zeit. Mein Tachometer langweilt sich nicht."

Ich stieg aus und ging durch einen Garten zum Eingang. Hinter einem langen Tresen mit Devotionalien saß ein ältlicher

Mann, dessen Tonsur ihn als Mönch auswies. Ich war mir dessen aber nicht sicher, da er die üblichen Freizeitklamotten trug, T-Shirt und Jeans. Missbilligend sah er zu Spencer.

„Der kann hier nicht rein", sagte er in einem österreichisch gefärbten Deutsch, nachdem ich einen Prospekt in Deutsch verlangt hatte. „Es ist ein Friedhof der frühen Christen. Ein Hund hat hier nichts zu suchen. Außerdem könnte er davonlaufen. Ein bellender Hund in den Katakomben, das geht wirklich nicht."

Spencer hatte zwar nie die Neigung gezeigt, in dunklen Gängen auszureißen, aber ich führte ihn folgsam hinaus.

„Tja, Spencer, nicht jeder weiß, was du für ein folgsamer Hund bist."

Ich band ihn an einer Zypresse fest. Der Baum würde ihm Schatten spenden. Der Blick, den er mir zuwarf, war wieder mal bühnenreif. Ich ging zu dem Mönch zurück.

„Ich werde Sie durch die Katakomben begleiten. Ich bin Bruder Leopold." Er mochte um die siebzig sein und hatte mehr Falten als ein Bratapfel. „Sie würden sich sonst verlaufen. Passiert immer wieder mal, dass sich einer in den Katakomben verirrt und nie wieder gesehen wird."

Er drehte sich um und rief zu einem Büro hinüber: „Wilfried, Kundschaft! Übernimm die Kasse."

Wilfried kam herangeschlurft. Aus irgendeinem Grund schien dieser Ort fest in der Hand österreichischer Klerikaler zu sein. Er war im gleichen Alter und auch nicht hübscher. Ein untersetzter, rundlicher Mann. Stöhnend setzte er sich an die Kasse.

„Wird wohl keiner mehr kommen", murrte er.

„Kann man nie wissen", widersprach Leopold und ging mir voran. „Was Sie gleich sehen werden, ist seit zweitausend Jahren ein heiliger Ort. Sie werden spüren, wie wahr die Worte sind: ‚Tausend Jahre sind dem Herrn wie eine Nachtwache.'"

In den engen Gängen verspürte ich sofort eine merkwürdige Beklemmung. Ein modriger Geruch schlug mir entgegen. Mich fröstelte.

7

In den Domitilla-Katakomben

Bruder Leopold erzählte mir von den frühen Christen, die hier heimlich zusammengekommen waren, um zu ihrem Gott zu beten. Unsere Schritte hallten. Das funzlige Licht an der Decke war nicht mehr als eine Notbeleuchtung. Ich hätte mich nicht gewundert, wenn plötzlich Fledermäuse herangeflattert wären. Links und rechts des schmalen Ganges befanden sich sargähnliche Buchten. Einst mochten dort Totenköpfe und Gebeine gelegen haben. Der Gang verbreiterte sich und wir standen in einer Basilika. Die Säulen auf beiden Seiten zeigten, wie nah dieser Ort der Antike war. Das Kirchenschiff sah aus wie die kleinen romanischen Kirchen in der Bretagne, die mich oft mehr angerührt hatten als die gotischen Kathedralen.

An der Stirnseite, in einer Apsis stand ein kleiner schlichter Altar. Hier hatte man sich also zum Katakombenpakt versammelt. Ein Ort, dessen Schlichtheit kaum zu überbieten war. Nichts deutete darauf hin, dass hier etwas Ungeheuerliches stattgefunden hatte. Eine Rebellion gegen den offiziellen Kurs der Kirche. Vor dem Altar kniete eine Gestalt in einer schwarzen Kutte. Als wir näherkamen, erhob sie sich und sah sich nach uns um. Durch das Halbdunkel sah ich sie nur schemenhaft. Ich ging schneller. David? Es bestand kein Zweifel. Es war David. Schließlich besaß ich ein Foto von ihm.

„David, ich komme von Ihrer Familie", rief ich.

Als würde er darin eine Drohung sehen, rannte er zu einem Seitenausgang. Ich rief, dass er stehen bleiben solle. Ich schrie dies mehrmals, rannte in einen dunklen Gang hinein, hinter ihm her. Sehen konnte ich nichts. Was sollte das? Warum floh er vor mir? Scheinbar hatte ihm Boris noch nicht meine Botschaft ausgerichtet. Die Schritte entfernten sich. Eine weitere Verfolgung war sinnlos. Ich tastete mich wieder zurück in die Halle. Padre Leopold betete auf den Knien vor dem Altar. Stöhnend richtete er sich auf.

„Sie kennen Padre David?“, fragte er mit gesenktem Kopf.

„Ja. Seinetwegen bin ich in Rom. Sie kennen ihn also auch.“

„Er ist ein guter Mensch“, erwiderte Leopold.

Ich widersprach ihm nicht. Alle sprachen über ihn als einen guten Menschen.

„Hier hat er sich also versteckt.“

„Versteckt? Ich weiß nicht, was Sie meinen.“ Er blinzelte dabei.

Offensichtlich konnte Leopold es mit Moses Geboten vereinbaren, mich anzuschwindeln. Dass er sich hier versteckt hatte, an dem Ort, von dem der Katakombenpakt ausging, hielt ich nur für folgerichtig. Die Domitilla-Katakomben zogen sich kilometerweit hin. So schnell würde ihn niemand finden. Rom hatte viele Katakomben.

„Ich kann ihm helfen. Sagen Sie ihm das.“

Bruder Leopold gab keine Antwort, sondern kümmerte sich um sein Seelenheil und betete. Der Rosenkranz glitt unaufhörlich durch seine fleischigen Hände. Ich sah mich noch einmal um. Dieser Ort hatte nichts mit der Pracht jener Gotteshäuser gemein, die Rom schmückten und doch erfasste mich ein heiliger Schauer. Als Gruß an die, die hier eine neue Kirche gefordert hatten, schlug ich ein Kreuz. Bruder Leopold freute sich darüber.

„Sie haben es gefühlt?“, fragte er.

„Hm“, gab ich zurück. Ich wusste nicht, was ich gefühlt hatte. Ehrfurcht? In Worten war das schwer wiederzugeben.

Wir gingen zurück. An der Kasse sah uns Bruder Wilfried schläfrig entgegen.

„Ist Padre David hier vorbeigekommen?“, fragte ich.

Die beiden Dominikaner tauschten vielsagende Blicke aus.

„Was meinen Sie? Niemand ist hier vorbeigekommen.“

„Er hat Bruder David gesehen“, sagte Leopold und knetete seine Hände.

„Bruder David? So, so … nein. Hier ist er jedenfalls nicht vorbeigekommen.“

„Gibt es andere Ausgänge?“, fragte ich hastig.

„Oh ja, es gibt viele Ausgänge. Die Katakomben sind auch nicht bis in alle Seitenarme erforscht.“

Auch Bruder Wilfried war ein schlechter Schwindler.

„Ich muss mit ihm reden."

„Er wird sich mit Ihnen in Verbindung setzen, wenn er es für richtig hält", warf Bruder Leopold ein. Wenigstens gab er zu, dass sie wussten, dass David sich hier versteckte.

„Na, ich glaube, ihr habt nachher etwas zu beichten", sagte ich zu den beiden und ging hinaus.

Spencer sprang mich freudig an und wandte sich dann ab, schüttelte sich und nieste. Vielleicht hatte ich den jahrtausendalten Geruch modriger Knochen mitgebracht.

Ich ging zu unserem Taxi hinüber. Ein grüner Fiat verließ den Parkplatz.

„Haben Sie gesehen, wer in dem Fiat saß?", fragte ich den Taxifahrer.

„Zwei Männer. Ich habe mich auch über die beiden gewundert. Kurz nachdem Sie die Kirche betreten hatten, fuhr der Wagen auf den Parkplatz. Aber sie stiegen nicht aus. Sie rauchten Kette und warfen die Kippen aus dem Fenster. Sind die hinter Ihnen her? Polizei war das nicht."

„Schon möglich."

„Schauen Sie! Der Wagen hat wieder gehalten. Die Brüder warten auf der anderen Straßenseite auf uns."

„Können Sie den Fiat abschütteln?"

„Wenn Sie ein paar Umwege bezahlen", erwiderte er grinsend.

In jedem Italiener steckt ein Formel-Eins-Pilot. Mein Taxifahrer hielt sich für den Weltmeister. Wir jagten durch die Straßen Roms. Selbst in schmalen Gassen verringerte er nur unmerklich das Tempo. Des Öfteren mussten sich Menschen mit einem Hechtsprung vor seiner Kühlerhaube in Sicherheit bringen. So manche Faust drohte uns hinterher. Aber er schüttelte den Fiat ab. Bei der anschließenden Rechnung belohnte er sich mit einer Prämie. Eigentlich hätte ich den Gefahrenzuschlag bekommen müssen.

Im *D'Inghilterra* lächelte mich Maja verheißungsvoll an. Ich hatte nichts dagegen. Vielleicht ließ sich mehr daraus machen.

„Eben hat das Büro eines Bischof Marcinkus angerufen. Sie versuchen es später noch einmal“, teilte sie mir mit.

Marcinkus? Das war doch der Chef der Vatikanbank. Was wollte der von mir? Woher wusste er überhaupt von meiner Existenz? Nach dem, was ich bisher über den Mann erfahren hatte, war er kein Freund von David. Doch mich beschäftigte erst einmal, wie ich dieses verheißungsvolle Lächeln ausbauen konnte.

„Was macht man abends so in Rom?“

Maja sah sich um und beugte sich zu mir über den Tresen.

„Was haben Sie denn für Vorstellungen?“

Mein Gott, dieses Lächeln. Ihre Augen streichelten mich sanft.

„Ich könnte mir ein gutes Essen vorstellen und danach würde ich gern von einer scheuen Römerin das Geheimnis des Vesta-Tempels erklärt bekommen.“

Es gibt vielleicht bessere Sprüche. Ich fand ihn frech, aber durchaus niveauvoll.

„Das ist den scheuen Römerinnen nicht so leicht zu entlocken. Von One-Night-Stands halten die gar nichts.“

„Wie löblich. Das liebe ich so an den römischen Frauen.“

„Sicher?“

„Absolut.“

„Dann werde ich mich mal umhören. Vielleicht findet sich doch eine Römerin, die Interesse an einem Mann aus Hamburg hat. Sie treffen sie um zweiundzwanzig Uhr im *Café Greco* in der Via Condotti. Aber Sie müssen mir versprechen, sich anständig zu benehmen, sonst verschrecken Sie die scheue Römerin.“

„Natürlich. Würden Sie eine Reservierung für mich im *Hassler* vornehmen? Die scheue Römerin schätzt vielleicht gutes Essen.“

Maja riss die Augen weit auf.

„Sie fahren aber schwere Geschütze auf. Das ist der teuerste Laden in Rom. Wollen Sie die arme Frau bestechen?“

„Ich will nur die Ouvertüre zu einem unvergesslichen Erlebnis machen.“

„Gut. Ich werde die Nachricht weitergeben.“

Ich suchte beschwingt mein Zimmer auf und ließ mich mit Lord Bradberry verbinden. Mein Brotgeber sollte erfahren, dass sein Sohn lebte.

„Wurde auch Zeit, dass Sie sich melden!“, blaffte er unzufrieden.

„Dafür habe ich endlich gute Nachrichten. Ich habe vorhin David gesehen.“

Ich hörte ihn erleichtert ausatmen.

„Er lebt also. Gott sei Dank. Mutter wird sich freuen. Was soll das Versteckspiel? Haben Sie mit ihm gesprochen?“

„Nein. Er spielte mit mir den ‚Dritten Mann‘.“

Ich erklärte ihm die Umstände und was es mit dem Katakombenpakt auf sich hatte. Als überzeugter Katholik erkannte er sofort die Brisanz.

„Mein Gott, das würde die Kirche revolutionieren oder vernichten. Die Heilige Mutter Kirche ohne Prunk, nur als mildtätiger Helfer der Armen? Unvorstellbar. David sollte die Finger davon lassen. Die Kurie wird ihn hassen, wenn sie von seinen Absichten erfährt. Warum lässt sich der Junge auf solche Dinge ein? Warum flieht er vor Ihnen?“

Ich erzählte ihm von dem Mordanschlag und was ich mit Padre Boris besprochen hatte.

„Dann müssen Sie ihm beistehen. Vielleicht kann Boris ihn überzeugen, dass er sich helfen lässt. Boris ist ein guter Junge, vor allem klug.“

„Vor allem wissen wir wenigstens, dass er lebt“, verwies ich ihn noch einmal auf das Ergebnis meiner Bemühungen. Beifall ist des Künstlers Brot.

„Ja. Ja doch. Wenn Sie ihn treffen, sagen Sie ihm, dass er keine Schande über die Familie bringen soll. Die Bradberrys waren niemals verdammte Lutheraner oder gar Anglikaner. Er soll demütig sein und sich dreinschicken. Es gehört sich nicht für einen kleinen Padre, wider die Heilige Mutter Kirche zu streiten. Sagen Sie ihm das!“

Ich hatte nicht viel Hoffnung, dass dies David umstimmen würde, versprach aber, es auszurichten.

„Was ich bisher über Ihren Sohn gehört habe, spricht eher dafür, dass er wie Luther sagt: ‚Hier stehe ich, ich kann nicht anders!'"

„Luther? Das wird ja immer schöner. Er soll gehorchen oder nach Arundel Hall zurückkommen. Er kann ja dann in die Politik gehen."

Der gute Lord war eben sehr einfach gestrickt. Kaum hatte ich aufgelegt, als ich einen Luigi Mandini am Telefon hatte.

„Ich bin der Hauptbuchhalter der IOR. Sie kennen das Istituto per le Opere Religiose?"

„Habe vage davon gehört."

„Seine Exzellenz Marcinkus möchte Sie sprechen. Können Sie heute Nachmittag in den Vatikan kommen? Bischof Marcinkus wird Sie im Palazzo del Governatorato empfangen, um siebzehn Uhr, wenn es recht ist."

„Wo drückt ihn denn der Schuh?"

„Das Gesprächsthema entzieht sich meiner Kenntnis."

Ich war gespannt, was dieser ominöse Bischof von mir wollte, und sagte zu.

„Ihren Hund können Sie aber nicht in den Vatikan mitnehmen."

Mein Gesprächspartner schien sehr gut über mich Bescheid zu wissen.

„Da wird Spencer aber traurig sein. Er ist nämlich ein sehr gläubiger Hund."

Er schnappte nach Luft.

„Es geht wirklich nicht", stotterte er.

„Franz von Assisi mochte sogar die Vögel. Er hätte viel Freude an Spencer gehabt."

„Lassen Sie diese …" Er suchte nach Worten, fand aber nicht die richtigen. „Sie kommen ohne Hund", brachte er noch heraus.

Wer gegen meinen Hund ist, hat bei mir keine guten Karten.

„Kann sein, dass Spencer dann zum Protestantismus konvertiert", gab ich ihm noch mit. Er legte ohne zu antworten auf.

Ich sah aus dem Fenster. Das Formel-I-Rennen durch Rom hätten wir uns sparen können. Unten auf der gegenüberliegenden Straßenseite stand der grüne Fiat. Man wusste, wo ich wohnte.

Ich beschloss, dem Vatikan sofort einen Besuch abzustatten. Da es um die Mittagszeit war, hielt sich die Schlange vor dem Eingang des Museums in Grenzen. Die meisten Touristen waren noch beim Mittagessen, so dass auch das Gedränge in den Gängen nicht so groß war, wie man es mir erzählt hatte. Ich wurde von den Exponaten nicht enttäuscht und ließ mich von den Raffaelschen Stanzen begeistern, bewunderte die Laokoongruppe und betrachtete lange den wundervollen Apoll von Belvedere. Wegen des Konklaves konnte ich leider nicht die Sixtinische Kapelle besuchen, aber die Deckenmalereien des Michelangelo sah man sich ohnehin besser in einem Buch an. Im Petersdom machte mich nicht die Architektur andächtig, sondern die Pieta von Michelangelo. Wenn man bedenkt, dass er dieses Meisterwerk mit vierundzwanzig Jahren geschaffen hat, bekommt man eine Vorstellung, was für ein Genie dieser Künstler war. Er hatte im Übrigen recht. Er war als Bildhauer bedeutender denn als Maler. Mich störte nicht, dass die Maria jünger aussah als ihr gepeinigter Sohn. Wer die jungfräuliche Empfängnis hinter sich gebracht hatte, brauchte sich nicht über das Altern den Kopf zerbrechen. Ich musste unwillkürlich an Maja und meine Verabredung denken.

Pünktlich meldete ich mich am Torbogen ‚Cortile Sentinella' bei dem Gardeoffizier. Dieser war über meinen Besuch bei Bischof Marcinkus informiert. Ein Kollege von ihm, ein junger Schweizer mit einem frischen Bubengesicht, begleitete mich zum Governatoratspalast, den man als Regierungssitz des Vatikanstaats bezeichnen konnte. Es ging durch endlose Flure, die mit antiken Statuen römischer Kaiser dekoriert waren, zu einer hohen Tür, die für Riesen geschaffen zu sein schien. Aber vielleicht sollte diese Höhe nur dafür sorgen, dass sich gewöhnliche Sterbliche wie ich beim Eintritt so richtig klein fühlten.

Der Gardist klopfte und eine quengelnde Stimme bat mich einzutreten. Der Schweizer öffnete die Tür und ich ging hinein. Der Gardist blieb draußen.

Es war ein schönes Büro mit Möbeln, die sich auch in einem Fürstenzimmer gut ausgemacht hätten. Sicher antik und sorgfältig restauriert. Ein vergeistigt und streng aussehender Mann mit einem grauen Gesicht erhob sich hinter dem Schreibtisch. Es war ihm anzumerken, dass er in seinem Leben wenig gelacht hatte. Eine unerfreuliche Erscheinung.

„Herr Christiansen, nehme ich an. Wir haben miteinander telefoniert", sagte er, reichte mir die Hand und bat mich Platz zu nehmen. Ich setzte mich auf ein Sesselchen mit vergoldeten Lehnen. Er nahm mir gegenüber Platz. Das also war Mandini. Außer Buchhalter schien er auch Sekretär des Bischofs zu sein.

„Wir müssen noch einen Augenblick warten. Seine Exzellenz Bischof Marcinkus hat noch ein wichtiges Telefonat zu führen. Sie sind seit zwei Tagen in Rom?"

„Ich habe schon mitbekommen, dass der Vatikanstaat sehr gut informiert ist", erwiderte ich feindselig. Was Spencer betrifft, kann ich sehr nachtragend sein.

„Rom ist ein Dorf."

Das hatte ich schon mal gehört. Schien etwas dran zu sein.

„Das hier ist also eine Bank? Nobel!", sagte ich herausfordernd und sah mich bewusst provozierend um.

„Nein. Die Bank ist im Apostolischen Palast, unterhalb der Räume des Heiligen Vaters, im Turm von Nikolaus V."

Er strahlte eine Herzlichkeit aus, die an einen sibirischen Winter erinnerte. Ich konnte mir den Kerl sehr gut beim Geldzählen vorstellen. Seine Finger waren klauenartig deformiert. Wahrscheinlich Gicht.

Ehe die Temperatur zwischen uns weiter abnehmen konnte, wurde die Tür aufgerissen und ein Mann wie ein Kleiderschrank trat ein. Ich verstand nun, warum man ihn hinter seinem Rücken „Gorilla" nannte. Mächtige Schultern, ein fleischiges, grobes Gesicht, stechende Augen. Das war jemand, mit dem nicht gut Kirschen essen war. Ich hätte ihn mir gut als Chef einer Catchertruppe vorstellen können. Alles an ihm war groß. Seine Hände schienen sehr gut für einen Boxkampf geeignet zu sein. Für das Segnen eher nicht. Er musterte mich mit einem Blick, als müsse er sich darüber klar werden, ob er mich nicht gleich zu Boden schickte. Ich erhob mich, um ihm zu zeigen, dass ich es mit ihm an Statur durchaus aufnehmen konnte. Er verstand dies und gab mir schief grinsend die Hand. Ein Händedruck wie ein Schraubstock.

„Serge Christiansen, nicht wahr? Schön, dass Sie kommen konnten. Gehen wir in mein Büro." Er machte eine einladende Handbewegung. Zu seinem Adlatus gewandt, sagte er: „Mandini, die nächste halbe Stunde möchte ich nicht gestört werden."

Dieser nickte servil.

Sein Zimmer übertraf noch das prächtige Vorzimmer. Vergoldete Bilderrahmen. Die Tische hatten Marmorplatten. Die Stühle waren blau bezogen und zeigten ein goldenes Vatikanwappen. Sein Schreibtisch hätte mit seiner Größe auch Hitler oder Mussolini begeistert. Er nahm dahinter Platz und starrte mich einen Moment lang grimmig an. Sein Schweigen sollte mich wohl einschüchtern. Ich schlug die Beine übereinander, sah ihn ruhig an und wartete.

„Sie suchen, wie ich höre, einen meiner Sekretäre?", beendete er unser stummes Duell.

„Sie suchen ihn auch?", gab ich mit harmloser Miene zurück.

„Lord Bradberry hat Sie damit beauftragt?"

„Ich habe Ihrem Geist im Vorzimmer bereits mein Kompliment über Ihren Informationsdienst ausgesprochen."

„Haben Sie ihn gefunden?"

„Wen?"

„Was soll das? Natürlich Padre David."

„Ich habe ihn zumindest gesehen", heizte ich ihm ein.

In seinem Gesicht arbeitete es. „Wo? Wann?"

„Berufsgeheimnis!"

Sein Kiefer mahlte.

„Wir machen uns Sorgen um ihn", presste er hervor. „Er scheint verwirrt zu sein."

„Den Eindruck hatte ich nicht. Natürlich unterscheidet er sich von vielen Priestern, die ich hier in Rom getroffen habe. Er ist gegen die geradezu ein Heiliger, der sich einer guten Sache verpflichtet fühlt."

„Ich weiß, er hat sich in diese Geschichte vom sogenannten Katakombenpakt verrannt. Warum? Der Inhalt dieser sogenannten Gebote ist doch hinlänglich bekannt. Das Dokument wurde nie vom Heiligen Stuhl sanktioniert. Es ist ein aufrührerisches, kommunistisches Pamphlet, das unter dem Einfluss dieses Kommunisten Dom Helder Camara entstanden ist, der an der Spitze dieser sogenannten ‚Theologie der Befreiung' steht."

Das waren eine Menge ‚sogenannter' Dinge.

„Ich bin kein Theologe, nicht einmal Katholik. Er wird schon seine Gründe haben."

„Die Familie Bradberry bezahlt Sie also", sagte er und blätterte in einer Akte, wobei er so tat, als wäre er der Personalchef und ich der Bewerber, der leider nicht die Eigenschaften aufwies, die er sich vorgestellt hatte. Es sah seltsam aus, diese mächtigen Fäuste mit Papieren hantieren zu sehen. Mir fiel ein, dass er Papst Paul VI. zweimal vor Attentaten bewahrt hatte. Ja, dabei konnte ich ihn mir gut vorstellen. Sein mächtiger Leib war notfalls ein guter Kugelfang.

„Ich soll ihn nicht nur finden, sondern auch beschützen."

Er sah von seinen Papieren hoch und musterte mich mit zusammengekniffenen Augen.

„Wovor? Glauben Sie, dass er in Gefahr ist?"

„Würde er sich sonst verstecken?"

„Und Sie können ihm Schutz bieten?", fragte er mit spöttischem Lächeln.

„Das ist mein Beruf."

„Ach ja, stimmt. Sie haben bereits öfter als Bodyguard gearbeitet. Sie waren in der Fremdenlegion, nicht wahr?"

Ich nickte.

„Ich lernte dort einige schreckliche, aber auch ein paar nützliche Dinge."

„Eine harte Truppe. Und Sie glauben, Ihre Erfahrungen und Fähigkeiten reichen deswegen aus, Padre David zu schützen?"

„Ich bin bisher damit zurechtgekommen. Letztens sind mir in Berlin zwei Typen dumm gekommen, sie waren danach schlauer."

„Schlauer?“

„Sie wussten, dass man sich besser nicht mit mir anlegt.“ Er lachte. „Scherz beiseite. Wir wünschen nicht, dass Sie sich in die Angelegenheiten des Vatikans einmischen. Wir sind ein souveräner Staat und der Padre ist Mitarbeiter der Vatikanbank. Wir kümmern uns um unsere Leute. Ihre Anwesenheit in Rom behindert nur unsere Maßnahmen.“

„Jeder hat so seine Wünsche.“

Es gefiel ihm nicht, was ich sagte. Es gefiel ihm gar nicht. Er streckte das Kinn vor.

„Sie wissen ja nicht, mit wem Sie sich anlegen!“, knurrte er und warf mir einen boshaften Blick zu. Die Temperatur fiel merklich.

„Warum glaubt jeder, dass ich nicht weiß, worauf ich mich einlasse? So was sagten schon die beiden Typen, die sich in Berlin mit mir anlegten. Penner! Ich habe so eine Ahnung, wer sie geschickt hat.“

Marcinkus verzog keine Miene. Er hätte mich eigentlich nach meinen Ahnungen befragen müssen.

„Wissen Sie, ich habe Verständnis, dass Sie am Ball bleiben wollen. Sie sind Profi. Der Lord wird Sie sicher gut bezahlen. Was sagen Sie, wenn wir Ihnen eine Entschädigung zahlen, wenn Sie den Auftrag niederlegen? Es wäre uns, sagen wir, fünfzigtausend Dollar wert.“

„Eine nette Summe, aber so viel zahlt mir schon seine Lordschaft für das, was ich bereits herausbekommen habe“, bluffte ich. Mich interessierte, wie weit er gehen würde.

„Schön. Dann erhöhe ich auf hunderttausend. Leicht verdientes Geld. Sagen Sie mir Ihre Bankdaten und das Geld ist noch heute Abend auf Ihrem Konto.“

„Ich erfülle meine Aufträge. Hanseaten halten ihr Wort. Wissen Sie, man sagt uns nach, dass wir sehr bodenständige Leute sind, die einfache Grundsätze bevorzugen: Sei ehrlich und treu und verrate nicht deine Prinzipien.“

Marcinkus lehnte sich zurück.

„Sie sind ein harter Brocken. Na gut, für die Ehre erhöhen wir auf zweihunderttausend. So viel Geld haben Sie sicher noch nie auf dem Konto gehabt.“

„An Geld bin ich nicht sonderlich interessiert."

Marcinkus fiel die Kinnlade herunter.

„Zum Donnerwetter, woran dann?", brachte er schließlich heraus. „Wollen Sie obendrein ein Landhaus in der Toskana? Danach seid ihr Deutschen ja geradezu verrückt."

„Ich bin außerdem aus Hamburg."

„Was soll das? Also, nennen Sie Ihren Preis. Was kann Sie dazu bringen, unsere Suche nach Padre David nicht zu behindern?"

„Nichts. Beim Kampf gegen das Böse bin ich unerschütterlich."

Dies war ein bisschen dick aufgetragen, aber es wirkte. Seine Gesichtsfarbe verstärkte sich.

„Wir sind die Kirche."

„Richtig. Aber nicht unbedingt das Gute."

Er erhob sich, stützte sich mit seinen Fäusten auf dem Schreibtisch auf, beugte sich vor und zischte: „Dann werden Sie die Folgen Ihrer Weigerung zu tragen haben. Es wird ein hoher Preis sein, den Sie zahlen werden. Vielleicht sogar der höchste."

Er hatte die Maske fallengelassen. Für einen Kirchenfürsten war er wenig diplomatisch.

„Jetzt jagen Sie mir aber einen riesigen Schrecken ein", erwiderte ich und erhob mich.

„Ich glaube, dass alles gesagt worden ist", sagte er und deutete mit dem Kopf zur Tür.

„Wir wissen nun beide, woran wir sind", bestätigte ich ihm.

„Wenn Sie Padre David treffen, sagen Sie ihm, dass es für alle Beteiligten besser ist, wenn er zurückkommt. Es wird alles vergeben. Wir werden darüber hinwegsehen, dass er sich widerrechtlich Unterlagen angeeignet hat, und ihn in Gnade aufnehmen. Die Heilige Mutter Kirche hat schon größere Sünder, die Reue zeigten, wieder in die Arme geschlossen."

Seine Worte trafen mich wie ein Blitz. Das war es also. Nun wusste ich, was der eigentliche Grund des Mordanschlags gewesen war. David hatte Unterlagen entwendet, die vielleicht etwas belegten, was der Vatikan unbedingt verheimlichen wollte. Und noch etwas belegten seine Ausführungen: Sie wussten nicht, wo sie ihn suchen sollten.

Ich tippte mit zwei Fingern an die Stirn und wünschte ihm einen schönen Nachmittag, den er bestimmt nicht haben würde. Er lobte weder Jesus Christus noch sagte er „Amen", als ich sein fürstliches Zimmer verließ. Mandini bedachte mich mit einem Blick, den er wohl für große Sünder reserviert hatte. Ich wurde von dem Gardisten, der vor dem bischöflichen Zimmer gewartet hatte, aus dem Governatoratspalast geleitet.

Auf dem Hof davor traf ich auf Padre Boris. Er sagte dem Gardisten, dass er mich hinausführen würde.

„Wir kennen uns gut."

Der Schweizer war froh, seinen Auftrag loszuwerden, und eilte davon.

„David will Sie sehen", sagte Boris. „Kommen Sie, wir drehen in den vatikanischen Gärten eine Runde. Zur Abendzeit treffen wir dort niemanden."

„David hätte mich bereits in den Domitilla-Katakomben sprechen können."

„Ich hatte erst vorhin Kontakt mit ihm. Ich konnte ihn überzeugen, dass Sie es ehrlich meinen."

„Woher wussten Sie von meinem Besuch bei Marcinkus?"

„Ich hatte das Besucherregister durchgesehen und Ihren Namen gefunden. Bei jedem Besucher wird registriert, wen er besucht. Meine Arbeitsräume sind ja auch im Governatoratspalast. Ich habe auf Sie gewartet, um Ihnen die frohe Botschaft mitzuteilen."

„Was wissen Sie davon, dass David Unterlagen der Bank hat mitgehen lassen?"

Padre Boris nickte bekümmert. Wir gingen durch den herrlichen, gepflegten Garten, in dem hohe Pinien und mächtige Zedern Schatten boten.

„Ja. Er hat Beweise, dass die Vatikanbank in einen riesigen Skandal verwickelt ist und sich hier, an diesem heiligen Ort, der Teufel eingenistet hat. Das hat ihn bewogen zu handeln. Wir müssen jetzt nur noch das von Johannes XXIII. unterschriebene Original finden. Damit und mit den Dokumenten über Marcinkus' Verstrickungen mit der Mafia und der Loge ‚P Due' können wir den Augiasstall ausmisten. Wir können wie seinerzeit Jesu die Händler aus dem Tempel jagen. Seine Eminenz Navarone hat das Dokument nicht, aber ich habe ihn mit seinem Cousin reden hören. Aus seinen Bemerkungen ging hervor, dass es bei diesem wohl verwahrt wird. Es sei so sicher wie das Gold in Fort Knox."

„Wer ist sein Cousin?"

„Fürst Caselieri, uralter römischer Adel, bekannt für seine rauschenden Feste."

„Können Sie mir Zugang zu seinen Festen verschaffen?"

„Warum?" Ein bisschen begriffsstutzig war er offenbar schon.

„Können Sie sich das nicht denken?"

„Sie wollen das Dokument …? Aber es wird sicher in einem Panzerschrank aufbewahrt, wenn der Fürst den Vergleich mit Fort Knox heranzieht. Das ist gefährlich."

„Einem Heiligen muss man helfen", antwortete ich unerschütterlich. Mir fiel Majas Bruder ein. „Ich könnte jemanden von der Guardia di Finanza für Davids Unterlagen aus der Bank begeistern."

„Guardia di Finanza? Handeln Sie das mit David aus", erwiderte er nicht sonderlich begeistert.

„Schön. Wo kann ich ihn treffen?"

„Morgen Nacht um ein Uhr in den Caracalla-Thermen."

„Kommt man dort nachts hinein?"

„Das Tor wird offen sein. Bis dahin werde ich mich darum kümmern, dass Sie jemanden zu einem der Feste der Caselieri begleiten können."

„Sie scheinen gute Verbindungen zu haben."

„Ich bin schließlich der Sekretär seiner Eminenz. Es gibt in Rom niemanden, der mächtiger ist."

„Das also meinte Flaherty, als er sagte, dass Sie es weit gebracht haben."

„Es war Seine Eminenz, die mich zum Monsignore gemacht hat", sagte er sichtlich verlegen.

„Aber Navarone gilt, wie ich hörte, doch als sehr konservativ. Weiß er von Ihrer wirklichen Einstellung?"

„Nein. Natürlich nicht."

„Sie gefährden doch mit Davids Unterstützung Ihre Position."

„David ist mein Freund. Er ist so, wie eigentlich jeder Priester sein sollte."

„Dann werden Sie sicher eines Tages Bischof werden."

„Darüber entscheidet der Herr. Was sind schon Titel? Sehen Sie, David ist nur ein einfacher Padre und doch hat ihn Erzbischof Benelli mit der wichtigen Aufgabe betraut, Bischof Marcinkus' Geschäfte zu überprüfen. David ist ein Engel des Herrn. Mit ihm kann es gelingen, auf den Weg Gottes zurückzufinden."

Ich war beeindruckt. Boris war David ein wahrer Freund. Ich war bereit, mich in die Schar der Unterstützer einzureihen. Wann hatte man schon mal die Gelegenheit, einem Engel zum Sieg zu verhelfen? Ich bin nun mal ein romantischer Typ.

„Ich muss zurück zum Governatoratspalast. Es herrscht große Aufregung. Es geht das Gerücht, dass die Kurienkardinäle den Bischof von Palermo nicht durchbekommen. Vielleicht erleben wir eine Überraschung und der Heilige Geist sorgt dafür, dass wir einen würdigen Nachfolger des heiligen Petrus bekommen, jemanden, den Gott eingesetzt hat und nicht die Kurie. Seine Eminenz ist völlig aufgelöst. Er ist das immer, wenn etwas nicht nach seinen Vorstellungen läuft."

„Dann hoffen wir mal auf den Heiligen Geist. Ich melde mich nach dem Gespräch mit David."

Er drückte mir die Hand und lief eilig zum Governatoratspalast hinüber. Eine einsame schwarze Gestalt, nur ein Rädchen in dem riesigen Getriebe des Vatikans, aber zusammen mit David würden wir vielleicht die Bankgeschäfte des Vatikans verändern können. Um dies zu glauben, benötigte man eine Menge Phantasie und Optimismus. Ich hatte beides. Als ich den Vatikan verließ, war mir bewusst, dass die alten Cäsaren noch immer in Rom spukten, wenn sie nun auch rote Talare trugen.

Als ich an der Engelsburg vorbeifuhr, die trotzig am Tiberufer stand, bemerkte ich, dass mir der grüne Fiat folgte. Ich fand es merkwürdig, dass sie mich so offensichtlich beschatteten. Tat man dies als Drohung? Und wer gab ihnen die Befehle dazu? Marcinkus?

Als ich Maja am Schalter sah, verflogen diese Gedanken.

„Haben Sie die schöne Römerin informiert?", fragte ich sie, als sie mir den Schlüssel gab.

„Sie wird da sein. Aber enttäuschen Sie sie nicht und seien Sie nett zu ihr", sagte sie mit einem Augenaufschlag, den ich so routiniert nur in ‚Krieg und Frieden' gesehen hatte, als Audrey Hepburn die Natascha spielte.

Auf meinem Zimmer empfing mich Spencer mit einem müden Blinzeln; zu einer richtigen Begrüßung konnte er sich nicht entschließen.

„So aufregend war das im Vatikan nicht", versuchte ich, ihn zu trösten. Er erhob sich schließlich, schüttelte sich und stupste mich am Bein. Das hieß nichts anderes, als dass er als Entschädigung verwöhnt werden wollte. Ich griff zum Telefon und bestellte ein Steak für ihn. Ich hoffte, damit wieder seine Gnade zu gewinnen. Genauso wie ich hoffte, dass das Rendezvous mit der schönen Römerin zu einem unvergesslichen Abend werden würde. Solche romantischen Gedanken hatte ich an diesem Tag.

8

Habemus Papam – ein Lächeln Gottes für die Menschheit

Am 26. August 1978 kam der Heilige Geist nicht nur über die Kardinäle in der Sixtinischen Kapelle, sondern kümmerte sich auch um den Sünder Serge Christiansen. Maja liebte mich. Für die Menschheit war anderes bedeutend. Gott schenkte der Menschheit jemanden, aus dessen Gesicht die Liebe seines Sohnes leuchtete.

Ich traf mich mit meiner schönen Römerin im *Greco*, jenem herrlich romantischen Café mit dem Dekor des 18. Jahrhunderts, wo schon Goethe, Liszt und Wagner ihren Gedanken nachgehangen sind. Maja trug ein schlichtes schwarzes Kostüm und hatte das Haar hinten zusammengebunden, sodass sie wie eine Madonna da Vincis aussah.

Ich musste schlucken, so sehr nahm mich ihr Anblick gefangen.

„Welch ein Glück, dass die Empfangsdame des *D'Inghilterra* die richtige Römerin geschickt hat."

„Damit kein Missverständnis entsteht, normalerweise verabrede ich mich nicht mit Männern, die ich kaum kenne, und schon gar nicht mit Gästen des *D'Inghilterra*."

„Wie schön, dass Sie eine Ausnahme machen."

„Und was macht der arme Spencer ohne seinen Herrn?"

„Er schmollt auf meinem Zimmer. Aber ich habe ihm gesagt, mit wem ich mich treffe. Er wird mich deswegen sicher bald wieder in Gnaden aufnehmen."

Viele seltsam aufgeputzte Amerikanerinnen und bleichgesichtige Engländerinnen drängten ins Café. Eine Kakophonie von schrillen, allzu hohen Stimmen.

Maja schaute immer wieder nervös zum Ausgang.

„Erwarten Sie noch jemanden?"

„Aber nein", erwiderte sie lachend und strich ihren kurzen Rock zurecht, der viel von ihren beeindruckend langen Beinen freiließ. „Ich würde nur Ärger bekommen, wenn mich hier jemand aus dem *D'Inghilterra* mit einem Gast sieht. Das ist strengstens verboten."

„Dann lassen Sie uns ins *Hassler* aufbrechen. Dort wird wohl niemand von den Angestellten auftauchen."

„Nein, das kann sich keiner von uns Angestellten leisten."

Wir stiegen die Spanische Treppe hoch, auf der sich wieder hunderte Touristen aus aller Welt niedergelassen hatten. Die Augen des Portiers lagen bewundernd auf Maja, als wir die Hotelhalle betraten. Wir fuhren mit dem Fahrstuhl in den obersten Stock. Das Restaurant *Imago* war erstaunlicherweise schwach besetzt. Meine Lederjacke wurde mit missbilligenden Blicken bedacht.

„Eigentlich trägt man im Restaurant des *Hassler* eine Krawatte", sagte der Chefober mit schmalen Lippen. Mit seinem Frack und der grauen Weste hatte er viel von einem Pinguin.

„Mein Begleiter kommt aus Deutschland, da wollen wir Römer uns doch von unserer besten Seite zeigen. Was Gastfreundschaft betrifft, lassen wir uns von niemandem übertreffen." Der Chefober bekam dazu gratis ein hinreißendes Lächeln und nun war auch er davon überzeugt, dass man die Kleiderordnung großzügig auslegen sollte. Wir bekamen einen Tisch am Fenster, von dem man über die Dächer Roms bis zum Petersdom blicken konnte.

Als Aperitif wählte sie einen Bellini. Ich nahm einen Chieftain. Der Chefober überreichte uns die in rotes Leder eingebundene Menükarte. Gut, dass nicht ich, sondern seine Lordschaft die Zeche bezahlen würde. Als Antipasti wählten wir Austernpilze, danach Spaghetti Carbonara und als Hauptgericht nahm sie Fegata di Pollo und ich wählte Porchetta, Spanferkel, in römischer Soße.

„Es sind typisch römische Gerichte, die ich nicht unbedingt im *Hassler* erwartet hätte. Leider enthält die Damenkarte keine Preisangaben. Es ist wohl sehr teuer?"

„Ich halte es in diesen Dingen mit den Franzosen. Ein gutes Essen kann nicht billig sein, zumal mit diesem Ausblick. Und außerdem isst mein englischer Auftraggeber im Dorchester kaum preiswerter."

Als Wein wählte ich einen Chianti. Ich hatte die Erfahrung gemacht, dass ein Chianti selten enttäuscht, zumal wenn der schwarze Hahn die Banderole ziert, das Qualitätszeichen des toskanischen Weinverbandes.

„Sind Sie mit Ihrem Auftrag weitergekommen?", fragte sie.

Ich vermochte nicht gleich zu antworten. Ich kam mir vor wie in einem Traum. Immerhin war ich mit der schönsten Frau Roms über den Dächern der Ewigen Stadt zusammen.

„Hallo, ich habe Sie etwas gefragt."

„Ja, die Dinge kommen in Fluss."

Ich berichtete ihr von meinen Erlebnissen in den letzten Tagen, was ich von Padre Boris erfahren hatte und dem seltsamen Angebot von Bischof Marcinkus.

„Was hat das alles zu bedeuten?"

„Ich glaube, Padre David hat eine große Schweinerei in der Vatikanbank entdeckt. Vielleicht werde ich Ihrem Bruder bei seinen Ermittlungen helfen können."

„Das ist sicher nicht ungefährlich", sagte sie besorgt.

Eine Frau hatte sich schon lange nicht mehr Sorgen um mich gemacht. Ein warmes Gefühl der Dankbarkeit durchflutete mich.

„Ich bin gewohnt, mit so etwas fertig zu werden", antwortete ich etwas großspurig und hätte mir gleich darauf am liebsten einen Tritt in den Allerwertesten gegeben. Musste ich immer gleich die Trommel schlagen? Bei ihr kam „piano" sicher besser an.

„Serge Christiansen, der unerschrockene Kämpfer!", kam von ihr verdientermaßen gleich ein Dämpfer.

Wir waren beim Hauptgang angelangt, als plötzlich um uns herum der Lärmpegel stieg. Eine seltsam freudige Erregung hatte alle Gäste erfasst. „Habemus Papam!", hörte ich immer wieder. Auch die blasierten Kellner machten nun feierliche Gesichter.

„Sie haben es also endlich geschafft", kommentierte ich mit protestantischer Gelassenheit.

„Diesmal hat es nicht lange gedauert", freute sich Maja. Auch sie machte ein Gesicht, als habe sie ein Geschenk erhalten.

An einem Tisch stand eine Frau auf und stürmte auf uns zu.

„Maja, du hier?"

Ich bekam einen Schreck, weil ich fürchtete, dass jemand aus dem *D'Inghilterra* sie entdeckt hatte und sie nun Schwierigkeiten bekommen würde. Doch Maja lächelte erfreut. Die beiden Frauen umarmten sich stürmisch. Es folgte das übliche Küsschenritual.

„Darf ich Ihnen meine Cousine Loretta vorstellen. Sie ist Journalistin bei der Zeitung Paolo Panerai, berühmt für ihre messerscharfen Kommentare in ihrer wöchentlichen Kolumne."

„So schlimm bin ich nun auch wieder nicht!", schwächte Loretta ab.

Sie war so groß wie Maja, trug ihre roten Haare jedoch so kurz wie ein amerikanischer Marinesoldat. Ihr Gesicht war mit Sommersprossen übersät, was bei ihr nicht unattraktiv aussah. Sie liebte wohl die Provokation. Die schwarzen Stiefel reichten ihr bis zu den Schenkeln und ihr kardinalrotes Kleid war wegen der Kürze gerade noch im Bereich des Schicklichen. Sie musterte mich, als hege sie Zweifel, dass ich der richtige Begleiter für Maja war.

„Serge Christiansen. Ein guter Bekannter aus Deutschland", stellte mich meine Römerin vor, was zwar nicht gelogen war, mir aber trotzdem nicht gefiel. „Bist du in Begleitung hier?"

Die Rothaarige schüttelte den Kopf.

„Ich war verabredet, aber der Kollege konnte nicht kommen. Er ist für den Vatikan zuständig und schreibt wohl gerade den morgigen Aufmacher. Er wird so schnell nicht auftauchen. Habt ihr etwas dagegen, wenn ich mich zu euch setze? Allein im *Hassler* zu sein ist doof. Ich störe doch nicht?"

Maja schüttelte den Kopf. „Setz dich nur."

Ich hätte eine ganze Menge dagegen vorbringen können, unterließ es aber natürlich. Die Italiener sind Familienmenschen. Sie setzte sich. Der Ober brachte ihre Gerichte an unseren Tisch und schon hechelten die beiden Frauen ihre Verwandtschaft durch. Ich war abgemeldet. Maja bemerkte meine Verstimmung. Plötzlich griff sie über den Tisch und drückte meine Hand.

„Aha", sagte Loretta. „So steht es mit euch beiden."

„Es ist unsere erste Verabredung", sagte Maja.

„Oh je, und dann störe ich euch. Sie sind also Deutscher?", wandte sie sich an mich.

„Aus Hamburg", erklärte ich überflüssigerweise. Ich bin nun einmal stolz auf meine Heimatstadt.

„Und was machen Sie beruflich? Journalistische Neugier!", erklärte sie, als würde dies alles entschuldigen. Ich hatte den Eindruck, dass sie prüfen wollte, ob ich gut genug für Maja war. Was ich ihr gestand, gefiel ihr gar nicht.

„Ermittler? Sind Sie so etwas wie ein Privatdetektiv? Kann man davon leben?"

Das „davon" hatte eine Menge „a".

Alle Leute stellen sich unter ‚Detektiv' so einen schmuddeligen Typen mit Dreitagebart, Whiskyfahne und einem staubigen Büro im Hinterhof vor. Ich wiegte den Kopf.

„Manchmal gut, manchmal schlecht. Ich habe noch eine Schule für fernöstliche Kampftechniken. Karate, Jiu Jitsu, Kendo und andere rabiate Techniken."

„Wer ist denn nun der neue Papst?", mischte sich Maja ein, ehe ich endgültig mein Ansehen verspielen konnte.

„Ich habe vorhin mit der Redaktion telefoniert. Es ist ein Wunder. Albino Luciani, ihn hatte niemand, aber auch wirklich niemand auf der Rechnung! Erzbischof Bellini soll ihn ins Spiel gebracht haben. Diesmal hat der Heilige Geist tatsächlich die Kardinäle beflügelt."

„Also wieder ein Italiener!", warf ich ein und bekam dafür einen scharfen Blick der Rothaarigen.

„Was dagegen? Er stammt aus ärmlichen Verhältnissen. War bisher Patriarch von Venedig. Er soll von außerordentlicher Bescheidenheit sein und unbestechlich. Lehnt materielles Gewinnstreben total ab. Und nun kommt's: Er betont das Prinzip der armen Kirche. Er ist der Papst, auf den die Welt gewartet hat. Ich habe mal Bilder von ihm gesehen. Dieses Lächeln, einfach wunderbar. Man glaubt, dass durch ihn Jesus Christus auf uns sieht. Da wird in der Kurie ein Zähneklappern ausbrechen. Wenn er das tut, was er in Venedig bereits vorgelebt hat, werden wir eine andere Kirche bekommen."

Ich dachte an David und den Katakombenpakt. Vielleicht würden sich Dom Helder Camaras Vorstellungen von einer Kirche der Armen nun doch realisieren lassen? Alles, was David sich erträumt hatte, bekam nun einen realistischen Boden. Es konnte wahr werden. Dom Helder Camaras Worte erfüllten sich:

Wenn einer allein träumt, ist es ein Traum. Wenn viele gemeinsam träumen, ist es der Anfang einer neuen Wirklichkeit.

Iphigenie, meine Hellenin, hatte mir einige Zeitungsartikel über ihn gefaxt. Maja warf mir einen bedeutsamen Blick zu, was die Rothaarige sofort bemerkte.

„Was glubschst du wie eine Sibylle?"

„Wegen des Katakombenpakts und Dom Helder Camaras Vision von einer Kirche der Armen ist Herr Christiansen in Rom."

„Das ist ja hochinteressant", staunte Loretta.

„Darf ich es ihr erzählen?", fragte mich Maja.

Ich zögerte. Bei Journalisten wusste man nie, was sie hinterher schreiben würden. Loretta verstand meinen Vorbehalt.

„Ich bringe nur das, was Sie freigeben."

„In Ordnung."

Maja erzählte ihr, was ich erlebt hatte. Ihr Gedächtnis war sehr gut und ich brauchte nur wenig hinzuzufügen.

„Es existiert also eine Urfassung des Katakombenpakts mit der Unterschrift Johannes' XXIII.? Toll. Daraus lässt sich etwas machen. Das kann eine ganz große Geschichte werden. Darf ich?"

„Ich komme darauf zurück, wenn ich mit David gesprochen habe."

„Gut. Ich warte damit. Jetzt, wo wir einen Papst haben, der sich für die Armen einsetzt, müssen wir ihm gegen die Kurie helfen. Die Kirche hat den Teufel in den Vatikan gelassen und der Heilige Geist hat uns einen Papst geschenkt, der ihn aus dem Tempel vertreiben wird."

Sie war mir nun weniger unsympathisch und ich verzieh ihr sogar die Störung meines Rendezvous. Auch sie schien mich nun in einem anderen Licht zu sehen.

„Wenn sich das verwirklicht, was sich heute andeutet, dann erleben wir den revolutionärsten Moment der Kirchengeschichte", sagte sie enthusiastisch. Wir sahen zum Vatikan hinüber, wo die Kuppel des Petersdoms hell erleuchtet aus der Dunkelheit ragte. Loretta sah auf die Uhr.

„Bereits elf Uhr. Nun will ich euch Hübschen nicht weiter stören. Serge, melde dich bei mir, wenn du Neuigkeiten hast und ich loslegen kann. Ich muss jetzt noch einmal in die Redaktion, um zu erfahren, wie es zu dieser sensationellen Wahl gekommen ist. Es ist nicht zu fassen! Ein Papst, der sein Pontifikat im Geist Jesu Christi beginnt. Die Welt steht Kopf."

Sie wollte zahlen, aber ich sagte ihr, dass ich dies übernehmen würde. Sie beugte sich zu mir und gab mir einen Kuss auf die Wange.

„Nun kann ich verstehen, dass du dich mit ihm triffst. Er scheint ein interessanter Mann zu sein und nicht nur ein hübscher Muskelberg."

„Weil er deine Rechnung übernimmt?", fragte Maja spitzbübisch.

„Auch deswegen. Ich mag großzügige Männer, aber du weißt, was ich meine. Mit dem wirst du dich nicht langweilen."

Sie sprang auf und schon war sie aus dem Restaurant.

„Sie ist eine Verrückte", kommentierte Maja.

„Mit ihr bin ich schon beim Du. Sollen wir diese schöne Sitte zwischen uns nicht auch übernehmen?"

Sie beugte sich zu mir und gab mir einen Kuss auf den Mund.

„Hallo Serge."

„Hallo Maja", echote ich und war sehr zufrieden, wie sich unsere Bekanntschaft entwickelte.

„Ich habe mich in dem Augenblick in dich verliebt, als du dich wegen Spencer in mein Gespräch mit deinem Kollegen eingemischt hast", gestand ich ihr.

„Und ich dachte in dem Augenblick: Schade, dass er ein Gast ist. Ich hätte dich gern in einer Trattoria kennengelernt. Dass wir nun im *Hassler* zusammensitzen, hätte ich mir nie träumen lassen."

Unsere Hände fanden sich und sie drückte meine Finger. So saßen wir eine Weile und waren damit zufrieden, einander anzusehen.

„Was wird daraus?", fragte sie plötzlich. „Du bist vielleicht in einer Woche wieder in Hamburg."

„Kannst du nur in Rom leben?"

Ich war selbst erschrocken über die Konsequenz meiner Frage. Wollte ich das wirklich, was sie beinhaltete? Ich konnte mich nicht erinnern, jemals ein solches Tempo eingeschlagen zu haben. Es passte so gar nicht zu mir.

Sie schwieg. Ich ermahnte mich, vom Ende her zu denken und nicht so stürmisch vorzugehen.

„Warten wir ab, was daraus wird", sagte sie schließlich.

Als die Flasche Wein leer war, schüttelte sie auf meinen fragenden Blick hin den Kopf.

„Es ist spät. Lass uns gehen."

Ich rief den Ober herbei und zahlte. Ich konnte nur hoffen, dass der Lord solche Restaurantpreise tatsächlich gewohnt war.

Wir fuhren hinunter und traten vor der Kirche Trinità dei Monti an die Balustrade, von wo wir auf die Ewige Stadt hinuntersahen, die nun einen neuen Bischof hatte.

„Wie schön doch unser Rom ist. Es würde mir sicher schwerfallen, die Stadt zu verlassen."

Ich drückte sie an mich und wir küssten uns. Etwas benommen stiegen wir langsam die Spanische Treppe hinab. Es fühlte sich gut an, wie sich ihr Schenkel an meine Seite drückte. Es waren immer noch genug Touristen auf der Treppe. Eine Gruppe amerikanischer Jugendlicher hatte sich um einen Sänger auf die Stufen gesetzt, der Lieder von Bob Dylan sang, die schönen alten Sachen wie ‚Blowin' in the wind', ‚Tamburine Men' und ‚Like a Rolling Stone'. Er hatte genau die gleiche gequetschte Stimme wie Dylan. Wir setzten uns ebenfalls auf die Stufen und hörten eine Weile zu.

„Was machen wir nun in der ersten Nacht des neuen Papstes?", fragte ich schließlich und verwarf meine guten Vorsätze. Sie legte ihren Kopf an meine Schulter. Der Dylan-Imitator sang ‚Forever young'. Ich hatte nichts dagegen.

„Ich wohne in Trastevere bei meinen Eltern", sagte sie. „Wir haben dort ein Restaurant. Aber meine Wohnung liegt nebenan und hat einen separaten Eingang."

„Heißt das …?"

„Komm, Serge, mein Ermittler", flüsterte sie.

Auf der Piazza unten standen Taxis und Kutschen. Ich hatte den verrückten Einfall, eine Kutsche zu nehmen. Sie schüttelte energisch den Kopf.

„Mir tun die Pferde immer leid. Sie sehen so traurig aus."

Also fuhren wir mit dem Taxi nach Trastevere. Der Taxifahrer sah mehr in den Rückspiegel als auf die Straße. Er konnte seine Begeisterung für Maja kaum verhehlen. An der Piazza Apollonia stiegen wir aus. Sie steuerte einen Eingang neben dem Restaurant an.

„Mein Vater hat das Nebenhaus für uns Kinder gekauft. Im Erdgeschoss wohnt Marcello, im ersten Stock meine Schwester Antonella. Ich habe die Wohnung im obersten Stock."

Es ging eine steile Treppe hoch. Ich hatte ein Jungmädchenzimmer erwartet, aber es war eine hübsche kleine Dreizimmerwohnung unter dem Dach, eine Mansarde, aber gerade deswegen besonders gemütlich. Das Wohnzimmer wurde von Picasso-Bildern beherrscht. Poster, die sie hatte rahmen lassen. Ein Harlekin und ein archaisch anmutendes Bild, auf dem zwei Mädchen am Strand entlangliefen. Das dritte Bild war besonders anrührend, eine Taube mit einem Ölzweig im Schnabel. Die Polstermöbel waren einfach, aber geschmackvoll, in einem schönen Türkiston.

„Möchtest du noch etwas trinken?", fragte sie. „Ich habe einen Barolo."

„Sehr gut", stimmte ich zu.

Sie ging zu einer Anrichte und holte eine Flasche heraus, die sie mir zusammen mit einem Korkenzieher in die Hand drückte. „Dein Job."

Ich entkorkte sie und goss die zwei Gläser voll, die sie auf den kleinen Tisch gestellt hatte. Sie legte nach sorgfältiger Wahl eine Platte auf. Frank Sinatra.

„I've got you under my skin."

„Passt. Genau mein Gefühl."

„Dachte ich mir."

Sie prostete mir zu.

„Auf diesen Abend", flüsterte sie und trat dicht an mich heran. Wir küssten uns lange und eindringlich und zum Schluss immer leidenschaftlicher. Ich fühlte ihre Brüste, streifte ihre

Jacke ab und knöpfte ihre Bluse auf. Sie trug keinen Büstenhalter und hatte kleine, spitze Brüste. Maja nahm meine Hand und zog mich in das angrenzende Schlafzimmer, wo wir uns auf das Bett fallen ließen. Was dann passierte, war für mich genauso ein Wunder wie das, was an diesem Tag im Vatikan geschehen war. Aber dieses Wunder gehörte nur uns. Es war schön, danach ruhig neben ihr zu liegen, ihre Hand zu halten und ihren Atem zu hören. Ich stand auf, ging zu meiner Jacke und holte die Pfeife heraus, stopfte sie und steckte sie an.

„Ich liebe den Tabakgeruch", sagte sie und summte ein Lied von Frank Sinatra. „Summerwind."

„Ich dachte, Frank Sinatra sei nur etwas für alte Kerle wie mich", staunte ich.

„Ach ja? Mein Bruder liebt Frankyboy. Er dudelt seine Platten den ganzen lieben langen Tag. Ich bin mit Sinatra aufgewachsen. Wie alt bist du?"

Ich sagte es ihr.

„Dann bist du zwölf Jahre älter", stellte sie fest. „Hätte schlimmer kommen können." Sie lachte. „Mein Vater wird mit dir am Anfang nicht so ganz einverstanden sein. Du bist kein Römer, nicht einmal ein Italiener und hast keine Pizzeria oder ein Restaurant und obendrein bist du so alt wie Marcello. Du wirst ganz schön kämpfen müssen."

Mir schwante, dass da einiges auf mich zukommen würde. Wollte ich das wirklich? Was passierte mit mir? Bei Liebesbeziehungen war es mir bisher wichtig gewesen, den Ablauf zu bestimmen. Nun wurde ich von mir selbst überrascht. Ich wollte das, was sie wollte.

„Mach nicht so ein Gesicht! Wir schaffen das schon, denn wir haben etwas Kostbares: Wir liebten uns, als im Vatikan ein neuer Papst einzog."

Sie setzte sich auf.

„Du hast aber keine Frau in deinem Hamburg?"

„Ich war bis heute unbeweibt", beteuerte ich.

„Das kann nicht sein."

„Meine Frau hat sich vor zwei Jahren von mir scheiden lassen."

„Warum?"

„Weil ich mich nicht genug um sie gekümmert habe."

„Du bist also schuld. Warst du ihr untreu?"

„Was wird das? Ein Verhör?"

„Ich muss doch wissen, wer du bist."

„Na gut. Das auch. Ja."

„Das hört auf!", sagte sie streng.

Ich hatte nichts dagegen. Nie hätte ich mir vorstellen können, dass so ein Wunderwesen sich derart in mich verlieben könnte. Stimmt, ich war mächtig stolz auf sie. Männer sind nun mal Gockel.

„Ich dulde keine Techtelmechtel. Ich bin eine Römerin!", trumpfte sie auf.

„Einen Nebenbuhler hast du."

„Wen?", fragte sie und nahm drohend das Kissen hoch.

„Spencer."

„Ach so", sagte sie erleichtert. „Mit dem werde ich schon fertig. Ich glaube, dein Hund mag mich."

Den Eindruck hatte ich zwar auch, aber Spencer konnte sehr eifersüchtig und besitzergreifend sein. Ich staunte selbst, wie selbstverständlich sich unsere Beziehung entwickelte. Für Maja stand von Anfang an fest, dass es kein One-Night-Stand sein würde … und für mich nun auch.

„Du hast viele Frauen gehabt", sagte sie mit traurigem Unterton.

„Ich bin ja auch älter als du", hielt ich dagegen.

„Ich hatte nur eine Beziehung", flüsterte sie. „Er war Marcellos bester Freund. Ich erwischte ihn mit meiner Freundin. Du darfst mir nie wehtun. Hörst du?"

„Das werde ich nicht."

„Nie!"

„Nie!", beteuerte ich.

Es fiel mir leicht, dieses Versprechen abzugeben. Sie kuschelte sich an mich.

Als ich erwachte, dämmerte es draußen. Ich erhob mich vorsichtig. Sie schlief noch. Das Haar lag wie ein Heiligenschein um ihren Kopf. Auf der Piazza war niemand zu sehen. Trastevere schlief noch. Sie erwachte.

„Wie spät ist es denn?“, fragte sie.

Ich ging zu ihr und nahm sie in die Arme.

„Fünf Uhr.“

„So spät schon. Du musst gehen.“

Ich sah sie erstaunt an.

„Ja. Mein Vater ist sehr altmodisch. Für ihn bin ich immer noch die kostbare Jungfrau. Wir sehen uns nachher im Hotel. Ich habe ab acht Uhr Dienst.“

Ich zog mich etwas unzufrieden an. Sie merkte dies, stand auf und umarmte mich.

„Ich will mit unserer Liebe niemandem wehtun. Es soll alles ordentlich ablaufen.“

Ich küsste ihre Nase und schlüpfte in meine Sachen.

„Gut, meine ordnungsliebende Maja. Es wird so geschehen, wie du es für richtig hältst.“ Ich staunte immer noch über mich selbst.

Wir küssten uns noch einmal und ich stieg vorsichtig die Treppe hinunter. Als ich im Parterre war, kam Marcello aus seiner Wohnung. Es war mir peinlich, aber er lachte.

„Es ist also passiert. Ich habe es geahnt. So wie sie dich in der *Antica Taverna* mit ihren Blicken verschlungen hat, konnte es nur so enden. Sei gut zu ihr, sonst muss ich mich von dir verprügeln lassen.“ Er ging mit mir hinaus.

„Bevor ich zum Dienst gehe, stelle ich die Stühle zu den Tischen vor dem Restaurant. Das ist schon seit meiner Kindheit meine Aufgabe. Also wirklich, mach mir Maja nicht unglücklich.“ Er blickte ernst.

„Keine Sorge. Für uns ist es kein Spiel.“

Er warf mir einen Lappen zu.

„Wisch die Tische ab. Du sollst gleich lernen, wie es in einer römischen Familie zugeht. Da packt jeder mit an.“

Er schloss das Restaurant auf und holte die Sonnenschirme heraus.

„Vater wird einen Herzkasper bekommen. Wir müssen es ihm schonend beibringen.“

„Maja hat angedeutet, dass er sehr konservativ ist.“

„Kann man wohl sagen. Vor allem aber darf Maja nicht noch einmal enttäuscht werden. Die Sache mit Luigi, dem Idioten, hat sie sehr mitgenommen. Ich habe den Kerl so verdroschen, dass er heute noch keine Schönheit ist."

„Hör auf! Ich habe schon verstanden. Wir haben uns Hals über Kopf ineinander verliebt. So etwas passiert manchmal."

Er lachte und hielt mir die Hand hin.

„Auf gute Freundschaft!"

„Auf gute Freundschaft", bekräftigte ich freudig. „Ich glaube, ich werde bei deinem Vater deine Hilfe brauchen."

„Denk immer daran, dass ihr euch am Tag der Wahl des neuen Papstes ..."

„Halt den Mund."

„Geht klar", versprach er. „Das mit Vater kriegen wir schon hin."

„Hast du bereits Näheres über die Wahl erfahren?"

„Klar doch. Wir Römer lieben Klatsch. Es gab nur vier Wahlgänge. Im ersten Wahlgang lag Siri mit 25 Stimmen vorn, und Luciani hatte bereits 23 Stimmen. Aber auch im zweiten Wahlgang gab es für Siri, obwohl die Traditionalisten viel Druck machten, keine absolute Mehrheit. Die Lateinamerikaner sahen ein, dass wieder kein Südamerikaner Papst werden würde, und entschieden sich für Luciani, und das Wunder passierte. Luciani bekam 99 Stimmen und damit die notwendige absolute Mehrheit. Als man Luciani fragte, ob er die Wahl annehmen wolle, zögerte er. Doch dann kam sein ‚Accepto', und er gab sich den Namen Johannes Paul."

„Und dieser Erzbischof von Palermo?"

„Spielte keine Rolle. Er hatte sich in den Vorgesprächen zu sehr vorgedrängt. Es gibt das Sprichwort ‚Wer ins Konklave als Papst reingeht, kommt als Kardinal wieder raus'. Wir können gespannt sein, was Luciani aus seinem Pontifikat macht. Schon viele Päpste sind mit großartigen Reformideen in das Amt gewählt worden und haben sich dann doch den Traditionalisten in der Kurie beugen müssen."

„Die lateinamerikanischen Kardinäle haben also dafür gesorgt, dass Luciani gewählt wurde."

„Sie wussten, wie er über das Zweite Vatikanische Konzil dachte, und hatten in den Vorgesprächen erlebt, dass er zur Einfachheit mahnte und eine ‚Kirche der Armen' als Ideal pries. Sie haben dafür den Richtigen gewählt."

Ein untersetzter Mann mit buschigen Augenbrauen und einem grauen Schnauzer trat heraus und musterte mich erstaunt.

„Ich sehe, Marcello, du hast heute Hilfe."

„Das ist Serge Christiansen, ein Freund von mir. Ein sehr guter Freund", stellte er mich vor.

„Hat er bei dir übernachtet?", fragte er stirnrunzelnd.

„Ja, Vater. Wir haben gestern die Wahl des neuen Papstes gefeiert und er hat deswegen bei mir auf der Couch übernachtet."

„Ach ja", sagte Majas Vater und musterte mich immer noch misstrauisch.

„Ich muss jetzt los. Die Pflicht ruft", sagte Marcello schnell. Es war ihm anzumerken, dass er seinen Vater nicht gern anlog.

„Dann aber los, Sohn! Seine Pflicht vernachlässigt man nicht. Und Sie, Herr Christiansen, trinken noch eine Tasse Kaffee bei uns."

„Ich muss auch los", antwortete ich, aber der alte Buardi schüttelte energisch den Kopf.

„Für eine Tasse Kaffee wird doch noch Zeit sein."

Er nahm meinen Arm, bugsierte mich in das Restaurant und schob mich an dem großen Steinofen vorbei in eine riesige Küche mit kupfernen Schüsseln an der Wand und einem langen Herd mit sechs Feuerstellen. Frau Buardi stellte gerade Tassen auf einen kleinen Tisch.

„Mutter, wir haben hier einen Freund von Marcello. Die beiden haben gestern tüchtig gefeiert und er kann einen guten Kaffee vertragen."

Frau Buardi mochte um die Fünfzig sein, hatte langes schwarzes Haar und war immer noch eine schöne Frau. Nun wurde klar, von wem Maja die Schönheit geerbt hatte. Ihre Mutter ähnelte der Magnani, dieser wunderbaren italienischen Schauspielerin. Eine selbstbewusste Frau. Ich stellte mich vor und sie lächelte mich aufmunternd an. Als ich ihnen erzählte, woher ich kam, bekamen sie große Augen.

„Sie verdienen Ihr Geld mit Detektivarbeit? Ich dachte, so etwas gibt es nur im Kino", staunte Vater Buardi.

Wie Maja es vermutet hatte, kam mein Beruf bei ihm nicht besonders gut an. Ich war die Ablehnung meines Berufsstandes gewohnt und schob schnell nach, dass ich außerdem noch eine Schule für Leibesertüchtigung hatte. Das kam schon besser an.

„Also so eine Art Fitness-Schule. Die gibt es neuerdings auch bei uns in Trastevere."

„So etwas in der Art."

„Aber jetzt sind Sie als Detektiv in Rom?"

„Richtig." Ich gab vage an, dass ich für eine englische Familie den verschwundenen Sohn suchte.

„Werden Sie ihn finden?"

„Das habe ich schon."

„Tüchtig!", lobte er.

Frau Buardi drückte mir eine Tasse Latte Macchiato in die Hand und wies auf die Panini. „Greifen Sie zu."

Während ich bei dem Vater immer noch so etwas wie Misstrauen spürte, schien mich die Mutter zu mögen. Ich mochte ihr Lächeln. Maja stürmte herein, stutzte und sah mich mit erschrockenen Augen an.

„Ach, Engelchen, darf ich dir den Freund von Marcello vorstellen", sagte der Alte. Ich kam mir vor wie ein Zwanzigjähriger beim ersten Besuch bei den künftigen Schwiegereltern. Verdammt ungemütliches Gefühl.

„Ich muss los, Papa. Ich bin schon spät dran."

„Wo wohnen Sie?", fragte mich Buardi.

„In einem Hotel hinter der Spanischen Treppe."

„In der Nähe ist auch Majas Hotel. Maja, du kannst doch Herrn Christiansen auf deiner Vespa mitnehmen."

„Ja, natürlich. Klar doch!", versicherte Maja mit rotem Kopf.

„Dann raus mit euch."

Fast fluchtartig verließen wir die Küche.

Ich saß hinter Maja auf dem Roller auf. Es war ein gutes Gefühl, sich an ihr festzuklammern.

„Dein Vater mag mich nicht. Mit deiner Mutter komme ich ganz gut klar."

„Er braucht immer etwas länger, bis er jemanden akzeptiert. Mit Mutters Wohlwollen hast du schon die Hälfte geschafft."

Maja zeigte mir, dass sie eine echte Italienerin war. Sie fuhr wie der Teufel, als würde sie an dem berühmten Rennen ‚Targa Florio' teilnehmen. Obwohl ich sicher nicht der furchtsame Typ bin, hatte ich Angst, vom Roller zu fliegen. Ich kam mir vor wie Gregory Peck in ‚Ein Herz und eine Krone'. Ich flüsterte ihr ins Ohr, wie sehr ich sie liebte, und sie nahm ihre Linke vom Lenker und drückte meinen Kopf in ihren Nacken.

„Wirst du wohl die Hände auf dem Lenker lassen", rief ich nervös.

„Du weißt wohl nicht, dass wir Römerinnen mit dem Traum an eine Vespa die Pubertät hinter uns lassen", schrie sie nach hinten. „Es ist das erste, was man zu beherrschen lernt, und dann kommt erst das andere."

An der Spanischen Treppe hielt sie.

„Man sollte uns nicht zusammen im Hotel ankommen sehen."

Ich stieg nur ungern ab und sie entschädigte mich mit einem langen Kuss. Meine ‚Hepburn' strahlte mich an.

„Was wirst du heute machen?"

„Ich werde mir das Nationalmuseum ansehen. Heute Nacht treffe ich David in den Caracalla-Thermen."

Sie bekam ängstliche Augen.

„Pass auf dich auf. Ich werde heute Abend Vater und Mutter reinen Wein einschenken. Morgen werde ich dich dann offiziell vorstellen. Hab keine Angst. Es wird schon nicht so schlimm werden."

Sie zwinkerte mir zu und brauste davon.

Ich ließ mir Zeit und kaufte ein paar Zeitungen, die seitenlang über den neuen Papst berichteten. Als ich das Hotel betrat, stand Maja bereits hinter dem Tresen und ihre Augen warfen mir einige Versprechungen zu. Auf dem Zimmer sah mich Spencer an, als hätte ich ihn in der Todeszelle allein gelassen.

9

Die Cäsaren leben noch

Ich verbrachte den Tag mit den Kaisern des Imperiums im Römischen Nationalmuseum Palazzo Massimo. Einige erinnerten mich an die, die im Vatikan die Strippen zogen. Caligula, Nero und Domitian gaben dafür prächtige Beispiele ab. Besonders angetan hatte es mir das sogenannte Zimmer der Livia, jener Gemahlin des Augustus, die aus Octavian einen Mann machte. Die Fresken hatte man aus den Palastruinen auf dem Palatin hier vor dem Verfall in Sicherheit gebracht. Schöneres glaubte ich noch nie gesehen zu haben. Die Wandmalereien zeigten einen geheimnisvollen üppigen Garten in einer paradiesischen Schönheit. Eine Explosion der Natur. In dem Garten tummelten sich bunte Vögel, so lebhaft, dass man glaubte, das Rauschen ihrer Flügel zu hören. Ein Gemälde von einem großen Künstler, das sogar Botticelli und dem großen Leonardo Respekt abverlangt hätte.

Am Nachmittag huldigte ich wieder den Kochkünsten des Maestro im *La Capriccioso* beim Ara Pacis. Die Tagliatelle mit Pilzen waren auch diesmal sensationell. Ich war mit dem Tag sehr zufrieden, als ich mich zurück zum Hotel aufmachte. Auch Spencer war erstaunlich gnädig. Mittlerweile hatte er sich wohl daran gewöhnt, dass er mit mir nicht jede Örtlichkeit besuchen konnte. Im Hotel strahlte mich Maja an und überraschte mich mit der Nachricht, dass Padre Boris bereits zwei Mal angerufen habe.

„Er meldet sich noch einmal."

Ich war kaum auf dem Zimmer, da klingelte das Telefon. Padre Boris.

„Können Sie heute Abend gegen 19.00 Uhr zur Piazza Navona kommen?"

„Natürlich. Meine Verabredung mit David habe ich doch erst um Mitternacht. Warum?"

„Ich würde Ihnen gern die Contessa Estefania Mazarini vorstellen, denn morgen Abend findet ein großes Fest im Haus des Fürsten Caselieri statt. Sie ist gern bereit, Sie bei ihm einzuführen."

„Können Sie denn aus dem Vatikan fort? Ich kann mir vorstellen, dass so ein neuer Papst viel Arbeit macht."

„Hier herrscht große Aufregung. Weltuntergangsstimmung. Seine Eminenz Navarone ahnt wohl, dass seine Tage als Kardinalstaatssekretär gezählt sind. Seine Heiligkeit will auf eine prunkvolle Krönung mit der Tiara verzichten, lehnt die Sänfte ab und auch den ‚Pluralis Majestatis'. Er bedient selbst das Telefon und hat den Gardisten verboten niederzuknien, wenn er an ihnen vorbeigeht. Das sind zwar alles nur Gesten, aber sie lassen doch erahnen, was noch kommen wird."

„Kein Frohlocken, dass ihr endlich einen Papst bekommen habt, den Jesus gern als Begleiter gewählt hätte?"

„Die Kurienkardinäle sind außer sich. Der Papst redet wie Dom Helder Camara, dass statt einem goldenen Kreuz vor der Brust auch eines aus Holz reichen würde."

„Denen flattern die Soutanen!", konnte ich mir nicht verkneifen zu sagen.

Boris lachte, aber es klang sehr gequält.

„Wenn Sie wüssten, was hier los ist. Eine Sitzung jagt die andere. Meine kurzfristige Abwesenheit wird kaum auffallen. Ich bin nicht wichtig genug. Die ganz oben suchen nach einer Strategie, wie sie Johannes Paul ausbremsen könnten. Wenn sie sich da mal nicht gewaltig täuschen. Luciani hat zwar ein gütiges Lächeln, aber ich habe den Eindruck, dass er genau weiß, was er will."

Spencer war sehr zufrieden mit mir, weil ich ihn zur Piazza Navona mitnahm. Sie gehörte zu den elegantesten Plätzen Roms. Am Brunnen der Quattro Fiumi von Bernini drängten sich hunderte von Touristen um die Stände der Maler und Souvenirverkäufer. Rund um den Platz, der einst die Arena des Domitian gewesen war, reihten sich gut besuchte Cafés vor den schönen Barockpalästen.

Ich fand Boris in einem Café gegenüber dem Obelisken. Neben ihm saß eine Frau in einem schwarzen Kleid und einem großen roten Hut. Obwohl es bereits dämmerte, trug sie eine große dunkle Sonnenbrille. Doch nicht nur deswegen fiel sie auf. Sie hatte ein schmales, hochmütiges Gesicht mit einer leicht gebogenen Nase und sah herablassend um sich.

Boris stellte uns vor. Die Befangenheit war ihm anzumerken. Er schien großen Respekt vor ihr zu haben. Sie gab mir die Hand, als wäre bereits dies eine Auszeichnung. Erwartete sie einen Handkuss? Sie bekam ihn nicht. Spencer machte sofort Eindruck bei ihr.

„Was für ein süßes Hundchen!", jubelte sie und streichelte ihn.

Nun ist Spencer alles andere als süß. Man kann ihn groß nennen, zottelig, phlegmatisch, unerzogen und stur, aber niemals süß. Doch er ertrug diese Fehleinschätzung wie ein Gentleman, legte sich auf den Rücken und ließ sich geduldig von ihr kraulen. Spencer ist allerdings stets ein guter Einstieg in ein Gespräch. Ein bewährter Eisbrecher. Ich musste also erst einmal erklären, woher er stammte und seinen Charakter erläutern. Ich lobte ihn nicht zu sehr. Bei ihm wusste man nie, ob er einen kurz darauf nicht Lügen strafte. Von den anderen Tischen warf man uns bewundernde Blicke zu, die nicht mir galten, sondern der Contessa und Spencer. Beiden schien dies nicht viel auszumachen.

„Die Contessa ist einverstanden. Ich habe sie bereits eingeweiht, um was es uns geht. Wenn wir das Dokument Johannes Paul in die Hände spielen könnten, würde dies für ihn bestimmt eine Hilfe sein. Papst Johannes XXIII. ist immer noch sehr beliebt. Es würde beweisen, dass Seine Heiligkeit nur das vollendet, was schon Johannes XXIII. vorschwebte."

Ich bestellte einen Whisky Sour und fragte mich, warum uns diese verwöhnte Frau helfen wollte? Was war ihre Motivation? Sie betrachtete mich genauso kritisch wie ich sie.

„Die Contessa ist eine gute Katholikin und wahre Förderin des Heiligen Stuhls. Ihre Familie ist eine Stütze der Kirche", lobhudelte Boris.

Ihm mochte das reichen. Für mich war das keine Begründung, warum sie uns helfen wollte. Die Borgias waren sicher auch gute Katholiken gewesen und hatten den Giftmischern trotzdem so manchen Auftrag erteilt.

„Sie können mir vertrauen. Ich muss es ja auch“, warf die Contessa ein und zog aus ihrer Handtasche eine Zigarettenspitze, steckte eine Zigarette hinein und sah mich herausfordernd an. Mit dem Ding hätte sie auch Augen ausstechen können. Ich gab ihr Feuer und sie blies mir den Rauch ins Gesicht.

„Na gut“, sagte sie seufzend. „Mal davon abgesehen, dass sich die Mazarini und die Caselieri schon seit Jahrhunderten um die Macht in Rom balgen, hat dieses Schwein meine Schwester missbraucht. Sie war damals fünfzehn. Sie kann seitdem keine Männer mehr ausstehen. Sie verstehen? Wenn ich den Caselieri irgendwie schaden kann, bin ich dabei. Da ist noch eine Rechnung offen.“

„Wird er es akzeptieren, wenn Sie mit einem Wildfremden auftauchen?“

„Man hat bei mir schon ganz anderes akzeptiert“, gab sie hochmütig zurück. Sie warf das lange schwarze Haar zurück und tippte ihre Sonnenbrille hoch. „Caselieri ist jedes Mal erfreut, wenn ich mit einem neuen Gesicht auftauche.“

Sie schien ein wildes Mädchen zu sein. Ich schätzte sie auf Mitte Zwanzig. Einen Ring trug sie nicht. Sie hatte meinen Blick bemerkt und lächelte.

„Ich war schon zweimal verheiratet. Sie hielten nicht, was sie anfangs versprachen. Zurzeit bin ich auf der Wildbahn. Man wird Sie als meinen neuen Lover ansehen.“

„Auch wenn ich nicht zum römischen Hochadel gehöre?“

„Ach, ich bin da nicht so etepetete. Die Feste bei Caselieri sind manchmal recht ausschweifend. Er lädt viele Künstler ein. Schauspieler, Maler, Fernsehsternchen, fahrendes Volk eben. Sie werden sich unauffällig bewegen können. Ich kann Ihnen zeigen, wo seine Arbeitsträume liegen.“

„Woher kennen Sie diese?“

„Ich war vor Jahren, vor dem Vorfall mit meiner Schwester, mit ihm liiert.“

Sie schlug die Beine übereinander und ihr Blick fiel auf meine Lederjacke.

„In dem Aufzug können Sie natürlich nicht erscheinen. Ich bin bekannt dafür, dass meine Begleiter einen gewissen Stil haben. Künstler kommen zwar meist unkonventionell daher, aber meine Begleiter haben Stil. Gehen Sie in die Via Condotti, da werden Sie sich ordentlich ausstaffieren können. Smoking und ordentliche Schuhe."

„Werden Sie sich das leisten können?", fragte Boris besorgt.

„Läuft übers Spesenkonto", gab ich knapp zurück.

„Holen Sie mich morgen um zehn Uhr ab. Vorher tauche ich nie auf. Für ein Auto brauchen Sie nicht zu sorgen. Mein Chauffeur fährt uns hin."

„Sind Sie immer so unausstehlich oder spielen Sie nur die Femme fatale?", fragte ich. Sie war schön, gewiss. Aber sie war ein Luder und das war auch gut so. In Versuchung würde ich bestimmt nicht kommen.

Sie stieß den Rauch wieder in meine Richtung und nahm die Sonnenbrille ab. So etwas wie Interesse trat in ihre Augen. Es passierte ihr offensichtlich nicht oft, dass sie auf Ablehnung stieß.

„Ich kann ja verstehen, dass jemand wie Sie mit mir seine Schwierigkeiten hat. Aber Sie werden es einen Abend mit mir aushalten müssen, wenn ich Sie bei dem Fürsten einführen soll."

„Ich werde es überstehen."

Spencer, der Verräter, legte ihr seine Schnauze aufs Knie.

„Ihr Hund scheint mich im Gegensatz zu Ihnen zu mögen."

„Er fällt auf jede schöne Frau herein. Aber vielleicht mag er auch nur Ihren roten Hut. Was ist Caselieri für ein Mensch?"

„Die Caselieri waren schon zur Zeit der Renaissance-Päpste eine Macht in Rom", mischte sich Boris ein, froh unseren Disput in sachliche Bahnen lenken zu können. „Er ist wie Fürst Mazarini Kämmerer am Heiligen Stuhl und sein Cousin Navarone zieht mit ihm die Strippen. Er wird über die Wahl Johannes Paul I. genauso unglücklich sein wie Seine Eminenz."

„Caselieri gehört zu den heimlichen Herrschern Roms und damit ganz Italiens", warf die Contessa ein und kraulte dabei Spencer die Brust, der behaglich brummte. Die Contessa warf mir einen belustigten Blick zu. „Jeder, der in der Democrazia Cristiana etwas werden will, sucht seine Unterstützung. Er ist ein enger Freund von Giulio Andreotti. So, jetzt muss ich mich von meinem Verehrer trennen. Ich habe noch einen wichtigen Termin!"

Sie schob Spencer beiseite und stand auf. „Ihr Hund weiß jedenfalls, wie er sich einer Dame gegenüber zu benehmen hat."

„Er hat eine Schwäche für schwarzhaarige Frauen mit stattlicher Kopfbedeckung. Spencer bezirzt jede Frau. Sie sind doch auch schon auf ihn hereingefallen."

Boris atmete geräuschvoll ein.

„Das kann ja amüsant mit Ihnen werden", sagte die Contessa ironisch lächelnd und rauschte ab.

„Sie hätten ruhig etwas freundlicher zu der Contessa sein können. Schließlich hilft sie uns."

„Ach was, sie ist ein Luder und hat in ihrer Jugend zu wenig auf ihren Popo bekommen. Wie sind Sie denn an die gekommen, oder sind Sie auch ein Hochwohlgeborener?"

„Baltischer Adel. Wir sind vor den Kommunisten nach Italien geflohen. Der jüngste Sohn der Familie dient immer der Heiligen Mutter Kirche."

Ich dachte an David. Schien Usus bei den Adeligen zu sein, einen der Söhne bei der Kurie unterzubringen.

„Sie ist eigentlich ganz in Ordnung. Sie haben Pech, dass Estefania Sie nicht mag."

„Ja, was für ein Unglück", erwiderte ich trocken.

„Hoffentlich kommen Sie mit David besser zurecht. Er ist zwar mutig, aber auch sehr sensibel. Er wird sich von Ihnen nur helfen lassen, wenn er Sie mag. Seien Sie pünktlich, aber das dürfte für einen Deutschen ja ohnehin kein Problem sein. Nun muss ich zurück in den Vatikan."

Er wollte bezahlen, aber ich hielt ihn davon ab und er verschwand im Gedränge zur Piazza Apollinaire hin.

Ich ging in die Via Condotti. Die Läden hatten noch auf. Bei Kiton erstand ich das, was mich in einen schicklichen Begleiter der Contessa verwandeln sollte. Es verursachte ein gehöriges Loch auf meinem Spesenkonto. Ich würde Lord Bradberry um eine Aufstockung bitten müssen. Für Maja kaufte ich ein schönes Tuch von Hermès und eine Handtasche, die fast so viel wie mein Smoking kostete. Als ich mit den Tragetüten bepackt das Hotel betrat, machte meine Römerin große Augen.

„Mein Gott, du hast Taschen von Brioni, Hermès und Tod's", flüsterte sie mir zu. „Warst du in der Via Condotti?"

„Spencer war der Auffassung, dass ich gegenüber den Italienern stark abfalle. Ich bin morgen bei einem Fest des Fürsten Caselieri eingeladen."

Ihre Augen wurden immer größer.

„Ich habe in einer halben Stunde Feierabend. Treffen wir uns nachher an der Piazza del Popolo, im Café Canova auf der rechten Seite in der Via del Babuino?"

Ich nickte und brachte meine Tüten nach oben auf mein Zimmer.

Im Café fand ich eine sehr nachdenkliche Maja vor.

„Was ist das für ein Fest?", fragte sie sofort, kaum hatte ich mich gesetzt.

Ich erzählte es ihr. Das mit der Contessa gefiel ihr gar nicht.

„Ist sie schön?", fragte sie misstrauisch.

„Sie ist ein verwöhntes, arrogantes Luder."

„Aber sie ist schön", beharrte sie.

„Wenn man bleiche, arrogante, aristokratische Zicken mag, sieht sie ganz passabel aus."

„Und du willst wie ein Dieb in der Nacht das Dokument stehlen?"

„Ein Dokument, das dem Fürsten nicht gehört, also widerrechtlich in seinem Besitz ist."

„Das ist doch gefährlich!", flüsterte sie mit bebenden Lippen. „Fürst Caselieri ist sehr einflussreich. Er kann dafür sorgen, dass du ins Gefängnis kommst."

„Ich passe schon auf."

Um sie abzulenken, reichte ich ihr die Einkaufstüten.

„Was ist das?“

„Für dich.“

Sie machte sie auf und legte sich das Tuch um. Ihre Augen glänzten. Ich bekam einen dicken Kuss. Als ich ihr die zweite Tüte gab, stieß sie einen Schrei aus.

„Eine Tasche von Prada! Du bist verrückt. So etwas Teures darfst du mir doch nicht schenken. Kannst du dir das denn leisten?“

„Sieht so aus. Ich habe mir vorhin einen Smoking geleistet, der war noch teurer.“

Ihre Stirn kräuselte sich.

„Willst du deiner Contessa gefallen?“

„Sie ist nicht meine Contessa. Sie bemerkte nur, dass sie mich kaum in einer Lederjacke zum Fürsten mitnehmen kann.“

„Also war sie doch die Ursache.“

„Ja. Für die Verkleidung.“

„Komm ja nicht im Smoking zu meinen Eltern, die würden dich glatt für einen Hochstapler halten. Du wirst morgen von der Familie erwartet.“

„Gut, ich werde morgen um deine Hand anhalten.“

Liebe ist keine Kopfsache und so manche Liebe wurde dann doch von der Zeit und dem alltäglichen Umgang besiegt. Und plötzlich geschieht das Unerwartete. Man weiß, dass es diesmal die Richtige ist und die Liebe Bestand haben wird.

Sie wurde weiß wie eine Wand und biss sich auf die Lippen.

„Hast du dir das auch gut überlegt?“, hauchte sie.

„Was gibt es da noch zu überlegen?“

„Du musst doch mich erst fragen, ob ich das will.“

„Gut.“ Ich ging auf die Knie und sagte meinen Spruch auf: „Willst du, Maja Buardi, meine Frau werden und mir treu sein in guten und in schlechten Tagen?“

Alle Gäste im Café wandten uns nun die Blicke zu. Sie zog mich schnell hoch. „Hör auf, Serge. Bist du verrückt?“

„Wie ist die Antwort?“

„Ja. Ja doch.“

Wir küssten uns etwas außerhalb der Schicklichkeit. Das halbe Café klatschte.

„Du verrückter Kerl, du!", sagte sie atemlos und boxte mich auf die Brust.

„Verrückt und verliebt."

„Komm, schnell. Nur weg hier!", sagte sie lachend. „Heute Abend werden alle von dem verrückten Mann erzählen, der in einem Café an der Piazza del Popolo einen Heiratsantrag machte."

Ich warf einige Scheine auf den Tisch und wir verließen unter Bravorufen die Terrasse. Maja schwenkte übermütig ihre Einkaufstüten. Spencer hüpfte vergnügt neben uns her und bellte. Hand in Hand gingen wir über die Piazza del Popolo zur Via del Corso.

„Wer hätte das gedacht, als du ins *D'Inghilterra* kamst", sagte sie verträumt.

„Tja, und ich bin nur in Rom, weil ein englischer Lord meinte, dass ich der richtige Mann wäre, seinen Sohn zu suchen."

„Sei heute Nacht vorsichtig!", warnte sie mich noch einmal.

„Ich nehme Spencer mit, der wird schon auf mich aufpassen."

Dieser sah, als er seinen Namen hörte, träge zu mir hoch.

„Nun mal im Ernst. Warum gerade ein Treffen in den Caracalla-Thermen?"

„Keine Ahnung. War ein Vorschlag von Padre David. Vielleicht findet er den Ort romantisch."

„Eher unheimlich. Es ist ein riesiges Ruinengelände."

Ich sah auf der anderen Straßenseite, wo die Taxis standen, wieder den grünen Fiat. Die Männer sahen zu uns herüber. Ich brachte Maja zum Taxi.

„Warum? Das Stück zum *D'Inghilterra* kann ich doch gehen."

„Ich möchte, dass du gleich nach Trastevere fährst."

„Ist etwas?"

„Wir werden beobachtet."

„Ach so? Wer? Wo?", fragte sie erschrocken.

Ich wies mit dem Kopf auf den Fiat. „Meine Freunde."

„Gut. Pass auf dich auf."

Bevor sie einstieg, küssten wir uns noch einmal.

„Rufst du mich an, wenn du von den Thermen zurück bist? Ich werde so lange wachbleiben."

Ich versprach es artig und war froh, als ihr Taxi in den dichten Straßenverkehr eintauchte. Nun konnte ich mich dem Fiat widmen. Zwei Männer mit riesigen Sonnenbrillen und dunklen Gesichtern. Ich klopfte auf das Autodach. Die beiden sahen mich erschrocken an. Ich deutete an, dass sie die Fenster herunterkurbeln sollten. Sie taten es nur zögernd.

„Was seid ihr eigentlich für Penner? Wenn man jemanden beschattet, sollte man wenigstens mal den Wagen wechseln, oder kann sich euer Verein kein weiteres Auto leisten?"

„Sie sollten nicht so eine dicke Lippe riskieren!", drohte der am Lenkrad.

„Sollte ich nicht? Und was wollt ihr Knalltüten dagegen tun?"

Ich zog mein Schweizermesser aus der Tasche, klappte es auf und stieß die Klinge in den hinteren Reifen.

„So, nun habt ihr eine sinnvolle Beschäftigung."

Ich winkte ihnen zu und ging mit Spencer weiter.

„Was meinst du, war das nicht ein Spaß?", fragte ich meinen Hund.

Spencer schnaubte, was ich als Zustimmung wertete.

Kurz vor Mitternacht bestellte ich mir ein Taxi und ließ mich zu den Caracalla-Thermen fahren, die unterhalb des Aventin lagen. Der Mond zeigte eine schöne runde Scheibe. Die Ruinen leuchteten angestrahlt im Halbdunkel wie eine Theaterkulisse aus der Zeit der Carbonari. Tatsächlich war das Tor unverschlossen. Aus dem Häuschen neben dem Eingang trat eine dunkle Gestalt.

„Signore Christiansen?"

„Ja. Wer fragt das?"

„Ich bin Guiseppe Casetta, der Parkwächter. Padre David erwartet Sie im Frigidarium. Gehen Sie ruhig weiter. Dort hinter dem riesigen Schatten finden Sie ihn."

David hatte also noch andere Verbündete. Casetta war ein schmächtiges Männchen mit einem Buckel. Er hätte auch ganz gut den Glöckner von Notre-Dame spielen können. Spencer schien ihn aber zu mögen und schnupperte an seiner Hand. Ein sicheres Zeichen, dass von dem Mann keine Gefahr ausging. Ich ging also weiter in den Park hinein. Neben den Ruinen standen Pinien wie chinesische Tuschezeichnungen als Schatten im Mondlicht. Als ich die ehemaligen Thermen betrat, hallten meine Schritte. Hier hatten einst 1500 Menschen Platz gehabt, die hier nicht nur badeten, sondern auch in Läden einkaufen konnten, in Tavernen aßen und tranken und in Bibliotheken Ciceros Reden studierten. Vielleicht hatte es auch anderes Amüsement gegeben. Ein antiker Freizeitpark.

Eine Taschenlampe blinkte kurz. Ich hatte mir auf der Via del Corso auch eine Taschenlampe besorgt und blinkte zurück. Aus dem Halbdunkel trat die Gestalt des verloren geglaubten Sohnes von Lord Bradberry.

„Eine romantische Umgebung", begrüßte ich ihn.

„Romantisch und ein wenig unheimlich, nicht wahr? So war Rom immer. Sie sind ein vorsichtiger Mann und haben Ihren Hund mitgebracht."

Spencer schnüffelte an ihm herum, was andeutete, dass er ihn überprüfte. Er schien mit ihm zufrieden zu sein, reckte sich und legte sich hechelnd flach hin.

„Ihre Familie ist in großer Sorge."

Wir ließen uns an einer der Säulen nieder. Er seufzte.

„Ich musste vielen Leuten Sorgen bereiten."

Er war, was ich in dem hereinfallenden Mondlicht sehen konnte, tatsächlich ein gut aussehender Mann. Wie ein Engländer sah er nicht gerade aus. Eher der Typ romantischer Latin Lover. Wenn er sich an das Zölibat hielt, war das für die Damenwelt ein herber Verlust.

„Aber ich musste mich verstecken. Nach dem Anschlag blieb mir keine andere Wahl. Ich kenne das schmutzige Geheimnis der Kirche. Man will verhindern, dass es an die Öffentlichkeit kommt."

„Wer hat es auf Sie abgesehen? Marcinkus und seine Freunde von der Mafia?"

„So läuft das nicht. Er wird Santini, dem Chef der Ambrosiana gesagt haben, dass ich mit Beweisen über ihre Machenschaften verschwunden bin. Sie können sich ausrechnen, was ich damit vorhabe. Seitdem bin ich das Jagdwild. Aus den Unterlagen kann man ersehen, wie die Gelder aus Spielcasinos, Erpressungen und sogar Banküberfällen über die Vatikanbank gewaschen werden. Es fließt von der Ambrosia zur IOR und dann zu der Bank in Nassau, wo Marcinkus den Vorsitz hat, und verschwindet zu den Firmen in Panama, die auch dem Vatikan gehören. Von dort wird es von der Vatikanbank wieder abgeschöpft. Benelli hat es geahnt."

„Der Erzbischof von Florenz?"

„Ja. Er hat seinerzeit dafür gesorgt, dass Marcinkus Chef des Istituto per le Opere Religiose wurde. Er musste erkennen, dass er den Bock zum Gärtner gemacht hatte. Marcinkus hat keine Skrupel und sieht seine Aufgabe darin, so viel Geld wie möglich für den Vatikan zusammenzuraffen. Paul VI. ließ dies zu, weil er ihm vertraute. Sie kannten sich bereits aus ihrer Mailänder Zeit."

„Und Benelli hat Sie zur Vatikanbank geschickt, damit Sie …?"

„Ja, damit ich Beweise sammle. Ich habe die Belege für ihre schmutzigen Geschäfte. Jetzt, wo wir einen Papst haben, der zur ‚Kirche der Armen' zurück will, besteht die Möglichkeit, dem Heiligen Vater das Material zu übergeben, damit er den Augiasstall ausmisten kann. Wenn wir dazu noch den Beweis hätten, dass bereits Johannes XXIII. es ernst damit meinte, zur ‚Kirche der Armen' zurückzukehren, kann sich Johannes Paul darauf berufen und in einer Enzyklika das Zweite Vatikanische Konzil vollenden. Wir können die Heilige Mutter Kirche zu ihrer eigentlichen Bestimmung zurückführen. Dies ist eine einmalige Chance. Wir dürfen sie nicht ungenutzt verstreichen lassen."

So viel Idealismus, so viel Gläubigkeit sprach aus seinen Worten. Ich war beeindruckt.

„Und die Idee, die Kirche auf den Weg Jesu zu führen, ist Ihnen in Berlin gekommen?"

„Als ich vor dem Bild des Cecco del Caravaggio stand, ging mir ein Licht auf. Schon Jesus ist gegen die Reichen und Geschäftemacher vorgegangen. Das Bild forderte mich auf, etwas zu tun. Ich hatte ja bereits die Bankauszüge, Kopien des Briefwechsels zwischen Marcinkus und Santini. Ich wollte zur Tat schreiten. Aber einstweilen musste ich verschwinden."

„Wo passierte dieser Anschlag? Noch in Berlin?"

„Nein. In der Nacht, bevor ich nach Berlin fuhr. Sie wollten mich auf der Engelsbrücke, auf dem Weg zu meiner Wohnung töten. Sie schossen zweimal auf mich, verfehlten mich aber."

Es waren vielleicht die beiden Blindgänger, die mir in Berlin aufgelauert hatten, mutmaßte ich.

„Und Sie glauben, dass der neue Papst uns helfen wird?"

„Ja. Alles, was ich von Boris erfahren habe, deutet darauf hin. Dies ist ein anderer Papst als viele seiner Vorgänger. Er wird Navarone und Marcinkus entfernen und Santini als Berater der Vatikanbank entlassen."

„Warum hat Paul VI. diese Räuberhöhle entstehen lassen?"

„Er stand unter dem Einfluss von Navarone und Marcinkus, seinem Lebensretter. Luciani oder Johannes Paul dagegen hatten als Patriarch von Venedig schlechte Erfahrungen mit Marcinkus gemacht. Er hatte eine Bank, deren Erträge er für gute Werke einsetzte. Marcinkus hat diese Bank hinter seinem Rücken an Santini verkauft und, als Luciani protestierte, diesen kalt abgewiesen. Er solle sich um seine Angelegenheiten kümmern. Für die Finanzen des Vatikans sei nur er zuständig. Es war für Marcinkus und Santini ein gutes Geschäft. Marcinkus macht nur gute Geschäfte. Werden Sie uns helfen? Boris meinte, dass Sie auf unserer Seite sind."

„Dafür hat mich Ihr Vater engagiert. Und im Übrigen: Wann hat man schon mal die Gelegenheit, einem Engel zu helfen? Aber unter einer Bedingung: Sie rufen noch morgen Ihren Vater an und erklären ihm, warum Sie sich im Untergrund befinden. Besonders Ihre Großmutter und Ihre Schwester machen sich große Sorgen."

„Ich rufe ihn an", versprach er mit fester Stimme. „Boris sagte mir, dass er Sie für fähig hält, das Dokument mit der bewussten Unterschrift zu besorgen."

„Ich arbeite daran."

„Wie wollen Sie …?“

„Das weiß ich nicht. Noch nicht. Aber wenn Fürst Caselieri es hat, werden wir es bekommen.“

Das war vielleicht ein wenig vollmundig, aber ich wollte ihm Zuversicht einflößen. Bei einem zugekniffenen Arsch macht man nur Fehler.

„Wo verstecken Sie sich?“

„In der Hütte des Parkwächters hier auf dem Gelände. Zuerst hatte ich mich in den Domitilla-Katakomben versteckt, aber die beiden Padres haben mir gesagt, dass Männer in einem Fiat den Eingang beobachtet hätten. Also habe ich mich hier versteckt. Der Parkwächter ist mir verpflichtet. Ich selbst habe ihm vor einiger Zeit diesen Job besorgt. Er ist ein guter Mensch. Werden Sie bald an das Dokument kommen?“

„Ich muss mir erst einmal einen Überblick verschaffen.“

Plötzlich hörte ich Schritte. Spencer erhob sich und knurrte. Es waren mehrere Leute.

„Sind hier noch andere Wächter?“

David schüttelte den Kopf.

„Sicher?“

„Ja. Es gibt nur Casetta!“

„Verschwinden Sie am besten! Wir bleiben über Boris in Verbindung.“

Er sprang auf und lief zur nächsten Halle hinüber. Es war auch höchste Zeit. Zwei Männer kamen auf mich zu. Einer hielt eine Stablampe in den Händen. Der andere hatte einen langläufigen Revolver, den man mit Fug und Recht eine ‚Kanone‘ nennen konnte, in der Rechten.

„Sieh mal einer an, wen haben wir denn da?“, fragte der Kleinere mit dem Revolver. Es waren meine Freunde aus dem Fiat.

„Da ist ja der große Reifenaufschlitzer!“, freute sich der andere.

Ich schalt mich einen Narren. Sie hatten mich weiter beschattet. Sie wussten ja, wo ich wohnte und waren mir vom Hotel hierher gefolgt. Diesmal hatten sie sich mehr Mühe gegeben, nicht gesehen zu werden.

„Wo ist Padre David?“, fragte der mit der Stablampe.

„Wer soll das sein?", tat ich naiv, was sie mir natürlich nicht abnahmen.

„Pass auf das Wollknäuel auf!", warnte der Größere und blendete mich mit der verdammten Lampe.

Spencer tat mit hechelnder Zunge so harmlos, wie er nur konnte. Ich merkte, dass sich sein Körper anspannte. Ich hatte ihn darauf trainiert, dass er sich auf meinen Ruf „Los, Tracy!" vom Schmusehund in eine Kampfmaschine verwandelte. Aber noch schielte er nur zwischen seinen Haaren auf die beiden Männer.

„Spuck's aus!", sagte der mit dem Revolver.

„Er steht doch hinter dir", bluffte ich grinsend. Auch nicht der neueste Trick, aber er funktionierte, wenn man ihn selbstbewusst anwendete.

Der mit dem Revolver drehte sich schnell um und ich rief Spencer zu, dass er den Tracy geben durfte, und stürzte mich auf den Größeren. Meine Handkante traf ihn hinterm Ohr. Ich konnte nur hoffen, dass ich ihn nicht getötet hatte. Er fiel um wie ein Baum. Währenddessen hatte sich Spencer auf den Kleinen gestürzt und sich in seine Revolverhand verbissen. Ein Schuss ging in die Luft, was meinen Hund nur noch wilder machte. Sein Gebiss war gut ausgebildet. Es knackte hässlich. Wenn man es mit einem halben Kalb zu tun hatte, brauchte man schon übermenschliche Kräfte, so ein Tier abzuwehren. Er war jedenfalls weder Sylvester Stallone noch Schwarzenegger. Spencer saß fett wie ein Kloß auf dem Revolvermann und hechelte Beifall heischend. Ich nahm den Revolver auf und überprüfte das Magazin. Er hatte noch fünf Schuss.

„Halten Sie das Untier zurück", jammerte der Kleinere. Ich klopfte ihn ab. Er hatte in den Taschen noch eine Handvoll Munition, die ich einsteckte. Ich überprüfte seine Hand, die schlimm aussah und heftig blutete. Mit der würde er lange Zeit nichts mehr anrichten können.

„Ist gut, Spencer, brav gemacht!", lobte ich meinen Hund. „Du bist ja heute der reinste Mastiff."

Er sprang dem Banditen von der Brust und legte sich brav, als habe er eben nicht den Kampfhund gegeben, neben mich. Ich klopfte den Größeren ab. Er hatte eine Armeepistole von Colt. Ich nahm auch sie an mich.

„Wer schickt euch?"

„Die Cantona-Familie. Sie machen einen großen Fehler, sich mit uns anzulegen", kreischte der Revolvermann. „Sie mögen sich jetzt toll vorkommen, aber Sie sind bereits ein toter Mann."

„Sieht nicht so aus, als wenn ihr noch eine große Gefahr darstellt."

Der Große kam zu sich, richtete sich auf und sah mich belämmert an. Plötzlich sprang er auf und ich gab ihm einen Tritt zwischen die Beine. Einer Frau würde er in den nächsten Tagen keine Freude bereiten. Er jaulte und krümmte sich. Spencer sah ihm interessiert bei seinen Verrenkungen zu. Die Hand des Kleinen blutete immer noch. Er stöhnte, als wenn er kurz vor dem Eintritt in die Hölle wäre. Ich nahm die Stablampe auf und sah mir die beiden Ganoven genauer an.

„Was mache ich mit euch Galgenvögeln? Soll ich euch zu den Cäsaren schicken?"

„Noch nichts von der Vendetta gehört?", keuchte der Kleinere.

Hatte ich durchaus. Seine Kumpels auf Sizilien hielten immer noch viel von der guten alten Blutrache.

„Zieht euch aus!"

„Was?", keuchte der mit der blutenden Hand.

„Ihr habt schon richtig gehört. Zieht euch aus."

Ich hob den Revolver, so andeutend, dass ich es ernst meinte. Sie glaubten mir und pellten sich langsam aus ihrer Kleidung. Als sie in Unterwäsche dastanden, sahen sie mich an, als würde ich ihnen großes Leid antun.

„Ihr vermutet richtig. Auch die Unterwäsche. Los, macht schon, zeigt mir eure Piepmätze." Ich ließ den Revolverhahn knacken.

Sie folgten mir.

„Na, doll ist eure Ausstattung nicht. Los, schichtet alles zu einem Bündel auf."

Sie taten es. Ich nahm ein Streichholzheftchen vom *D'Inghilterra* heraus und zündete die Kleidung an. Langsam schlugen die Flammen hoch. Sah hier in den Ruinen recht romantisch aus.

„So, nun zeigt eure schönen weißen Ärsche dem Senat und Volk von Rom."

„Wir sollen nackt durch die Straßen laufen?", entsetzte sich der Größere. „Man wird uns verhaften."

„Das ist doch der Sinn der Übung. Nun Abmarsch."

Sie hielten sich die Hände vor ihr bestes Stück und sahen mich klagend an.

„Wird's bald oder soll ich meinen Hund ...?"

„Dafür werden Sie bezahlen", zischte der Kleinere. Ein richtiger Kampfhahn.

„Du solltest deine Hand bald versorgen lassen. Spencer ist zwar ein sehr reinlicher Hund, aber er hält nicht viel von Zahnhygiene."

„Das ist nicht fair", klagte der Größere.

Ich konnte mir ein Lachen kaum verkneifen. Die beiden Typen hätten mich ohne weiteres umgelegt und klagten nun über mangelnde Fairness.

„Soll ich Spencer noch einmal mit euch spielen lassen?"

Das wollten sie doch nicht. Sie bewegten ihre weißen Hintern nun mit großer Geschwindigkeit aus dem Frigidarium.

„Das haben wir doch nicht schlecht gemacht", lobte ich Spencer und tätschelte seinen Kopf. Er fand das wohl auch, denn er leckte sich selbst über die Schnauze.

Ich ging aus der Therme. Am Ausgang wollte ich mich von Quasimodo verabschieden und ging zur Bretterbude. Von den beiden Gangstern war nichts mehr zu sehen. Ich fand Casetta übel zugerichtet am Eingang zur Hütte. Er war bewusstlos. Ich hob ihn hoch und trug ihn in die Hütte, wo ich ihn aufs Sofa legte. Er kam zu sich und stöhnte.

„Es tut verdammt weh."

„Ich rufe einen Krankenwagen."

„Nein. David ist doch ..."

„Nein. Er ist schon fort. Er wird sich eine andere Unterkunft suchen."

„Wie haben sie ihn hier nur entdecken können?"

Ich hätte es ihm sagen können, aber wer posaunt seine eigene Dummheit schon gern heraus? Ich schnappte mir das Telefon und rief das Krankenhaus auf dem Aventin an. Ich gab nur an, dass ein Schwerverletzter in den Thermen liege.

„Sie werden gleich hier sein. Sag denen, dass du von irgendwelchen betrunkenen Strolchen überfallen wurdest."

„Mir fällt schon etwas ein. Aber Sie sollten nun auch verschwinden."

Es dauerte eine Weile, ehe ich hinter der Piazza Capena den Circus Maximus erreichte. Spencer schien der nächtliche Spaziergang zu gefallen. Ich sah zum Palatin hinüber, über dem das Licht des Mondes die Ruinen heraustreten ließ. Ich stellte mir vor, wie dort die Herren der Welt gefeiert hatten. Tiberius, Claudius, Nero, Caracalla und wie sie alle hießen. Sie waren grausame Herrscher gewesen und irgendwas von ihrem Geist lebte noch in Rom. Mir war sehr bewusst, dass mir die Cantonas dies in der nächsten Zeit noch beweisen würden.

An der Kirche Santa Maria in Cosmedin bekam ich endlich ein Taxi. War Padre David in die Domitilla-Katakombe zurückgekehrt oder hatte er ein besseres Versteck gefunden? Im Hotel angekommen, rief ich Maja an und beruhigte sie, dass ich wohlbehalten zurückgekommen war. Dass dies auch anders hätte ausgehen können, erzählte ich nicht.

„Spencer hat mir sehr geholfen."

„Dann war es doch gefährlich."

„Na ja, es ging schon. Sie zogen schließlich im Adamskostüm ab."

Sie fand nicht einmal das erheiternd.

„Du kommst um fünfzehn Uhr zu uns. Die Familie erwartet deinen Besuch."

Ich war mir ziemlich sicher, dass dieser ungemütlicher werden würde als der Besuch in den Caracalla-Thermen.

10

Beim Fürst von Rom

Nach dem Frühstück rief ich Lord Bradberry an. Er war bereits informiert.

„David hat mich vorhin angerufen. Eine teuflische Situation, in die er sich gebracht hat. Sie helfen ihm doch? Allein schafft er nicht, was er sich da vorgenommen hat."

„Ich habe ihm bereits gesagt, dass man nicht oft die Möglichkeit hat, einem Heiligen zu helfen."

„Ein Heiliger? Unfug. Es ist Dummheit. Ich wollte ihm die ganze Sache ausreden. Man kämpft nicht gegen die eigenen Leute."

„Er ist davon überzeugt, dass es seine Aufgabe ist", verteidigte ich David.

„Ich weiß. Aber warum muss er das tun? Dafür sind der Papst und die Kurie da und nicht ein kleiner Padre."

„Warum wurde aus Saulus ein Paulus? David verfolgt eine gute Sache. Deswegen helfe ich ihm gern."

„Na gut. Wenigstens das. Brauchen Sie noch Geld? Ich bezahle Sie selbstverständlich weiter."

„Eine Aufbesserung meines Spesenkontos wäre hilfreich. Ich hatte hier einige Ausgaben."

„Ich schicke Ihnen fünftausend Pfund, reicht das?"

„Glaube schon. Kommt darauf an, wie lange der Tanz hier noch dauert."

„Passen Sie auf David auf, ja?"

„Das kann ich leider nur bedingt, da ich sein neues Versteck nicht kenne. Ich habe allein über Padre Boris Kontakt zu ihm."

„Ach, dieser Junge. Ich mache mir große Sorgen. Warten Sie, Marybell will Sie noch sprechen."

Schon hatte ich Davids Schwester am Apparat.

„Was David da vorhat, ist eine zu große Sache für ihn. Man kann die Menschen nicht ändern. Er wird noch als Verfemter enden. Außerdem hat Vater recht. Gegen die Kirche kämpft man nicht. Können Sie ihm das nicht ausreden?"

„Nein. Es ist ihm ernst. Er sieht sich auf einer Mission. Und so schlecht sind seine Chancen nicht, dass er sein Ziel erreicht. Mit dem neuen Papst wird sich hier viel ändern. Jedenfalls sieht es so aus. Er weiß, in welcher Gefahr er sich befindet, aber er glaubt an den Heiligen Geist. Sie kennen sich in Glaubensdingen besser aus als ich. Konnte man Petrus ausreden nach Rom zurückzukehren? Konnte man Paulus vom Missionieren abhalten? Er wird wie die Apostel von seinem Weg nicht abweichen."

„Das waren Heilige."

„Eben. Das ist Ihr Bruder auch."

„Das sagen Sie?"

„Ja. Für mich ist er jedenfalls etwas in der Art."

„Gott sei ihm gnädig."

„Er will wie Jesus die Händler aus dem Tempel vertreiben."

„Armer David."

„Wenn Johannes Paul seine Fackel übernimmt, kann es gelingen", redete ich ihr noch einmal gut zu. „Er ist anders als seine Vorgänger. Sie haben doch im Fernsehen sicher sein Lächeln gesehen. Alle Welt schwärmt von seiner gütigen Ausstrahlung. Selbst ich bin von dem Mann beeindruckt."

„Ich würde am liebsten nach Rom kommen."

„Nein. Auf keinen Fall", widersprach ich energisch. „Die Auseinandersetzung kann sich durchaus zuspitzen, da kann ich hier nicht noch einen weiteren Bradberry gebrauchen. Man könnte Sie entführen und als Druckmittel benutzen. Bleiben Sie, wo Sie sind. Ihre Familie sollte sich am besten unsichtbar machen."

„Sie glauben, dass Davids Verfolger uns selbst in England gefährlich werden könnten?"

„Was ich von David gehört und bis jetzt erlebt habe, lässt den Schluss zu, dass man die Mafia auf ihn angesetzt hat, und die hat auch in England längst die Finger im Spiel. Auch im schönen Großbritannien wird mit Drogen gedealt."

„Na gut. Vater will Sie noch einmal sprechen."

„Sie glauben wirklich, dass die ganze Familie gefährdet ist?" Seiner Stimme war anzumerken, dass er entsetzt war.

„Die Mafiosi sind zu allem fähig und wenn sie David damit erpressen können, werden sie es tun."

„Wir könnten unser Gut in Schottland aufsuchen."

„Nein. Gehen Sie lieber nach London. In einer Stadt kann man sich besser verstecken."

„Wir haben ein Stadthaus, neben dem James-Palast."

„Auf keinen Fall. Gehen Sie in ein kleines Hotel und schreiben Sie sich dort unter falschem Namen ein. Machen Sie es wie David. Verstecken Sie sich eine Weile."

„Ach, dieser Junge. Unser Ältester wird davon gar nicht erbaut sein."

„Wie erbaut wird er davon sein, wenn ihm die Mafia ein paar angespitzte Kienspäne unter die Fingernägel treibt?"

„Mein Gott, das werden die doch nicht tun? Nun übertreiben Sie aber."

Ich hatte keine Ahnung, ob sie so weit gehen würden, konnte es mir aber gut vorstellen.

„Wenn die glauben, von einem Familienmitglied etwas erfahren zu können, sind die Brüder zu allem fähig. Hören Sie auf mich!", mahnte ich eindringlich. Ich hatte kein schlechtes Gewissen, dass ich mächtig die Trommel schlug. Nach meiner zweiten Begegnung mit den Ganoven war ich mir ziemlich sicher, dass es noch ein harter Strauß werden würde. Doch dies trieb mir noch nicht den Schweiß auf die Stirn.

Als ich mich am Nachmittag nach Trastevere zu Majas Familie aufmachte, war mein T-Shirt durchgeschwitzt. Natürlich nahm ich Spencer mit. Ich wusste ja, dass er ganz wesentlich zur Auflockerung der Atmosphäre beitragen konnte. Majas Vater empfing mich mit dem Gesichtsausdruck eines Sumo-Ringers. Er hätte liebend gern auf dieses Wiedersehen verzichtet. Wir gaben uns die Hände, als wollten wir sie gleich im Ring auf andere Weise einsetzen. Spencer klemmte sich zwischen uns, beschnüffelte ihn und schien meinen Schwiegervater in spe ganz in Ordnung zu finden.

„Was ist denn das für ein Wollknäuel?", fragte der alte Buardi nun schon eine Spur milder. Ich sagte mein Sprüchlein über seine Herkunft auf.

„Er ist ein Gentleman durch und durch. Er hat mir gerade heute Nacht wieder einmal bewiesen, dass er Gut und Böse zu unterscheiden weiß."

Ich hatte angenommen, dass dieses Treffen in intimer Atmosphäre stattfinden würde, aber die gesamte weitläufige Familie war anwesend und beäugte mich neugierig. Nicht nur Majas Bruder und Schwester, sondern auch Onkel und Tanten, Cousins und Cousinen. Es gab jede Menge Conolli und Cantucci und anderes Naschwerk und die Damen griffen tüchtig zu. Marcello wollte natürlich wissen, wie es mit David weitergegangen war. Als ich ihm von dessen Unterlagen erzählte, wurde er sehr hellhörig.

„Er sollte uns Kopien davon geben. Wir würden dem Vatikan damit gehörig auf die Finger klopfen. Der Heilige Stuhl ist zwar ein selbständiger Staat, aber bei konkreten Beweisen über Geldwäsche und Steuerhinterziehung könnten wir die Kurie schon zu einer Änderung ihrer Finanzpolitik zwingen. Sprich mit ihm."

„Ich habe auch schon daran gedacht, dass er dir Kopien geben sollte. Aber er will erst einmal den Heiligen Vater davon überzeugen, dass Marcinkus ein schwarzes Schaf ist."

Nachdem die Kaffeetafel aufgehoben war, bat mich der alte Buardi ins Nebenzimmer. Maja zwinkerte mir zu. Marcello grinste wie ein sizilianischer Puppenspieler.

„Mach es gnädig!", gab Majas Mutter ihrem Mann mit auf den Weg.

Wir setzten uns in seinem Büro einander gegenüber. Antonella, Majas Schwester, brachte uns zwei Amaretti. Der Alte schlug einen Humidor auf und nickte mir zu. Ich holte meine Pfeife heraus und stopfte sie. Er hatte mit seiner Zigarre, ich mit meiner Pfeife erst einmal zu tun. Spencer hatte mich im Stich gelassen. Er ließ sich lieber von der Familie verwöhnen.

„Ich heiße Massimo", begann Majas Vater und reichte mir nochmal die Hand. Auch ich nannte meinen Vornamen. Wir sahen uns an wie zwei Pokerspieler und schwiegen, darauf wartend, dass der andere die Karten auf den Tisch legte.

„Du meinst es also ernst mit meiner Maja", stellte er schließlich fest.

„Ja. Und ich bitte dich und die Familie in aller Form und mit allem Respekt um die Hand deiner Tochter."

Er nickte und entfernte von der Zungenspitze einen Tabakkrümel.

„Sie ist eigentlich zu jung für dich."

„Ich habe den Eindruck, zwischen dir und deiner Frau ist ein ähnlicher Altersunterschied."

Er blinzelte.

„Es geht mir alles zu schnell. Ihr kennt euch gerade mal eine Woche."

„Manche kennen sich ein paar Jahre und kennen sich doch nicht."

„Du bist jedenfalls nicht auf den Mund gefallen. Du willst unsere Tochter nach Deutschland entführen. Ich kenne Hamburg. Es ist dort kalt, windig und regnerisch."

„Zugegeben, in Rom ist das Wetter besser. Aber im Moment verdiene ich nun mal dort meine Brötchen."

„Also diesen geheimnisvollen Padre David hast du ja nun gefunden. Wann reist du nach Hamburg zurück?"

„Nicht so bald. Padre David braucht noch eine Weile meine Unterstützung."

„So?" Er räusperte sich. Es gefiel ihm nicht. Er war sichtlich enttäuscht, dass ich mich nicht in mein kaltes, windiges und regnerisches Deutschland verzog.

Noch einmal schwiegen wir uns an. Auch diesmal hielt er es nicht lange durch. „Also, ich will, dass Maja glücklich wird."

„Das will ich auch!", beteuerte ich.

„Hör zu!", wurde er energisch und beugte sich vor. „Ihr wartet noch ein Jahr, dann verlobt ihr euch, wenn ihr immer noch glaubt, dass die Liebe heiß brennt. Ein halbes Jahr später könnt ihr heiraten. Bis dahin getrennte Wohnungen. Du kannst Maja zum Wochenende besuchen."

Der Alte war ein Fuchs. Er glaubte, dass die Entfernung zwischen den beiden Wohnsitzen zu einer Entfremdung führen würde.

„Ich dachte, du seist Römer und kein Sizilianer", gab ich unzufrieden zurück.

„Das sind meine Bedingungen", sagte er und reckte das Kinn vor wie einst Mussolini auf dem Balkon des Palazzo Venezia.

„Nein. Wir warten ein Vierteljahr bis zur Verlobung und heiraten in einem halben Jahr. Sie wird immer oft genug nach Rom kommen, das verspreche ich."

„Kommt gar nicht infrage!", schnaubte er und schlug mit der Faust auf die Sessellehne.

„Letztendlich müssen Maja und ich das entscheiden", gab ich gelassen zurück.

„Dann habt ihr nicht meinen Segen."

„Das ist betrüblich, aber dann verlieren wir beide etwas."

Er sah mich irritiert an.

„Du verlierst eine Tochter, einen verständnisvollen Schwiegersohn und ich verliere deine Familie, die ich gern gewonnen hätte."

„Trotzdem", brummte er störrisch.

Es ging noch eine Weile hin und her. Schließlich einigten wir uns darauf, dass wir noch ein halbes Jahr warteten, ehe wir uns verloben würden und dann, wenn die Liebe hielt, in einem Jahr heirateten. Ähnlich intensiv mochte es bei den Verhandlungen der Medicis, Orsinis und Colonnas in der Renaissance zugegangen sein. Wir gaben uns ein drittes Mal die Hände. Damit war es besiegelt. Er machte sofort einen gelösten Eindruck. Ich nahm ihm ab, dass er wirklich um das Wohl seiner Tochter besorgt war.

„Die Heirat findet in Rom statt und die Kinder werden katholisch erzogen", schob er nach und sah mich erwartungsvoll an.

„Einverstanden. Erstens habe ich ohnehin keine große Familie und zweitens habe ich nichts gegen die katholische Kirche einzuwenden. Den Gottesdienst in euren Kirchen finde ich ohnehin feierlicher."

„Dann wäre auch das geklärt“, freute er sich. „Na, dann komm. Jetzt wollen wir mal das erfreuliche Ergebnis der Familie mitteilen.“

Er schob mich in das Wohnzimmer. Alle unterbrachen ihre Gespräche und sahen uns erwartungsvoll entgegen.

„Also, Serge und ich haben uns geeinigt“, sagte Massimo, verhakte seine Daumen hinter den Hosenträgern und ließ sie vor- und zurückschnellen. „Er gehört von jetzt an zur Familie. Verlobung in einem halben Jahr, Heirat im nächsten September.“

Alle stürmten auf uns zu und ich wurde gedrückt und geküsst und Spencer sprang bellend um uns herum. Es wurden einige Flaschen Prosecco aufgemacht und Maja flüsterte mir ins Ohr, dass es schrecklich sei, so lange warten zu müssen.

„Warum hast du so harten Bedingungen zugestimmt?“

„Ich wollte, dass er seinen Frieden damit findet, dich an einen Nichtrömer zu verlieren, und er einen kleinen Sieg feiern kann. Du bist auch ohne den Segen der Kirche meine Frau.“

„Wir müssen uns ja auch nicht unbedingt an das Keuschheitsgebot halten“, wisperte sie mit spitzbübischem Lächeln. „Und im Notfall kann ich ja andeuten, dass mir morgens immer übel wird, und du wirst sehen, wie schnell er einer Heirat in den nächsten vier Wochen zustimmt.“

„Ich wusste gar nicht, dass du so ein durchtriebenes Luder bist.“

„Ich bin eine Römerin“, erwiderte sie und warf stolz ihr Haar in den Nacken. „Nach unserer Pfeife hat einmal die ganze Welt getanzt. Und wenn du dich heute mit dieser Contessa Mazarini triffst, denk daran, dass wir Römerinnen genau wissen, wenn ihr Mann sie betrogen hat. Wir können sehr rachsüchtig sein.“

„He, keine Drohungen. Verlass dich lieber auf meine Küsse.“

Sie beugte sich zu mir und wir küssten uns im Angesicht der ganzen Familie sehr sittsam, was wohlwollend beklatscht wurde.

Ich hatte nie eine solche Familie gehabt und freute mich, dass ich so warmherzig aufgenommen wurde.

Mein Vater war ein schottischer Taugenichts, der in Celle stationiert gewesen war und bei einem Ausflug nach Hamburg meine Mutter kennengelernt hatte. Er schwängerte sie und verabschiedete sich daraufhin nach Glasgow. Er hatte sich nie wieder gemeldet. Meine Mutter, eine kleine Verkäuferin, hatte sich mühsam durchschlagen müssen. Ledige Mutter zu sein, ist ein harter Job. Ich bin also in St. Pauli aufgewachsen. Erst in der Legion bekam ich den richtigen Schliff und ich brachte es bis zum Zugführer und Adjutanten. Das wird nicht jeder und verlangt neben Fairness, Charakter und Verantwortungsgefühl eine Menge Grips. Mein Alter war, wie ich später erfuhr, bei einer Wirtshausschlägerei totgeschlagen worden. Ich hatte keinen Grund ihm nachzuweinen. Majas Familie zeigte mir, was mir in meinem Leben bisher entgangen war.

Gegen Abend fuhr ich in mein Hotel zurück. Die Familie würde weiterfeiern. Spencer blieb bei ihnen. Ich bekam nicht einmal einen klagenden Blick. Maja verabschiedete mich mit der Versicherung, dass sie sich auf mich verlasse.

Ich stellte mich eine Weile unter die Dusche, rasierte mich noch einmal und schlüpfte in die Kleider, die mich zu einem standesgemäßen Begleiter einer Contessa machten.

Der Palast der Mazarini lag hinter der Zeitung Il Tempo, ein ockerfarbener Bau aus der Barockzeit. Sie empfing mich in einem schwarzen, hochgeschlossenen Kleid, dessen Rückenansicht umso frivoler war, da der Ausschnitt fast bis zu ihrem niedlichen Hintern reichte. Sie musterte mich kritisch.

„Sieh mal an. Sie sehen ja ganz manierlich aus. Ein Frack wäre natürlich noch eleganter gewesen. Aber es mag gehen."

Ich fand mich aufgeputzt wie ein Pfingstochse. Wir fuhren im Bentley zu den Caselieri. Natürlich mit Chauffeur. Der Palazzo stand in einem weitläufigen Park und mochte bereits zu Zeiten der Renaissancepäpste Eindruck geschunden haben. Vor dem Portal standen einige Rolls Royce, Bentleys sowie Ferraris und Lamborghinis.

„Was ist denn der Grund für dieses Fest?", fragte ich die Contessa, als wir ausstiegen.

„Es ist das Fest der Genies. Es gibt wohl keinen wichtigen Künstler in Rom, der dieses Fest versäumt. Schließlich halten sie sich alle für Genies. Und natürlich ist auch tout Rom dabei, jede Menge Minister, Bischöfe, Kardinäle und Industrielle."

Wir kamen in eine Vorhalle mit flandrischen Gobelins an den Wänden. Auf der großen Wendeltreppe wurden wir von Ritterrüstungen aus dem 14. und 15. Jahrhundert flankiert. Vor der Tür zum großen Empfangssaal gab die Contessa einem livrierten Diener ihre Karte und wisperte ihm etwas ins Ohr.

„Contessa Mazarini und Conte Serge di Christiansen!", trompetete dieser in den Saal. Ich glaubte, nicht richtig gehört zu haben.

„Ich musste Sie doch ein bisschen aufhübschen", flüsterte sie kichernd. Conte di Christiansen? Hoffentlich erfuhr dies keiner meiner Bekannten in Hamburg, wussten sie doch alle, dass ich nicht gerade ein Freund der Adelsmischpoke war.

Alle Anwesenden, es mochten bereits an die hundert sein, wandten sich uns zu. Der Geräuschpegel steigerte sich. Man musterte die neueste Errungenschaft der Contessa Mazarini mit unverhohlener Neugier.

„Dort sehe ich Marcinkus und Navarone zusammenstehen. Wir wollen den beiden mal eine Extravorstellung liefern", sagte die Contessa, während sie zu Bekannten mit einem huldvollen Kopfnicken hinübergrüßte.

„Sie reitet wohl der Teufel."

„Nein, den reite ich, und übrigens: Wir sind beim vertrauten Du. Ich höre auf den hübschen Namen Estefania."

Sie steuerte die Gruppe an und mir blieb nichts anderes übrig, als ihr zu folgen.

„Eminenz Navarone, Exzellenz Marcinkus, darf ich Ihnen Conte di Christiansen vorstellen, der erst seit Kurzem in Rom ist."

„Conte di Christiansen?", fragte Marcinkus ironisch. „Wir hatten bereits das Vergnügen. Aber ich wusste nicht, dass er der Aristokratie angehört."

Dies brachte die Contessa aber nicht in Verlegenheit.

„Er hat mir zuliebe sein Inkognito gelüftet."

Navarone betrachtete mich auch nicht gerade wie jemanden, dem er die Absolution erteilen würde. Ich war mir sicher, dass er sehr gut über mich Bescheid wusste. Er hatte ein schmales, pergamentartiges Gelehrtengesicht mit stechenden Augen hinter der Nickelbrille. Seine Nase war so spitz wie eine Dolchklinge.

„Von einer Adelsfamilie Christiansen in Deutschland habe ich auch noch nie gehört. Dabei war ich einmal Nuntius in Bonn“, unterstützte er Marcinkus mit bösem Lächeln. Die Contessa brachte auch das nicht aus der Fassung.

„Lieber Serge, ich sage ja immer, der baltische Adel verkauft sich unter Wert. Ursprünglich war seine Familie in Schweden angesiedelt. Die Christiansens kamen mit Karl V. ins Baltikum. Nach der Schlacht von Poltowa haben sie sich in Riga niedergelassen. Er lebt in Hamburg und ist ein Hanseat durch und durch. Ich schätze ihn sehr.“

Mir brannten die Ohren. Die Contessa machte ein hochmütiges Gesicht, als wundere sie sich, dass die beiden Kirchenfürsten nicht über das uralte Geschlecht derer von Christiansen Bescheid wussten.

„Ich dachte immer, dass die Russen alle Aristokraten im Baltikum verschleppt hätten“, konterte Marcinkus.

„Nun, als Amerikaner kennen Sie sich natürlich mit europäischer Geschichte nicht so aus wie unsereiner!“, bürstete ihn Estefania ab. „Wussten Sie, dass einer unserer Urahnen sich mit Cesare Borgia duelliert und ihn dabei leicht verletzt hat? Die Christiansens sind hinter Karl V. in die Schlacht geritten und haben ihm einmal das Leben gerettet.“

Glücklicherweise gesellte sich nun ein klein gewachsener, breitschultriger Mann mit einem Schnurrbart zu uns. Wer weiß, welchen Großtaten die Christiansens sonst noch beigewohnt hätten. Auch Marcinkus war über die Unterbrechung nicht gerade traurig.

„Liebe Contessa, darf ich Ihnen Cavaliere Santini vorstellen?“ Zu dem Neuankömmling gewandt brummte er: „Contessa Mazarini und Conte di Christiansen, wie wir gerade erfahren haben.“

Santini sah mich an, als wäre ich ihm wie Schmutz unter seinen Fingernägeln. Er musterte mich mit Augen, die so kalt waren wie ein sibirischer Wintertag. Auch bei ihm hatte ich das Gefühl, dass ich ihm kein Unbekannter war.

„Ach ja? Präsident der Banco Ambrosiana, nicht wahr?", erwiderte die Contessa, als habe man ihr den Geschäftsführer einer kleinen Sparkasse vorgestellt. Santinis Augen wurden zu Schlitzen.

„Der Cavaliere ist Berater der Vatikanbank", erläuterte mir Estefania.

„Ich habe schon gehört, welch große Dienste Sie dem Vatikan leisten", sagte ich mit einer angedeuteten Verbeugung.

„Und ich habe gehört, dass Sie nächtliche Spaziergänge lieben", erwiderte Santini mit einer Stimme, die seine Ablehnung nicht kaschierte. „Sie sollten vorsichtig sein. Römische Nächte sind nicht ungefährlich."

„In der Tat!", konterte ich. „Man soll dabei sogar seine Kleider verlieren." Santini schluckte.

„Manche verlieren sogar ihr Leben, zumal wenn sie sich in Dinge einmischen, die sie nicht verstehen", zischte er böse.

„Oh je!", rief die Contessa. „Das hört sich aber gefährlich an, lieber Cavaliere."

„Ich mache mir nur Sorgen um Ihren Freund. Große Sorgen", gab Santini zurück.

„Ja, Rom ist ein gefährliches Pflaster", fügte Marcinkus salbungsvoll hinzu.

„Hörst du, Serge, mein Lieber", säuselte Estefania. „Man warnt dich, in Rom vorsichtiger zu sein."

„Ich bin dem Cavaliere für seine Fürsorge sehr dankbar. Nun bin ich ein klein wenig klüger geworden."

„Ja, man lernt nie aus", sagte Estefania. „Würden Sie uns entschuldigen? Serge ist ein fantastischer Tänzer und ich möchte ungern auf einige Tänze mit ihm verzichten. Schade, dass Sie keine Damen sind. Er würde sie zu einem schwungvollen Tanz auffordern. Glauben Sie mir, dieser Schrank hat schon manchen verblüfft. Aber vielleicht haben Sie das ja auch schon erkannt."

Sie lachte hell und zog mich in einen angrenzenden Saal, wo eine Kapelle südamerikanische Rhythmen zum Besten gab.

„Der Bande haben wir es gegeben!“, flüsterte Estefania kichernd.

Während wir eine Samba tanzten, sahen unsere drei Kontrahenten zu uns herüber und steckten die Köpfe zusammen. Sie hatten sich von dem Aufeinandertreffen scheinbar immer noch nicht erholt. Ich bin nicht gerade ein guter Tänzer, aber die Contessa war dafür umso erstaunlicher. Sie führte mich fast unmerklich, sodass ich keine so schlechte Figur abgab.

„Die Kerle haben das Visier fallengelassen“, stellte sie fest.

„Es war Santini, der mir gestern Nacht zwei Typen auf den Hals geschickt hat, und Marcinkus wusste davon.“

Ich trat der Contessa auf das zierliche Füßchen und sie verzog das Gesicht.

„Serge, pass doch auf. Ich habe vorhin wohl doch ein wenig übertrieben, als ich dich einen exzellenten Tänzer nannte.“

„Musstest du auch so mit meinen Tanzkünsten angeben?“

„Deine Freunde werden die ohnehin nicht mehr.“

Ich widersprach nicht. Unter den vielen Gästen waren auch einige mit schulterlangen Haaren und Rauschebärten. Wie mir Estefania erzählte, hatten es einige der Künstler sogar in die Museen geschafft. Ich fand, dass ich auch mit einer Lederjacke nicht weiter aufgefallen wäre. Selbst die unbekannten Künstler taten so, als wären sie mindestens so bedeutend wie Picasso. Nun trat ein dicker Sänger ans Mikrofon und schmetterte eine Arie aus ‚La Traviata‘. Alle blieben auf der Tanzfläche stehen und lauschten andächtig.

„Pavarotti!“, hauchte Estefania. „Caselieri hat auch diesmal keine Kosten gescheut.“

Der Sänger gab nach dem frenetischen Beifall noch zwei Zugaben. Estefania klärte mich auf, dass es Arien aus ‚Rigoletto‘ und ‚Aida‘ waren. Als Pavarotti nach einem frenetischen Jubel abgetreten war, feuerte die Kapelle die Stimmung mit italienischen Canzonen an.

„Komm, du hast meine Füße genug gequält. Sehen wir uns einmal nach Caselieri um.“

Sie zog mich in einen angrenzenden Salon. Aber weder dort noch in der riesigen Bibliothek fanden wir ihn. Wie zu erwarten war, befand sich dort kein Mensch. Eine Menge Bücher standen gelangweilt in den Regalen. Häufig benutzt sahen sie nicht aus. Die Contessa warf sich auf das Sofa, zog das lange Abendkleid hoch und zeigte mir ihre schönen Beine.

„Wollen wir es ein wenig miteinander treiben?“, fragte sie. „Ich hätte nichts gegen einen Quickie einzuwenden.“

„Geht nicht“, gestand ich mit leidlich zerknirschtem Gesicht. „Ich habe heute gerade um die Hand einer Dame angehalten.“

„Na und? Vielleicht kann ich dir für die Hochzeitsnacht noch etwas beibringen.“

„Ein verlockendes Angebot. Aber meine Verlobte schlägt mich tot, wenn ich darauf eingehe. Sie sagte mir, dass Römerinnen den sechsten Sinn dafür haben, wenn ihre Mann fremdgeht.“

„Du bist langweilig!“, sagte die Contessa und bedeckte wieder ihre Beine.

„Sieht ganz so aus“, gab ich zu.

Ich verzichtete also auf das Angebot und das war auch gut so. Jemand betrat die Bibliothek. Mein nackter Hintern blieb ihm erspart.

„Ach, Andrea, wir haben dich schon gesucht“, sagte Estefania. „Stell dir vor, ich habe Serge gerade gebeten, mich zu ficken, und er hat mir einen Korb gegeben.“

„Dann ist der Mann ein Heiliger oder schwul“, sagte Fürst Andrea Caselieri.

Er war ein schmaler, hochgewachsener Mann mit dunklen, glänzenden Haaren, einem scharf ausrasierten Gesicht, außer einem feinen dünnen Bart auf der Oberlippe nach der Art amerikanischer Piratendarsteller.

„Er ist ein Hanseat dazu und die haben den Ruf, etwas prüde zu sein. Was soll man da machen? Er hängt an seiner Thusnelda. Aber sonst ist er ganz in Ordnung.“

„Ah, meine Göttliche, das ist dir sicher noch nie passiert“, sagte der Fürst. Er umarmte die Contessa und küsste sie auf den Mund. „Ich stelle mich gern zur Verfügung.“

„Nein, lass mal. Mein Selbstbewusstsein muss sich erst einmal von dem Schock erholen. Ich komme bei nächster Gelegenheit auf dein Angebot zurück.“

„Göttliche, wann immer du willst", sagte der Fürst und tätschelte ihren verlängerten Rücken.

„Was wolltest du in der Bibliothek? Du willst doch nicht etwa eine Lesestunde einlegen?", fragte Estefania ironisch lächelnd.

„Ich wollte ein wenig spannen. Ich habe euch hier reingehen sehen und wollte mal schauen, ob ihr das treibt, was du gern mit deinem Begleiter getan hättest."

„Du bist ein unverbesserliches Ferkel, Andrea."

„Das hast du mal zu schätzen gewusst."

„Ja. Bevor ich erkannte, was du für ein Schwein bist. Nimm ihn dir vor, Serge. Eine bessere Gelegenheit findest du nicht."

Ich gab dem ehrenwerten Fürsten einen Schlag auf den Solarplexus und er krümmte sich keuchend zusammen. Ein weiterer Schlag brach ihm die Nase. Da er nun schreien wollte, hielt ich ihm den Colt von meiner Thermenbekanntschaft unter das beschädigte Näschen, das kräftig zu bluten begann. Er verstand dies durchaus und hielt den Mund.

„Was soll das werden? Was soll das, Estefania?", keuchte er.

„Gehen wir in dein Büro. Und keine Dummheiten! Wisch dir das Blut ab", sagte sie so kalt wie ein Börsenspekulant.

„Der Revolver ist auf deinen Rücken gerichtet", fügte ich hinzu.

Wir gingen aus der Bibliothek und einen langen Flur entlang, der verspiegelt war, eine Marmortreppe hoch und kamen im dritten Stock in sein Arbeitszimmer. Neben dem riesigen Schreibtisch stand ein fast mannshoher Globus. Auch hier waren die Regale mit ungelesenen Büchern dekoriert. Wertvolle Erstausgaben.

„Setzen!", sagte ich und stieß ihn in den Ledersessel hinter dem Schreibtisch.

„Warum machst du das mit?", fragte der Fürst die Contessa.

„Ich weiß, was du einst meiner Schwester angetan hast, du widerliches Schwein! Sie war noch ein halbes Kind."

„Sie wollte das doch."

„Sie war erst fünfzehn. Fünfzehn Jahre!", wiederholte sie.

„Was wollen Sie von mir?", wandte er sich nun an mich. „Oder sind Sie nur ihr Schläger?"

Für diesen mangelnden Respekt bekam er noch einmal zwei kräftige Backpfeifen. Er betastete seine Lippen.

„Sie tun mir weh", beklagte er sich.

„Das ist nichts gegen das, was noch auf dich zukommen kann, wenn du mir nicht sagst, wo das Dokument zum Katakombenpakt mit der Unterschrift Johannes' XXIII. ist."

„Ich weiß nicht, wovon Sie reden."

Ich schlug ihm noch einmal auf die gebrochene Nase. Er blutete wie ein abgestochenes Schwein. Seinen Schrei erstickte ich, indem ich ihm den Revolverlauf in den Mund stieß. Es war zugegebenermaßen sehr rau und wenig von dem geprägt, was der Mann aus Galiläa gepredigt hatte. Estefania verfolgte meine herzlosen Handreichungen mit leuchtenden Augen.

„Nun weißt du, wie es ist, Schmerzen zu ertragen", keuchte sie. „Lucilla hatte eine Fehlgeburt. Aus Scham hat sie den Schleier genommen."

„Er begreift nicht, welche Schmerzen er noch ertragen muss, wenn er nicht bald zur Sache kommt."

„Wenn ich dir das Dokument gebe, bist du spätestens in einer Woche tot", keuchte der Fürst.

„Das Risiko muss ich wohl auf mich nehmen. Also, wo ist das Dokument?"

Um ihn davon zu überzeugen, dass ich keine leeren Drohungen machte, schlug ich ihm mit dem Revolver auf die Wange, was eine hässliche Wunde verursachte. Er war nicht besonders belastbar und jammerte wie ein Kind. Wahrscheinlich war er noch nie so hart rangenommen worden, schließlich behandelt man Fürsten im Allgemeinen mit Respekt.

„Hört auf! Hört doch auf! Ich sag schon, wo das Scheißding ist."

„Was für eine Ausdrucksweise für einen Fürsten", sagte ich zu Estefania.

Er wies auf ein großes Bild, das einen Papst aus der Renaissancezeit in vollem Ornat zeigte.

„Dort! Dort ist es. Hinter dem Bild ist der Safe."

„Dann sag dein ‚Sesam, öffne dich' und hole das Dokument heraus."

Er erhob sich in Zeitlupe, wankte zum Bild, schob es zur Seite und tippte eine Menge Zahlen in den mausgrauen Safe. Die Tür schwang auf. Ich trat zu ihm und griff hinein. In einer mit rotem Samt ausgeschlagenen Mappe fand ich das Dokument. Es enthielt die Stichworte zum Katakombenpakt und die Unterschrift Johannes' XXIII. Ich wollte mich schon damit zufriedengeben, da machte mich die Contessa auf eine andere Mappe aufmerksam.

„Da ist noch etwas. Ja, die schwarze Mappe. Schau mal nach."

Ich nahm sie heraus. Auf dem Deckel stand in goldenen Lettern ‚P Due'.

„Legen Sie die zurück! Um Gottes willen, das ist ein Staatsgeheimnis. Wenn Sie die Mappe mitnehmen, sind Sie noch heute Abend tot."

„Heute noch? Welche Steigerung", staunte ich.

Damit hatte er mich erst so richtig neugierig gemacht. Ich schlug sie auf. Eine Menge Namen. Seitenweise Namen. Erstaunlicherweise fand ich auch die Namen Marcinkus und Navarone und etliche andere Kurienkardinäle, Minister und Generäle. Ich blies die Backen auf. Das war ein wertvoller Fund. Die Contessa, die mir über die Schulter gesehen hatte, keuchte vor Aufregung:

„Das sind die Namen der Geheimloge ‚P Due'. Jeder hat schon von ihr gehört, aber niemand wusste bisher, wer ihr angehört. Schau mal, es sind Admiräle und Generäle dabei … und dort steht der Name des Geheimdienstchefs. Die Nummer Eins steht hier ganz oben: Gelli. Auch ein Berater der Vatikanbank. Das ist Dynamit!"

„Es ist eine Atombombe!", kreischte der Fürst. „Ihr seid so gut wie tot."

„Vielleicht kann man was Gutes damit anstellen!", sagte ich nachdenklich. „Dürfen denn katholische Würdenträger einer Freimaurersekte angehören? Ich hatte gehört, dass dies die Exkommunikation bedeutet."

„Richtig“, stimmte Estefania ein. „Jeder kleine Priester wird aus der Kirche ausgestoßen, wenn er den Freimaurern angehört.“

„Also zweierlei Maß.“

„Nicht nur das. Die Bischöfe und Kardinäle gehören damit einer Organisation an, die ein Staat im Staat ist. Schau mal, unser Kinderschänder gehört auch zu dem Verein.“

„Wir wollen das Vaterland vor dem Kommunismus retten“, stotterte Caselieri.

„Wollt ihr einen Staatsstreich anzetteln?“, fragte ich mehr im Scherz. Doch er schien dies für eine Selbstverständlichkeit zu halten.

„Wir werden die Kommunisten daran hindern, Italien zu unterjochen. Alle ehrenwerten Mitglieder der Gesellschaft sind auf unserer Seite. Auch die Kirche, was ihr ja an den vielen Würdenträgern sehen könnt.“

„In der Mehrzahl Kurienkardinäle“, präzisierte Estefania. „Das Geschwür im Vatikan scheint größer zu sein als wir gedacht haben.“

„Ich weiß, wer sie gut gebrauchen kann“, sagte ich und nahm die beiden Mappen unter den Arm.

„Tun Sie das nicht!“, kreischte Caselieri. Seine ganze Vornehmheit hatte er gründlich abgelegt.

„Nun hör mir mal gut zu, lieber Andrea“, sagte die Contessa und tupfte ihm das Blut aus dem Gesicht. „Du wirst über die Geschichte den Mund halten. Sonst werde ich nämlich eine eidesstattliche Erklärung veröffentlichen, dass du meine Schwester vergewaltigt hast. Dazu die Erklärung von zwei Ärzten. Und …“ Sie schwieg einen Moment und lächelte böse. „… und die Erklärung eines Zeugen, der ebenfalls eine eidesstattliche Erklärung unterschrieben hat. In nächster Zeit würde dann in Rom von nichts anderem die Rede sein als vom Wüstling Caselieri. Du solltest dein Personal besser behandeln, sonst plaudert es nämlich aus, was im Palazzo Caselieri vorgeht.“

„Aber wenn ihr diese Liste veröffentlicht, dann wird man doch wissen, woher ihr sie habt. Es gibt nur drei Listen.“

„Ach, du lässt morgen die Polizei kommen, weil bei dir eingebrochen wurde. Du weißt dann eben nicht, wer die Täter sein könnten."

„Gelli wird das gar nicht gefallen. Ihr habt die mächtigste Organisation der Welt auf dem Hals", fügte er gehässig hinzu.

„Nicht, wenn du dich um deinen Ruf kümmerst", erwiderte Estefania erbarmungslos.

„Und was sage ich über mein Gesicht? Sieh nur, wie dein Begleiter mich zugerichtet hat."

„Wir können dich ja noch die Treppe hinunterstoßen, dann hast du eine gute Erklärung", schlug ich vor.

„Ich kann mich doch so nicht auf meinem eigenen Fest sehen lassen", jammerte er weiter.

„Dann lass einen deiner Lakaien eine Erklärung abgeben, dass du einen Unfall hattest. Du bist nicht der erste Fürst, der besoffen die Treppe hinuntergefallen ist."

Die Contessa nickte mir zu, und wir verließen den jammernden Fürsten Andrea Caselieri, Kämmerer des Heiligen Stuhls.

„Sag mal, stammen deine Vorfahren nicht vielleicht doch von den Borgias ab?", fragte ich die Contessa.

„Ach, die Mazarinis haben in Rom schon geherrscht, da haben die Borgias noch in Spanien Kühe gehütet."

Wir gingen in den Festsaal zurück. Das unheilige Dreigestirn Marcinkus, Navarone und Santini stand immer noch zusammen. Bei den vielen Firmen, die sie beherrschten, hatten sie sicher eine ganze Menge zu besprechen. Pavarotti sang dazu das „Ave Maria".

Wir verließen unbeachtet den Palazzo.

„Was hast du mit den Papieren vor?", fragte Estefania, als der Wagen vorfuhr. Wir stiegen ein.

„Ich will sehen, dass der Papst sie bekommt."

„An den Papst kommt so einfach niemand heran. Du müsstest Zugang zu seinen Sekretären haben."

„Ich kenne jemanden, der das schafft. Wenn die beiden das Material kennen, werden sie gar nicht anders können, als es dem Papst vorzulegen. Glaubst du, dass dein Fürst stillhalten wird?"

„Ja. Er ist ein Feigling. Seine Familienehre geht ihm über alles. Er kann den Skandal nicht riskieren. Er wäre in Rom erledigt. Er wird sich an das halten, was ich ihm vorgeschlagen habe."

„Du warst großartig", lobte ich sie.

„Wollen wir das jetzt nicht nachholen, was ich dir in der Bibliothek angeboten habe?", fragte sie, beugte sich zu mir und küsste mich. Sie verstand sich darauf. Ich dachte an Majas Warnung und löste mich sanft von ihr.

„Wenn wir uns vor zwei Wochen kennengelernt hätten, wäre ich sehr erfreut gewesen. Aber ich habe nicht vor, am Tag meines Heiratsantrags untreu zu werden."

Sie griff mir in den Schritt. „Der Schwanz steht dir."

„Ist doch kein Wunder. Du bist eine verdammt schöne Frau. Aber es bleibt dabei."

Sie seufzte.

„Gibt es noch solche Männer? Na gut, hilf dem Heiligen Vater. Es wird schon gut gehen, wenn solche Heiligen wie du ihm zur Seite stehen."

Vielleicht bewirkt Rom, dass aus dem einen das Schlechte herauskriecht, aus dem anderen das Gute hervortritt. Als Estefania vor dem Palazzo Mazarini ausstieg, sagte sie immer noch beeindruckt:

„Ich beneide deine Zukünftige. Du scheinst ein anständiger Kerl zu sein. Aber sollte es mit ihr nicht richtig laufen, melde dich. Und nun pflege deinen Heiligenschein. Der Fahrer bringt dich ins Hotel zurück."

Es war ganz angenehm, mit einem Heiligenschein durch die Nacht zu fahren.

11

Privataudienz beim Heiligen Vater

Im Hotel rief ich sofort Maja an. Meinen Beteuerungen, dass alles in Ordnung sei, glaubte sie nicht so ganz.

„Wie war es mit deiner Contessa?"

Ich überging die Frage.

„Ich habe das, was ich finden wollte, bekommen. Wie geht es Spencer?"

„Er fühlt sich wohl. Sein Bellen klingt nicht so angestrengt wie deine Stimme."

„Er musste nicht einen Fürsten von Rom weichkochen."

„Aber dir ist nichts passiert?", fragte sie besorgt.

„Nein. Aber meinem Gastgeber."

„Und mit der Contessa …?"

„Nichts. Hör auf."

„Schwöre!"

Was sollte ich machen? Ich schwor also. Schließlich war nichts passiert.

„Und nun lass die Kindereien."

„Bitte, pass auf dich auf."

Ihr Rat war sehr hellsichtig. Ich hatte während des Telefonierens den Vorhang am Fenster beiseitegeschoben. Gegenüber dem Hotel stand ein Lancia. Neben ihm rauchten zwei Männer und sahen zum Eingang des Hotels hinüber. Auf wen oder was die wohl warteten? Nun sah einer hoch und sagte etwas zu seinem Kollegen. Er hatte mich entdeckt. Damit meine letzten Zweifel beseitigt wurden, hielt er die Hand mit gespreiztem Daumen und kleinem Finger hoch. Das Teufelszeichen. Der Fürst konnte sie kaum geschickt haben. Mir fiel das unheilige Dreigestirn ein.

„Was ist los?", fragte Maja.

„Vor dem Hotel passen zwei neue Kerle auf mich auf."

„Soll ich den Portier anrufen, dass er sich die Leute mal ansieht?"

„Nein. Damit bringen wir ihn nur in Gefahr. Die Kerle sehen nicht so aus, als würden sie Fragen beantworten."

„Ich habe Angst, Serge."

„Musst du nicht. Ich gehe ja nicht mehr außer Haus."

„Und wenn sie morgen noch da sind?"

„Werde ich mir was einfallen lassen. Kann Spencer noch bei deiner Familie bleiben?"

„Natürlich. Alle haben ihn gern. Er benimmt sich sehr artig. Mutter hat den Eindruck, dass er jedes Wort versteht."

„Klar doch. Aber Spencer ist auch ein großartiger Schauspieler."

Danach rief ich Padre Boris an. Ich musste es lange klingeln lassen.

„Wissen Sie, wie spät es ist?", fragte er mit verschlafener Stimme.

„Sie werden gleich wach werden." Ich erzählte ihm, wie es gelaufen war.

„Sie haben tatsächlich …?"

„Ja. Das, was wir gesucht haben, und noch ein bisschen mehr."

„Wenn David anruft, werde ich ihm die frohe Kunde mitteilen. Ich sage Ihnen dann, wo wir uns treffen."

Ich legte mich schlafen. Durch meine Träume geisterte Kaiser Nero, spielte auf seiner Lyra und sah auf das brennende Rom. Natürlich sah er aus wie Peter Ustinov in ‚Quo vadis'. Ich erwachte schweißgebadet. Mein Reisewecker zeigte vier Uhr. Ich stand auf und ging ans Fenster. Das Auto war immer noch da. Im Wagen glühte eine Zigarette auf. Ich musste mir etwas einfallen lassen, wenn ich mich mit den beiden Padres treffen wollte. Zum Aufbleiben war es zu früh. Ich schlurfte ins Bad, trank einen Schluck Leitungswasser und legte mich wieder hin. Diesmal träumte ich vom lächelnden Papst. Kein schlechter Traum. Maja und ich knieten in einer Kirche, die wie der Petersdom aussah. Johannes Paul I. segnete uns. Die Kirche war voller Würdenträger. Lauter Kardinäle und Bischöfe. Ein Chor sang dauernd Halleluja. Unter den feierlichen Klängen einer Bachschen Fuge traten wir aus dem Petersdom. Über uns läuteten die Glocken. Ich erwachte. Das Telefon klingelte. Es war Padre Boris.

„David hat mich eben angerufen. Schöne Grüße von ihm. Er ist sehr glücklich. Er sagte wortwörtlich, dass uns der Herr in Ihnen einen Engel geschickt hat."

Na schön, dann war ich eben ein Engel. Engel stehen unter dem Schutz des Herrn. Das würde auch nötig sein.

„Wo?"

„Was wo?"

Man muss mit Dilettanten sehr nachsichtig sein.

„Wo wir uns treffen."

„Im Teatro di Marcello. Wissen Sie, wo das ist?" Ich wusste es.

„Der Eingang ist auf der Tiberseite. Orientieren Sie sich an den Theatermasken. Er erwartet Sie um dreiundzwanzig Uhr."

„Ich werde da sein."

Ich zog mich an und ging hinunter in den Frühstücksraum. Maja stand bereits hinter dem Tresen der Rezeption. Sie lächelte erleichtert, als sie mich sah.

„Gib mir mal die Telefonnummer von deiner Cousine Loretta."

„Alles in Ordnung?", fragte sie, als sie mir die Nummer aufschrieb.

„Bestens. Treffen wir uns in deiner Mittagspause?"

Sie sah sich nervös um.

„Gut. Kennst du das *Café Tadolini* mit den griechischen Statuen in der Via del Babuino?"

Ich nickte und berührte, als sie mir den Zettel gab, zärtlich ihre Hand. Sie schloss einen Moment die Augen. Es tat gut, geliebt zu werden.

Nach dem Frühstück rief ich die Journalistin an.

„Ich habe etwas für Sie."

„Etwas Brisantes?"

„Es wird den Staat erschüttern."

„Beweise?"

„Ja. Bankauszüge über die Machenschaften der Vatikanbank und die Liste der ‚P Due'. Wir wollen beides dem Papst zuspielen. Aber um Druck zu machen, wäre ein Artikel sehr hilfreich."

„Wenn das Material so gut ist wie Sie sagen, bringen wir es. Ich rede mit dem Chefredakteur, denn so eine Story wird ganz oben verantwortet."

„Ich kopiere einige Seiten und stecke sie in einen Umschlag. Maja wird ihn in mein Hotelfach legen. Sie können ihn jederzeit abholen."

Ich wollte ihr nur einen Auszug geben, um weiteres Material als Drohung in der Hinterhand zu haben. Man verschießt nicht gleich die gesamte Munition.

„Es ist wirklich die Liste der ‚P Due'? Wissen Sie, was Sie da haben? Es wird die Sensation des Jahrzehnts", sagte sie atemlos.

„Könnte Ihnen eine Menge Ärger einbringen."

„Aber auch eine Auflage, wie wir sie noch nie hatten. Ich wusste doch, dass Sie ein Kracher sind."

Manche jungen Leute drücken sich sehr unkonventionell aus. Sie versprach mir einen dicken Kuss, wenn sie mich wiedertreffen würde. Ob Maja das Versprechen so gut fand?

Als ich aus dem Hotel trat, stand der Lancia immer noch am Straßenrand. Die beiden Insassen sahen mich frech an. Beide waren beim Frühstücken. Ich störte sie nicht. Um die Zeit totzuschlagen, nahm ich mein Sightseeing wieder auf und ging in das Museum auf dem Kapitol und hielt Zwiesprache mit den römischen Kaisern.

„Viel hat sich in deinem Rom nicht verändert! Es geht immer noch um Macht und Geld", sagte ich zu Marc Aurel, dem weisesten unter den römischen Kaisern. Er widersprach mir nicht.

In der Mittagspause traf ich mich mit Maja in dem verrücktesten Café Roms. Es war vollgestopft mit übermannsgroßen Gipsfiguren römischer Götter. Ich hatte mich kaum gesetzt, als auf der gegenüberliegenden Straßenseite der Lancia vorfuhr.

„Meine neuen Beschatter", stellte ich sie Maja vor. „Mir wäre wohler, wenn du dir Urlaub nähmst und ein paar Tage bei deiner Familie in Trastevere bliebst."

„Das geht doch nicht. Ich kann nicht plötzlich Urlaub einreichen", sagte sie bedauernd.

Wir bestellten einen caffè freddo und Pellegrino und verschlangen uns mit den Augen.

„Du könntest doch krank machen."

„Das ist nicht fair."

Ich redete auf sie ein, aber sie war für Unredlichkeiten nicht zu haben. War ein interessanter Hinweis. Auch in unserer Ehe würde sie mir Tricksereien nicht durchgehen lassen.

„Kommst du heute Abend mit nach Trastevere?"

„Ich kann nicht."

Ich erzählte ihr von meinem Rendezvous.

„Ich habe schreckliche Angst, Serge."

Ich tat so, als wäre dies völlig unbegründet.

„Wir sind zu dritt. Außerdem bin ich bewaffnet."

Ihre Augen flackerten trotzdem. Ich winkte den Kellner heran und zahlte. Es war der teuerste, aber auch der beste caffè freddo, den ich je getrunken hatte.

Wir gingen zum Hotel zurück. In der Via Condotti trennte ich mich von ihr und suchte auf dem Corso einen Kopierladen auf. Einen Satz würde ich dem Hotelsafe anvertrauen, einer war für Loretta, den dritten schickte ich mit der Post an meine Hamburger Adresse. Die Originale würde ich David übergeben.

Von außen, im funzligen Licht der Laternen, sah das Marcellustheater immer noch sehr respektabel aus, als würden dort immer noch Theatervorführungen stattfinden. Einst von Augustus eingeweiht, war es im Mittelalter die Burg der römischen Adelsfamilie Pierleoni gewesen. Später wurde in den Zuschauerraum von der Familie Orsini ein Palazzo hineingebaut. Über den beiden Arkaden aus Römerzeit thronten zwei Stockwerke, die einst Wohnungen enthielten.

Der Zugang auf der Tiberseite war kaum zu finden. Das ganze Areal war mit einem Gitter eingezäunt. Schließlich fand ich einen Durchschlupf und kletterte über den mit Marmortrümmern übersäten Vorplatz zu einer Tür, neben der eine Theatermaske eingelassen war. Zweckmäßigerweise hatte ich meine Lampe mitgenommen. Die Tür war nicht verriegelt. Ich stieg in einem muffig riechenden Flur eine Treppe hoch. Im obersten Stockwerk reihte sich Tür an Tür. Schließlich fand ich eine, neben der mich eine Theatermaske mit verzerrtem Gesicht angrinste. Ich klopfte und trat ein. An einem wackligen Tisch brannte eine Petroleumlampe, in deren Lichtschein mir David und Boris entgegensahen.

„Ich bin's nur", beruhigte ich sie. „Seid ihr verfolgt worden?"

Beide verneinten dies.

„Ich wohne seit gestern hier. Meine Familie ist mit den Orsinis befreundet", sagte David.

Das Zimmer eines Fürsten war es nicht. Es enthielt eine Pritsche, einen Tisch und drei Stühle. Mehr Gäste hätte er nicht empfangen können. Neben der Petroleumlampe lag eine Bibel. Ich reichte David meine Unterlagen. Er blätterte sie hastig durch und lehnte sich zurück.

„Wir haben es geschafft! Mit diesen Dokumenten kann Johannes Paul I. die Kirche säubern."

„Es müsste reichen", stimmte Boris zu. „Wir haben die Bankbelege, die die Transaktionen der Vatikanbank mit der Banco Ambrosiana und die Geldwäsche belegen, Beweise, dass die Bank in Nassau und die Unternehmen in Panama mehrheitlich der Vatikanbank gehören. Das Dokument mit den Stichworten zum Katakombenpakt und der Unterschrift Johannes' XXIII. wird Johannes Paul darin bestärken, zur ‚Kirche der Armen' zurückzukehren. Die Namensliste der ‚P Due' wird ihm erlauben, viele Kurienkardinäle in den Ruhestand zu versetzen oder sie gar zu verstoßen."

„Das ist die Rute des Herrn", sagte David.

„Ich habe mit Padre Franco, einem Sekretär des Heiligen Vaters, bereits gesprochen", erklärte Boris stolz. „Er wird einen Auszug unseres Materials in seine Unterschriftenmappe legen. Ich habe ihm nur angedeutet, welches Material wir haben, und er war richtiggehend erleichtert. Wenn die Unterlagen echt sind, hat der Heilige Vater die Möglichkeit durchzugreifen."

„Kann man diesem Franco vertrauen?", fragte ich skeptisch.

„Ich kenne ihn seit Jahren. Wir haben beide oft stundenlang darüber diskutiert, wie man die Kirche reformieren könnte. Er ist absolut integer. Er hatte Tränen in den Augen, als ich ihm sagte, was wir in den Händen haben."

„Und noch etwas", warf David prustend ein. „Aus den Unterlagen hier geht hervor, dass die Vatikanbank Aktien einer Firma hatte, die Kondome herstellte. Was für eine Heuchelei! Einerseits mit der Enzyklika ‚Humanae Vitae' die Verhütung geißeln und andererseits mit Kondomen Geld machen."

„Wie soll es weitergehen?", drängte ich.

„Franco wird uns mit dem Papst zusammenbringen, wenn diesen der Auszug unseres Materials überzeugt. Es muss natürlich heimlich passieren."

„Wann erfahren wir, ob es klappt?"

„Sehr bald. Ich bringe die Kopien nachher zu ihm."

„Dann mach dich auf die Socken."

„Was für Socken?", fragte er ratlos.

„Nur eine deutsche Redensart, dass man sich beeilen soll."

„Ich vergesse immer, dass Sie Deutscher sind."

„... und ein Junge von der Waterkant!", knurrte ich.

„Man muss sich das vorstellen. Wir werden den Heiligen Vater sehen", schwärmte David mit leuchtenden Augen.

Boris packte die Papiere zusammen und steckte sie in seine speckige, alte Ledertasche. So ein Modell hatte ich seit zwanzig Jahren nicht mehr gesehen. An der Tür wandte er sich um.

„Was hätten wir ohne Sie gemacht", bedankte er sich.

„Wir wären ins Leere gelaufen", kommentierte David dankbar.

„Wir sind die Musketiere Gottes. Wir sollten uns duzen." Padre Boris kam zurück, umarmte mich und gab mir einen Kuss auf die Wange.

„Du bist zwar ein Heide, aber doch ein Werkzeug des Herrn", sagte er herzlich.

„Seine Wege sind unergründlich", gab ich zurück.

Boris lachte und verschwand.

„Ist dieses Versteck tatsächlich sicher?", fragte ich David, nachdem Boris' Schritte verklungen waren.

„Was Besseres habe ich nicht gefunden. Ich habe mich an die Orsinis erinnert. Der Fürst war oft bei uns in England zur Fuchsjagd. Er hat mir sofort seine Hilfe zugesagt und auch die Möbel hier reinstellen lassen."

„Orsini? Die Familie hat doch auch mal Päpste gestellt?"

„Oh ja. Die Orsinis sind eng mit der Kirchengeschichte verbunden. Der jetzige Fürst ist wie Caselieri Kämmerer im Vatikan."

„Kannst du dem Fürsten vertrauen?"

„Er hält sowohl Marcinkus als auch Navarone für ein Unglück."

„Dann hoffen wir mal, dass er über deinen Verbleib hier den Mund hält."

„Ich habe da keine Bedenken. Ach, ich bin so glücklich, dass wir dem Heiligen Vater helfen können", sagte er mit leuchtenden Augen.

Mir kam er wie ein Schlafwandler vor und ich bekam Angst um ihn. Bisher hatte er Glück gehabt. Um ihn für die Gefahr zu sensibilisieren, erzählte ich ihm von dem Lancia vor dem *D'Inghilterra*. Ich hatte die Kerle abschütteln können, weil mir Maja den Hinterausgang des Hotels gezeigt hatte.

„Du bist mit den beiden in den Caracalla-Thermen fertig geworden, weil du den Herrn auf deiner Seite hast."

„Wir sollten ihm nicht alles überlassen, sondern selbst aufpassen", mahnte ich ihn. Er nickte zwar eifrig, aber großes Vertrauen hatte ich nicht in seine Vorsicht. Wir verabschiedeten uns mit einer Umarmung. Als ich mich an der Tür noch einmal umdrehte, sah ich ihn knien und beten.

Wie gefährlich sich die Situation zuspitzte, wurde mir bewusst, als ich vor dem *D'Inghilterra* ankam. Der Lancia stand immer noch vor der Tür. Die beiden Männer glotzten mich erstaunt an. Ich winkte ihnen zu und betrat die Lobby. In der Ecke saß wie ein sprungbereiter Tiger Cavaliere Santini, der Präsident der Banco Ambrosiana. Giulio, der Portier, nickte mir zu.

„Der Herr wartet auf Sie."

Ich ging zu Santini hinüber. Neben ihm saß ein Bullenbeißertyp, sein Bodyguard. Der Banker scheuchte den Mann fort und sah mich mit einer Miene an, die er wohl Al Capone abgeguckt hatte. Auf mich wirkte er wie ein bissiges Frettchen.

„Haben Sie sich mit Padre David getroffen?"

Ich sagte ihm, dass ihn dies einen feuchten Dreck anginge. Nervös kaute er auf seiner Unterlippe herum.

„Wir wissen, dass Sie mit ihm in Kontakt stehen."

„Dann wissen Sie ja schon sehr viel. Sind das Ihre Schlafmützen draußen im Lancia?"

Seine Wange zuckte. „Was glauben Sie?"

„Die Burschen sind ihr Geld nicht wert."

„Das kann vielleicht eine sehr folgenreiche Fehleinschätzung von Ihnen sein. Hören Sie, dieser diebische Padre hat wichtige Dokumente entwendet. Ich weiß nicht, was er mit den Sachen vorhat. Aber sie können dem Vatikan großen Schaden zufügen. Ich bin ein Beschützer der Heiligen Kirche. Sagen Sie Padre David, dass er die Wahl hat: Entweder er gibt uns die Dokumente wieder zurück und wir vergessen, dass er uns ein wenig geärgert hat, oder es wird eine endgültige Lösung geben." Die Sprache der Faschisten. „Wenn Sie Padre David dazu bringen zu kooperieren, kassieren Sie als Prämie hunderttausend Dollar oder ... Sie werden auch eliminiert!"

Er zischte dies heraus und versprühte dabei viel Spucke.

„Nun sind Sie es, der mal gut zuhören sollte. Für mich sind Sie trotz Ihres Titels nur ein kleiner mieser Gangster! Wenn Sie die harte Tour wollen, bitte schön. Ihre Leute haben ja schon erfahren, dass ich nicht so der gemütliche Typ bin."

Er wurde bleich. Nicht vor Angst, das nicht, aber es gelang ihm nur mühsam, seine Wut zu bändigen.

„Sie haben keine Ahnung, mit wem Sie sich anlegen. Es gibt mächtigere Leute als Regierungen. Ein Wort von mir und man findet Sie im Tiber wieder!"

„Meinen Sie Ihre Freunde von der ‚P Due', die Staat im Staat spielen?"

Diese Bemerkung riss ihn fast aus dem Sessel.

„Was wissen Sie von der ‚P Due'?", presste er heraus.

„Eine Menge. Ich weiß, dass Sie den Verein finanzieren, dass Marcinkus und Navarone und eine Menge anderer Kurienkardinäle Mitglieder sind."

„Das Wissen darum macht Sie zu einem Todeskandidaten!", zischte er. „Sie werden nicht mehr lange zu leben haben!"

Er schlug sich auf die Knie, sprang auf und ging zur Tür. Dort drehte er sich noch einmal zu mir um.

„Ich gebe Ihnen noch eine letzte Frist bis morgen Abend, sich kooperativ zu zeigen. Sagen Sie meinen Männern im Lancia Bescheid, wenn Sie vernünftig geworden sind. Es ist Ihre letzte Chance. Übermorgen werde ich sonst die ‚P Due' informieren, dass Sie zu …, na, Sie wissen schon."

Daraus schloss ich, dass ihm die Vatikanbank wichtiger war als die Machenschaften der Loge. Er verschwand wie ein böser Spuk. Mich hätte nicht gewundert, wenn noch Schwefelgestank in der Luft gelegen hätte.

Ich ging an die Bar und ließ mir einen Whisky geben. In ein paar Stunden hatte ich nicht nur die Mafia am Hals, sondern obendrein die Geheimloge, der nicht nur Kardinäle angehörten, sondern Generäle und sogar der Geheimdienstchef. Auf mich würde einiges zukommen.

Ich telefonierte trotz der späten Stunde noch einmal mit Maja und erzählte ihr von dem Treffen mit den Padres. Von Santini erzählte ich ihr nicht. Um Maja machte ich mir Sorgen. Liebe gibt den Feinden immer eine Waffe in die Hand. Sie versprach mir, morgen Spencer mitzubringen. Er sei tagsüber unruhig gewesen und hätte die Tür nicht aus den Augen gelassen.

„Er vermisst dich so wie ich."

Spencer würde sich selbst schützen können, Maja dagegen nicht. Ich hatte eine unruhige Nacht.

Bis eine Nachricht von Boris kam, hatte ich nichts anderes zu tun, als die Zeit totzuschlagen. Also durchstreifte ich am nächsten Tag die Gärten der Villa Borghese und verlebte viele schöne Stunden mit den Statuen Berninis und der alten Griechen. Maja hatte am Morgen Spencer mitgebracht und dieser verspürte einen mächtigen Nachholbedarf nach unserer Zweisamkeit. Er blieb sogar friedlich vor den Museen sitzen und ließ sich von den Touristen bewundern, während er auf mich wartete. Es war nach der Aufregung an den Vortagen ein entspannter Tag. Da Maja sich zu einem Deutschkurs angemeldet hatte, entspannte ich mich am Abend ein wenig an der Bar.

Ich wollte gerade zu Bett gehen, als das Telefon klingelte. Es war Boris.

„Kannst du gleich in den Vatikan kommen?"

„Jetzt noch? Warum so dringend?"

„Der Heilige Vater will uns sehen. Pater Franco sagte, dass er höchst erregt auf die Papiere reagiert habe und unbedingt ein Gespräch mit uns wünsche."

„Wann und wo treffen wir ihn?"

„Um drei Uhr. Ich habe David bereits informieren können. Pater Franco wird uns am Torbogen des ‚Cortile della Sentinella' in Empfang nehmen."

„Ich werde pünktlich da sein."

Dann brachte ich Spencer bei, dass er auf dem Zimmer bleiben musste.

„Es geht wirklich nicht, mein Freund. Genau genommen bist du ein Heide, nicht wahr?" Gut, dass er mich nicht fragen konnte, ob ich denn etwas anderes sei.

Als ich den Schlüssel abgab, sah ich am Zeitungsständer eine riesige rote Schlagzeile auf der Zeitung Paolo Panerai.

Eure Heiligkeit, ist es rechtens ...?

Ich ließ mir die Zeitung geben und las weiter. Der Artikel war die Unterstützung, die ich mir gewünscht hatte. Loretta hatte gute Arbeit geleistet.

Gebannt überflog ich die Zeilen:

Ist es rechtens, wenn der Vatikan eine Bank sein eigen nennt, die bei ungesetzlichen Kapitaltransfers aus Italien in andere Länder mitwirkt?

Ist es rechtens, wenn die Bank italienischen Bürgern hilft, Steuern zu umgehen?

Ist es rechtens, dass über die Vatikanbank Gelder der Mafia gewaschen werden?

Ist es rechtens, dass aus dem Vatikan ein multinationaler Konzern mit einem Produktivkapital von 50 Milliarden Schweizer Franken geworden ist?

Ist es rechtens, dass Bischof Marcinkus Vorstand der Banco Ambrosiana in Nassau, einer dubiosen Geldwäschebank auf den Bahamas, ist?

Ist es rechtens, dass Kurienkardinäle Mitglieder der Freimaurerloge ‚P Due' sind?

Wann wird die Kirche zu den Werten Jesu und zur Schlichtheit und Redlichkeit zurückkehren?

Das waren eine Menge Fragen und eine Breitseite gegen die Finanzmachenschaften des Vatikans. Ich blies unwillkürlich die Backen auf. Im Vatikan würden jetzt einige wie aufgescheuchte Hühner herumspringen. Wenn Johannes Paul der war, den sich David erhoffte, dann half ihm dies bei seiner Tempelaustreibung.

Als ich das Hotel verließ, winkten mir die Halunken aus dem Lancia zu. Sie hatten Verstärkung bekommen und waren nun zu viert. Ich ging zur Spanischen Treppe. Vor der Kirche Trinità dei Monti sah ich zwei meiner Verfolger die Spanische Treppe hochsteigen. Ich lief die Via Sistina hinunter bis zur Piazza Barberini, bog links in die Via Veneto ein und nahm mir vor dem Hotel *St. Regis Grand Roma* ein Taxi, das mich zum Vatikan fuhr. Ich war mir sicher, dass ich meine beiden Verfolger abgeschüttelt hatte.

Am Torbogen des Cortile della Sentinella warteten bereits Boris und David sowie der Padre Franco auf mich. Er hatte ein angenehmes, ruhiges Gesicht und ähnelte ein wenig dem Schauspieler Gregory Peck.

„Gehen wir. Die Zeit wird knapp."

Er führte uns an der Wache vorbei, die er schon informiert hatte. Wir wurden nicht aufgehalten. Wolken hatten sich vor den Mond geschoben. Man konnte kaum die Hand vor Augen sehen. Es ging über einen Hof, dann in den Apostolischen Palast und weiter, lange Flure entlang. Franco und ich hatten Taschenlampen, sodass wir einen Zusammenstoß mit den Kaiser- und Götterfiguren vermeiden konnten.

„Wir treffen den Heiligen Vater in der Sixtinischen Kapelle", flüsterte er.

Wir gelangten in eine langgestreckte Halle.

„Warten Sie hier. Ich hole jetzt den Heiligen Vater." Franco verschwand in der Dunkelheit.

Wir setzten uns auf eine seitliche Bank, von der die Museumsbesucher Michelangelos ‚Letztes Gericht' in Ruhe betrachten konnten. Der Lichtschein meiner Lampe wanderte über den mächtigen Gottessohn, der von der Wand auf uns heruntersah. Das war kein schwächlicher, gepeinigter Schmerzensmann, sondern ein Herrscher in der Gestalt eines Apolls. Es war der Herr der Welt, der die Menschen richtete. Neben mir hörte ich Davids Zähne gegeneinander-schlagen, so aufgeregt war er.

„Der Papst ist doch auch nur ein Mensch", versuchte ich ihn zu beruhigen.

„In der nächsten Stunde wird sich entscheiden, ob die Kirche zu Jesus zurückfindet."

Es war unheimlich still. Nur das aufgeregte Atmen meiner Begleiter war zu hören. Um meine beiden nervösen Padres abzulenken, ließ ich den Lichtkegel über die Decke tanzen. Wir sahen die Sibylle prophezeien, sahen die Erschaffung des Menschen und wie Gottes Finger Adam berührte, sahen Gottes nackten Hintern, und ich fragte mich, was sich Michelangelo dabei gedacht hatte. Nachdem wir uns die Versuchung von Adam und Eva angesehen hatten, hörten wir Schritte.

„Nimm die Lampe herunter", flüsterte Boris aufgeregt. „Du blendest noch den Heiligen Vater."

„Ihm soll doch ein Licht aufgehen", versuchte ich einen Scherz. Keiner der beiden lachte.

Zwei Gestalten huschten herein.

„Der Heilige Vater!", flüsterte David andächtig.

Die weiß gekleidete Gestalt kam näher. Die beiden knieten nieder und küssten seinen Ring. Das brachte ich dann doch nicht fertig und beließ es bei einer höflichen Verbeugung. Der Heilige Vater segnete uns.

„Du bist also der kleine Padre, den Erzbischof Benelli in die Vatikanbank geschickt hat, um die Wahrheit zu ergründen, und der dann verschwand", sagte er zu David und strich ihm väterlich über das Haar.

„Vergebt mir, Heiliger Vater, dass ich so viel Unruhe ausgelöst habe. Aber was ich dort entdeckte, zwang mich, dem Herrn nachzueifern. Was wir Eurer Heiligkeit zukommen ließen, war nur ein kleiner Auszug. Wir haben weitere Belege, dass alle Anschuldigungen, die heute in der Paolo Panerai stehen, leider den Tatsachen entsprechen."

Boris reichte Franco die Aktentasche, die alle Unterlagen enthielt.

„Schon die wenigen Papiere haben mir gezeigt, in welcher Lage sich das Haus des Herrn befindet", flüsterte der Papst erschüttert.

„Ich hätte nie gedacht, dass unsere Kirche zu solchen Verfehlungen fähig wäre", stimmte David zu.

„Auch in diesem Haus wohnen fehlbare Menschen", antwortete der Papst mit entschuldigendem Lächeln. „Und wer ist der Riese neben euch?" Er wandte sich mir zu. Luciani reichte mir knapp bis zu den Schultern.

„Mein Vater hat Serge Christiansen beauftragt, mich zu suchen und mir zu helfen. Ohne ihn wären wir wohl kaum an die Dokumente gekommen."

„Und er hat dabei vielleicht gegen manches Gebot verstoßen", sagte der Heilige Vater. Ohne es in der Dunkelheit sehen zu können, ahnte ich sein gütiges Lächeln, das bereits die ganze Welt verzaubert hatte und für das ihn die Zeitungen den ‚lächelnden Papst' nannten.

„Sünden, die ich gern auf mich genommen habe", gestand ich.

Der Papst schlug ein Kreuz.

„Selig sind die, die uns helfen, auf den rechten Weg Jesu zurückzukehren. Ich werde bereits morgen eine Kommission einberufen, die unsere Bank hinsichtlich der Anschuldigungen untersucht. Ich werde Marcinkus und Navarone abberufen und alle, die sich mit der ‚P Due' eingelassen haben. Es wird ein Gericht sein, das seinem Geist folgt." Er sah andächtig zu dem Bild des Michelangelo, dem mächtigen Christus hoch.

„Wenn ich doch nur ein wenig von seiner Stärke hätte. Aber ich bin nur ein schwacher Mensch mit einer riesigen Aufgabe. Wir werden vorsichtig vorgehen müssen, Franco, sehr vorsichtig."

„Ja, Heiliger Vater. Doch was machen wir mit Padre David? Er kann nicht mehr zur IOR zurückkehren."

„Richtig. Wir werden Erzbischof Benelli zum Kardinalstaatssekretär ernennen. Er wird unseren jungen Bruder, der die ihm gestellte Aufgabe so prächtig erfüllt hat, gern als seinen Assistenten annehmen. Bis es soweit ist, sollte er sich im Kloster Mater Ecclesiae versteckt halten und für das Gelingen der Erneuerung unserer Kirche beten."

„Heiliger Vater, Mater Ecclesiae eignet sich nicht, da dort Nonnen untergebracht sind. Schicken wir ihn doch zu den österreichischen Padres in der Domitilla-Katakombe. Dort wird ihn keiner vermuten."

Ich wunderte mich, dass David nicht darauf verwies, dass er von dort verschwunden war, weil man die Domitilla-Katakombe überwacht hatte. Aber es kam kein Protest.

„Und Padre Boris?", fragte Franco.

„Er muss unbedingt bei Kardinal Navarone bleiben, sodass er uns über dessen Treiben berichten kann. Dort im Governatoratspalast ist das Herz des Bösen. Nun lasst uns an die Arbeit gehen und das tun, was der Herr von uns verlangt."

Er sah wieder zu dem kraftvollen Christus des Jüngsten Gerichts hinauf. Wie klein und schmächtig war dieser Nachfolger. Ich hatte eine Ahnung, was auf den Mann zukommen würde, und hoffte, dass ihm der mächtige Christus zur Seite stand. Wenn er die Kurie nicht bändigen konnte, so viel war gewiss, würde er wie Christus am Kreuz landen. Der Heilige Vater segnete uns noch einmal und bat darum, dass wir auch für ihn beteten. Ich nahm mir dies vor. Die Schlacht um den rechten Weg der Kirche war eröffnet. Wir hatten ihm die Munition geliefert, aber er würde es jetzt durchfechten müssen. Ich war mir sicher, dass er der Heilige war, den sich David gewünscht hatte. Ihre Schritte verhallten langsam.

„Es ist vollbracht", sagte David. Diese Worte hatten wir alle schon einmal gehört.

„Nein!", widersprach ich. „Es fängt gerade erst an."

12

Die Wege des Herrn

Es war ein Morgen der Erwartung. Ich wachte auf und dachte an den Papst, an diese kleine Gestalt und seine heimtückischen Widersacher, von deren Gefährlichkeit er kaum eine Vorstellung hatte. Um zu klären, ob ich noch im Geschäft war, rief ich Lord Bradberry an und klärte ihn über die Vorgänge der letzten Tage auf. Er war sehr davon beeindruckt, dass wir den Papst getroffen hatten.

„Ihr habt mit dem Heiligen Vater ganz allein in der Sixtinischen Kapelle gesprochen? Welche Ehre", staunte er.

„Hat David Sie noch nicht informiert?"

„Nein. Aber das sind wir von ihm gewöhnt."

„Wenn alles so abläuft, wie der Papst es sich vorstellt, wird David Assistent des neuen Kardinalstaatssekretärs und sicher bald Monsignore. Mein Auftrag ist eigentlich zu Ende."

„Nein. Meine Familie und ich würden ruhiger schlafen, wenn Sie noch eine Weile in Rom bleiben und ein Auge auf ihn haben."

Ich hatte nichts dagegen, den gut bezahlten Job zu verlängern, und sagte zu.

„Und wie ist er so, der Heilige Vater?"

„Mit Sicherheit ein Heiliger. Es wird sich in den nächsten Tagen herausstellen, ob er ein heiliger Narr ist. Er geht mit einem naiven Glauben fast schlafwandlerisch an sein Werk, das eigentlich einen raffinierten Politiker, wenn nicht einen Machiavelli verlangt. Ich bin mir noch nicht sicher, dass er den Kampf gewinnen wird. Gleichwohl wünsche ich es ihm natürlich."

Ich erzählte ihm von Santini, Gelli und dessen ‚P Due'.

„Eine Geheimorganisation, die in allen Schaltstellen des Staates sitzt?", entsetzte er sich. „Was sind das dort denn für Zustände?"

„Seit den Zeiten Caligulas hat sich in Rom nicht viel verändert. Die ‚P Due' würde sofort einen Staatsstreich vornehmen, wenn die Gefahr bestünde, dass die Kommunisten die Wahl gewinnen. Es wird der ‚P Due' nicht egal sein, wenn Johannes Paul alle Kurienkardinäle, die der Loge angehören, aus dem Vatikan entfernt. Er wird nicht nur die Kurienkardinäle, sondern auch Santini, Marcinkus und Gelli gegen sich haben. Ein bisschen viel für einen kleinen Pfarrer aus dem Friaul."

„Wir werden für ihn beten."

„Tun Sie das. Ich hoffe, dass er in seinem Stab auch ein paar Leute hat, die nicht nur das können, sondern auch wissen, wie man die Kurie bändigt. Im Grunde geht es ihm wie den römischen Kaisern, die die Regierungsmannschaft ihres Vorgängers übernehmen mussten und keine Ahnung hatten, ob die loyal sein würde."

„Sie glauben, dass man gegen ihn arbeiten wird?"

„Wenn er nicht zu drastischen Maßnahmen greift, kann ich mir das gut vorstellen. Es geht um Pfründe, um Macht und viel Geld. Bei solcher Zusammenballung öffnet sich leicht die Büchse der Pandora."

„Umso wichtiger ist es, dass Sie in Rom bleiben."

Als ich an der Rezeption vorbeiging, sah ich Maja nicht hinter dem Tresen stehen. Ich wusste, wie wichtig sie ihre Arbeit nahm. Das anwesende Personal wusste auch nicht, warum sie ihren Dienst noch nicht angetreten hatte. Ich rief ihren Vater an, aber von ihm erfuhr ich, dass sie rechtzeitig zur Arbeit gefahren war.

„Ist sie vielleicht wegen deiner Geschichten in Gefahr?", bekam ich gleich zu hören.

„Das kann ich mir nicht vorstellen", erwiderte ich wider besseres Wissen. Mir war der Gedanke auch schon gekommen. „Vielleicht hängt sie in einem Verkehrsstau fest."

Er sagte mir, dass ich ihn sofort anrufen solle, wenn sie eingetroffen sei. Ich rief ihren Bruder an. Auch dieser war sofort alarmiert.

„Ich frage gleich mal bei den Carabinieri nach, ob auf ihrer Strecke etwas ungewöhnlich ist."

Wenige Minuten später rief er zurück. Seine Stimme verriet, dass er in Panik war. „Nein. Weder ein Verkehrsunfall noch ein Stau. Glaubst du, dass Majas Verschwinden etwas mit dir ...?"

„Möglich. Ich habe dies zwar gegenüber deinem Vater verneint, aber ich kann es nicht ausschließen. Ich bin einigen mächtigen Leuten auf die Zehen getreten. Kannst du herausbekommen, wo sich Marcinkus aufhält, wenn er den Vatikan verlässt?"

„Du glaubst, dass er dahinterstecken könnte?"

„Weiß ich nicht. Ich weiß aber, dass Santini, und durch diesen auch Gelli, auf Marcinkus' Unterstützung angewiesen sind. Marcinkus ist die Schlüsselfigur."

„Gut. Ich bringe in Erfahrung, wo sich Marcinkus außerhalb des Vatikans sehen lässt."

Je mehr Zeit verrann, desto größer wurde mein Verdacht, dass die unseligen Drei mich dort treffen wollten, wo meine Achillessehne war. Dies bestätigte bald Santini persönlich, denn nur kurz darauf klingelte mein Telefon.

„Vermissen Sie nicht jemanden?", fragte er mit öliger Stimme. Das Frettchen konnte seine Genugtuung nicht verbergen.

„Das war ein Fehler, Santini! Ein großer Fehler. Nun bekommen Sie richtig Ärger mit mir."

„Sie sind kaum in der Position noch den starken Mann zu spielen. Hören Sie auf, sich um Padre David zu kümmern. Sie reisen sofort nach Deutschland ab. Dann passiert dem Mädchen nichts."

„Wer garantiert mir, dass Sie sich an Ihr Versprechen halten?"

„Es ist bekannt, dass Cavaliere Santinis Wort gilt."

„Na gut. Ich muss erst mal der Familie Bradberry beibringen, warum ich mich nach Deutschland verziehe."

„Was gibt es da noch beizubringen?", fragte er unwillig.

„Verträge. Er hat mich für die nächsten Monate als Bodyguard für seinen Sohn unter Vertrag genommen."

Ich konnte sein Gehirn rattern hören. Er durchschaute, dass ich nur Zeit schinden wollte.

„Ihre Verträge sind mir egal. Morgen um diese Zeit sind Sie verschwunden!", erwiderte er kalt und legte auf.

Spencer sah zu mir hoch und drückte seine Schnauze an mein Knie.

„Du merkst, dass ich verdammt in der Scheiße stecke, was?"

Endlich rief Marcello zurück.

„Er speist jeden Abend im Hotel *Barberini*. Der Koch dort ist ein guter Freund von ihm. Er erscheint nicht vor zweiundzwanzig Uhr. Was hast du vor?“

„Ich habe die Bestätigung erhalten. Santini hat sie entführen lassen.“

„Mein Gott, was machen wir nun?“

„Ich werde ihnen beweisen, dass sie einen Fehler begangen haben.“

„Pass nur auf, dass du Maja nicht gefährdest“, sorgte er sich.

„Natürlich. Deswegen gehe ich ja auch nicht gleich auf Santini los, sondern auf Marcinkus.“ Ich versprach, ihn auf dem Laufenden zu halten.

Gegen Abend rief mich Boris an.

„Hier ist die Hölle los. Navarone rennt mit einem Gesicht herum, als sei ihm der Mond auf den Kopf gefallen. Der Heilige Vater hat ihm bereits gesagt, dass er von nun an auf seine Dienste verzichtet und ihn durch Benelli ersetzt. Gleichzeitig hat er ihm eine Liste der Kurienkardinäle übergeben, die sofort abzulösen sind. Außerdem hat er angekündigt, dass er eine Enzyklika plant, die die Empfängnisverhütung in verantwortungsvoller Weise erlaubt. Er geht mit einer Zielstrebigkeit vor, die ich bei diesem freundlichen Mann aus der Provinz nie erwartet hätte. Er kehrt tatsächlich aus. Hier sind alle wie vom Donner gerührt. Wie wird sich David darüber freuen. Johannes Paul verwirklicht schrittweise die ‚Kirche der Armen‘, wie es Dom Helder Camara vorgehabt hatte. Es ist ein Wunder.“

„Woher weißt du das alles?“

„Von Navarone persönlich. Er ist regelrecht zusammengebrochen. ‚Es ist ein Verrat an Paul VI.‘, jammerte er mir vor.“

„Die nächsten Tage werden sehr gefährlich werden. Für den Papst, für David und für dich. Die Kurie schlägt zurück.“

Ich erzählte ihm, was mit Maja geschehen war.

„Mein Gott, das hört sich wirklich bedrohlich an. Aber was können sie dem Heiligen Vater antun? Er ist der Papst.“

„Ihre Herrschaft ist bedroht. Cäsar wurde ermordet, weil die Senatoren den Verlust ihrer Macht fürchteten!“

„Wir leben nicht im Rom der Cäsaren!"
„Da habe ich einen ganz anderen Eindruck."

Am Abend verabschiedete ich mich von Spencer. Als ob er wüsste, dass ich diesmal gewaltig unter Druck stand, machte er keine Zicken, sondern richtete sich auf und leckte mir aufmunternd das Gesicht. Das war seine Art, mich seiner Solidarität zu versichern.

Ich hatte mir vom Concierge des *D'Inghilterra* eine Suite im obersten Stock des Hotels *Barberini*, direkt unter dem Dachrestaurant, buchen lassen. Der Concierge hatte mich erstaunt angesehen.

„Nein. Ich will nicht ausziehen. Ein Freund hat mich darum gebeten."

Ein guter Concierge fragt nicht nach den Beweggründen des Gastes, muten seine Wünsche noch so seltsam an. Dann rief ich Estefania an, ob sie mit mir im Hotel *Barberini* essen würde. Sie sagte zu. Ich erklärte ihr, worum es ging. Es erschütterte sie nicht. Ihre Vorfahren hatten schon schlimmere Dinge angestellt.

Ich packte meine Tasche nur mit dem Nötigsten, nahm den Hinterausgang und ließ mich zum Hotel *Barberini* fahren. Es war ein Luxushotel von der Güteklasse des *Hassler*. Von außen gab der rotsteinige Bau hinter dem großen Springbrunnen nicht viel her, aber es galt als eines der vornehmsten Häuser, das bevorzugt von den Kirchenfürsten frequentiert wurde. Meine Suite bestand aus einem Salon, einem Schlafzimmer und einem gemütlichen Arbeitszimmer. Der Preis war ungeheuerlich, aber ich bezahlte ja den Luxus nicht.

Um zehn Uhr traf die Contessa ein. Diesmal hatte sie ein rotes Kleid an, das sie durch ein großzügiges Dekolletee wie die personifizierte Sünde aussehen ließ.

„Ich wusste doch, dass wir uns noch einmal sehen würden", hauchte sie und trat dicht an mich heran.

„Was machen wir danach?"

Ich zuckte mit den Schultern. Im Moment hatte ich andere Sorgen.

„Mir wird schon was einfallen", versprach sie.

Ich bat sie, ins Restaurant hochzufahren und einen Tisch zu wählen, an dem mich Marcinkus nicht gleich sehen konnte.

„Auf mich kann man sich verlassen, Partner", hauchte sie und gab mir einen Kuss von der heftigen Sorte. Ich konnte mich dem nicht verschließen, denn ich brauchte sie. Unangenehm war mir dies nicht – nur drückte mein schlechtes Gewissen.

Als ich das Restaurant betrat, sah ich zwar Marcinkus mit seinem Sekretär Mandini, doch wo war die Contessa? Die beiden Geistlichen schienen schlechter Laune zu sein und machten finstere Gesichter. Sie hatten genug mit sich zu tun und beachteten mich nicht. Ich ging auf die Dachterrasse. Sie hatte einen Tisch gewählt, von dem sie die beiden sehen konnte, diese aber nicht mich, da mein Stuhl in einer nicht einsehbaren Ecke stand.

„Hervorragend!", lobte ich sie.

„Wir Mazarini waren in solchen Geschichten schon immer gut. Das müsstest du doch seit dem Besuch beim Fürsten Caselieri wissen."

Sie bestellte Austern mit der Begründung, dass ich nachher meine Leistungsfähigkeit brauchen würde. Als Hauptgang aßen wir eine Dorade. Dazu tranken wir einen Riesling aus dem Trentino. Ich informierte sie über das, was im Vatikan vorgefallen war, über Majas Verschwinden und über das, was ich nun vorhatte. Ihre Augen wurden sehr nachdenklich.

„Du gefällst mir, Hanseat. Für einen kleinen Privatdetektiv mischst du Rom ganz schön auf." Sie hatte ihre Pumps ausgezogen und drückte unter dem Tisch ihren Fuß gegen meine Körpermitte.

„Hör auf. Beobachte lieber unsere beiden Freunde."

„Ich muss dich doch in Stimmung bringen."

„Du bist ein Luder."

„Ja, aber eins mit Stammbaum. So etwas hattest du noch nicht. Ach, übrigens, sie verlangen die Rechnung."

„Das sollten wir auch tun."

Sie winkte den Ober herbei, der sofort kam. Immerhin war die Contessa eine stadtbekannte Erscheinung. Ich zahlte und nickte Estefania zu. Sie ging mir voran. Wir folgten den beiden

Geistlichen. Bevor sich die Fahrstuhltür schließen konnte, stiegen wir zu ihnen. Marcinkus' Augen weiteten sich. Er hatte auch allen Grund dazu. Mein Revolver drückte auf seine Leber.

„Was soll das?"

„Das erfährst du gleich."

Es wollte noch jemand einsteigen, aber die Contessa wies den Mann mit seiner Begleiterin kühl ab.

„Nehmen Sie den nächsten Fahrstuhl. Sie sehen doch, dass es jetzt schon eng wird."

Mandini war kreidebleich. „Was soll das Ganze? Eine Entführung?"

„Ein Schnellmerker, sieh an!"

Der Fahrstuhl hielt im nächsten Stock. Die Contessa stieg als erste aus.

„Die Luft ist rein."

Wir gingen zu meiner Suite. Die Contessa schloss auf und ich stieß die beiden hinein. Um mich ganz auf den Bischof konzentrieren zu können, bugsierte ich Mandini zum Sofa und gab ihm einen Schlag, der ihn zum Träumen brachte.

„Nun können wir uns in Ruhe unterhalten", sagte ich sanft und deutete mit dem Revolverlauf an, dass sich der Bischof in den Sessel setzen sollte. Er tat es zögernd.

„Du vermutest richtig, es wird etwas rau weitergehen."

„Dafür werden Sie sich eine Menge Ärger einhandeln. Und dass Sie, eine Contessa Mazarini, dabei mitmachen, erstaunt mich wirklich."

„Ach, ich amüsiere mich nun einmal gern."

„Du wirst mir überhaupt keine Schwierigkeiten machen, da ich zu viel über dich und deine Schweinereien mit Santini weiß!"

Sein bulliges Gesicht war hochrot geworden. Hoffentlich bekam er hier keinen Gehirnschlag.

„Liebste Contessa, gehst du mal zu meinem Koffer. Er enthält eine Menge Kopien von Bankauszügen der Vatikanbank."

Das war zu viel für den Bischof.

„Sie haben die gestohlenen Unterlagen?" Marcinkus besann sich auf seine Gorillaqualitäten und sprang hoch. Seine Faust teilte die Luft. Ich bedachte seinen Quadratschädel mit ein paar kräftigen Schlägen, die ihn in den Sessel zurückbeförderten. Er japste wie ein Nilpferd und sah mich böse an. Estefania kam zurück und legte die Bankbelege auf den Beistelltisch.

„Oh je, er sieht etwas derangiert aus, der gute Bischof!"

Marcinkus glotzte in ohnmächtiger Wut auf den Tisch.

„Die Guardia di Finanza wird sich freuen. Die Geldschiebereien zwischen Ambrosiana und IOR lassen sich deutlich zurückverfolgen."

„Was wollen Sie?"

„Du rufst jetzt Santini an und verlangst, dass sie Maja Buardi freilassen. Unbeschadet, versteht sich."

„Was habe ich damit zu tun?"

„Du willst es nicht anders!", stellte ich mit betrübter Miene fest und holte mit der Faust aus.

„Hören Sie auf! Wir kommen ins Geschäft", sagte er eilig.

„Sehr vernünftig!", lobte ich und tätschelte seine Wange. „Ich könnte dich so zurichten, dass man morgen im Vatikan glaubt, dass deine Mafiafreunde böse auf dich waren. In der Legion habe ich ein paar Dinge gelernt, die wirklich wehtun. Sag dem Santini, dass du die Geschäftsbeziehungen beendest, wenn er nicht pariert."

Mandini kam zu sich und ich verabreichte ihm eine zweite Schlaftablette. Marcinkus glaubte mich abgelenkt und stürzte zur Tür. Estefania warf ihm einen Hocker vor die Füße, sodass er krachend zu Boden stürzte.

„Gut gemacht! Ich danke Euch, Principessa!", lobte ich sie.

„Keine Ursache. Einer meiner Ahnen hat sowohl einen Colonna als auch einen Orsini umgebracht. Dagegen ist das hier eine friedliche Abendunterhaltung."

Sie war schon eine besondere Nummer.

„Nun wollen wir doch den ehrenwerten Cavaliere anrufen, oder?"

Ich half Marcinkus auf und führte ihn zum Sessel zurück.

„Wir können auch zum ungemütlichen Teil des Abends übergehen. Das bisher war nur die Ouvertüre."

„Was haben Sie vor?"

„Ich könnte dir den spanischen Händedruck vorführen."

„Au, prima!", warf Estefania ein. „Die Borgias haben diesen auch immer mit großer Freude zelebriert."

„Was heißt das?" Seine Stimme flatterte. Nun bekam der Gorilla doch noch Schiss.

„Ich nehme dein Händchen und haue so lange mit einem Stuhlbein drauf, bis es wie ein rohes Steak aussieht. Die Hand kann man danach nicht mehr gebrauchen. Sehr unangenehm, besonders wenn man Rechtshänder ist. Selbst das Hinternabwischen wird sehr mühsam."

„Sie wollen sich gegen einen Mann der Kirche versündigen?"

„Ach was, du bist ein Halunke. Nun entscheide dich endlich!"

„Geben Sie mir das Telefon", keuchte er.

Estefania reichte ihm den Apparat.

Er wählte und belferte in die Muschel: „Ich bin es. Was hast du wieder für einen Blödsinn angestellt? Ich bin deinetwegen in Teufels Küche gekommen. Lass das Mädchen frei. Nein, keine Widerworte, sonst ist es aus. Ich werde mir für dich doch nicht den Kopf wegschießen lassen. Man hält mir gerade einen Revolver unter die Nase. Ja doch, der meint es ernst. Gib die Frau frei. Kein Wenn und Aber. Ja, sofort! Sonst hast du niemanden mehr, mit dem du Geschäfte abschließen kannst."

„Sag ihm, dass ich dich erst freilasse, wenn Maja hier bei mir im Hotel, Zimmer 724, ist. Er soll keine Dummheiten machen."

Er sagte es ihm. Ich nahm Marcinkus den Telefonhörer aus der Hand.

„Solltet ihr hier mit großer Mannschaft anrücken, lege ich Marcinkus um. Und aus ist es mit euren Geldschiebereien. Ohne Waschmaschine stehst du verdammt dumm da und Gelli wird auch nicht jubeln, wenn du ihm kein Geld mehr in den Hintern schiebst."

„Gut, gut. Ich lasse sie ja frei", keuchte Santini. Er hörte sich an, als würde er sich gleich selbst in Stücke zerlegen. „Du bekommst dein Schmuckstück unbeschadet zurück."

„So viel zu unserem letzten Gespräch, darüber dass man sich besser nicht mit mir anlegt."

„Wir sind noch nicht fertig miteinander."

„Denke ich mir. Du hast wohl immer noch nicht begriffen, dass du auf der Verliererstraße bist."

„Ich vergesse nichts. Ich vergesse niemals!", würgte er heraus.

„Du wirst bald ganz andere Probleme haben!" Ich legte auf.

Der Bischof sah mich mit mühsam unterdrückter Wut an.

„Hätten Sie mich wirklich umgelegt?"

„Was dachtest du denn, mein unheiliger Geist? Das hier ist kein Lustspiel."

Natürlich bluffte ich nur, aber nach der Tracht Prügel, die ich ihm verabreicht hatte, bekam meine Drohung sehr viel Überzeugungskraft.

„Wie vertreiben wir uns die Zeit, bis deine Freundin hier ist?", fragte die Contessa und gähnte.

„Schau mal, ob du hier ein Schachspiel findest. Bin gespannt, ob der Bischof dabei genauso clever ist wie beim Mafiageld verschieben."

Estefania ging zu einer Anrichte und schob einige Fächer auf.

„Nein. Aber ein Kartenspiel. Oh ja, wir könnten pokern."

„Gute Idee. Dann kann Marcinkus mitmachen."

Mandini regte sich wieder. Er richtete sich auf und blinzelte uns an.

„Was ist passiert?"

„Es ist fast vorbei. Ruh dich weiter aus."

Er stöhnte und hielt sich den Kopf, folgte aber meiner Aufforderung und legte sich wieder hin. Wir setzten uns an den Mahagonitisch und Estefania verteilte die Karten.

„Wir spielen auf Dollarbasis", sagte sie geschäftsmäßig. Der Bischof war nicht begeistert. Nach einem warnenden Blick von mir fügte er sich. Ich bin als Pokerspieler nur zweite Liga. Aber für ihn reichte dies. Bei Marcinkus hatte nach der ungewohnten Behandlung die Konzentration gelitten. Ich nahm ihm tausend Dollar ab, die gute Estefania sogar fünftausend. Er wollte sich damit herausreden, dass er nicht so viel Geld bei sich hatte, aber die Contessa blieb unerbittlich und er schrieb einen Scheck aus.

„Sollten die Schecks gesperrt sein, schicke ich sie als Beleg an die Zeitung!", drohte Estefania. „Gibt ganz schlechte Presse. Der Vorsteher der Vatikanbank Bischof Marcinkus bezahlt seine Spielschulden nicht." Sie würde sich als Gangsterbraut ganz gut machen.

Endlich klopfte es. Vorsichtig öffnete ich die Tür. Maja. Mit einem Schrei stürzte sie in meine Arme.

„Ich hatte solche Angst. Aber ich wusste, dass du irgendetwas tun würdest."

„Es war nicht ganz einfach. Wir mussten sehr ungemütlich werden. Unsere Gottesmänner haben dann aber doch Angst bekommen, dass sie zu früh vor den Teufel treten müssen."

Irritiert sah sich Maja um. Ihre Augen wurden schmaler, als sie Estefania erblickte.

„Darf ich vorstellen: Bischof Marcinkus, der Bankier des Teufels, und sein Mitarbeiter. Von Contessa Mazarini habe ich dir bereits erzählt. Sie war mir eine große Hilfe bei unserer Verabredung mit dem Bischof."

„So, eine große Hilfe?", sagte Maja.

Ich konnte mir vorstellen, was in ihrem Kopf vorging. Schließlich sah die Contessa in ihrem roten Abendkleid mit dem tiefen Dekolleté und den Schlitzen an der Seite nicht gerade wie ein Mauerblümchen aus. Estefania war über den Anblick meiner Maja auch nicht besonders glücklich. Meine Freundin stand ihr, was Ausstrahlung und Schönheit anbetraf, in nichts nach. Freundinnen würden die beiden niemals werden, und ich befand mich auf gefährlichem Terrain.

„Ich bin Ihnen sehr dankbar für Ihre Hilfe", sagte Maja und ich wollte schon aufatmen, als sie nachschob: „Aber lassen Sie die Finger von meinem Verlobten."

„Mir hat er nicht erzählt, dass er verlobt ist. Außerdem zählt in jedem Spiel das Endergebnis."

Glücklicherweise meldete sich nun der Bischof, der den Disput mit großen Augen verfolgt hatte.

„Können wir nun gehen?"

„Sie können. Wir werden uns wohl nicht mehr lange im Vatikan begegnen." Marcinkus platzte fast vor Wut.

„Woher wissen Sie ...?“ Er brach ab. „Wie die Contessa sagte, erst am Ende des Spiels wird abgerechnet“, beendete er den Satz. Er winkte seinem Adlatus zu und stürmte mit ihm hinaus.

Nun waren wir zu dritt und die beiden Frauen warfen sich Blicke zu, die an die Messer der Borgias erinnerten.

„Brechen wir hier die Zelte ab. Ich bringe dich nach Trastevere zurück. Deine Familie wird glücklich sein.“

„Schade. Ich dachte, wir spielen eine Runde Strip-Poker“, sagte die Contessa und nahm ihre Handtasche auf. An der Tür drehte sie sich noch einmal um. „Ach, und Serge, du weißt ja. Wann immer du mich brauchst, ... du verstehst? Meine Telefonnummer hast du.“ Mit einem hellen Lachen schloss sie die Tür hinter sich.

Was für eine Hexe. Ich war nun überzeugt, dass ihre Gene etwas von den Borgias enthielten.

Maja stürzte sich auf mich und trommelte wütend auf meine Brust.

„Serge, was hat das zu bedeuten? Wann immer du mich brauchst ...? Für was brauchst du diese ... Person?“

„Damit wollte sie dich doch nur ärgern. Sie hat es nicht so gern, dass jemand ihr vorgezogen wird.“

„Ich hasse das Miststück. Sie will dich mir wegnehmen.“

„Hör bitte auf. Die Contessa sucht ihr Wild nicht beim Prekariat. Sie war mir eine Hilfe, mehr nicht.“

Ich drückte sie an mich. Sie gab schließlich schluchzend nach und wir küssten uns.

„Ich liebe dich doch so“, wisperte sie. „Ich habe solche Angst, dich zu verlieren.“

„Du verlierst mich nicht“, beteuerte ich.

Schließlich entspannte sie sich. Auf dem Weg nach Trastevere sprach sie wenig. Irgendetwas beschäftigte sie.

„Ich bin froh, wenn wir erst einmal in Hamburg sind. Rom ist kein gutes Pflaster für dich.“

Diese Feststellung erstaunte mich dann doch. Ich vergaß sie jedoch schnell, weil die Familie Majas Wiederkehr zu einem Jubelfest werden ließ.

13

Die Gorgonen kehren zurück

Einige Wochen befanden wir uns im Auge des Taifuns und wussten es nicht. Zwar erfuhr ich von Boris, dass es im Vatikan brodelte, ständig geheime Sitzungen stattfanden und Navarone wie eine Spinne seine Netze spannte und von Verrat flüsterte. Außerdem war auch in der Vatikanbank ein ständiges Kommen und Gehen. Santini wurde wiederholt dort gesehen. Offiziell verkündete der Pressesprecher, dass Johannes Paul sich einarbeite. Doch die Angst, so Boris, sei fast greifbar. Die unsinnigsten Gerüchte erregten die Gemüter der Kurienkardinäle und die meisten davon hatten sie selbst in die Welt gesetzt. Die Worte Marcinkus' „Nun wird sich alles ändern", ließ sie um ihre Zukunft fürchten. Dabei war noch nichts Entscheidendes passiert.

Marcello hatte ich eine Kopie von Davids Unterlagen gegeben. Er rief mich nach ein paar Tagen an, um mir zu sagen, dass man nun soweit sei, Santini die Daumenschrauben anzulegen.

„Noch sperrt sich das Justizministerium, aber die Beweise sind erdrückend. Es wird seinen Widerstand nicht mehr lange aufrechterhalten können."

„Santini hat sicher auch dort Freunde von der ‚P Due'."

„Oh ja, die werden sich gewaltige Sorgen machen. Santinis Banco Ambrosiana soll am Wackeln sein. Immer mehr Anleger ziehen ihr Geld von der Bank ab und er kann die Forderungen nur noch mit Mühe und mit Hilfe von Marcinkus bedienen. Von anderen Banken erhält er keine Kredite mehr. Wenn wir jetzt zuschlagen, dürfte ihm das den Rest geben."

Ich hoffte, dass seine Einschätzung nicht trog. Ich hatte in Italien bereits die haarsträubendsten Dinge erlebt, die wohl in keinem anderen europäischen Staat möglich und nur mit kolumbianischen Verhältnissen vergleichbar waren, sodass alles Erdenkliche passieren konnte, einschließlich eines Staatsstreiches.

Das Verhältnis zwischen Maja und mir ließ sich nicht mehr unter der Decke halten. Wir waren gemeinsam ins Hotel *Forum*, nahe den Trajansmärkten, gezogen. Die Hotelverwaltung des *D'Inghilterra* wollte ihr hinsichtlich der kurzfristigen Kündigung Schwierigkeiten machen, aber ein Anruf von Marcello brachte sie zum Nachgeben. Vor der Guardia di Finanza besaß man Respekt. Wesentlich gravierender waren die Schwierigkeiten mit Majas Vater, als er erfuhr, dass wir im *Forum* wie Mann und Frau zusammenlebten. Er vergaß seine Zuneigung zu mir, nannte unser Zusammensein eine Schande und machte uns eine riesige Szene.

„So war es nicht vereinbart! Ein halbes Jahr und dann Verlobung und noch einmal wenigstens ein halbes Jahr der Prüfung, und nun stellt ihr mich vor vollendete Tatsachen!"

„Aber wenn sie sich doch lieben", stand uns Mutter Buardi bei.

„Nein. Meine Tochter macht sich nicht zur Hure."

„Vater, jetzt drehst du durch", unterstützte uns auch Marcello.

„Ich will, dass meine Tochter im weißen Kleid vor den Altar tritt."

Er raste wie Peppone und kein Don Camillo war zur Stelle. Doch seine Tochter war aus ähnlichem Holz wie der Vater.

„Wir sind ein Paar und damit basta. Ich lasse mir von dir und deinen veralteten apulischen Moralvorstellungen nicht mein Leben bestimmen. Ich muss auch gar nicht in der Kirche getraut werden!"

„Welche Schande!", wütete Massimo Buardi. „Was machen meine Kinder mit mir? Meine Tochter benimmt sich wie eine Heidin. Mein Fleisch und Blut ist von der Kirche abgefallen." Er raufte sich theatralisch die Haare. Sein Gesicht sah aus wie ein Lachscarpaccio. Ich fürchtete um seine Gesundheit.

„Dann lasst uns doch gleich Verlobung feiern", schlug ich als Kompromiss vor.

„Dieser Deutsche! Ein Protestant ist er. So sind sie, die teutonischen Luther-Anhänger! Sie glauben immer noch, dass sie uns was zu sagen hätten. Es wird noch so weit kommen, dass sie uns einen Papst in den Vatikan schicken."

Nachdem eine Woche Krieg im Hause Buardi herrschte, gab er schließlich nach und streckte vor seiner Tochter die Waffen.

Ich dachte, dass es eine kleine Feier werden würde. Aber fast ganz Trastevere nahm an der Verlobung teil. Durch Spencer war ich in dem Viertel so bekannt, dass die Redensart ‚Bekannt wie ein bunter Hund' sicher meine Person charakterisierte. Eine Band spielte Tarantellas, der Fußballverein von Trastevere mit seinem Stammpublikum erschien. Die Guardia di Finanza war sogar mit ihrem obersten Chef vertreten. Auf der Piazza Apollonia wurde getanzt. Die Verlobung kostete meinen Schwiegervater in spe ein gutes Stück Geld. Was würde er erst bei der Hochzeit hinblättern? Etliche Gäste hatten Stimmen, die an Pavarotti erinnerten. Es wurde viel gegessen, getrunken und gesungen, und die Feier fand erst ein Ende, als der Mond verblasste. Richtig betrunken war niemand. Die Italiener können feiern, ohne dass sie ihre Würde verlieren.

Doch damit nahm die Feierei noch kein Ende. Das Personal vom *D'Inghilterra* organisierte für Maja ein Abschiedsfest im Ristorante da Donato in der Via del Seminario in der Nähe vom Pantheon. Auch diese Feier endete erst bei Sonnenaufgang.

Spencer hatte Maja als Herrin akzeptiert und umsprang sie ständig. Er schaute nicht mehr beleidigt, wenn ich ihn nicht mitnehmen konnte. Keine Spur von Eifersucht, wie er sie sonst immer an den Tag legte. Rom war uns in diesen Tagen bis zu jenem schrecklichen Ereignis ein Tempel des Glücks.

Es war ein schöner Herbst und Maja hatte nun Zeit, mich zu begleiten und mir die Stadt aus der Sicht einer Römerin zu zeigen. Wir besuchten die großen prächtigen und die kleinen romantischen Kirchen, die Museumspaläste und die geheimen unterirdischen Grotten, den achteckigen Kuppelsaal des Domus Aurea und sahen von allen Hügeln Roms hinunter auf das Forum Romanum. Nur den Vatikanstaat mieden wir. Vielleicht aus einer Ahnung heraus, dass ich mit ihm noch viel zu tun bekommen würde? Wir lebten unsere Liebe aus und manchmal blieben wir den ganzen Tag im Bett und ich war glücklich, sie gefunden zu haben.

Aber dann kam der Tag, an dem die Gorgonen aus den alten Tempeln krochen. Boris rief mich an. Wir waren gerade beim

Frühstück, das wir im Bett einnahmen, weil uns meist, nachdem der erste Hunger gestillt war, ein anderer Hunger überkam.

„Ich bekomme keinen Anschluss zu den Domitilla-Katakomben. Ich verstehe das nicht. Im Moment komme ich hier nicht weg. Kannst du nicht rausfahren?"

Ich sagte natürlich sofort zu. Schließlich fühlte ich mich für David verantwortlich. Die Idee, dass David dorthin zurückgegangen war, hielt ich ohnehin nicht für klug. Warum hatte er nicht ein anderes Versteck gewählt? Fühlte er sich hier dem Tag besonders nahe, an dem sich die Bischöfe zur ‚Kirche der Armen' entschlossen hatten? War es etwas Spirituelles, dass er sich darauf einließ, obwohl er doch wusste, dass die Domitilla-Katakombe einst beobachtet worden war? Ich steckte jedenfalls die Waffen ein, die ich Santinis Schergen abgenommen hatte.

„Ich komme mit", sagte Maja.

„Nein. Du bleibst hier. Mit Spencer. Sollten Santinis Freunde hier im Hotel auftauchen, hast du einen Beschützer."

Ich hatte ihr bereits beigebracht, wie man unseren verträumt blickenden Hund in eine Kampfmaschine verwandeln konnte.

„Ich bin jetzt deine Assistentin", wehrte sie sich.

„In dem Fall bin ich dein Boss."

„Macho!", warf sie mir vor und noch einiges anderes, was nicht gerade nach einer zärtlichen Geliebten klang. An Temperament stand sie ihrem Vater in nichts nach. Ich ertrug dies mit mönchischer Geduld … und blieb stur.

Ich nahm diesmal meinen MG und fuhr am Aventin und den Caracalla-Thermen vorbei hinaus zur Domitilla-Katakombe. Am Eingang zu den Katakomben saß Wilfried und starrte mich an. Seine Augen waren schreckgeweitet. Er würde mit dem Starren nie mehr aufhören. Ein schwach blutendes Loch verunzierte seine Stirn. Ein roter Blutfaden zog sich bis zum Kinn. Ich zog den Revolver und lief weiter, die endlosen Gänge entlang bis zu der unterirdischen Basilika. Was ich dort sah, ließ mir das Blut gerinnen. Ich prallte zurück, als hätte ich einen Schlag bekommen. Die Basilika war entweiht worden. Vor dem Altar lag eine reglose Gestalt. Doch dahinter sah ich noch Schlimmeres. Man hatte einen Menschen an die Wand genagelt. Eine fachgerechte Kreuzigung.

Die Nägel hatte man nicht durch die Handflächen getrieben, sondern durch die Handwurzel. Lange Nägel, wie Zimmerleute sie beim Dachstuhl benutzten. Ich stürzte zu ihm. David stöhnte. Ich zerrte die Nägel heraus, was nicht einfach war. Dabei riss ich mir die Handflächen auf. Vorsichtig legte ich ihn auf den Boden. Er lebte. Sie hatten ihn gefoltert. Eine Rippe ragte aus seinem Fleisch. Aber er lebte. Ich streichelte sein Gesicht. Er öffnete die Augen.

„Wer war das, David?"

Er quälte schließlich ein paar Worte heraus: „McDonaught. Die Cantonafamilie. Serge, sie wollen ..."

Seine Stimme erlosch. Sein Kopf fiel zur Seite. Padre David war bei seinem himmlischen Vater.

Meine Hände und mein Hemd waren von seinem Blut verschmiert. Mir schossen die Tränen in die Augen. Einen wunderbaren Menschen hatten sie bestialisch umgebracht. Er, der an das Gelübde des Dom Helder Camara geglaubt und es dem Heiligen Vater in Erinnerung gebracht hatte, war verraten worden. Wie Dom Helder Camara war David ein Heiliger gewesen. Ich hob David hoch und legte ihn auf den Altar. Wenn ich ein gläubiger Katholik gewesen wäre, hätte ich jetzt Zwiesprache mit Jesus gehalten und ihm zugerufen: ‚Warum lässt du dies zu? Warum?' Ich dachte an den kraftvollen Christus des Michelangelo in der Sixtinischen Kapelle. So einen zornigen Christus hätten wir jetzt gebrauchen können.

Schuldgefühle, Zorn und ohnmächtige Wut durchschüttelten mich. Wenn kein Jesus kam und richtete, würde ich es übernehmen. Ich war zwar kein Jesus in der Gestalt eines griechischen Gottes, aber ich hatte ein paar Dinge gelernt, die ich Davids Feinden nun zeigen würde. Mein ist die Rache, spricht der Herr? Warum hatte er dann Davids Tod zugelassen? Nein, ich würde dies übernehmen. So, wie David sich in Berlin vor dem Bild des Cecco del Caravaggio vorgenommen hatte, den Tempel zu säubern, nahm ich mir in der Domitilla-Katakombe vor, Davids Mörder zu jagen. Ich war kein wehrloser kleiner Padre mit einem reinen Herzen. In der Gnosis ist der Teufel ein gefallener schwarzer Engel. Bitte schön, die Rolle konnte ich übernehmen.

Der dritte Tote war Bruder Leopold. Auch für ihn kam jede Hilfe zu spät. Ich konnte hier nichts mehr tun. Ich wischte mir das Blut ab. Die Flecken auf dem Hemd konnte ich notdürftig mit der Jacke bedecken.

Vom Bahnhof Stazione Termini rief ich die Polizei an und berichtete ihr, ohne meinen Namen zu nennen, was die Carabinieri in der Katakombe erwartete. Maja sah mir sofort an, dass etwas Schreckliches passiert war. Ich erzählte es ihr. Sie schlug die Hände vor dem Gesicht zusammen.

„Mein Gott, in was für einer Welt leben wir?"

„Sie schrecken vor nichts zurück", erwiderte ich grimmig.

„Du bist so weiß wie eine Wand. Ich hole dir einen Whisky."

Sie ging zum Barschrank und goss mir einen doppelten Chivas Regal ein. Der Whisky tat gut. Aber er änderte nichts. Alkohol änderte nie etwas. Die Wut über diesen sinnlosen, ungerechten Tod tobte weiter in mir.

„Sie haben keine Ehrfurcht vor dem Leben. Ich werde sie ihnen beibringen!"

Was man so sagt, wenn man voller Zorn ist, sich ohnmächtig fühlt und das, was geschehen ist, nicht mehr ändern kann. Natürlich waren das große Töne und danach schämte ich mich, dass ich den Mund so voll genommen hatte. Aber ich würde versuchen, sie in die Tat umzusetzen. Ich hatte versagt. Ich hätte mit David in die Katakombe gehen sollen. Woher wussten die Banditen, dass David zur Domitilla-Katakombe zurückgekehrt war? Ich rief Padre Boris an und erzählte ihm, wie ich David vorgefunden hatte.

„Er ist tot? Oh mein Gott, warum er? Nein, nein! Es ist so ungerecht."

Er schluchzte.

„Ich bin zu spät gekommen. Er wollte mir noch etwas sagen, doch er starb, bevor er zu Ende sprechen konnte."

„Furchtbar. Auch hier steuert alles auf eine Auseinandersetzung zu. Navarone schließt mich von den Sitzungen aus. Vielleicht hat er erfahren, dass ich David geholfen habe. Erzbischof Benelli ist bereits angekommen und hat sich mit einigen Gleichgesinnten zu einem Konsilium zusammengesetzt.

Quer durch den Vatikan läuft ein Riss. Die einen sind für Johannes Paul, die anderen schwört Navarone auf das Vermächtnis Pauls VI. ein."

Im Moment war mir egal, was dort im Vatikan ablief.

„Was weißt du über die Cantonafamilie?"

„Mit denen hattest du doch schon Ärger."

„Richtig, aber ich brauche mehr Informationen über die Brüder."

„Wer schon einmal auf Sizilien war, weiß, dass die Cantonafamilie eng mit der Savinellifamilie in New York zusammenarbeitet. Warum?"

„David konnte mir noch diesen Namen nennen und einen gewissen McDonaught."

„Oft tauschen die beiden Familien ihre Killer. Die Cantonas übernehmen Jobs in New York und die Savinellis in Italien. Nach Erledigung verschwindet man in sein heimatliches Nest. Die Polizei stößt ins Leere."

„David sagte etwa: ‚Serge, sie wollen …', und dann brach er ab."

„Mehr sagte er nicht?"

„Nein. Das war's."

„Kann alles Mögliche bedeuten."

„Ja. Klüger macht uns das nicht. Aber irgendetwas scheint im Gange zu sein."

„Ich werde mich mit der Polizei in Verbindung setzen und Davids Familie fragen, ob er hier in Rom oder in England beigesetzt werden soll. Was hast du nun vor?"

„Ich werde jetzt Davids Vater anrufen und dann nach Palermo fliegen und den Cantonas einen Besuch abstatten."

„Das ist Wahnsinn, Serge! Überlass das der Polizei. Und im Übrigen: Mein ist die Rache, spricht der Herr."

„Er kann sich nicht um alles kümmern, das müsstest du als Priester doch am besten wissen."

Er seufzte. „Flieg nicht!"

„Pass gut auf dich auf", ermahnte ich ihn und legte auf.

„Du willst wirklich nach Palermo?", fragte Maja. „Willst du mich als Witwe zurücklassen?"

„Du wirst dich daran gewöhnen müssen, dass ich manchmal Risiken eingehen muss. Aber ich pass schon auf. Ich lebe schon eine ganze Weile in diesem Geschäft."

„Dann komme ich mit."

Ich wusste, dass ich sie davon nicht abhalten konnte.

Dann führte ich das schlimmste Telefongespräch meines Lebens. Ich rief Lord Bradberry an und teilte ihm den Tod seines Sohnes mit.

„Mein Gott, das nicht! Nein! Nein! Er hat doch gestern noch mit Marybell gesprochen."

„Leider ist es wahr. Die Gangster haben ihn regelrecht gekreuzigt."

„Sie haben ihn also nicht beschützen können", sagte er gepresst.

„Nein. Habe ich nicht", gab ich zu und fühlte mich wie der letzte Dreck.

„Sie sind Ihr Geld nicht wert", sagte er gehässig. Ich nahm ihm das nicht übel.

„Eigentlich wussten nur der Papst, dessen Sekretär Franco, ich und Boris, wo er sich aufhielt. Sie müssen die Katakomben weiter beobachtet haben. Vielleicht haben sie auch seine Telefongespräche abgehört. Keine Ahnung."

„Wie soll ich das nur Mutter beibringen?", stöhnte er. „Was wird nun mit seinem …?"

„Padre Boris wird Sie deshalb anrufen. Es wird Ihre Entscheidung sein, ob er in Rom oder England beerdigt wird."

„Gut. Ich spreche mit Mutter. Sie können mir Ihre Abschlussrechnung schicken. Hätte ich mich nur nicht auf Sie verlassen." Er legte auf. Ich hätte mich an seiner Stelle auch gefeuert.

Ich bat den Concierge, einen Flug zu buchen und mir ein Hotel in Palermo zu besorgen. Währenddessen war Maja schon dabei die Koffer zu packen.

„Spencer werden wir nicht mitnehmen können."

„Wir geben ihn bei Vater ab", beruhigte mich Maja.

Spencer hatte seinen Namen gehört, stand auf und bellte. Es klang wie ein Protest. Auf jeden Fall ahnte er nichts Gutes.

Das Telefon klingelte. Es war noch einmal der Lord.

„Grandma ist außer sich. Sie will mit Ihnen sprechen!"

„Ich mache Ihnen keine Vorwürfe", sagte die alte Lady. „David ist für das gestorben, woran er glaubte. Berichten Sie mir noch einmal, wie Sie ihn gefunden haben."

Ich tat dies.

„Er ist wie Jesus Christus gestorben", sagte sie feierlich.

„Sie haben ihn gefoltert und dann an die Wand geschlagen."

„Und er hatte nichts anderes vor, als die Kirche auf den Weg des Herrn zurückzubringen."

„Ja, er war ein großartiger Mensch. Mir kam er wie ein Heiliger vor, der uns geschickt wurde, dem neuen Papst zu helfen."

„Was haben Sie nun vor?"

„Ich will mich in Palermo umschauen. Ich vermute, dass der Mörder von dort kam."

„Sie wollen David rächen? Gut so."

„Ich will von denen wissen, wer den Auftrag gab. Selbst die Mafia tötet nicht, wenn sie sich davon keinen Nutzen verspricht."

„Gut. Ich habe meinem Sohn bereits gesagt, dass er Sie weiter unter Vertrag halten soll. Finden Sie den, der den Mordbefehl gab. Ich gebe Ihnen noch einmal Bob."

„Ich soll also weitermachen?"

Er stöhnte.

„Ja doch. Es ist Mutters Wille. Ich weiß zwar nicht, was das bringen soll. Eventuell bringen Sie sich nur in Lebensgefahr. Es ist Ihre Entscheidung, ob Sie weitermachen wollen."

Er hatte nicht vor, sein Gewissen mit meinem Tod zu belasten.

„Gut. Ich werde weitermachen."

„So sei es denn!"

Ich wusste, was ich wollte, aber wie ich das anstellen konnte, wusste ich nicht. Ohne Hilfe würde ich in Palermo aufgeschmissen sein.

„Was hast du?", fragte mich Maja, während sie die Hemden in den Koffer legte.

„Ich brauche jemanden, der mir hilft die Cantonafamilie aufzuspüren. Ich kann ja nicht am Flughafen fragen, wo die verdammte Mafiafamilie wohnt."

„Ruf doch Marcello an. Der hat überall Freunde."

Ihrem Rat folgend schilderte ich Marcello, was passiert war.

„Was? Du willst von denen wissen, wer der Auftraggeber war? Dir hat man wohl ins Hirn geschissen."

„Noch verrückter wäre es, wenn ich keine Schützenhilfe bekäme. Kennst du dort jemanden?"

„Commissario Capo Montebello. Ein knorriger Typ. Ich glaube, er duzt selbst den Polizeipräsidenten. Er hat wesentlichen Anteil daran, dass die Mafia zurückgedrängt wurde. Ich kenne ihn von einem Lehrgang. Ich habe ihn mal besucht und er uns. Der wird dir helfen. Ich werde dich avisieren. Wozu hat man Freunde."

Ich war froh Unterstützung zu bekommen.

„Wie gut, dass man eine Familie hat", lobte ich.

„Aber pass auf dich auf. Du nimmst Maja doch nicht mit?"

„Das sag du ihr mal."

Ich reichte Maja den Hörer und sie hörte sich seine Predigt eine Weile geduldig an. Schließlich schnitt sie ihm das Wort ab und sagte, dass er sich um seine Angelegenheiten kümmern solle, dann legte sie auf. Sie gab mir den Hörer mit einem triumphierenden Lächeln zurück.

„Alles geklärt", sagte sie lakonisch.

Am Abend waren wir in Palermo. Obwohl die Sonne bereits über der Conca d'Oro ihre letzten Strahlen schickte, war es noch so heiß wie in einer Sauna. Der Concierge im *Forum* hatte mir das *Wagner* gebucht, das er als exzellent bezeichnete. Er hatte nicht zu viel versprochen. Nach dem großen Musikzampano Richard Wagner benannt, hatte es den Charme der großen Luxushotels der Belle Epoque. Fenster mit Glasmalereien, mahagonigetäfelte Wände, rotbraun schimmernde Mahagonimöbel, üppig gepolsterte Sessel mit vergoldeten Lehnen und Füßen. Ein Hotel für englische Lords. Es war der Börse der Bradberry geschuldet, dass ich mir dieses Hotel leisten konnte. Wir bummelten am Abend durch die Altstadt und ließen uns von der fremdartigen Architektur der Kirche San Giovanni degli Erimiti, vom Anblick des Palazzo Real und des Doms mit dem Grab Friedrichs II. verzaubern. Der Geist der Staufer, der Mauren, der Normannen schien immer noch über den Gassen zu liegen. Das Verzaubertsein hielt an und war mit uns in der Nacht, als wir bei offenem Fenster miteinander schliefen.

Am nächsten Morgen suchten wir Paolo Montebello auf. Der Commissario war ein untersetzter dickbäuchiger Mann mit einem Schnurrbart, grauen, buschigen Augenbrauen und einem Zinken von einer Nase. Er umarmte Maja, küsste ihre Wangen, schüttelte mir mit einem Blick die Hand, als wolle er fragen: ‚Wie hast du nur geschafft, dir die schönste Römerin zu angeln?' Mit einem gewissen Staunen wies er auf die Stühle vor seinem mit Akten überfüllten Schreibtisch.

„Als ich vor ein paar Jahren bei euch war, glichst du bereits einem schönen Schwan, aber nun bist du eine Königin geworden", schmeichelte er Maja.

Die Sizilianer, wenn sie erst einmal in Schwung gekommen sind, können fast genauso gut sülzen wie die Neapolitaner. Ich war etwas besorgt, dass meine Liebesschwüre dagegen etwas abfielen.

„Und du, liebe Maja, hast dich, wie Marcello mir schilderte, tatsächlich von einem Tedesco einfangen lassen?"

„Vielleicht habe ich ihn eingefangen", konterte Maja spitz.

Montebello taxierte mich wie ein Händler auf dem Pferdemarkt.

„Marcello hat mir einiges erzählt. Dein Schützling ist ermordet worden, der aus dem Vatikan Akten hat mitgehen lassen, die Marcinkus' Verstrickungen mit der Mafia beweisen, richtig?"

„Richtig. Er konnte mir noch ein paar Worte sagen, die darauf schließen lassen, dass ein gewisser McDonaught von der Cantonafamilie daran beteiligt war."

„Und du willst den großen Rächer spielen und nimmst auch noch Maja auf deinen Feldzug mit?"

„Sie kennen doch die Buardifamilie. Versuchen Sie mal Maja klarzumachen, dass sie schön in Rom bleiben sollte."

Er sah mich unwillig an.

„Verstehe. Also hat Maja bei euch die Hosen an."

Sein Blick sagte mir, dass ich beträchtlich in seiner Achtung gesunken war. Der Glaube an die Gleichberechtigung war in Sizilien noch nicht sehr ausgeprägt.

„Ich will wissen, wer den Mordauftrag gab. Wer sagte: Legt ihn um. Es gibt da mehrere Verdächtige. Erstens: Bischof Marcinkus von der IOR, zweitens: Kardinalsstaatssekretär Navarone, drittens: Cavaliere Santini, Chef der Banco Ambrosiana, viertens: Licio Gelli, Chef der ‚P Due'."

„Du kannst noch Michele Sidona hinzuzählen, auch ein Berater des Heiligen Stuhls in Finanzfragen. Doch seit er Pleite anmelden musste, ist er aus dem Geschäft. Und Santini könnte es ähnlich ergehen. Auch die Banco Ambrosiana steckt in Schwierigkeiten. Wenn die Machenschaften von Marcinkus, Santini und Gelli an die Öffentlichkeit kommen, droht der Mafia ein finanzielles Desaster."

„Sie sind gut informiert, Commissario."

„Ja, in groben Zügen sind uns die Machenschaften zwischen Ambrosiana und der Vatikanbank bekannt. Allein, uns fehlten bisher Beweise. Und nun sag mal, was du hier in meiner Stadt anstellen willst? Dutzende von Staatsanwälten und die besten Kriminaler Italiens haben nichts Endgültiges gegen die Mafia ausrichten können. Auch ich konnte ihr nur beibringen, dass sie es nicht zu toll treiben soll. Und du kommst aus deinem verdammten Hamburg und glaubst, hier die Mafiafamilie Cantona einschüchtern und ihr entlocken zu können, wer der Auftraggeber für den Tod deines Freundes war? Da lachen ja die Gänse auf dem Kapitol!"

„Bitte, Paolo, hilf uns", mischte sich Maja ein und die Augen, die mich schon weichgekocht hatten, blinkerten nun den Commissario Capo an. „Hilf Serge, mit den Cantonas Kontakt aufzunehmen."

„Ha, wollt ihr mit einem Leoparden schmusen? Den alten Cantona, den Capo di Capi, sehe ich selbst nur zweimal im Jahr im Dom, bei der Weihnachts- und Ostermesse mit seiner Familie. Das Gut vor den Toren Palermos ist eine Festung. Wer das

Land unbefugt betritt, verschwindet und landet einbetoniert in irgendeinem Brückenpfeiler. Wir haben auf Sizilien viele Brücken. Lasst die Finger davon und fliegt zurück! Dies hier ist nicht Rom oder gar Deutschland."

„Wenn du uns nicht hilfst, versuchen wir es auf eigene Faust. Das dürfte dann noch gefährlicher sein", setzte Maja ihn unter Druck.

„Dilettanten!", schnaubte Montebello. „Na gut, gehen wir erst mal in die Trattoria Fridericus und nehmen einen kleinen Imbiss. Die Sardinen sind bei Enrico ausgezeichnet. Vielleicht fällt mir beim Essen was ein."

Er sprang federnd auf und stürmte uns voran. Er schien einen beträchtlichen Hunger zu haben. Es war nur ein kurzer Weg über die Straße. Wir setzten uns vor der Trattoria auf die kleine Terrasse. Der Wirt eilte herbei und Montebello sah ihn an, als habe er diesen in Verdacht, an irgendwelchen Schiebereien beteiligt zu sein.

„Also, was kannst du uns empfehlen? Meine Gäste sind aus Rom. Blamiere mich nicht."

„Als Antipasti Sardinen, wie du sie gerne magst. Danach Tagliatelle con Rucola e Crema di Limone und dann was Besonderes: Spezzatino di Merluzzo con Pancetta e Patate e Salsa verde. Dein Freund Camilleri war vorhin hier und ganz begeistert."

„Oh, niemand versteht mehr vom Essen. Also, das nehmen wir."

Montebello bekam glutvolle Augen. Wenn er das als kleinen Imbiss ansah, wollte ich seinen großen nicht kennenlernen. Er schnaufte glücklich und rieb sich die Hände.

„Dann beeil dich. Dazu eine Karaffe von deinem vorzüglichen Hauswein."

Der Wirt zwinkerte uns zu und verschwand, genauso vergnügt wie sein Gast.

„Ihr werdet schon noch erkennen, dass die sizilianische Küche die abwechslungsreichste Italiens ist. Dagegen fallen die Römer beträchtlich ab. Ihr mit euren Kutteln, Nieren und Lebern. Immer diese Innereien. Nein, das Meer ernährt uns Sizilianer.

Doch nun zu dir, Serge. Gegenüber vom Palazzo Reale gibt es das *Lampedusa*, eine Bar, in der sich die Lümmel der reichen Familien herumtreiben. Ein exquisiter Schuppen. In den Hinterzimmern findet allerlei statt, was ich dulden muss, weil die Väter der reichen Familien ihre Hand darüber halten. Glücksspiel, Poker, Frauen, das ganze Programm."

„Drogen?"

„Nein, das nicht. Dafür sorgt der Capo di Capi. Damit wird gehandelt, aber selbst konsumieren tun es nur die Idioten vom Festland. In der Bar treibt sich der jüngste Sohn des alten Cantona herum. Antonio Cantona, sein Liebling. Playboy-Typ. Über ihn kannst du Kontakt mit dem Alten aufnehmen. Der wird sich natürlich totlachen."

„Er wird bestimmt nicht lachen."

Montebello stutzte und kicherte kopfschüttelnd: „Du willst es ihm auf die harte Tour beibringen? Na, dann mach dich auf was gefasst."

„Kannst du mir ein Versteck nennen, am besten ein leerstehendes Haus, das die Cantonas nicht kennen?"

Mir war da eine Idee gekommen, die mit keinem Gesetzbuch der Welt in Einklang stand, aber hier in Sizilien wirken mochte.

„Was hast du vor?", fragte er und kniff die Augen zusammen.

Die Sardinen wurden serviert. Er bestreute sie reichlich mit Pfeffer und war mit dem Essen erst einmal gut beschäftigt.

„Was sagt ihr nun?", fragte er kauend. „Habt ihr jemals bessere Sardinen gegessen?"

Er hatte recht. Die Sardinen waren köstlich. Nachdem er mit diesem Gericht fertig war, knurrte er: „Unter einer Bedingung. Du hältst Maja da raus. Sie bleibt in der Stadt und besucht die Boutiquen."

„Kommt gar nicht infrage!", protestierte sie.

„Nur dann helfe ich euch. Das habe ich schon Marcello versprochen."

„In Ordnung", stimmte ich zu. Mit der Bedingung war ich sehr einverstanden.

„Männer! Alles Machos!", fauchte Maja.

„Wir sind hier auf Sizilien", erwiderte Montebello ungerührt.

Die Tagliatelle kamen. Die Portionen waren so groß, als wären wir schwer arbeitende Feldarbeiter. Montebello schien die Menge gerade richtig zu finden. Wir widmeten uns wieder dem Essen. Als er, sich den Bauch streichelnd, den Teller zurückschob, sagte er:

„Wir haben gerade eine Villa vor Bagheri unter Verschluss genommen. Der Besitzer wurde vor zwei Tagen erschossen. Ein Mailänder. Wir ermitteln noch. Bisher hat sich noch niemand gemeldet, der auf das Haus Anspruch erhebt. Ich gebe dir nachher die Schlüssel. Es gibt bei uns ein Sprichwort: Nur Narren spielen mit dem Leoparden. Wundere dich also nicht, wenn die Sache nach hinten losgeht. Maja, wenn du diesen Verrückten wirklich liebst, halte ihn davon ab, auf die Cantonas loszugehen."

„Ich weiß nicht, was er vorhat. Aber ich muss damit leben, dass er ein wenig verrückt ist."

„Was er vorhat ist nichts anderes, als seinen Kopf in das Maul des Leoparden zu stecken."

„Hast du von diesem McDonaught schon mal gehört?"

„Nein. Aber ich mache mich mal schlau."

„Gut. Ich brauche ein Auto."

„Besorg dir das am Flughafen. Da sind alle Autovermietungen vertreten. Ah, da kommt der Kabeljau, wunderbar."

„Italienische Männer sind schon schlimm. Aber Sizilianer übertreffen sie noch. Ihr lebt im 13. Jahrhundert!", empörte sich Maja.

Montebello widersprach ihr nicht und zwinkerte mir zu.

Spät am Abend war ich im *Lampedusa*. Ich hatte schon bessere Schuppen gesehen. Das *Lampedusa* wirkte etwas provinziell. Einige Mädchen mühten sich an Stangen mit ihren Tanzeinlagen ab. Table Dancing schien hier sehr en vogue zu sein. Alle waren blond, wenn auch am Haaransatz dunkle Haare durchschimmerten. Der Commissario hatte mir einen Zeitungsausschnitt gezeigt, der Antonio Cantona neben seinem Vater zeigte. Der Alte sah aus wie ein müder alter Adler, der Junge wie ein spanischer Stierkämpfer. Groß, schmale Hüften, ein Schmachtgesicht.

Trotz des Halbdunkels erkannte ich ihn sofort. Er führte das große Wort und man jubelte ihm zu, selbst wenn er Belangloses oder gar Blödsinn von sich gab. Alle fanden seine Tiraden entweder interessant oder hochkomisch. Die Gruppe um ihn herum war in bester Stimmung. Ich bestellte einen Martinicocktail. Die Bardame zeigte mir, was sie an Brüsten anzubieten hatte. Der Cocktail enthielt leider zu viel Wodka.

„Sie habe ich bei uns noch nie gesehen", versuchte sie mich anzumachen. Ihr Gesicht konnte nicht mit ihren Brüsten mithalten. „Ich heiße Margarita."

„Schöner Name. Nein, ich bin erst heute angekommen."

„Und wollen sich bei uns amüsieren?"

„Mal sehen, was der Abend noch bringt."

„Ich kann eines der Mädchen rufen."

„Nein. Ihre Gesellschaft reicht schon."

„Wir haben auch Separees für intime Freuden."

„Lassen wir es langsam angehen."

„Na gut. Noch einen Martinicocktail?"

Sie wollte an ihrer Provision arbeiten. Um sie ruhigzustellen, ließ ich es zu, dass sie sich eine kleine Flasche Champagner spendierte. Das Gegröle in der Gruppe um Cantona wurde lauter.

„Ich wette, dass der nächste Heilige Vater ein Sizilianer wird. Ganz bestimmt", rief Cantona.

„Wer ist der Kerl?", tat ich ahnungslos.

„Antonio? Ach ja, Sie sind nicht von hier." Sie senkte die Stimme. „Er ist der Sohn des alten Cantona, der hier das Sagen hat. Diese Bar gehört ihnen und noch so einiges in Palermo. Hast du auch einen Namen?"

„Silvio Piatti."

Ich dachte nicht daran, meine Identität zu verraten. Das, was ich vorhatte, würde einen mächtigen Wirbel auslösen.

„Nach einem Italiener hörst du dich nicht an."

„Ich bin aus Mailand."

„Ein Mailänder? Das erklärt alles. Mailänder sind fast deutsch. Wir mögen sie nicht. Niemand mag Mailänder."

Kein anderes Volk pflegt untereinander so viele Vorurteile wie die Italiener. Sie mögen eigentlich nur die Leute um den eigenen Kirchturm.

„Ich hatte die Vermutung, dass du ein Deutscher bist", bekannte sie und drückte mir ihre Brust entgegen. Bei mir schien sie eine Ausnahme zu machen.

Als der junge Cantona nach hinten zu den Toiletten ging, warf ich ausreichend Geld auf den Tresen und murmelte, dass ich leider gehen müsse.

„So bald schon?"

„Ich komme später noch einmal wieder."

Dass ich mächtig Trinkgeld eingerechnet hatte, milderte ihren Abschiedsschmerz. Ich wandte mich der Toilette zu. Auf den ersten Blick war sie leer. Antonio musste in einer der Kabinen sein. Ich stellte mich ans Urinal. Endlich kam er heraus. Er sah mich nur kurz an und ging zum Waschbecken. Ich störte ihn beim Händewaschen, indem ich ihm den Revolver in die Seite drückte.

„Ein Pieps und du bist so kalt wie ein Fisch."

„Was soll das?"

Sein Spiegelbild zeigte Fassungslosigkeit. Schließlich war er ein Cantona, dem die Stadt gehörte, und nun wagte es jemand, ihm eine Smith & Wesson in die Seite zu drücken.

„Du weißt wohl nicht, mit wem du es zu tun hast."

„Du bist nur ein scheiß Cantona. Komm brav mit mir mit. Wir nehmen den Hinterausgang."

Montebello hatte mir verraten, dass es nach hinten einen Ausgang auf einen Hof gab. Ich hatte ihm nicht zu erzählen brauchen, was ich vorhatte. Er ahnte das Spiel.

„Bist du von der Feretti-Familie?", fragte Antonio.

„Du sagst es. Ich bin ein böser Mann und du stirbst, wenn du nicht parierst."

Er wollte nicht sterben. Wir gingen langsam hinaus. Auf dem Gang kam uns jemand entgegen. Ich hatte die Pistole in die Tasche gesteckt und drückte ihm den Lauf noch stärker in die Seite.

„Wo willst du denn hin?", fragte der Mann und blieb stehen. Er hatte breite Schultern und mächtige Fäuste. Sein Gesicht ließ nicht auf große Intelligenz schließen. Er würde ein paar Runden mit mir durchstehen. Aber Antonio benahm sich mustergültig.

„Ich muss draußen mal frische Luft schnappen."

„Ach so, verstehe. Geschäfte!"

Er grinste und ging in die Toilette.

Wir kamen auf den Hof. Außer dem Mond war nichts Besonderes zu sehen. Ich stieß ihn weiter und wir gingen zu meinem Wagen.

„Nimm auf der Fahrerseite Platz“, herrschte ich ihn an und setzte mich neben ihn.

„So, und nun fahren wir nach Bagheri. Mach schon.“

„Was soll die Scheiße? Du ahnst gar nicht, was mein Vater mit euch Ferettis anstellen wird. Das hier bedeutet Krieg. Lass mich sofort frei, dann werde ich das Ganze vergessen.“

Würde er bestimmt nicht, aber das spielte keine Rolle.

„Entweder bin ich oder du ein Penner. Ich schätze, du bist es.“

„Unsere Familien hatten einen Deal gemacht. Jeder kümmert sich um sein Geschäft. Warum der Vertragsbruch?“

„Fahr schneller und quatsch nicht! Du bringst mich noch zum Weinen!“

„Wir können eine ganze Armee aus New York anfordern.“

„Na klar. Aber das hilft dir im Moment nicht.“

Die Villa, die mir Montebello genannt hatte, lag etwas außerhalb von Bagheri auf einem Hügel.

„Hier ist es schon. Halt an. Steig aus. Mach keine Zicken.“

Der ehemalige Besitzer mochte gut betucht gewesen sein. Eine exzellente Ausstattung und selbst bei Nacht hatte man einen wunderschönen Ausblick auf die Conca d'Oro. Sie schimmerte unter uns wie tausende von Glühwürmchen. Ich fesselte ihn mit den Handschellen, die ich mir von Montebello ausgeliehen hatte.

„Du bist gar nicht von den Ferettis? Du bist ein Bulle?“, staunte er.

Ich sagte nichts dazu, schob ihn auf einen Stuhl und verschnürte ihn dort. Dafür musste ich eine Gardine ruinieren.

„Du lebst nicht mehr lange. Mein Wort drauf“, versuchte er Konversation.

„Erst einmal bist du nur ein kleines Arschloch und wie klein du bist, werde ich dir gleich zeigen.“

Um ihm genügend Demut beizubringen, malträtierte ich ihn mit ein paar Ohrfeigen. Er war sehr schmerzempfindlich und schrie, als hätte ich ihn abgestochen.

„Nun hab dich nicht so. Wenn dein Vater nicht pariert, wird es noch wesentlich unangenehmer."

Ich nahm das Telefon und fragte ihn nach der Nummer des Vaters.

„Mach keine Schwierigkeiten, sonst wiederhole ich die Prozedur von eben. War doch nicht so schön oder?"

Er sagte sie mir. Ich rief den Alten an und bekam ihn schließlich ans Telefon.

„Was wollen Sie?"

Ich sagte ihm, dass ich seinen Sohn töten würde, wenn wir nicht ins Geschäft kämen. Der Alte schnaufte.

„Der Spaß wird dich das Leben kosten!"

„Ach, Alterchen, man legt sich doch nicht mit deiner Familie an, wenn man nicht ein Faustpfand hat." Ich drückte Antonio den Hörer ans Ohr. „Sag deinem Väterchen, dass das kein Witz ist."

„Ja, Vater. Man hat mich gekidnappt."

„Du Idiot!", gab der Alte zurück.

Ich übernahm wieder den Hörer.

„Sie sollten mehr Mitgefühl für Ihren Sohn zeigen. Er hat vielleicht nicht mehr lange zu leben."

„Was wollen Sie?"

„Nur ein paar Informationen. Wer hat Padre David getötet und, noch wichtiger, wer gab den Auftrag?"

„Und Sie glauben, das erfahren Sie von mir?"

Ich gab Antonio einen Schlag in den Unterleib. Er schrie, als hätte er seine Zeugungsfähigkeit verloren. Mit den Boxregeln des Marquess of Queensberry kam man in diesen Geschäftskreisen nicht weiter.

„Hören Sie, Cantona. Ich mache jetzt ernst und verarbeite Ihren Jungen zu Hackfleisch, wenn Sie nicht reden."

„Vater, das hier ist ein Bulle!", schrie Antonio.

Wenn dies die Wahrheit gewesen wäre, hätte ich ihn jetzt vermöbeln müssen. Aber mir war nur recht, dass er den Alten auf die falsche Fährte setzte, und so gab ich ihm nur einen Klaps auf den Hinterkopf.

„Wirst du wohl deine Schnauze halten!"

„Und wenn ich es Ihnen sage, dann lassen Sie ihn frei?“, belferte der alte Cantona.

In seiner Angst um den Jungen kam ihm nicht der Gedanke, dass selbst die italienische Polizei nicht solch ungesetzlichen Methoden einsetzen würde. Er schloss von seinen Regeln auf meine.

„Was für ein Scheißpolizist sind Sie denn?“

„Sondereinheit, die eure Scheißgeschäfte mit dem Vatikan untersucht“, gab ich bereitwillig Auskunft. Ich hoffte, dass diese Nebelbombe mich eine Weile vor ihren Nachstellungen schützen würde.

„Sie haben ja keine Ahnung, was wirklich läuft“, schrie Cantona. „Es geht um ein viel größeres Rad und nicht nur um so einen kleinen Padre.“

Mir fielen Davids Worte ein. Sie wollen … Was für ein Rad drehten sie? Mir wurde der Kragen ein wenig enger.

„Nun reden Sie schon, oder ich mach hier mit Ihrem Sohn weiter.“

„Wir kriegen Sie! Wir haben noch jeden Bullen gekriegt, der es mit uns aufnehmen wollte.“

Ich gab Antonio einen Schlag auf die Nase, die nun für immer verdorben war. Das Blut spritzte aus seinem Riechorgan.

„Vater, sag es ihm! Der Kerl schlägt mich hier halbtot“, kreischte Antonio.

„Hast du es gehört?“, nahm ich das Gespräch wieder auf.

„Na gut. Sie kommen ohnehin nicht an den Mann heran. McDonaught stammt aus New York und wird sich längst abgesetzt haben. Der Auftrag wurde uns im Namen des Kardinalstaatssekretärs Navarone übermittelt. Dieser Padre David wollte der Kirche großen Schaden zufügen.“

„Vor allem war er wohl eine Gefahr für eure Geschäfte mit Marcinkus, nicht wahr?“

„Verstehe. Du bist von der Guardia di Finanza. Nun kapiere ich. Uns haben schon ganz andere Kaliber an den Kragen gehen wollen. Wir kriegen heraus, wer du bist.“

„Gut. Ich werde dich nachher anrufen und dir mitteilen, wo du deinen Sprössling abholen kannst.“

„Sie lassen ihn frei?"

„Er ist ein zu kleines Licht, als dass wir uns weiter mit ihm abgeben würden. Dich werden wir schon bald hochgehen lassen. Du bist das Wild und nicht dein verzogener Bengel."

Ich legte auf, zwinkerte Antonio beruhigend zu und ging in das angrenzende Schlafzimmer, von wo ich Montebello in seiner Privatwohnung anrief.

„Es ist alles bestens gelaufen. Ich weiß, was ich wissen wollte. Kannst du dafür sorgen, dass wir den ersten Flieger nach Rom bekommen?"

„Kann ich. Kollateralschäden?", fragte er besorgt.

„Nein. Antonio hat nur sein gutes Aussehen verloren. Was haben Sie über McDonaught herausbekommen?"

Ich wusste noch nicht, was ich mit der Information, dass Navarone dahintersteckte, anfangen konnte. Immerhin war er so eine Art Regierungschef eines souveränen Staates. Aber wenigstens den Mörder Davids hoffte ich, bestrafen zu können. Und dann waren da noch Davids Worte: „Sie wollen …" Zum Teufel, was wollten sie noch?

„Er ist amerikanischer Staatsbürger. Auf ihn sind internationale Haftbefehle ausgeschrieben. Er ist ein Auftragskiller und soll oft für die Savinellifamilie gearbeitet haben."

Na also, da schloss sich der Kreis. Die Cantonas wollten für den Mord an einem Padre keinen der eigenen Leute einsetzen und hatten Hilfe aus New York angefordert.

„Das FBI vermutet, dass er auch schon öfter für die Cantonafamilie gearbeitet hat. Wo er sich aufhält, weiß jedoch niemand. Serge, ist wirklich alles gut abgelaufen?"

Ich konnte seine Nervosität verstehen. Schließlich war er Commissario und was ich getan hatte, stimmte selbst bei großzügiger Auslegung nicht mit den italienischen Gesetzen überein.

„Absolut. Man wird keine Verbindung zu dir herstellen können."

„Na schön. Ich hoffe, dass ich dich nie wiedersehe. Lass die Schlüssel stecken. Ich kümmere mich am Vormittag darum, dass keine Spuren zu finden sind."

Ich ging zurück zu meinem Gefangenen. Er starrte mich an, als würde jetzt sein letztes Stündlein schlagen.

„Werden Sie mich jetzt ...?"

Mit seinem Mafiahirn glaubte er, dass ich ihn nun töten würde.

„Das kommt darauf an, wie brav du bist. Ich bringe dich jetzt an einen Ort, wo dich dein Vater abholen kann."

„Sie lassen mich frei?"

„Natürlich. Wir von der Guardia di Finanza sind doch keine Mafiagangster." Er schluckte, glaubte mir aber immer noch nicht. Ich sah mich um. Spuren gab es genug. Die zerrissene Gardine. Das Blut von Antonios Nase. Fingerabdrücke von mir würde man nicht finden, da ich Handschuhe getragen hatte. Ich band Antonio los und löschte das Licht. Wir verließen die Villa und fuhren nach Palermo zurück. Kurz bevor wir die Stadt erreichten, befahl ich ihm, die Straße ins Gebirge zu nehmen. Er bekam es wieder mit der Angst zu tun.

„Sie wollen mich jetzt ...?"

„Nein doch. Ich werde dich irgendwo abladen, wo du eine Weile über deine Sünden nachdenken kannst. Du wirst eine einsame Nacht verbringen und dir deine nächste Beichte zurechtlegen können. Nachher rufe ich deinen Vater an und sage ihm, wo er dich abholen kann."

Es graute bereits, da gewahrte ich auf einer Bergwiese eine Schäferhütte.

„Fahr dort hoch", befahl ich ihm.

Einst mochte es ein guter Schutz gegen Wind und Wetter gewesen sein. Jetzt jedoch war das Dach heruntergebrochen. Ich stieß ihn in die Hütte, wo ich ihn an einen tragenden Balken stellte, seine Hände um die Säule legte und die Handschellen wieder verschloss. Es war sicher nicht sehr bequem. Aber nur eine kleine Buße für seine vielen Sünden.

„So, nun wartest du hier, bis dein Alter kommt."

„Sie vergessen nicht, ihn zu informieren?"

„Aber nein. Sag ihm, mein Geschenk ist, dass ich dich nicht umgelegt habe. Sollte er der Guardia di Finanza zu nahe kommen, wird er seinen Altersruhesitz ins Gefängnis verlegen müssen.“ Ich gab ihm einen freundschaftlichen Klaps auf den Hinterkopf. „Und überlege mal, ob nicht doch ein anständiger Beruf für dich infrage kommt.“

Ich hatte ursprünglich vorgehabt, ihn am Hafen freizulassen. Aber dann hätten sie ihn zu früh gefunden und mich vielleicht am Flughafen abfangen können. Ich hatte mein Ziel erreicht und keine Sehnsucht, dem rachedürstenden Capo di Capi zu begegnen.

Es war ein heller und strahlender Morgen, als ich das *Wagner* erreichte. Maja stürmte in meine Arme. Sie war bereits angezogen und hatte gepackt. Zornig trommelte sie auf meine Brust.

„Was habe ich für Angst ausgestanden. Das nächste Mal nimmst du mich mit.“

Ich gab darauf keine Antwort, um nicht mit ihr diskutieren zu müssen. Auf der Fahrt zum Flughafen schmollte sie noch. Sie konnte das genauso gut wie Spencer. Bevor wir eincheckten, rief ich den Alten an und sagte ihm, wo er seinen Sohn finden würde.

„Und es geht ihm gut, Bulle?“

„Es geht ihm den Umständen entsprechend sogar prächtig. Er wird nur ein wenig steif sein.“

Eine Weile war es still.

„Sie haben ihn getötet“, sagte er tonlos.

„Nein. Er musste sich nur ein paar Stunden die Beine in den Bauch treten. Das lockert nicht gerade die Muskeln. Und er wird sich einen Schnupfen geholt haben. Am frühen Morgen war es noch ziemlich frisch.“

„Wir kriegen Sie!“

„Nein. Umgekehrt! Wir kriegen dich und deine ganze Sippschaft.“

Ich war doch heilfroh, als ich unter uns die Conca d'Oro sah, wo nicht nur die Muschel, sondern auch die Kuppeln von Palermo in einem goldenen Licht lagen. Ich nahm mir vor, Sizilien von nun an zu meiden.

14

Noch ein Verrat

Rom lag im Licht des frühen Morgens. Mittlerweile sah ich die Stadt als meine zweite Heimat an. Zumindest was das Wetter betrifft hatte Hamburg schlechtere Karten und außerdem fehlten dort die Säulen einstiger Tempel. In Rom war die Ewigkeit spürbar und damit die alten Götter, mochten auch noch so viele Kirchen zum Gebet einladen.

Als wir vom Flughafen in die Stadt fuhren, hatte ich das Gefühl, dass diesmal etwas anders war. Ich hätte zunächst nicht benennen können, woran dies lag. Der Verkehr in die Innenstadt war chaotisch wie immer. An der Piazza Venezia, bei der Einfahrt in die Via del Corso erkannte ich den Unterschied. Überall standen Menschen zusammen und diskutierten erregt. Ähnlich aufgeregt mochten die Römer diskutiert haben, als die Goten vor der Stadt auftauchten.

„Was ist los?“, fragte ich den Taxifahrer. Dieser grummelte etwas und schaltete das Radio lauter. Eine erregte Stimme im Disput mit einer anderen erregten Stimme. Ich verstand erst gar nicht, worum es ging. Dann sickerten die Worte in mein Gehirn. Maja machte Augen, als hätte sie über dem Denkmal Vittorio Emanueles, an dem wir vorbeifuhren, die Mutter Gottes schweben sehen.

„Das kann doch nicht wahr sein!“, flüsterte sie.

„Doch, doch“, sagte der Taxifahrer. „Der Papst ist abgekratzt.“

Ein überzeugter Katholik hörte sich anders an. Unser unfreundlicher Taxifahrer schien im Gegensatz zu den meisten Römern nicht viel von Papst und Kirche zu halten. Er erklärte dies auch gleich.

„Schon Marx sagte, dass Religion Opium fürs Volk ist. Das Unglück begann damit, dass Petrus, nachdem er aus Rom getürmt war, wieder umkehrte. Die Kirche ist das Krebsgeschwür Italiens. Wenn es nach mir ginge, würde ich alle Priester auf dem Petersplatz zusammentreiben lassen und einen großen Scheiterhaufen anzünden. Wenn wir die Kirche enteignen würden, hätte jeder Italiener ein paar Lire mehr in der Tasche."

Der Anhänger der roten Weltverbesserer erfreute sich an diesem Gedanken und schlug kräftig aufs Lenkrad. Ich konnte mit der Gleichmacherei von Marx, Lenin und Konsorten noch nie viel anfangen. Von wegen ‚Alle Menschen sind gleich'. Sind sie nun mal nicht und wer das dennoch erreichen will, muss Gewalt anwenden. Schon in der ersten Klasse, Grundschule, hatte ich erfahren, dass die Jungen mit schicken Markenklamotten bei den Mädchen besser angesehen waren. Nicht mal die Dummheit ist gleichmäßig verteilt.

„Kam das offiziell durchs Radio?", fragte Maja.

„Nein. Aber Radio Vaticano spielt gedämpfte Musik. Auf RAI sprachen sie von Gerüchten, dass der Papst verschieden sei."

Meine Gedanken überschlugen sich. Waren sie tatsächlich so weit gegangen und hatten Johannes Paul I. ermordet? Nach dem, was sie David angetan hatten, schien mir auch dies nicht mehr unwahrscheinlich. Nun wusste ich, was das „große Rad" war.

Als wir das Hotel *Forum* betraten, sprach mich Camino, der Doorman, an.

„Haben Sie schon gehört? Johannes Paul soll von uns gegangen sein. Der lächelnde Papst ist nicht mehr unter uns. Wie traurig. Alle haben ihn geliebt."

„Vielleicht doch nicht alle!", antwortete ich trotzig.

Camino machte ein Gesicht, als sei sein leiblicher Vater gestorben.

„Oh ja, die Guten auf dieser Erde werden von den Bösen verfolgt."

Camino hatte ein rotes, wettergegerbtes Gesicht und warme braune Augen. Ich fand den großen, breitschultrigen Mann, der in seiner roten Uniform aussah, als hätte sich ein Bauer als General verkleidet, vom ersten Augenblick an sympathisch. Er liebte

Autos. Alle Italiener lieben Autos. Beim Anblick meines alten MG hatte er die Hände zusammengeschlagen und entzückt geflüstert: „Bella macchina. Oh, bella macchina!" Ich hatte das in Italien öfter gehört.

„Vielleicht ist es eine Falschmeldung."

„Hoffen wir es", stimmte er mir zu. „Er ist doch erst dreiunddreißig Tage im Amt."

Auf dem Zimmer angekommen, klemmte ich mich gleich ans Telefon und rief Boris an. Aber natürlich kam ich nicht zu ihm durch. Ob das Gerücht nun stimmte oder nicht, die ganze Welt würde wohl gerade versuchen, mit dem Vatikan Kontakt aufzunehmen. Majas Bruder dagegen bekam ich sofort an den Apparat.

„Stimmt das mit dem Tod des Luciani?", fragte ich unumwunden.

„Es soll stimmen. Aber eine offizielle Erklärung steht noch aus."

Er fragte mich, wie es uns in Palermo ergangen war und ich berichtete ihm, was ich vom alten Cantona erfahren hatte.

„Und das haben dir die Cantonas so ohne weiteres verraten?"

„Nicht so ohne weiteres. Aber die Vaterliebe war stärker."

„Erzähle."

Ich erklärte ihm, wie es abgelaufen war.

„Mann, du hast sie doch nicht alle! Sie werden dir das nie vergessen."

„Ich auch nicht. Sie haben immerhin den Killer aus New York angefordert."

„Pass auf dich auf."

„Worauf du dich verlassen kannst."

„Was ist mit Maja?", fragte er.

Ich reichte den Telefonhörer weiter und sie beruhigte ihren Bruder.

„Ich hole Spencer", sagte sie danach. „Marcello meint, dass er langsam ungeduldig wird."

Ich kannte das. Er erpresste mal wieder seine Umgebung. Sie schwirrte ab und ich versuchte erneut, Boris zu erreichen. Wieder ohne Erfolg. Ich ging nach unten an die Bar und trank einen

Espresso. Ein Mitarbeiter von der Rezeption kam aufgeregt auf mich zu.

„Jemand aus dem Vatikan will Sie sprechen."

Ich folgte ihm und er wies auf die Telefonzelle. Es war Franco, einer der Privatsekretäre des Heiligen Vaters.

„Kann ich Sie treffen? Es ist wichtig", sagte er mit sich überschlagender Stimme.

„Stimmt es?"

„Ja. Der Heilige Vater ist von uns gegangen. Deswegen muss ich Sie sprechen."

„Wo treffen wir uns?"

„Ich kann aus dem Vatikan nicht heraus. Hier geht es zu wie im Tollhaus. Wir treffen uns in den Vatikanischen Gärten, an der Casina Pius IV. Ich sage am St. Anna-Tor Bescheid, dass man Sie dorthin führt. Im Moment sind alle Sicherheitsvorkehrungen verschärft worden."

Wir einigten uns auf die Mittagsstunde und ich fand mich pünktlich am vereinbarten Ort ein. Einer der ersten Herbststürme hatte gewütet und auf dem Gehweg lagen viele Blätter und zerbrochene Zweige. Franco machte einen aufgelösten Eindruck. Sein gutaussehendes Gesicht war aschfahl, seine Augen gerötet. Er hakte sich bei mir unter. Sein Arm zitterte.

„Gehen wir ein wenig spazieren", flüsterte er mit gebrochener Stimme.

„Was ist passiert?"

„Sie haben ihn umgebracht, ehe er sein Werk beginnen konnte."

„Sie? Wer?", fragte ich, obwohl ich die Antwort ahnte.

„Sie waren alle gegen ihn. Alle. Kardinalstaatssekretär Navarone, die Kurienkardinäle, Marcinkus. Ihnen passte nicht, dass er eine Kommission eingesetzt hatte, die die Finanzgeschäfte der Vatikanbank untersuchen sollte. Ihnen passte nicht, dass er die Kardinäle aus der Kurie entfernen wollte, die bei der ‚P Due' Mitglied waren. Kardinal Navarone lief geradezu Amok, als der Heilige Vater ihm eröffnete, dass er die Geburtenregelung menschlicher auslegen wollte. Noch gestern hat mir der Heilige Vater erzählt, dass er Navarone die Anweisung erteilt hat, Marcinkus abzusetzen. Er hat ihm außerdem eröffnet, dass er sein Amt an Kardinal Benelli abzugeben habe. Was er vorhatte, war eine völlige Umgestaltung des Vatikans. Eine Revolution. Er war gesund und hatte eine gute Kondition. Da bei Johannes Paul ausgeschlossen war, dass er krankheitsbedingt in den nächsten Jahren abtreten würde, haben sie ihn getötet. Er war allein. Völlig allein. Er war ja erst dabei, Gleichgesinnte um sich zu sammeln." Er schluchzte. „Gestern war er noch guten Mutes gewesen. Er empfing Kardinal Sin von den Philippinen und scherzte mit ihm. Er glaubte an seine Mission und dass der Heilige Geist mit ihm sei."

„Wie haben sie es getan?"

„Keine Ahnung. Herzschlag, sagt der Arzt. Nur eine Obduktion könnte Auskunft darüber geben, wie sie es getan haben."

Einen Papst ermorden? Wir lebten doch nicht mehr im Mittelalter. Allerdings war Davids Tod nicht der beste Beweis dafür, dass sie vor nichts zurückschreckten? Wie hatten sie ihn töten können?

„Was lief heute Morgen ab?"

„Um vier Uhr dreißig hat Schwester Vincenza ihm wie immer ein Kännchen Kaffee in sein Arbeitszimmer gestellt. Er war ein Frühaufsteher und in seinen Gewohnheiten sehr verlässlich. Als sie aus seinem Zimmer keine Geräusche hörte, ging sie nachsehen. Der Kaffee stand immer noch am gleichen Platz. Der Heilige Vater schien verschlafen zu haben. Schließlich fasste sie sich ein Herz und öffnete vorsichtig die Tür. Sie sah den Heiligen Vater aufrecht im Bett sitzen, jedoch ohne Regung. Sie sprach ihn an. Keine Antwort. Sie ahnte, dass etwas Schlimmes passiert war, und kam in mein Zimmer, um mich darüber zu informieren, dass etwas nicht in Ordnung sei. Ich holte Pater Magee und wir folgten ihr. Was wir sahen, ließ uns aufschreien. Der Heilige Vater hatte noch seine Brille auf. Seine Hände umklammerten ein paar Blätter Papier. Ich kannte deren Inhalt. Es war die Liste, die wir am Vorabend gemeinsam erstellt hatten. Sie enthielt die Namen der Kardinäle, die er in den Ruhestand zu versetzen gedachte. Alles Mitglieder der Loge ‚P Due'. Sein Kopf war leicht nach rechts geneigt. Sein

Gesicht war qualvoll verzogen, als hätte er große Schmerzen gehabt. Pater Magee informierte, wie es unsere Pflicht war, den Kardinalstaatssekretär. Gestern noch hatte ihm Johannes Paul gesagt, dass er auf seine Dienste verzichten würde und nun ist Navarone weiter im Amt und obendrein Camerlengo, als Vertreter des Papstes bis zur Neuwahl, die unter seiner Leitung ablaufen wird.

Navarone betrat das Schlafzimmer des Heiligen Vaters gegen fünf Uhr. Er überzeugte sich von seinem Tod und informierte den Dekan des Heiligen Stuhls sowie Casaroli, den Chef des vatikanischen Außenministeriums. Er scheuchte uns aus dem Schlafzimmer, da er angeblich ein Gebet sprechen wollte. Seine Trauer wirkte nicht sehr überzeugend. Aber was sollten wir machen? Wir folgten seiner Anweisung. Danach bestellte er telefonisch Doktor Buzonetti ein, den Leiter des Vatikanischen Gesundheitsdienstes. Noch bevor dieser eintraf, ordnete er die Einbalsamierung an."

Ich blieb erstaunt stehen. „Das ist in der Tat verdächtig. Noch bevor ein Arzt den Totenschein ausgestellt hat?"

„Es kommt noch seltsamer. Vorhin traf ich Feldwebel Roggan von der Schweizergarde. Er traf Bischof Marcinkus um sechs Uhr fünfundvierzig auf dem Innenhof hinter der Vatikanbank. Marcinkus wohnt eigentlich außerhalb des Vatikans, zwanzig Autominuten entfernt. Er ist nicht gerade als Frühaufsteher bekannt. Noch nie hat man ihn zu dieser frühen Stunde in seinen Amtsräumen unterhalb der päpstlichen Wohnung gesehen. Wenn man all dies zusammenzählt, dann kommt man doch zu dem Schluss, ..."

„... dass etwas gewaltig stinkt im Staate Vatikan!"

„Buzonetti stellte den Todeszeitpunkt auf dreiundzwanzig Uhr fest. Diagnose: Herzschlag. Übrigens, was auch verdächtig ist: Die Arznei gegen niedrigen Blutdruck, die Blätter, die der Heilige Vater in den Händen hielt sowie sein Testament sind verschwunden. Und, was besonders seltsam ist, ebenso die Brille und seine roten Hausschuhe. Nur Navarone war ein paar Minuten mit dem Toten allein. Zu welchem Schluss kommen Sie?"

„Es gibt doch die Vatikanpolizei. Muss die in solch einem Fall, einem Tod unter merkwürdigen Umständen, nicht eine Untersuchung einleiten?"

„Dafür gibt es keine Regel. Navarone ist der Camerlengo. Bis zum Konklave und der Wahl des neuen Papstes ist er der unumschränkte Herrscher über den Vatikan."

„Normalerweise würde man in einem solchen Fall doch eine Obduktion durchführen."

„Eben. Das habe ich dem Kardinalstaatssekretär auch vorgeschlagen. Er hat mich mit den Worten abgespeist, dass man einen Papst nicht obduziert. Wenn der Papst erst einmal einbalsamiert ist, nützt auch eine Obduktion nichts mehr."

Ich berichtete ihm nun, was ich in Palermo über Davids Tod erfahren hatte.

„Es passt alles. Sie haben zurückgeschlagen."

„Wer darf denn ohne besondere Einwilligung die Räume des Heiligen Vaters betreten?"

„Ich, Pater Magee und natürlich Erzbischof Navarone."

„Und? Kann jemand unbemerkt die Wohnung betreten?"

„Nein. Das ist unmöglich."

Warum traute sich Franco gerade mir an? Ich war kein Polizist, nicht einmal Katholik. Genau genommen waren wir einander fremd. Er musste sich sehr einsam fühlen, so wie der Mann, der in der letzten Nacht gestorben war. Mir lief es kalt über den Rücken.

„Was ist mit dem Katakombenpakt, mit der Unterschrift Johannes' XXIII., mit den Bankunterlagen und der Liste der ‚P Due'?"

Franco lachte bitter.

„Verschwunden. Natürlich auch verschwunden. Ich hatte die so wichtigen Papiere in den Safe in seinem Arbeitszimmer gelegt. Als ich vorhin nachsah, war er leer. Nur Magee, Navarone und ich kennen den Code. Besonders das Dokument mit der Unterschrift Johannes' XXIII. war dem Heiligen Vater wichtig. Er sah in ihm ein Vermächtnis. Er wollte das Werk des Zweiten Vatikanischen Konzils endlich vollenden. Dazu wird es nicht kommen. Nichts wird sich ändern."

„Vielleicht wenn man den neuen Papst darüber informiert?"

„Man wird mich und Magee wohl irgendwohin versetzen, wo wir Navarone nicht gefährlich werden können. Es ist alles vorbei. Dieses Pontifikat, das so viel versprach, endet in Trauer, Qual und Scham."

Er war unendlich deprimiert. Ich konnte ihn nicht aufmuntern. Es kam nun darauf an, wer der neue Papst sein würde. Ich, ein Ungläubiger, hoffte auf den Heiligen Geist.

Im Hotel angekommen, rief ich Marcello an und schilderte ihm die Situation.

„Kennst du einen bei der römischen Kriminalpolizei, der uns zur Seite stehen kann?"

„Wer ist uns?"

„Alle, die die Wahrheit herausfinden wollen."

„Ich kenne jemanden, der euch gern helfen wird. Silvio Montebello. Er ist ein Popenfresser."

„Nein. Der Sizilianer kann mir hier nicht helfen."

Marcello lachte.

„Er ist der Halbbruder unseres sizilianischen Freundes und Commissario bei der römischen Kriminalpolizei. Ich rufe ihn an und bereite das Gespräch mit dir vor. Wir sind Kumpels und spielen zusammen Fußball."

Am Nachmittag rief ich diesen Commissario an, um ein Treffen zu vereinbaren.

„Sie haben mir gerade noch gefehlt. Ich habe eben die Meldung durchbekommen, dass im *Grand Hotel St. Regis* ein Priester tot auf seinem Zimmer aufgefunden wurde. Ein toter Priester im *St. Regis*, dem teuersten Hotel Roms?"

„Haben Sie gehört, dass der Papst …?"

„Natürlich. Gab vorhin sogar das Radio Vatikan bekannt. Herzschwäche."

„Genau darüber will ich mit Ihnen sprechen."

„Ach ja?" Er wurde sofort zugänglicher. „Gut. Kommen Sie doch ins *St. Regis*."

Es war ein schöner Herbsttag und so machte ich mich zu Fuß zur Via Veneto auf. Rom kam mir verändert vor oder lag es an meiner Stimmung, dass die Gesichter der Menschen bedrückt wirkten? Als ich aus alter Gewohnheit noch einen Espresso im *Greco* trinken wollte, stutzte ich am Eingang. Mir krampfte sich das Herz zusammen. In der hinteren Reihe des Cafés sah ich Maja mit jemandem sitzen, der mir nur zu gut bekannt war. Die Frau, die ich liebte, saß mit dem Mann zusammen, der mich hasste, dem Chef der Banco Ambrosiana. Maja redete heftig gestikulierend auf Santini ein.

Ich taumelte aus dem Café und stieg die Spanische Treppe hoch. Mein Herz pochte bis zum Hals. Ich hatte einen Schweißausbruch und blieb in der Mitte der Treppe zur Kirche Trinità dei Monti stehen, wo ich nach Luft schnappte. Es konnte nur bedeuten, dass sie mich verriet. Sie hatte mir gesagt, dass sie ihre Eltern besuchen und sich danach im *Hassler* vorstellen wollte, wo eine Stelle frei wäre. Ich war davon nicht gerade begeistert gewesen, schließlich wollte sie mir doch nach Hamburg folgen. Es sei doch nur vorübergehend, hatte sie mir entgegnet. Sie könne nicht den ganzen Tag untätig herumsitzen. Und nun …?

Am liebsten hätte ich meine Wut, meinen Zorn, herausgeschrien und der Stadt Rom und dem Erdkreis mitgeteilt.

Ich schalt mich einen Narren. Santini hatte sie auf mich angesetzt. Deswegen wollte sie auch bei all meinen Aktionen dabei sein. Wie konnte ich auch nur glauben, dass sich eine so schöne Frau in mich verlieben würde? Was für ein Narr war ich doch. Römer, schaut her, hier geht der größte Narr seit Romulus Augustulus. Wem konnte ich hier noch trauen? David war tot. Der Papst war tot. Rom war eine Schlangengrube und ich tappte mit meinem Hund wie ein Schlafwandler darin herum. Aber ich würde es ihnen heimzahlen. Noch hatte ich Kopien von Davids Bankauszügen, von der Liste der ‚P Due', von dem Dokument für den Katakombenpakt mit der Unterschrift Johannes' XXIII. Nun war es nicht nur wegen David eine Abrechnung, sondern ein Feldzug.

Im *St. Regis* fand ich Silvio Montebello mit einigen Männern in der Lobby sitzen. Ich erkannte ihn sofort, da er seinem Bruder ähnelte. Allerdings war er jünger und größer und wirkte austrainiert. Sein schmaler schwarzer Schnurrbart gab ihm etwas Schneidiges. Ich ging zu ihm.

„Silvio Montebello?"

„Ach, Sie sind der Tausendsassa, der meinem Bruder auf den Geist gegangen ist. Er hat mir einiges von Ihnen erzählt", erwiderte er grinsend. „Gehen wir an die Bar und trinken ein Glas. Sie sehen ziemlich mitgenommen aus, wenn ich mir die Bemerkung erlauben darf."

Um ihn von meinem Aussehen abzulenken, fragte ich ihn, was er hier ermittelte. Ich konnte ihm ja nicht sagen, dass mir gerade der Himmel auf den Kopf gefallen war.

„Eine komische Geschichte. Es handelt sich um den Sekretär des Patriarchen von Venedig, ein ehemaliger Schützling des verstorbenen Papstes. Aber er war hier nicht gebucht, sondern wurde im Zimmer eines Amerikaners gefunden, der heute Morgen abgereist ist. Eine seltsame Geschichte!", wiederholte er nachdenklich. „Man hat ihn regelrecht zu Tode gefoltert."

„Und niemand hat was gehört?"

„Mit einem Knebel im Mund lässt sich schlecht schreien. Das Zimmermädchen hat ihn gefunden. Was die Sache so geheimnisvoll macht: Er hatte gestern eine Audienz beim Papst."

„Haben Sie irgendwelche Unterlagen bei ihm gefunden?"

„Nein. Warum fragen Sie?"

Ich erzählte ihm, was ich von Franco gehört hatte.

„Tja, wenn der Tod des Heiligen Vaters außerhalb des Vatikans passiert wäre, wenn Luciani nicht der Papst wäre, hätte man auf jeden Fall eine Obduktion vorgenommen. Wir können da gar nichts machen."

„Gibt es Gifte, die einen Tod wie einen Herzschlag aussehen lassen?"

„Die gibt es. Zum Beispiel ein Medikament aus der Pflanzengattung der Wegerichgewächse, auch Fingerhut genannt."

„Dann könnte Johannes Paul daran gestorben sein. Aber wie hat man es ihm verabreicht? Zum Papst kommen nur Franco, Magee und Navarone. Ich weiß, dass der Kardinalstaatssekretär den Befehl gegeben haben soll, Padre David umzubringen, aber den Papst? Eine kühne These, aber nach den letzten Ereignissen nicht so unwahrscheinlich."

„Ach, Sie glauben, er hat den Padre aus der Domitilla-Katakombe umbringen lassen? Interessant. Erzählen Sie mir mal von Pater David, der gehört nämlich auch zu meinen ungeklärten Fällen. Er starb schließlich auf italienischem Staatsgebiet."

Ich erzählte ihm also, was ich erlebt hatte. Die Geschichte in Palermo natürlich in einer gereinigten Fassung. Er schmunzelte dazu. Sein Bruder hatte ihm sicher erzählt, was ich dort angestellt hatte.

„Sie haben Eier!", entfuhr es ihm. „Natürlich sind Sie ein Verrückter. Von nun an sind Sie bei denen ein Todeskandidat. Ich hätte nichts dagegen, wenn Sie schleunigst nach Hamburg verschwinden würden, sonst habe ich hier bald einen weiteren ungeklärten Fall."

„Ich habe in Rom noch einige Rechnungen offen."

„Schlagen Sie sich die These aus dem Kopf, dass Navarone den Papst umgebracht hat! Der Apostolische Palast ist viele Male umgebaut worden. Vielleicht gibt es geheime Gänge, die einen unbeobachteten Zugang zu den Räumen Seiner Heiligkeit ermöglichen. Wir würden dies auf jeden Fall nicht ausschließen. Aber seltsam ist es natürlich, dass Navarone noch vor dem Eintreffen des Arztes die Einbalsamierung anordnet."

„Irgendetwas läuft doch hier in der heiligen Stadt ab! Drei Tote. David, Johannes Paul und dieser Priester aus Venedig. Viel Rauch, der auf ein höllisches Feuer schließen lässt."

„Schon möglich", erwiderte Montebello und steckte sich eine Zigarette an. Er winkte den Barkeeper heran und bestellte Grappa für uns.

„Aber was soll ich machen? Übrigens, der Ami hieß Vincenza und hat Italien mit der Morgenmaschine Richtung New York verlassen. Zwischenstation London. Natürlich haben wir das FBI informiert, aber dass diese einen Vincenza in der Maschine finden, halte ich für ziemlich ausgeschlossen. Nein, mein lieber Christiansen, finden Sie sich damit ab. In Rom sind schon einige

Kaiser und Päpste gestorben, ohne dass man die Mörder gefasst hat. Und die unteren Chargen gehören zu den Kollateralschäden bei solchen Umbrüchen."

Mir gefiel seine Nonchalance nicht. Er merkte dies und schlug mir auf die Schulter.

„Einem Deutschen gefällt das nicht, ich weiß. Aber ein Italiener sagt Ihnen, dass Gottes Mühlen langsam mahlen, aber sie mahlen. Vertrauen wir darauf. Warten wir ab, wie sich die Tragödie weiterentwickelt. Der letzte Akt ist noch nicht angebrochen. Sie sollten abreisen!", fügte er ernst hinzu und prostete mir zu. Der Grappa war kalt und scharf. Ich zog einen guten Whisky vor. Ich hatte nicht vor, ihm seinen Wunsch zu erfüllen. Noch glaubte ich, genug Munition zu haben, die ich nicht ungenutzt lassen wollte. Wir verabschiedeten uns, beide mit ernsten Mienen.

„Halten Sie mich auf dem Laufenden", bat ich ihn.

„Ich werde mich mal darum kümmern, ob ich jemanden finde, der uns über die Architektur des Apostolischen Palastes aufklären kann. Aber nehmen Sie sich aus der Schusslinie."

„Vielleicht nach der Wahl des neuen Papstes."

„Wenn Sie die Wahl noch erleben."

Als ich die Via Veneto betrat, sprangen zwei Männer gegenüber eilig in ihren Wagen. Ich ging zur Piazza Barberini hinunter. Der Wagen folgte mir langsam. Hinter ihm hupten ungeduldig andere Autos. Der Fahrer des weißen Mercedes kümmerte sich nicht darum. Ich störte sie nicht bei ihrer Beschäftigung, sondern ging ins Hotel *Barberini* und suchte dort eine Telefonzelle auf, von wo ich Boris anrief. Diesmal bekam ich ihn an den Apparat. Er jammerte mir erst mal die Ohren voll, wie schrecklich die Ereignisse seien und was die Veränderungen für ihn bedeuten konnten. Ich erzählte ihm, was ich in Palermo erfahren hatte.

„Unmöglich. Wann soll Navarone denn den Auftrag erteilt haben?"

„Keine Ahnung. Aber der alte Cantona sagte, dass es ein Abgesandter von Navarone war."

„Der Kardinalstaatssekretär war gewiss kein Freund von Johannes Paul, aber so etwas traue ich ihm nicht zu. Schlag dir das aus dem Kopf! Die Mafia will dich auf eine falsche Fährte locken."

„Auch Silvio Montebello, mit dem ich vorhin gesprochen habe, hält ihn zumindest für einen Verdächtigen."

„Der hat im Vatikan keine Amtsgewalt und sollte sich aus Spekulationen heraushalten. Der Kardinalstaatssekretär hat es im Moment ohnehin nicht leicht. Das Dokument mit der Unterschrift Johannes' XXIII. ist nicht auffindbar."

Ich sagte ihm, was mir Franco erzählt hatte.

„Franco soll nicht so einen Blödsinn in die Welt setzen. Was soll das? Testament, Schuhe und Brille sind verschwunden? Das ist doch lächerlich. Übrigens hielt Johannes Paul keine Papiere in den Händen, sondern ein Buch."

„Wer gilt denn als kommender Papst? Gibt es einen Favoriten?"

„Es werden viele Namen genannt. Aber einen eindeutigen Favoriten gibt es nicht. Vertrauen wir auf den Heiligen Geist."

Was das betraf, war mein Vertrauen nicht sehr ausgeprägt. Aber ich hielt mich zurück.

„Wann gehst du nach Deutschland?"

„Ich will wenigstens noch die Papstwahl abwarten und schauen, wie es hier weitergeht. Montebello meint übrigens auch, dass ich mich aus der Schusslinie bringen soll."

„Das ist ein guter Rat. Ich mache mir auch Sorgen um deine Sicherheit."

Ich erzählte ihm, dass man mich offensichtlich wieder beschattete.

„Polizei ist das nicht."

„Um Gottes willen, dann geh zurück nach Deutschland."

Ich sagte dies vage zu. Dann hatte er es eilig, das Gespräch zu beenden. Er entschuldigte sich damit, dass Navarone auf der anderen Leitung klingle.

Kaum war ich im Hotel angelangt, rief mich Montebello an, nicht der aus Palermo, sondern der Römer.

„Kann sein, dass der Tod des Venezianers was mit Ihrem Katakombenpakt zu tun hat."

„Ich habe so etwas fast vermutet."

„In seiner Soutane fanden wir ein kleines Briefchen mit ein paar Zeilen. Die Schrift ist eindeutig die von Johannes Paul. Es sind nur ein paar Zeilen."

„Was steht denn in dem Brief?", unterbrach ich ihn ungeduldig.

„Der Padre sollte ein Dokument von großer Wichtigkeit für ihn in Empfang nehmen."

„Dann ist die Frage, ob er dies tun konnte oder ob der Ami es ihm hat abnehmen können."

„Wenn er es von Johannes Paul bekommen hat, jedoch nicht verstecken konnte, ist es in den Händen des Amerikaners", stimmte Montebello zu.

„Bleibt noch die Frage, was er im *St. Regis* gesucht hat. Vielleicht sollte er das Dokument jemandem übergeben?"

„Haben Sie die Gästeliste gecheckt?"

„Selbstverständlich. Wir sind doch keine Amateure. Wir haben aber nichts Auffälliges festgestellt."

„Können Sie mir die Liste mit den Gästen mal durchfaxen. Vielleicht fällt mir etwas auf."

Er zögerte einen Moment. „Na gut. Informieren Sie mich, wenn …"

Ich versprach es ihm.

Dann führte ich ein Gespräch mit meinem Auftraggeber, um ihm den Stand der Dinge mitzuteilen. Besonders schön waren sie nicht. Ich schilderte ihm, was ich herausbekommen hatte, und er stöhnte.

„Eine vage Beschuldigung gegen den jetzt höchsten Repräsentanten der Kirche?", entsetzte er sich.

„Ich könnte mir den Santini noch einmal vornehmen. Das Ganze ist natürlich über dessen Connection gelaufen."

„Nein, lassen Sie das. Gehen Sie nach Deutschland zurück. Ich will nicht, dass Sie das gleiche Schicksal erleiden wie David."

Ich war also meinen großzügigen Auftraggeber los. Mir war es einerseits nur recht und dann aber auch wieder nicht. Es blieb das Gefühl, versagt zu haben. Im Grunde stocherte ich mit der Stange im Nebel herum und hatte bisher nur ein paar Hühner aufgeschreckt. Aber so ganz ohne Wirbel zu machen, wollte ich doch nicht abziehen. Ich rief Majas Cousine, die Journalistin vom Paolo Panerai an, um zu erfahren, ob sie neue Informationen hatte.

„Es war alles vergebens!", klagte Loretta gleich. „Die Kurie wird weitermachen wie bisher. Es geht das Gerücht, dass im Konklave die Traditionalisten die Mehrheit haben werden."

Sie erzählte, dass sich in der Stadt die Mordgerüchte überschlagen würden. Allein es fehlten Beweise.

„Der Vatikan schweigt dazu."

Als ich ihr mein sizilianisches Abenteuer in einer gereinigten Fassung schilderte, seufzte sie.

„Was für eine Story. Aber haben Sie etwas Handfestes, was die Rolle Navarones belegt?"

„Nein, habe ich nicht."

„Dann kann ich es nicht bringen."

„Dachte ich mir."

„Bringen Sie mir einen Knochen und ich bin dabei."

„Dann wollen wir die Fronten mal richtig aufmischen. Ich schicke Ihnen die gesamte Liste der ‚P Due'-Anhänger, nicht nur einen Appetithappen. Das wäre doch was für Ihre Zeitung."

„Alle Namen? Das wäre der Höhepunkt unserer Kampagne. Wann kann ich sie haben?"

„Noch heute", erwiderte ich grimmig.

Ohnehin hatte ich das Bild im *Greco* vor Augen, wie Maja und Santini aufeinander einredeten. Sie hatten geglaubt, mich durch Maja unter Kontrolle zu haben. Doch ich würde es ihnen heimzahlen.

Ich entnahm dem Geheimfach meines Koffers die Liste und fuhr in die Lobby hinunter.

Mit den Worten: „Gerade sind Papiere für Sie vom Kommissariat hereingekommen", empfing mich das Mädchen von der Rezeption. Ich nahm Montebellos Faxe entgegen und bat, meine Papiere zur Zeitung durchzufaxen.

„Das ist ja die Gästeliste des *St. Regis*", wunderte sich die Brünette mit einem kessen Lächeln.

Ich wartete, bis sie die mehrseitige ‚P Due'-Liste durchgegeben hatte, und nahm die Originale wieder an mich. Nun, Wölfin, das kommt davon, wenn man sich mit einem Deutschen anlegt, zumal einem Hamburger, lobte ich mich selbst. Von dem Schlag würde sich Gelli nicht so schnell erholen. Eine Geheimloge, die nicht mehr geheim war, wurde wirkungslos. Die Offenlegung aller Namen, insbesondere aller Kurienkardinäle, würde den Vatikan erschüttern. Für ein paar Tage würde das Konklave in den Hintergrund treten.

Auf meinem Zimmer sah ich mir die Gästeliste des *St. Regis* an. Beim ersten Durchsehen fand ich keinen Namen, der mir verdächtig erschien. Dann traf es mich wie ein Schlag. Einer der Gäste hieß Jesus Maria Camara. Das konnte kein Zufall sein. Vermutlich ein Verwandter des Dom Helder Camara. Hatte Johannes Paul seiner Umgebung misstraut und deswegen den Padre aus Venedig damit betraut, das Original mit der Unterschrift Johannes' XXIII. einem Verwandten des Dom Helder Camara zu übergeben, damit dieser es dem wahren Besitzer zurückgab? Doch leider war der Gästeliste auch zu entnehmen, dass dieser Jesus Maria Camara ausgecheckt hatte. Ich rief noch einmal Montebello an und teilte ihm meine Entdeckung mit.

„Ich kümmere mich darum", versprach er.

Wenig später teilte er mir mit, dass Camara bereits im Flugzeug nach Rio de Janeiro saß.

„Aber ich bleibe dran", versicherte er mir.

Ich hatte das Gefühl, ein paar Punkte gemacht zu haben.

Es klopfte und die Tür ging auf. Maja trat ein. Das Herz schlug mir bis zum den Hals. Spencer sprang mich an und leckte mir das Gesicht.

15

Was ist eine Liebe wert

Sie sah meinem Gesicht an, dass etwas nicht in Ordnung war.

„Tut mir leid, ich wurde aufgehalten", entschuldigte sie sich.

„Ich weiß. Wie war dein Gespräch mit Santini?"

Sie wurde weiß wie ein Handtuch. Ihre Augen weiteten sich und sie drückte ihre Hand auf den Mund.

„Wie nennt man so etwas? Verrat? Wie viele Silberlinge hast du dafür bekommen?"

Sie stürzte mit Tränen in den Augen auf mich zu und umarmte mich. Ich löste ihre Arme von meinem Hals und stieß sie zurück. Spencer sah erstaunt von mir zu ihr und wieder zurück. Er spürte, dass zwischen uns etwas gewaltig schief lief. Ich streichelte seinen Kopf und er protestierte mit einem Winseln.

„Ich habe es nicht gewollt. Sie haben mich dazu gezwungen."

Ich lachte höhnisch. „Ich bin mir noch nie so verarscht vorgekommen."

„Ich spielte mit, weil sie mich dazu zwangen. Santini hat Vater gedroht, dass er ihn, seine Existenz und meine ganze Familie vernichten würde, wenn ich nicht über deine Aktivitäten berichte. Aber ich hatte mich in dich verliebt. Vater war froh, dass ich mit dir nicht wegen der Drohung zusammen war, sondern dich wirklich liebe."

„Und die Entführung?"

„Sollte zusätzlichen Druck auf uns ausüben. Heute wollte er, dass ich dich dazu überrede, zurück nach Deutschland zu gehen. Ich habe ihm gesagt, dass mich die ganze Geschichte anekelt und ich dich nicht beeinflussen würde. Er drohte, dich töten zu lassen. Du bist in höchster Gefahr. Glaube mir doch, ich habe ihm keine Informationen geliefert. Deswegen hat er mich ja auch entführen lassen. Ich wusste erst gar nicht, in wessen

Gewalt ich mich befand. Als man mir dies sagte, habe ich noch mehr Angst bekommen. Du musst mir glauben!"

„Das muss ich nicht. Du hast mich verraten. Du und deine ganze Familie. Was seid ihr für Heuchler."

„Nur Vater wusste davon. Nur er war eingeweiht. Ich habe Santini gesagt, dass ich nicht mitmache. Seine Frage, ob du Unterlagen aus der Vatikanbank hast, habe ich verneint. Ich gehe mit dir nach Hamburg."

„Vergiss es!", erwiderte ich in meinem Zorn. „Was ist eine Liebe wert, die auf Verrat beruht."

„Ich habe ihm nichts erzählt, was dir geschadet hätte. So glaub mir doch!"

Sie stampfte mit dem Fuß auf. Über ihr Gesicht liefen dicke Tränen. Krokodilstränen nennt man so etwas. Ich schüttelte den Kopf.

„Es ist aus, Maja. Ich könnte dir nie wieder vertrauen. Ich reise noch heute ab."

„Und ich?"

„Dein Auftraggeber wird glauben, dass du sein Ziel erreicht hast. Aber morgen wird er rasen vor Wut und du solltest schleunigst mit ihm Kontakt aufnehmen und ihm mitteilen, dass morgen alle Namen der ‚P Due'-Mitglieder in der Zeitung stehen werden. Er wird dies als Beweis ansehen, dass du auf seiner Seite stehst. Aber Gelli, der Anführer der ‚P Due', ist erledigt. Er wird froh sein, wenn er mit heiler Haut aus Italien herauskommt."

„Mein Gott, du hast die gesamte Liste ...?"

„Ja, deiner Cousine zugespielt."

„Gelli wird sich rächen."

„Santini mit seinen Mafiabeziehungen ist für mich gefährlicher und bei der Kurie zähle ich auch nicht gerade zu den beliebtesten Christenmenschen. Ich fahre noch heute Abend nach Hamburg."

„Serge, ich habe Angst um dich!"

„Kümmere dich um dich selbst. Serge vertraut nur noch seinem Hund. Es ist aus, Maja", wiederholte ich.

„Du kannst nicht verzeihen", sagte sie bitter. Sie setzte sich aufs Bett und schluchzte vor sich hin.

Ich holte meine Sachen aus dem Schrank und warf sie in den Koffer. Spencer ging zu ihr, stupste sie an, sah dann ratlos zu mir herüber und jaulte. Er war restlos durcheinander. Ich verstand ihn gut. Es ging mir genauso. Ich überprüfte die Revolver, die ich den Mafiosi abgenommen hatte und steckte sie in die Lederjacke. Ich war mir sicher, dass ich sie noch brauchen würde.

„Geh nicht so", flüsterte sie. „Bitte nimm mich mit. Glaube mir doch, ich habe dir nicht geschadet. Ich werde dich immer lieben. Immer", wiederholte sie.

Ich glaubte ihr kein Wort.

„Auch andere Mütter haben schöne Söhne. Aber ich rate dir, keine weiteren Spitzeldienste mehr anzunehmen."

„Du bist herzlos. So herzlos!", jammerte sie und trommelte mit der Faust aufs Bett. „Nie hätte ich geglaubt, dass du so zu mir sein könntest."

„Was erwartest du? Hast du nie daran gedacht, was passiert, wenn ich es erfahre? Hättest du mit einem Mann zusammenleben können, den du verraten hast? Wie naiv bist du eigentlich?"

„Ich wäre dir eine gute Frau gewesen."

„Vergiss es!", sagte ich hart. „Komm, Spencer, sie verdient deine Zuneigung nicht. Das Ganze war ein Fehler."

Mein Hund jaulte kläglich, doch er folgte mir. Ich schlug krachend die Tür hinter mir zu. Noch auf dem Flur hörte ich ihren Schrei.

„Nein, Serge! Komm zurück!"

Ich fuhr hinunter in die Lobby und bezahlte die Hotelrechnung. Von Camino, dem Portier, ließ ich meinen MG holen und wir verließen Rom. Es fing an zu regnen. Arrivederci, Roma. Voller Genugtuung stellte ich fest, dass ich keine Münzen in den Trevibrunnen geworfen hatte. Ich hatte nicht vor, nach Rom zurückzukehren. Die ganze Zeit auf der Fahrt sah mich Spencer immer wieder fragend an und jaulte.

„Verdammt nochmal! Mir tut es sicher mehr weh als dir!", blaffte ich ihn an. „Wir wollen Maja vergessen."

Ich fuhr bis Verona und übernachtete im *Due Torri*. Als ich am nächsten Morgen am Gardasee vorbeifuhr, schien wieder die Sonne. Am späten Abend traf ich in Hamburg ein.

Eine Zeit lang ging ich wieder meiner üblichen Arbeit nach: Beschatten von Fremdgängern, Aufdecken von Industriespionage und Beschützen von großen Bossen, was immer gut bezahlt wurde. Der Artikel in der Paolo Panerai brachte den erwarteten Wirbel. Andreotti musste mal wieder abdanken. Gelli entkam den Behörden. Er flüchtete nach Kolumbien. Bei den dortigen Drogenbossen war er in der richtigen Gesellschaft. Außerdem bestand kein Auslieferungsvertrag zwischen den beiden Ländern.

Es war ein gutes Gefühl, wieder in meiner vertrauten Umgebung zu sein. In Hamburg war alles klar und einfach und voraussehbar. Freitagabend aß ich wieder im *Haerlin* und klönte danach mit Harry in der netten kleinen Bar. Mir fiel ein, dass ich im Vier Jahreszeiten den Anruf bekommen hatte, der mich nach Rom führte. Wenn ich dann an Maja dachte, tat dies weh.

Die Papstwahl brachte für mich keine große Überraschung. Das Konklave wählte, wie zu erwarten war, keinen Modernisten, sondern einen Erzkonservativen, den Polen Wojtyla. Er nannte sich Papst Johannes Paul II., hatte aber weder das gütige Lächeln Lucianis noch dessen Reformwillen. Alles blieb beim Alten. Marcinkus blieb Chef der Vatikanbank. Er hatte schon bald ein sehr vertrautes Verhältnis zu dem neuen Papst, wie mir Franco bei einem Anruf mitteilte. Er war in die Abruzzen verbannt worden. Navarone blieb im Amt und Santini weiterhin Berater der Vatikanbank. Auch Marcello, Majas Bruder, rief mich immer wieder mal an und versuchte, mir einzureden, dass Maja unschuldig sei.

„Sie liebt dich wirklich", beteuerte er. „Sie weint sich die Augen nach dir aus."

Sollte sie. Er konnte mir viel erzählen. Doch seine Anrufe hatten den Vorteil, dass ich über die Angelegenheiten in Rom ganz gut informiert war. Auch Commissario Montebello, der Römer, meldete sich und berichtete mir über den Stand seiner

Ermittlungen. Er klang nicht sehr enthusiastisch, denn er war gründlich ins Leere gelaufen. Die Omertà, die Schweigepflicht der Mafia, funktionierte immer noch. Ich erfuhr von ihm, dass der neue Papst kräftig in der Politik mitmischte und die Gewerkschaft Solidarność in seinem Heimatland Polen unterstützte.

„Es ist ein offenes Geheimnis, dass er Millionen nach Danzig rüberscheffelt."

Das alles waren keine besonders erfreulichen Nachrichten aus der Ewigen Stadt.

In meinen Träumen tauchte immer noch Maja auf und auch Spencer erinnerte mich mit seinen vorwurfsvollen Blicken gelegentlich daran, dass sie ihm fehlte. Ein paar Tage nach Rom hatte er aus Protest sogar das Fressen verweigert. Liebeskummer? Er war eben ein sehr menschlicher Hund.

Als ich merkte, dass sich im *Gardenhotel* gegenüber meinem Büro in der Magdalenenstraße italienisch aussehende Gäste einquartiert hatten, wusste ich, dass man mich in Italien nicht vergessen hatte. Ihr großkotziger Cadillac zeugte auch nicht von hanseatischer Zurückhaltung. Ich wartete nicht ab, bis sie zuschlugen. Eines Nachts ging ich hinüber. Der Mann hinter der Rezeption schlief geräuschvoll an seinem Schreibtisch. Ich schnappte mir das Gästebuch, das vor ihm auf dem Pult lag. An den italienischen Namen war gut auszumachen, welche Zimmer sie belegt hatten. Ich sah zu dem Schlüsselkasten. Die Kerle mussten auf ihren Zimmern sein. Ich stieg die knarrende Treppe hoch in den zweiten Stock. Hinter der Nummer 12 hörte ich Lärm. Den Wortfetzen entnahm ich, dass gepokert wurde. Ich entsicherte die Smith & Wesson und trat ein. Die Kerle saßen im Unterhemd an einem runden Tisch, auf dem Whiskyflaschen standen. Erstaunt drehten sie sich zu mir um. Sie machten Augen wie Mühlräder. Mein Revolver überzeugte sie, dass sie im Moment das schlechtere Blatt hatten.

„Wie blöd seid ihr eigentlich?", fragte ich sie. „Wenn ihr im Vier Jahreszeiten oder jedem anderen Hotel Hamburgs abgestiegen wärt, hätte ich nie von euch erfahren. Nun mal raus mit der Sprache, wer schickt euch?"

Sie grummelten herum. Es kam nichts Tolles dabei heraus.

„Wir sind harmlose Touristen", stotterte der Fettkloß von ihnen. Platte Nase. Niedrige Stirn. Kräftiges Gebiss. Die beiden anderen waren gut aussehende Jünglinge. Typ Frauenflüsterer.

„Ihr seid auch noch Spaßvögel!"

Ich schlug dem Jüngsten von den Schöntuern den Revolverlauf ins Gesicht. Es knackte hässlich. Er schrie und ich stieß ihm den Revolver in die Seite.

„Schnauze! Sonst leg ich euch alle um."

Meine Handreichung wirkte. Nun bekam ich die Auskunft. Sie kamen von der Cantonafamilie. Santini hatte sie angeworben. Mein Freund, der Großbanker, hatte mich also nicht vergessen.

„Hat der alte Cantona immer noch nicht gelernt, dass ich solchen Blindgängern wie euch die Hosen ausziehe?", tat ich enttäuscht. „Der weiße Cadillac draußen gehört doch euch? Wir werden eine Spazierfahrt unternehmen."

„So wie wir sind?", fragte der Dicke.

„Wieso nicht? Eure gerippten Hemdchen sind doch recht kleidsam."

Der Dicke wollte sich auf mich werfen. Ich stieß ihm den Fuß zwischen die Beine und er umklammerte jammernd sein bestes Stück. Einer der Ragazzi dachte wohl, dass dies die beste Gelegenheit sei, mir nun den Ernst der Lage zu erklären, und griff nach seinem Jackett, das er über den Stuhl gehängt hatte. Plötzlich hatte er eine automatische Pistole in der Hand. Ich schlug ihm mit dem Revolverlauf auf die Finger und sie entfiel ihm. Ich behandelte kurz Leber und Magen und er half dem Dicken beim Winseln.

„So. Nun raus mit euch! Wo ist der Wagenschlüssel?"

Der Dicke deutete auf sein Jackett und ich sagte ihm, dass er ihn mit den Fingerspitzen herausholen sollte. Er tat es sehr vorsichtig. Ich steckte eine Whiskyflasche in die Seitentasche meiner Jacke, öffnete die Tür und trieb die drei vor mir her. Der Portier schlief immer noch. Wir begegneten niemandem. Auch die Straße war leer. Es ging auf vier Uhr zu. Zu dieser Zeit ist in Pöseldorf nicht viel los.

Wir stiegen in den Wagen und ich setzte mich hinten rein.

„Los, ihr Hübschen. Machen wir eine Spritztour."

„Wohin?"

„Erst immer der Nase nach und dann Richtung Bahnhof. Dort biegen wir zur Außenalster ab."

Mir war nichts Besseres eingefallen. Gegenüber dem weißen Palast des Hotel *Atlantic* ließ ich halten. Es leuchtete in der Dunkelheit so geheimnisvoll wie das Schloss des Citizen Kane. Nicht nur für Udo Lindenberg, sondern auch für die anderen Reichen und Mächtigen dieser Welt war es eine der angesagtesten Adressen.

„Alle aussteigen! Wir machen jetzt einen richtig schönen Nachtspaziergang."

„Wollen Sie uns umlegen?", fragte der Dicke angstschlotternd.

„Los! Raus mit euch."

Die Straße war menschenleer. Um diese Uhrzeit interessierte selbst das *Atlantic* keinen Touristen mehr. Ich trieb die Brüder an das Ufer der Außenalster.

„Wenn Sie uns laufenlassen, zahlen wir Ihnen zehntausend Mark", bot mir der Dicke an.

„Wir fahren auch gleich zurück nach Italien", bekräftigte einer der Schönlinge.

„Werdet ihr. Doch erst, Dickwanst, vermöbelst du deine Freunde."

„Was soll das?"

„Ja. Du hast richtig verstanden. Schlag sie zusammen. Ich will, dass du sie verprügelst. Mach es gründlich. Je schneller sie das Bewusstsein verlieren, desto gnädiger ist es für sie."

„Das mach ich nicht!", bockte der Dicke.

Ich ließ den Revolverhahn knacken. In Ermangelung einer vielversprechenden Alternative nahm er sich den ersten Freund vor. Er verstand sein Fach. Er prügelte so lange auf ihn ein, bis er zu Boden ging. Irgendwie hatte er Feuer gefangen und machte mit den Füßen weiter. Als dieser endgültig knockout ging, nahm er sich den zweiten vor. Das gleiche Procedere. Schließlich war auch das ausgestanden.

„Und nun?", fragte er ängstlich.

„Nun bin ich dran."

Ich verbeugte mich kurz vor ihm und er starrte mich erstaunt an. So viel Höflichkeit war er nicht gewohnt. Viel Zeit blieb ihm nicht darüber nachzudenken. Ich zeigte ihm das, was ich meinen Schülern beibrachte. Danach griff ich zur Whiskyflasche und schüttete den Inhalt über ihnen aus. Sie wachten davon nicht auf. Es war keine zärtliche Behandlung, die ich ihnen hatte angedeihen lassen. Aber was wäre die Alternative gewesen? Sie umzulegen? Mit drei Toten wollte ich mein Gewissen nicht belasten. Santini würde mir sicher bald andere Kaliber auf den Hals schicken. Mit denen würde ich die härtere Gangart durchziehen müssen. Man soll sich von der Gewalt nicht besoffen machen. Verdirbt den Charakter.

Mit dem Cadillac fuhr ich zurück zum Hotel und stellte den Wagen dort ab. Ich ging zu einer öffentlichen Telefonzelle, rief die Polizei an und sagte dem Wachhabenden, dass drei Kerle gegenüber dem *Atlantic* grölend Passanten belästigten. Ehe er weitere Fragen stellen konnte, legte ich auf. Vielleicht hatte ich Glück und die drei wurden von Interpol gesucht.

Am nächsten Tag erschien über die drei halbnackten Italiener ein Bericht in der BILD. Bingo. Der Dicke wurde wegen Mordes gesucht, die zwei anderen wegen Banküberfalls. Die Hamburger hatten einiges zu lachen und die Journalisten konnten kräftig spekulieren.

Dann kam der Anruf, der mich wieder nach Rom lockte. Lord Bob Bradberry rief recht kleinlaut an.

„Mutter lässt nicht locker. Die Polizei ist nicht weitergekommen. Der Tod meines Sohnes gerät langsam in Vergessenheit. Grandma hat mich bekniet, dass wir Sie noch einmal nach Rom schicken."

„Das hatten wir doch schon einmal. Wir wissen, dass ihn vermutlich dieser McDonaught getötet hat und ein Abgesandter Navarones den Auftrag an die Cantonas weitergab, die sich von Savinelli in New York den Killer ausliehen. Aber Beweise dafür haben wir nicht. Wo soll ich noch ansetzen?"

Er blieb hartnäckig und als er mein Honorar verdoppelte, wurde ich schwach. Ich glaubte zwar nicht, viel erreichen zu können, aber das Wetter in Hamburg war mal wieder fürchterlich. Als Entschuldigung kann ich nur anführen, dass außerdem mein Konto tüchtig in die roten Zahlen gerutscht war. Ich hatte bereits den Flug gebucht, als ich einen zweiten Anruf bekam, der mich darin bestärkte, nach Rom zurückzukehren.

Es war Fürst Mazarini, der Vater Estefanias höchstpersönlich.

„Meine Tochter hat Sie mir als tüchtigen Mann beschrieben, der bewundernswert mit dem Strauchdieb Caselieri fertig geworden ist."

„Weil mir Ihre Tochter geholfen hat."

„Jetzt braucht meine Tochter Ihre Hilfe."

„In welcher Angelegenheit?", fragte ich vorsichtig.

„Sie ist entführt worden. Man verlangt hunderttausend Dollar von mir. Nach den Erfahrungen bei Entführungen bekomme ich sie, selbst wenn ich zahle, nur als Leiche zurück."

„Was kann ich da tun? Gehen Sie zur Polizei."

„Nein. Sie werden sie mir zurückbringen. Ich hatte meine Tochter kurz am Telefon. Sie sagte, dass ich zahlen soll, da der Mann vom Caselieri-Fest das Geld schon auftreiben würde. Das war natürlich nur die verschlüsselte Botschaft, dass ich mich an Sie wenden soll. Sie scheint großes Vertrauen in Ihre Fähigkeiten zu haben. Ich zahle Ihnen Ihr Tageshonorar und als Erfolgsprämie die Hunderttausend, die die Banditen verlangt haben. Ich will meine Tochter heil zurück."

Es gibt Angebote, die schlägt man nicht aus. Dies war so eins. Außerdem mochte ich die Contessa Mazarini.

Am nächsten Morgen war ich in Rom und suchte den Fürsten in seinem prächtigen Palazzo auf. Spencer hatte ich diesmal nicht mitnehmen können und meiner griechischen Nachbarin anvertraut. Sein Blick sagte mir, dass er mich für den Bruder des Judas hielt.

Schon der Empfangssaal bewies, dass die Mazarini immer noch ein beträchtliches Vermögen besaßen. Gemälde in vergoldeten Rahmen. Prächtige Lüster. Eine Marmortreppe, die zum

Wandeln einlud. Ein livrierter Diener führte mich in eine Bibliothek mit tausenden kostbar eingebundenen Büchern. Tisch und Stühle hatten vergoldete Beine. Sessel mit Samtbezügen, die das Wappen der Mazarini zeigten, luden zum Entspannen ein. In ihnen mochten schon Könige und Päpste gesessen haben. Zweifellos hatte Estefania ihr gutes Aussehen von ihrem Vater geerbt. Ein schlanker, weißhaariger Mann, dessen Kopf gut auf eine antike Münze gepasst hätte. Ein schmales Profil mit einer ausgeprägten Nase. Es fehlte nur der Lorbeerkranz. Braune, warme Augen musterten mich. Auf einen Stock mit silbernem Knauf gestützt, kam er mir entgegen.

„Sie sind also der Mann aus Hamburg", sagte er, als er meine Hand schüttelte. Er brauchte sich nicht vorzustellen. Er wies auf die Sessel und wir setzten uns.

„Einen Brandy?"

„Ein kühles Wasser wäre mir lieber. Der italienische Frühling überrascht mich immer wieder."

„Ja. Es ist dieser Tage sehr heiß", stimmte er mir zu. „Ich werde einen Duque d'Alba nehmen, und Sie werden ihn nach dem Wasser auch genießen. Der Duque d'Alba ist mein Lieblingsbrandy."

Ich nickte zustimmend, um ihm einen Gefallen zu tun. Er freute sich. Er nickte seinem Domestiken zu, so nannte man wohl die Diener bei einem Fürsten.

„Estefania ist meine Lieblingstochter. Ich habe zwei Mädchen und einen Sohn. Aber Estefania ist die, die mir vom Charakter her am ähnlichsten ist. An ihr ist ein Mann verlorengegangen. Ich möchte sie nicht verlieren. Zeigen Sie mir, wie tüchtig Sie sind."

Der Livrierte kam mit einem Tablett und brachte Wasser und Brandy. Er stellte beides vorsichtig auf einem kleinen Beistelltisch ab, goss den Brandy in die Schwenker und stellte die Flasche daneben.

„Nehmen Sie nach dem Wasser ruhig einen Schluck Brandy", forderte mich der Fürst auf. Wir griffen zu den Gläsern. Zu meiner Überraschung war das Glas angewärmt. Der Fürst lächelte.

„Einen guten Brandy sollte man aus einem angewärmten Glas trinken. Eine spanische Sitte. So entfaltet sich das Bouquet am besten.“

Ich roch an dem Glas. Ein wundervoller Duft strömte mir entgegen. Beim ersten Schluck wünschte ich mir, auch ein Fürst zu sein, was eigentlich total geben meine plebejische Grundhaltung verstieß. Der Fürst freute sich über meine genießerische Miene.

„Ja. Es geht nichts über einen Duque d'Alba oder einen Lepanto. Namen großer Geschichte. Doch wir sind nicht zum Plaudern beisammen!“

„Nein. Leider nicht“, bestätigte ich. Der alte Herr gefiel mir. Ich bewunderte, wie er trotz der Entführung Haltung bewahrte.

„Sie haben also ein Erpresserschreiben erhalten?“

Er öffnete eine mit rotem Leder bezogene Mappe mit dem Wappen der Mazarini und entnahm ein Papier, das er mir mit einem Foto reichte. Wie in solchen Fällen üblich waren die Buchstaben aus einer Zeitung ausgeschnitten. Die Zeilen waren lapidar: ZAHLEN SIE HUNDERTTAUSEND DOLLAR, WENN SIE IHRE TOCHTER LEBEND WIEDERSEHEN WOLLEN. WIR INFORMIEREN SIE ÜBER DIE ZAHLUNGSMODALITÄTEN.

„Dieses Foto lag dabei“, sagte der Fürst. Ein Polaroid. Estefania mit einer Tageszeitung von vor zwei Tagen. Sie sah sehr erschöpft aus. Doch ihr Blick verriet den Mazarini-Stolz.

„Die Entführer riefen mich auch einmal an.“

„Wie klang die Stimme des Erpressers?“

„Dumpf. Ich glaube, er sprach durch ein Taschentuch.“

„Was sagte er?“

„Nicht mehr als auf diesem Wisch hier. Dann übergab er meiner Tochter das Telefon. Sie erinnerte mich an den Mann vom Caselieri-Fest.“

„Vielleicht enthielt die Nachricht nicht nur, wen Sie einschalten, sondern auch, wo Sie ansetzen sollten“, mutmaßte ich.

Der Fürst machte große Augen.

„Sie meinen, dass Fürst Caselieri damit zu tun hat? Das glaube ich nicht. Ein Fürst lässt sich nicht auf solchen Handel ein. Die

Caselieri haben ihr Vermögen auch durch die Zeiten gebracht, die haben so etwas nicht nötig. Wir sind die Fürsten von Rom und keine Banditen oder Gauner."

Ich verkniff mir die Bemerkung, dass sich in der Geschichte Roms die adeligen Familien durchaus als Banditen, Gauner und Mörder aufgeführt hatten. Aber ich wollte ihm nicht die Laune verderben. Ich traute dem Fürsten Caselieri durchaus zu, dass er sich an Estefania wegen ihrer Hilfe bei meinem seinerzeitigen ‚Fischzug' rächen wollte. Sehr höflich hatten wir seine Einladung nicht beantwortet.

„Haben sich die Banditen schon wegen des Übergabetermins gemeldet?"

„Ja, in drei Tagen. Um sechs Uhr nach der Frühmesse in San Paolo fuori le Mura."

Mir fiel Flaherty ein, der kleine dicke Priester, den ich dort kennengelernt hatte. Vielleicht konnte der mir helfen.

„Der Ort ist nicht schlecht gewählt", fuhr der Fürst fort. „Die nächste Polizeistation ist kilometerweit entfernt. Außerdem liegt die Kirche an einer viel befahrenen Zugangsstraße zur Stadtmitte."

„Haben Sie das Geld bereit?"

Er nickte.

„Ich werde die Übergabe übernehmen."

„Das hatte ich gehofft", antwortete der Fürst mit feinem Lächeln.

„Vielleicht wird eine Übergabe gar nicht nötig sein."

„Bitte riskieren Sie nicht das Leben meiner Tochter. Das Geld spielt keine Rolle."

„Keine Sorge. Dafür schätze ich Estefania zu sehr."

„Meine Tochter macht auf Männer stets einen großen Eindruck, ich weiß. Leider entscheidet sie sich oft für die falschen Männer." Er seufzte. Ihn schienen die Bekanntschaften seiner Tochter nicht immer zu erfreuen.

„Wo werden Sie wohnen? Sie können natürlich auch in meinem Haus Quartier nehmen. Der Palazzo ist groß genug und Personal, das Sie verwöhnen würde, haben wir mehr als genug."

„Ich halte dies für keine gute Idee. Es ist nicht auszuschließen, dass dieses Haus unter Beobachtung steht. Ich bin in gewissen Kreisen mittlerweile nicht mehr ganz unbekannt."

„Was haben Sie vor?" Gespannt beugte er sich vor.

„Lassen Sie mich erst mal sondieren", wich ich aus. Ich hatte nicht vor, ihm zu verraten, dass ich seinem Fürstenkollegen einen Besuch abstatten wollte, bei dem es etwas rau zugehen konnte.

„Wo wollen Sie nächtigen?"

„Vielleicht wieder im *Forum*."

„Nein. Sie übernachten im *Hassler*", erwiderte er bestimmt. „Es ist nicht allzu weit von meinem Haus entfernt und außerdem liebe ich das *Hassler*. Ich esse dort oft im Dachrestaurant. Das Essen ist vorzüglich."

Ich konnte ihm da nur beipflichten. Der Fürst nahm die Klingel vom Beistelltisch. Sofort erschien ein anderer Diener.

„Ruf doch im *Hassler* an und sage denen, dass ich eine Suite für meinen Freund Serge Christiansen wünsche. Natürlich mit Aussicht auf die Spanische Treppe. Sie sollen sich Mühe geben und jeden Abend einen Tisch für ihn im Restaurant bereithalten!"

Der Diener verschwand nach einem beeindruckten Blick auf mich.

„Ich werde nachher für Ihr Gelingen beten!", sagte er zum Abschied. Ich hatte schon festgestellt, dass die meisten Römer keine Atheisten waren und bedankte mich dafür.

Als ich im *Hassler* an die Rezeption trat, stieg mein Blutdruck. Verlegen sah mir Maja entgegen.

16

Mit Fürsten scherzt man nicht

„Herr Christiansen, unsere schönste Suite wurde vom Palazzo Mazarini für Sie reserviert." Majas Stimme klang gebrochen. Sie beugte sich nach vorn und flüsterte. „Ich bin fast gestorben, als ich hörte, dass du bei uns einkehrst."

„Du hast also den Job im *Hassler* bekommen", stellte ich überflüssigerweise fest.

„Vor einigen Wochen", wisperte sie. „Auch hier sind Kontakte zu den Gästen verboten. Trotzdem – kann ich dich nachher sehen?"

Wenn ich konsequent gewesen wäre, hätte ich ihr dies abschlagen müssen. Aber wann ist man bei Gefühlen schon mal vernünftig? In dem Augenblick, als ich sie sah, war mir bewusst geworden, wie sehr ich sie geliebt hatte und immer noch liebte … Zum Teufel, ich hatte doch sonst immer alles unter Kontrolle. Sie hatte abgenommen, aber dies hatte ihrer Schönheit nicht geschadet.

„Gut. Um zwanzig Uhr im *Greco*", erwiderte ich mit bösem Lächeln, sie daran erinnernd, was zu unserer Trennung geführt hatte.

Sie senkte den Kopf. „Wo ist Spencer?"

„Den habe ich diesmal bei Freunden gelassen."

„Schade. Er hätte mir bestimmt geholfen."

„Wobei?"

Ich nahm ihr den Schlüssel aus der Hand. Sie winkte einen Pagen heran, der mein Gepäck nahm und mich zum Fahrstuhl führte. Viel zu tragen hatte er nicht. Ich hatte nicht vor, in großer Garderobe aufzutreten. Die Suite war phantastisch. Ein bisschen zu bombastisch für meinen Proletariergeschmack, aber ich hatte eine wunderschöne Aussicht auf die Spanische Treppe bis hin zur Kuppel von St. Peter.

Die Wiederbegegnung mit Maja hatte mich doch ein wenig durcheinandergebracht und ich nahm einen Martell Bleu aus der Bar. Keine schlechte Marke, aber gegen den Brandy vom Fürsten kam er nicht an. Vielleicht weil das Glas nicht angewärmt war.

Ich versuchte, mir klarzuwerden, wie ich zu Maja stand. Immer noch hatte ich starke Gefühle für sie, das war mir nun bewusst geworden. Aber waren sie so stark, dass ich ihren Verrat vergessen konnte? Ich fand keine Antwort. Ich rief Marcello an, der mich genug damit genervt hatte, wie sehr mich seine Schwester noch liebe. Doch dies war nicht der Grund meines Anrufs. Ich wollte wissen, was in der Stadt so lief. Wer wusste das besser als die Guardia Finanza? Als ich ihm sagte, dass ich im *Hassler* untergekommen sei, stieß er ein „Oha" aus.

„Ich habe nicht gewusst, dass Maja hier arbeitet."

„Bestehen Chancen auf eine Versöhnung?", fragte er freudig.

„Eher nicht."

„Du bist ein sturer Deutscher."

„Ich bin ein prinzipientreuer Hamburger Jung, der in Liebesdingen keinen Verrat hinnimmt."

„Du bist ein kaltschnäuziger Mailänder."

„Lassen wir das. Marcinkus ist also nicht abberufen worden?"

Er lachte höhnisch.

„Im Gegenteil. Er ist Erzbischof geworden. Marcinkus genießt bei dem Polen hohes Ansehen, gehört zu seinen engsten Vertrauten. Er scheffelt für den Wojtyla Millionen nach dessen Heimat. Er ist für ihn unverzichtbar. Aber einen Trost habe ich für dich. Die Banco Ambrosiana hat sich nicht erholt und steht kurz vor dem Kollaps. Die Vatikanbank ist das einzige Institut, das die Ambrosiana noch stützt. Aber wie lange noch? Marcinkus hat in Nassau und Panama so viel für die Polenaktivitäten herausgequetscht, dass er den Einsturz der Banco Ambrosiana wohl nicht mehr lange aufhalten kann. Er muss aufpassen, dass nicht auch noch die Vatikanbank irreparabel beschädigt wird. Also, hier steht alles vor einem zweiten ‚Sacco di Roma'."

Ich war zur rechten Zeit nach Rom zurückgekommen.

Danach meldete ich mich bei Commissario Montebello. Er stöhnte, als ich ihm sagte, dass ich wieder in Rom sei.

„Sie haben mir gerade noch gefehlt. Konnten Sie nicht in Ihrem verregneten Hamburg bleiben, wo Sie gewissen Herrschaften aus dem Blickfeld sind?"

„Man hat mir auch dort einen Besuch abgestattet."

„Ich habe davon gehört. Ich habe mir schon gedacht, dass Sie dahinterstecken. Kompliment, da haben Sie ein paar ausgemachte Schurken aus dem Verkehr gezogen."

„Ich bin noch an einer anderen Geschichte dran. Einer hochgestellten Persönlichkeit ist die Tochter entführt worden und man hat mich engagiert."

Er stieß einen Fluch aus. „Warum gerade Sie?"

„Weil sich mein guter Ruf herumspricht."

„Römer?"

„Bingo."

Mehr ließ ich nicht raus, denn mir war schon klar, dass sich meine Aktivitäten nicht mit der Moralauffassung eines Commissario decken würden.

„Und ausgerechnet Sie sollen sie ihm wiederbringen? Mann, bei Entführungen könnten nicht nur die Mafia, sondern auch die Roten Brigaden im Spiel sein. Das ist deren liebstes Hobby. Warum kommt Ihr Auftraggeber nicht zu uns? Schließlich wissen wir, wie man Entführungen händelt. Sie sind, was das betrifft, doch ein Amateur."

„Nicht so ganz", entgegnete ich. Schließlich hatte ich Maja dem Santini entrissen.

„Haben Sie nicht bereits genug Feinde, die auf Ihren Skalp aus sind?"

„Wo befindet sich der Fürst Caselieri?"

„Hat der etwas damit zu tun?"

„Vielleicht. Will ich jedenfalls nicht ausschließen. Ich muss wissen, ob er sich in Rom oder auf einer seiner Besitzungen aufhält."

„Der Fürst soll mit einer Entführung zu tun haben? Unfug!"

„Wie heißt es so schön: Ein guter Detektiv muss unter jedem Stein nachsehen."

„Na gut. Ich kann das herausbekommen. Aber bauen Sie nur keinen Scheiß!" Er wollte das Gespräch beenden, aber ich stoppte ihn.

„Halt! Wie ist die Sachlage im Falle Johannes Paul Uno?"

„Wie soll sie schon sein? Eine Menge Gerüchte, aber nichts, was vor Gericht Bestand haben würde. Einige Bücher von angeblich sehr gut informierten Autoren haben eine Menge Staub aufgewirbelt, aber der Vatikan schweigt dazu, und wir dürfen ohnehin nichts unternehmen. Und die Omertà, das Gesetz des Schweigens, funktioniert nicht nur auf Sizilien."

„Die Familie von Padre David verlangt immer noch Aufklärung."

„Ihr bellt den Mond an."

„Vielleicht komme ich über den Mörder Davids auch an den Mörder des Papstes heran."

„Wenn es ein Mord war. Und ehrlich, gibt es irgendeinen Hinweis, dass wir es mit dem gleichen Täter zu tun haben? Nicht einen einzigen!", beantwortete er sich selbst die Frage.

„Ist aber eine interessante Hypothese."

„Sie vertragen das Klima in Rom nicht. Hören Sie auf. Wir werden nie erfahren, was da im ‚Kreml' gelaufen ist."

„‚Kreml' ist gut. Aber stimmt schon, genauso abgeschottet ist die Festung Vatikan."

„Hören Sie auf, in Rom das Trüffelschwein zu spielen. Es sind zu viele Jäger auf der Pirsch."

„Sie sind ein Scherzkeks", schalt ich ihn, aber besonders wohl war mir bei dem Gedanken auch nicht. Er versprach noch mal, den Aufenthaltsort des Caselieri zu recherchieren. Mehr erwartete ich ohnehin nicht von ihm.

Es war Zeit, ins *Greco* zu gehen. Maja befand sich bereits nicht mehr an der Rezeption. Ich trat auf die Plattform unterhalb der Kirche St. Trinità dei Monti und sah hinunter auf die Piazza di Spagna. Widersprüchliche Gefühle bewegten mich. Rom war mir die Höhle der Wölfin geworden, aber trotzdem liebte ich diese Stadt. Ich stieg die Treppe hinunter, an rotbraunen Häusern vorbei und sah hinüber zu den goldenen Kuppeln, unter denen der angebetet wurde, der einst in Galiläa als armer Wanderprediger herumgezogen war.

Maja wartete bereits auf mich. Sie sah ängstlich hoch, als ich an ihren Tisch trat. Ich setzte mich zu ihr und bestellte einen Latte Macchiato. Wir schwiegen uns eine Weile verlegen an.

„Ich hasse diesen Ort", sagte sie schließlich und griff nach meiner Hand. Ich entzog sie ihr sachte.

„Warum kannst du nicht verzeihen? Du liebst mich doch, oder?"

Ich gab ihr darauf keine Antwort. Ich wusste selbst nicht, ob das, was ich für sie noch fühlte, Liebe war oder nur sentimentale Erinnerungen.

„Mein Vater ist ganz unglücklich, wie es gekommen ist."

„Ja, und trotzdem hat er mitgemacht."

Tränen traten in ihre braunen Augen und ich musste an mich halten, sie nicht in die Arme zu nehmen.

„Schade, dass du Spencer nicht mitgebracht hast. Er hat mich nicht verurteilt."

„Er ist nur ein Hund."

Aber es stimmte. Ich verriet nicht, dass er tagelang geschmollt und nichts gefressen hatte.

„Was führt dich diesmal nach Rom? Ist es die Contessa Estefania?"

„Ja. Aber es ist nicht das, was du vermutest. Sie ist verschwunden und ihr Vater will, dass ich sie wiederfinde."

„Entführt?", fragte sie hellsichtig und legte die Hand vor den Mund.

„Möglich."

„Ich würde dir gern helfen." Ihre Stimme flatterte. Ganz zart, zaghaft und doch war auch ein wenig Hoffnung in dem Ton.

„Zu gefährlich!", erwiderte ich lapidar.

„Ich liebe dich", flüsterte sie übergangslos.

Sie liebte mich und ich glaubte es ihr. Ihre Schönheit schnürte mir das Herz zusammen. Aber die Frage blieb, ob diese Liebe, nach all dem, was geschehen war, im Alltag Bestand haben konnte. Ihre Lippen zitterten. Ich vermochte ihren bittenden Augen nicht zu widerstehen.

„Ich brauche Zeit", war das einzige, was ich herausbrachte. Schon bei diesem vagen Zugeständnis leuchteten ihre Augen auf und sie griff, wie vertraut war dies, nach meiner Hand.

„Ich habe Geduld", flüsterte sie. „Alle Zeit, die du brauchst. Nie, niemals werde ich dich hintergehen." Sie sagte dies mit einer Inbrunst, die mich rührte.

„Was wirst du als nächstes unternehmen?"

„Die Contessa finden, was sonst."

„Und konkret?"

Ich zuckte mit den Schultern.

„Gib bitte auf dich Acht."

Ich sah die Sorge in ihren Augen. Ein schmerzlicher Zug lag um ihre Lippen. „Ich passe schon auf mich auf."

„Wann sehe ich dich wieder?"

„Du siehst mich jeden Tag im *Hassler*. Der Fürst ist sehr großzügig. Doch nun muss ich." Ich stand auf und gab ihr etwas förmlich die Hand. Sie drückte sie an ihre Wange. Ich machte, dass ich davonkam.

Zutiefst aufgewühlt bog ich in die Via del Babuino ein, ging bis zur Piazza del Popolo und setzte mich auf die Terrasse des Cafés *Rosati* auf der linken Seite, von der ich einen guten Blick auf die beiden Zwillingskirchen und den Obelisken hatte. Der Versuch, Klarheit über meine Gefühle zu bekommen, scheiterte gründlich.

Am nächsten Morgen rief mich Montebello an.

„Ich weiß nicht, warum ich Ihnen helfe. Es wird nur Ärger daraus entstehen. Der Fürst ist auf seinem Landgut vor San Gimignano. Bauen Sie keinen Mist! Nicht, dass ich Ihre Leiche einsammeln muss."

Er konnte einen wirklich aufmuntern.

Ich fuhr zur Rezeption hinunter. Maja stand bereits hinter dem Tresen. Als sie mich sah, wurden ihre Augen zu Scheinwerfern. Ich musste schlucken, als ich ihr die Hand gab.

„Wie hast du geschlafen?", fragte sie hastig.

„Alles in Ordnung. Ich brauche einen Wagen."

„Wo willst du hin?"

„Ich muss in die Toskana."

„Da also ist Fürst Caselieri?"

Sie war schon eine clevere Frau.

„Geh erst einmal frühstücken. Bis dahin habe ich dir einen Wagen besorgt."

Ich frühstückte in aller Ruhe im Terrassenrestaurant im obersten Stock und genoss den Ausblick über die Stadt.

„Der Wagen steht vor der Tür", empfing mich Maja, als ich zu ihr an die Rezeption trat. „Wie lange wirst du fortbleiben?"

„Zwei, drei Tage, schätze ich."

„Komm heil zurück. Über die Rechnung mach dir keine Sorgen. Sie geht, wie alle anderen, an den Palazzo Mazarini."

„Ist schon recht."

Am frühen Nachmittag war ich in San Gimignano. Schon von weitem grüßten die Türme der Stadt. Nicht umsonst nannte man es das Manhattan der Toskana. Ich fand diesen Vergleich unangebracht. Klar, Manhattan ist großartig, aber San Gimignano ist zauberhaft. Die Türme waren einst Wehr- und Wohntürme der rivalisierenden Familien gewesen, die sich in der Höhe hatten übertreffen wollen.

Ich nahm in der *Albergo Leon Bianco* Quartier, einem schönen alten Palazzo mit Terrakottaböden und einem herrlichen Ausblick auf die toskanische Landschaft, wo auf den Hügeln Zypressenwäldchen standen und ein Gefühl der Zeitlosigkeit auslösten. Ich gab an der Rezeption an, zwei Nächte übernachten zu wollen, und bezahlte gleich, was etwas Verwunderung auslöste. Ich fragte den eleganten jungen Mann hinter dem Tresen, der einem Renaissancegemälde entstiegen schien, nach dem Gut der Caselieri.

„Sie wollen zu unserem Fürsten? Den Landsitz können Sie gar nicht verfehlen. Er liegt genau San Gimignano gegenüber an der Straße Francigena auf einem Hügel. Von Ihrem Zimmer können Sie es sogar sehen."

Ich machte erst mal Sightseeing. Der Ort hatte sich seinen mittelalterlichen Charakter bewahrt. Zu Mittag aß ich phantastische Gemüseravioli und eine gebratene Taube, die so zart war, dass das Fleisch auf der Zunge zerging. Dazu trank ich eine halbe Flasche Chianti, was ein Fehler war, denn ich wurde müde. Ich ging zum Hotel zurück und legte mich hin. Als ich aufwachte, dämmerte es bereits. Ich stand auf und machte mich zum Landgut des Fürsten auf. Der Renaissancejüngling hatte recht gehabt. Das Gut war wirklich nicht zu verfehlen. Ich fuhr eine Auffahrt hoch, die von Zypressen gesäumt war, und kam zu einem Tor, das das Wappen der Caselieri aufwies. Ich stieg aus und sah in einen Hof hinein. Das Haupthaus war ein Barockpalast, der von seitlichen Gebäuden begrenzt wurde. Auf dem Hof bellten Hunde. Vor der Freitreppe stand ein Rolls Royce. Der Fürst war also zu Hause. Ich fuhr nach San Gimignano zurück. Das Licht versickerte langsam. Die Schatten der Türme gegen das Mondlicht machten den Ort noch geheimnisvoller und romantischer, als er ohnehin schon war. In einer Trattoria aß ich zu Abend und kaufte nebenan in der Fleischerei einige große toskanische Würste.

Ich legte mich noch einmal hin, stellte meinen Reisewecker auf drei Uhr und träumte davon, dass ich ein Condottiere war, der die Schlacht gegen Caselieri verloren hatte und dem nun mitten in San Gimignano der Scheiterhaufen drohte. Schweißgebadet wachte ich auf. Ein schlechtes Omen? Es war kurz vor drei. Schnell machte ich Katzenwäsche, überprüfte meine Revolver und steckte die Stablampe ein. In der Lobby sah der Nachtportier verschlafen hoch.

„Sie wollen jetzt noch weg?", fragte er erstaunt.

„Ich liebe es zu sehen, wenn der Morgen anbricht", gab ich Auskunft.

Er sah mich ungläubig an.

„Außerdem habe ich bereits bis übermorgen bezahlt."

Der Portier klappte das Gästebuch auf und nickte zufrieden.

Ich fuhr die Via Francigena hinunter und stellte den Wagen vor der Auffahrt ab, bevor ich den Weg zu dem Hügel hochging. Die Mauer zu überklettern, war kein Problem. Aber schon kamen die Hunde bellend angejagt. Zwei große Doggen mit glühenden Augen. Ich hätte sie abknallen können. Einer der Revolver war mit einem Schalldämpfer bestückt. Aber ein Hundefreund bringt das nicht übers Herz. Stattdessen warf ich den beiden Tieren die Würste zu. Sie akzeptierten dies als Friedensangebot und kümmerten sich um meine Geschenke. Gebückt lief ich weiter zur Empore des Schlosses. Die Tür war verschlossen. Ich band mir ein schwarzes Tuch vor das Gesicht und kam mir vor wie Zorro. Fehlten nur Degen und Peitsche. Ich stieg an dem steinernen Herkules neben dem Eingang hoch und hangelte mich an der mit Efeu bewachsenen Wand zur ersten Etage hoch. Mir blieb nichts anderes übrig, als hier die Scheibe einzuschlagen. Ich umwickelte den Lauf meiner Magnum mit einem Taschentuch und drückte die Waffe gegen die Scheibe. Es klirrte und ich hielt inne. Die beiden Hunde waren immer noch mit den Würsten beschäftigt. Irgendwo über mir ging ein Licht an. Ein Fenster wurde geöffnet. Ich hielt den Atem an und presste mich an die Wand. Das Fenster wurde wieder geschlossen. Durch das Loch in der Scheibe öffnete ich das Fenster. Vorsichtig stieg ich ein.

Ein großräumiger Salon. Das Mondlicht schien herein. Ich zuckte zusammen. Zwei Kerle standen mir gegenüber. Nein, doch nicht. Es waren Eisenrüstungen aus dem Mittelalter, die schon im 15. Jahrhundert unzeitgemäß gewesen waren. Aber verpetzen konnten sie mich nicht. Doch wo hielt sich der Fürst auf? Wo war sein Schlafzimmer?

Ich trat auf einen Flur und versuchte, logisch zu denken. Auf dieser Etage mochten die Empfangs- und Wohnräume untergebracht sein. Also hastete ich zur Treppe und stieg noch eine Etage höher. Ein langer Flur mit Truhen an der Seite. Vorsichtig öffnete ich eine Tür. Ich schaltete meine Lampe ein. Ein Arbeitszimmer. Der Lichtkegel wanderte weiter und fiel auf eine weitere Tür. Ich öffnete sie. Das Schlafzimmer. Der Lichtkegel zeigte ein Pärchen. Der Mann schreckte hoch. Der Lichtkegel erfasste den Kopf des Fürsten.

„Was …?"

„Ein Laut und du bist tot!"

Das Mädchen neben ihm bewegte sich nun auch und hob den Kopf aus den Kissen.

„Mein Gott, was ist los?"

Der Fürst liebte es jung.

„Halt den Mund!", herrschte ich sie an.

„Was wollen Sie? Wer sind Sie?", fragte der Fürst. Man hörte seiner Stimme an, dass er in Panik war.

„Los. Aufstehen! Setzt euch beide in die Sessel dort."

Der Fürst trug einen seidenen Pyjama mit dem Wappen der Caselieri. Das Mädchen trug nichts. Es war kaum älter als siebzehn. Sie setzten sich gehorsam. Das Mädchen hielt sich nun ein Nachthemd vor den Körper.

„Was wollen Sie? Geld?", fragte der Fürst.

„Nein. Nur eine Antwort. Wo ist die Contessa Mazarini?"

„Keine Ahnung. Woher soll ich das wissen?", fragte er hastig.

Ich gab ihm einen Schlag ins Gesicht, der ihn nach hinten warf. Er schrie leise auf. Das Mädchen schrie dafür umso lauter.

„Still! Sonst lege ich euch beide um", zischte ich.

Der Graf hielt sich das Gesicht. Er würde morgen ein prächtiges Veilchen haben.

„Sehen Sie sich den Revolver an. Er hat einen Schalldämpfer. Ich kann Ihnen damit die Eier abschießen, ohne dass dies lauter ist als ein Furz aus Ihrem Arsch. Sie können wählen."

„Ich weiß nicht, wo sie ist."

„Reden Sie keinen Unsinn. Sie haben sich für einen gewissen Besuch bei Ihnen in Rom rächen wollen."

„Habe ich nicht. Ich glaube, ich weiß jetzt, wer Sie sind", zischte der Fürst. „Oh ja, die Stimme erkenne ich wieder."

„Deiner Gesundheit bekommt es besser, du vergisst sie." Ich zog den Revolverhahn zurück.

„Warten Sie. Sie ist nicht hier, sondern in Rom. Sie ist in der Gewalt der Cantonafamilie. Ich habe nichts damit zu tun."

Über so viel Dummheit musste ich lachen.

„Deswegen wissen Sie auch, dass sie in der Gewalt der Cantonafamilie ist? Mann, sind Sie bescheuert? Sie haben die Brüder dazu angestiftet, stimmt's? Wenn der Contessa wirklich etwas passiert, schieße ich dir auf jeden Fall die Eier weg. Wer ist das Mädchen hier?"

„Eine Bekannte", stotterte er.

„Bekannte?", rief das Kind entrüstet. „Du liebst mich, hast du vorhin gesagt."

„Scheint eine zeitlich begrenzte Liebe zu sein."

„Lassen Sie mich frei", wimmerte sie. „Bitte, tun Sie mir nichts. Nun sag doch, wo die blöde Kuh ist!", herrschte sie ihren fürstlichen Bettgenossen an.

„Sie ist in Rom", beharrte der Fürst.

„Deinetwegen lasse ich mich nicht totschießen. Wenn du den Mund nicht aufkriegst, dann sag ich ihm, wo sie ist", keifte die Kleine.

„Halt den Mund!", bellte der Fürst.

Ich bestrafte ihn für die Unhöflichkeit mit einem Schlag auf die Leber. Er japste wie ein Tausendmeterläufer.

„Ich kann sehr, sehr böse werden!"

„Sie ist in dem Weinkeller. Aber sie wird von zwei Männern bewacht", kam mir die Kleine zur Hilfe.

„Du Idiotin!", keuchte der Fürst.

„Deine Bettgenossin ist eben ein bisschen klüger als du. Zieht euch an."

„Was haben Sie vor?", fragte der Fürst gepresst.

„Ihr werdet mich zur Contessa führen."

Caselieri zögerte. Ich riss ihn aus dem Sessel und verprügelte ihn nach allen Regeln der Kunst. Er wehrte sich nicht. Hätte auch wenig Sinn gehabt. Er war nicht besonders in Form. Nach der Tracht Prügel sah er nicht mehr wie ein Fürst aus, war aber zugänglicher.

„So, nun sag mal, wie ihr euch das mit der Übergabe des Geldes vorgestellt habt."

„Die Cantonas wollen das übermorgen in der Kirche San Paolo fuori le Mura durchziehen. Wenn sie das Geld haben, bekomme ich eine Nachricht und wir lassen Estefania in Siena auf der Piazza del Campo frei."

„Zu mir hast du gesagt, dass du die Hure umlegen wirst!", warf das Mädchen giftig ein.

„Er kann sie ja auch gar nicht freilassen", stimmte ich zu. „Sicher hat er ihr sein Gesicht gezeigt."

„Nicht nur das. Auch seinen Schwanz. Er musste sie ja unbedingt ficken!", zischte die Kleine. „‚Ich werde ihr zeigen, wie ein Caselieri Rache nimmt', hat er mir gesagt."

„Du dumme Pute!", krächzte der Fürst.

Die beiden würden nie mehr ein Paar werden.

„Los, rein in die Klamotten!", wiederholte ich meine Aufforderung. „Oder wollt ihr im Adamskostüm in den Hof? Wie viel Personal ist auf dem Gut?"

„Zwei Hausmädchen, die Köchin, vier Knechte und die beiden von der Cantonafamilie", verriet eifrig das Mädchen.

Mit ängstlichen Blicken zogen sie sich an.

„Nun schreiben Sie für Ihre Leute eine Nachricht, dass Sie wegen dringender Geschäfte nach Rom müssen", befahl ich dem Fürsten.

„Kennen außer den beiden Gangstern auch die Bediensteten den Aufenthaltsort der Contessa?"

„Nein. Niemand. Sie ist unter dem Keller mit der Weinpresse", gestand er auf einmal bereitwillig. „Zu dieser Jahreszeit geht da niemand hinein, deswegen haben wir sie ja dort eingesperrt."

Er war nun lammfromm und schrieb artig einen Wisch, der sein plötzliches Verschwinden erklären sollte. Ich trieb die beiden aus dem Haus. Den Zettel legte ich in der Küche ab. Ob seine Bediensteten das glaubten? Aber vielleicht waren sie von ihm einiges gewöhnt.

Wir gingen über den Hof. Die Hunde kamen wieder heran. Der Fürst tätschelte sie und sie beruhigten sich. Wir betraten den Stall zur Rechten und tatsächlich stand dort eine riesige Weinpresse. Es roch sauer nach Wein. Das Mädchen, das, wie ich von ihr erfuhr, auf den schönen Namen Margarita hörte, zitterte wie Espenlaub. Der Fürst stöhnte immer noch wegen meiner Schläge. Wir stiegen eine feuchte Treppe hinunter. Im Licht der Stablampe reihte sich hier Weinfass an Weinfass. An einem wackligen Tisch saßen zwei Männer und schnarchten. Ich räusperte mich. Die Männer schraken hoch und griffen nach ihren Jacken. Ich hielt ihnen die Magnum entgegen.

„Versucht es nur", forderte ich sie auf.

Sie versuchten es. Ich tat, was in solchen Fällen unvermeidbar ist.

17

Nicht jedes Geschäft läuft reibungslos

Ihre Schüsse rissen den Putz von den Wänden. Meine löschten ihr Lebenslicht aus. Ich glaube nicht, dass sie viel dabei spürten.

„So gehen Dummheiten aus. Wo ist die Contessa?"

Der Fürst deutete schlotternd nach hinten. Die kleine Margarita kotzte. Für ihr junges Gemüt war diese Nacht einfach zu viel.

„Los! Weiter!", drängte ich.

Ich hoffte, dass die Schüsse der beiden Gangster nicht im Schloss gehört worden waren. Aber immerhin war dies ein gut ausgebauter Keller mit dicken Mauern. Wir gingen weiter und kamen zu einem Lattenverschlag. Dahinter stand die schöne Contessa und lächelte mich an.

„Wurde auch Zeit, dass du auftauchst. Der Kerl dort hat gewagt mich zu ficken."

„Tritt zurück!", brummte ich.

„Warum?", fragte sie stirnrunzelnd.

„Weil ich das verdammte Schloss aufschießen muss."

„Nicht nötig. Die Kerle haben doch den Schlüssel."

Ich tastete die beiden ab und fand bei dem größeren Halunken tatsächlich den Schlüssel.

„Bist manchmal etwas schießwütig, mein Guter!", stichelte die Contessa.

Ich schloss auf und sie kam heraus, zog mir die Maske ab und gab mir einen Kuss. Der Fürst bekam von ihr eine gewaltige Ohrfeige. Da sein Gesicht ohnehin von mir malträtiert worden war, tat es höllisch weh und er schrie auf.

„Du Bastard! Verdammter Hurensohn!", fluchte sie. „Schneid ihm die Eier ab!", forderte sie mich auf. Ich schüttelte den Kopf. So blutrünstig war ich dann doch nicht.

„Er hat mich vergewaltigt."

„Er würde verbluten, wenn wir ihn von seinen Murmeln befreien."

„Das soll er doch."

„Dann müssten wir auch das Kind umbringen", erwiderte ich und wies auf seine Begleiterin. „Das gibt zu viele Tote."

Sie aber war nicht aufzuhalten und ging zu dem Regal mit den Flaschen, nahm eine heraus und zerschlug sie an einem Weinfass. Oh ja, die Nachkommen der Borgia, Colonna und Borghese hatten ihre alten Umgangsformen nicht vergessen. Ich konnte ihr die Flasche nur mit Mühe entreißen.

„Wir müssen hier weg. Die beiden nehmen wir mit. Wir müssen sie noch eine Weile verstecken, damit sie die Cantonas nicht warnen und ich mir die Burschen greifen kann, die das Lösegeld kassieren wollen."

Estefania kapierte sofort.

„Wir haben bei Volterra einen kleinen Landsitz, der ein schönes Verlies hat", sagte sie mit bösem Lächeln.

Ich nahm den beiden toten Halunken ihre Waffen ab. Besonders die Uzi, eine Maschinenpistole, gefiel mir. Da es noch einen weiteren Ladestreifen gab, fühlte ich mich für den kommenden Krieg ausreichend gewappnet. Wir gingen zur Treppe. Oben angelangt, stellte die Contessa dem Fürsten ein Bein, sodass er die Treppe wieder hinunterfiel. Er wälzte sich stöhnend am Boden. Estefania war ein böses Mädchen.

„Die Hure hat mir die Rippen gebrochen! Es tut weh. Oh Gott, es tut höllisch weh."

Ich gestand ihm zu, dass er in den letzten Stunden viel hatte einstecken müssen.

„So ist es nun einmal, wenn man sich auf so eine dumme Sache wie eine Entführung einlässt."

„Du würdest noch ganz anderes erleben, wenn es nach mir ginge!", fauchte die Mazarini. „Ich würde dich in eine Tonne stecken und den Tiber hinuntertreiben lassen."

Sie übertrieb wirklich ein wenig. Wir traten aus den Stallungen. Die Schüsse hatte scheinbar niemand gehört. Der Hof war menschenleer. Die Hunde hatten sich an uns gewöhnt und blieben friedlich. Es dämmerte. Ich befahl dem Fürsten, das Tor zu öffnen, und er tippte einen Code ein. Wir gingen den Hügel hinunter zu meinem Alfa. Die Zypressen standen wie Wächter zu beiden Seiten. Die kleine Margarita hatte mittlerweile ihre Fassung wieder gewonnen.

„Ihr könnt mich doch laufen lassen. Ich werde euch nicht verraten. Mit dem Kerl bin ich ohnehin fertig."

Der Fürst lachte verächtlich.

„Geht leider nicht. Ihr werdet wenigstens zwei Tage die Gastfreundschaft der Mazarinis genießen müssen."

„Und wie sie die genießen werden!", trumpfte die Contessa auf.

Die Contessa war über den Wagen etwas pikiert.

„Wir hätten auch seinen Royce nehmen können", maulte sie.

„Hätten wir", gab ich zu. „Hätte auch sein Verschwinden glaubwürdiger gemacht. Aber schließlich kann ich meinen Wagen hier nicht stehen lassen."

Wenn man einen Bentley gewohnt ist, war ein kleiner Alfa nicht ganz standesgemäß. Aber wir kamen von A nach B und erreichten nach einer Stunde den Landsitz, was natürlich eine typisch aristokratische Untertreibung war. Der Palast stammte noch aus der Renaissancezeit und hatte so gewaltige Mauern wie der Medicipalast in Florenz. Die Contessa weckte den Verwalter und dieser nahm ihre Erklärungen ohne mit der Wimper zu zucken hin. War er so etwas gewohnt? Sein etwas grobes Nussknackergesicht ließ nicht gerade auf große Nachdenklichkeit schließen. Er führte uns zu einem Turm und es ging einige Treppen hinunter zu einem Verlies mit allem Drum und Dran: Eisengitter, rostige Ketten für Fuß- und Handfesseln, Eisenmasken. Alexandre Dumas hätte seine helle Freude daran gehabt.

„Früher stand hier noch eine Streckbank", sagte die Contessa enttäuscht.

Der Verwalter nickte.

„Noch zur Zeit des Faschismus haben wir hier einige Schwarzhemden eingesperrt. Sie waren mit diesem Domizil nicht sehr zufrieden. Es ist nachts hundekalt. Das Stroh dort ist halb verfault. Hätte schon vor einiger Zeit ausgetauscht werden müssen. Aber in letzter Zeit hatten wir keine ungeliebten Gäste."

Ein Menschenfreund war der auch nicht gerade.

„Hier kommt niemand raus!", betonte er mit der Zunge schnalzend. Ich zweifelte nicht daran.

Der kleinen Margarita klapperten die Zähne. So hatte sie sich die Liebesnacht mit einem Fürsten sicher nicht vorgestellt.

„Schaff zwei Liegen hinein und Decken und gib ihnen zu essen und zu trinken. Eine Flasche Wein wäre nicht schlecht."

Der Verwalter sah seine Herrin an. Die Contessa biss sich auf ihre Unterlippe und gab schließlich nach.

„Meinetwegen. Aber dem Fürsten leg die Handketten und die Eisenmaske an."

„Muss das sein?", wandte ich ein.

„Jawohl. Ich habe dir doch gesagt, was er mit mir angestellt hat. Und, Gambetta, nimm dir seinen Arsch vor!", wandte sie sich wieder an ihren Verwalter. Dessen Augen leuchteten auf.

„Ich soll wirklich den fürstlichen Arsch ...?"

„Ja, penetrier ihn."

„In Ordnung. Er wird meinen Schwanz genießen."

„Christiansen, helfen Sie mir! Lassen Sie so etwas nicht zu!", kreischte der Fürst.

„Estefania, du vergiltst Böses mit Bösem!"

„Genau das habe ich vor. Er kann froh sein, dass Gambetta ihm nicht die Eier abschneidet. Er soll mal erfahren, wie es ist, vergewaltigt zu werden."

Sie nickte dem Verwalter zu und wir verließen den Turm in Richtung Haupthaus.

„Die Zimmer der Familie stehen immer bereit", sagte sie. „Ruhen wir uns aus und morgen früh geht es zurück nach Rom."

„Das halte ich für keine gute Idee", protestierte ich. „Du solltest dich so lange nicht in Rom sehen lassen, bis ich dort die Cantonas ausgeschaltet habe."

Sie fand das gar nicht gut. Sie hatte sich erholt und war wieder ganz die zickige Principessa. Ich rief ihren Vater an.

„Estefania ist frei? Das nenne ich gute Arbeit", staunte er.

„Trotzdem müssen wir die Übergabe durchziehen, sonst hat Ihre Tochter keine Ruhe vor der Bande. Bringen Sie Estefania mal bei, dass sie einstweilen hier auf dem Land bleiben muss."

Ich reichte ihr den Telefonhörer. Sie sagte ihm, dass es ihr gut ginge. Von der Vergewaltigung erzählte sie ihm nichts. Die stolze Dame musste sich wohl von ihm eine gehörige Gardinenpredigt anhören, denn sie stampfte mehrmals wütend mit dem Fuß auf.

„Na gut, wenn du meinst", gab sie schließlich nach.

Der Blick, mit dem sie mich danach bedachte, hätte auch von Lucrezia Borgia sein können.

Die Zimmer, die sie mir danach zuwies, hätten auch einem Borgia gefallen. Gott sei Dank entsprachen die Sanitäranlagen denen eines Grandhotels und ich konnte mich lange unter die Dusche stellen. Nach einem erholsamen Mittagsschlaf trafen wir uns im Salon wieder, der mit riesigen, goldgerahmten Bildern geschmückt war, die irgendwelche Schlachten zeigten. Wir wurden von einer fülligen Frau mit einem Damenbart bedient. An der Tafel hätte noch gut eine ganze Hofgesellschaft Platz gehabt. Auf dem langen Tisch standen zwei große Kandelaber, die ein romantisches Licht verbreiteten. Die Contessa hatte ein türkisfarbenes, langes Kleid angezogen und ich hätte mich nicht gewundert, wenn nun Musik von einem Spinett erklungen wäre. Es gab Wachteln und Wildschweinragout, wie ich es bisher nur in den besten Restaurants gegessen hatte. Die Contessa schwieg während des Essens. Mir war es nur recht so. Sie schmollte immer noch mit mir. Meine Gedanken gingen immer wieder zum Turm zurück. Mir tat der Fürst nun leid. Sicher war dies die schrecklichste Stunde seines Lebens. Sein fürstlicher Arsch wurde von einem toskanischen Bauern malträtiert. Nach dem Essen wurde uns in der Bibliothek Cognac gereicht und die Contessa geruhte, wieder mit mir zu sprechen.

„Du willst also das Geld übergeben?"

„Ja und nein. Ich hoffe, bei der Übergabe einen Deal machen zu können, dass man dich zukünftig in Ruhe lässt. Im besten Fall kann man die Herrschaften vielleicht ein paar Jahre hinter

Schloss und Riegel schicken. Aber ich habe kein großes Vertrauen in eure Justiz."

„Ich auch nicht", gab sie mir recht. „Ob mein Vater da mitmacht? Es ist eines Fürsten unwürdig, Geschäfte mit Banditen einzugehen."

„Fürsten haben schon ganz andere Geschäfte gemacht."

„Du fühlst dich wohl mächtig toll, was?", fragte sie mit funkelnden Augen.

Die Dame war es nicht gewohnt, dass etwas nicht nach ihren Wünschen lief. Außerdem fiel es ihr schwer, sich einzugestehen, dass sie ohne meine Hilfe nicht so schnell freigekommen wäre, wenn überhaupt. Es erschütterte mich nicht, dass sie sich bald von mir verabschiedete.

Ich hatte dafür Zeit, mich um die Bücher in der Bibliothek zu kümmern. Es war eine beachtliche antiquarische Sammlung kostbarer Erstausgaben. Ich nahm mir das Dekamerone von Boccaccio vor, ein Kleinod der italienischen Literatur. Ich hätte nichts dagegen gehabt, zu den Glücklichen zu gehören, die mit hübschen Frauen in einem Landhaus vor Florenz vor der Pest Schutz suchten und sich die Zeit mit der schönsten Sache der Welt vertrieben. Ich dachte natürlich an Maja. Ich rief mich zur Ordnung und sagte mir, dass aufgewärmte Kartoffeln nicht besonders schmeckten. Aber befriedigen tat mich diese Weisheit auch nicht.

Ich hatte mich kaum zu Bett gelegt und mit dem Schäfchenzählen begonnen, als die Tür aufging. Ich griff nicht zu dem Revolver, der auf dem Nachttisch bereit lag, denn ich erkannte am Parfüm, wer mich besuchte. Sie schlug die Bettdecke hoch und ich spürte ihren warmen Körper, als sie sich auf mich rollte und wir uns küssten. Sie war ein wildes Mädchen, wenn man so respektlos über eine Principessa sprechen darf. Ihr Ritt auf mir hatte viel Ähnlichkeit mit einem Hexensabbat. Es schien sie besonders in Stimmung zu bringen, dass sie dabei die handelnde Rolle übernahm. Eine höllische Nacht. Sie verließ mich erst, als der Morgen graute.

Bevor sich die Tür hinter ihr schloss, bekam ich noch eine kleine Gemeinheit zu hören:

„Du bist ein ganz passabler Liebhaber. Schade, dass du ein Niemand bist."

Da hatte ich es. Verstehe einer die aristokratischen Weiber. Ich duschte mich, als hätte ich auf dem Feld geackert. Na ja, ihr Feld hatte ich bestellt.

Unten im Salon war bereits gedeckt. Ein Hausmädchen kam und entschuldigte die Contessa. Sie sei noch zu müde, ich würde sicher auch ohne sie zurechtkommen. Damit hatte sie durchaus recht. Nach dem Frühstück ging ich zu dem Verwalter, der sehr mitgenommen aussah. Ich bat ihn, mich zu den beiden Gefangenen zu führen.

„Ach, die lassen wir am besten in Ruhe. Die haben heute Nacht einiges aushalten müssen."

„Was haben Sie angestellt?"

„Das, was die Herrin gesagt hat, und als Nachtisch habe ich mir noch die Kleine vorgenommen."

„Sie sind ein Scheißkerl!", entfuhr es mir.

„Wer gegen die Familie Mazarini ist, kann nicht mit meiner Nachsicht rechnen. Das war schon immer so. Mein Urgroßvater hat hier auf dem Gut bereits den Verwalter gestellt."

„Ich will sie sehen."

Er grummelte etwas, führte mich dann aber in den Turm. Das Gesicht des Fürsten war schwer verbeult. Er stand gegen die Wand gelehnt. Ich ahnte, dass dies mit seinem Hintern zu tun hatte. Das Gesicht des Mädchens war verquollen.

„Er hat mich vergewaltigt!", klagte sie gleich und zeigte auf den Verwalter.

„Tatsächlich?"

„Ja. Zweimal."

Ich schüttelte den Kopf und gab dem Verwalter einen Kinnhaken, der ihn zu Boden schickte.

„Du kannst froh sein, dass ich es dabei belasse."

Er sprang auf und wollte wohl dem Städter zeigen, was so ein toskanischer Bauer drauf hatte. Es war nicht sehr viel. Er machte noch einmal mit dem Boden Bekanntschaft.

„Von nun an lässt du die beiden in Ruhe. Sollte ich noch mal Klagen hören, werde ich das dem Fürsten stecken", drohte ich.

Er nickte ergeben. Vor dem Fürsten schien er mächtig Respekt zu haben.

„Und nun zu euch, ihr beiden Hübschen", wandte ich mich an die Gefangenen. „Ihr werdet morgen Abend freigelassen. Du, Fürst, solltest einen langen Urlaub nehmen. Am besten weit weg, auf Tahiti oder so. Schlag dir aus dem Kopf, dich rächen zu wollen. Wenn ich meinem guten Freund Montebello erzähle, dass du hinter der Entführung der Contessa Mazarini steckst, hast du den schönsten Skandal in Rom. Halt deine Rachsucht zurück und ich betrachte die Entführung nur als kleinen Rückfall in die Renaissancezeit. Du hast die Geschichte mit deinem wunden Arsch bezahlt. Solltest du dich nicht daran halten, verlierst du nicht nur deine Eier!"

Ich schlug natürlich mächtig die Trommel, aber nach dem, was er erlebt hatte, glaubte er mir aufs Wort.

„Und was wird mit mir?", fragte das Mädchen.

„Ich kann mir vorstellen, dass dir der Fürst Caselieri eine fürstliche Belohnung zahlen wird, damit du über die Vorfälle der letzten Nacht schweigst."

Auf diese Idee war sie noch nicht gekommen und ihre Augen blickten schon munterer. Dem Fürst schien mein Vorschlag nicht zu gefallen.

„Gilt unser Geschäft?", fragte ich ihn.

„Manus manum lavat", antwortete er nach einigem Zögern.

Wir schüttelten uns die Hände.

„Jawohl, eine Hand wäscht die andere", bestätigte ich seine Worte. Ich hoffte, dass ich ihm so viel Angst eingejagt hatte, dass er sich an unsere Abmachung hielt.

Am späten Nachmittag war ich wieder in Rom. Majas Lächeln ließ ihre Erleichterung erkennen.

„Alles gut gegangen, Herr Christiansen?", fragte sie förmlich, da einige Kollegen in der Nähe standen.

„Alles bestens. Die Contessa ist frei."

„Das ist schön", sagte sie zurückhaltend. „Bleiben Sie noch länger in Rom?"

„Ja. Ich habe hier noch einiges abzuwickeln."

Sie atmete auf.

„Ach übrigens, Padre Franco hat mehrmals angerufen, auch Commissario Montebello und Padre Boris. Sie baten alle um Rückruf."

Sie reichte mir einen Zettel mit den Telefonnummern und fragte dabei flüsternd, ob wir uns am Abend sehen könnten.

„Nein. Ich habe zu viel vorzubereiten", entgegnete ich. Es klang schroffer als ich es meinte. Ihr Lächeln erlosch.

Ich rief zuerst Montebello an und erzählte ihm, dass die Contessa frei sei. Ich ließ dabei eine Menge aus.

„Sie Teufel, wie haben Sie das hinbekommen?"

„Wie Hanseaten das so machen. Die haben sogar dem berüchtigten Piraten Klaus Störtebeker das Handwerk gelegt."

„Dann will ich weiter gar nichts wissen", sagte er schnell.

„Die Cantonas wissen aber nicht, dass Estefania frei ist. Ich werde morgen das Lösegeld übergeben."

„Warum, zum Teufel?"

„Das fragen Sie noch? Sollen die Übeltäter ungestraft davonkommen? Ich brauche Ihre Unterstützung. Können Sie sich unauffällig in der Nähe San Paolo fuori le Mura bereithalten? Aber schreiten Sie nur ein, wenn ich ein Zeichen gebe."

Ich erklärte ihm, wie es ablaufen sollte, und er zickte natürlich noch eine Weile herum. Ich wies darauf hin, dass ich ihm eine Menge Arbeit abgenommen hatte. Schließlich versprach er, rechtzeitig zur Stelle zu sein, bestand aber darauf, sich in einem Beichtstuhl zu verstecken. Ich ließ ihm die Illusion, dass damit alles unter seiner Aufsicht ablaufen würde.

Dann rief ich Franco an. Es war eine ellenlange Nummer und auf keinen Fall eine italienische.

„Ja, ich bin jetzt in Rio! Weiter ging es nicht", sagte er mit matter Stimme. „Sie haben mich hier an den bischöflichen Stuhl verbannt. In Europa können sie Lucianis Sekretär nicht mehr gebrauchen. Im Vatikan geht alles seinen traditionellen Gang. Wir Modernisten, wie Navarone uns immer beschimpfte, werden systematisch entfernt. Ich hätte nur eine Chance der Rehabilitation, wenn das Dokument zum Katakombenpakt den Heiligen Vater zu einer neuen Position bewegen würde."

Ich erzählte ihm, was ich von der Übergabe an den Neffen Dom Helder Camaras wusste.

„Den habe ich deswegen auch schon befragt. Doch er wich mir aus. Er ist kein Anhänger Dom Helder Camaras, sondern seines Vorgesetzten, Erzbischof Araújo Sales, und der hält überhaupt nichts von der Theologie der Befreiung und Rückkehr zur ‚Kirche der Armen'. Der Neffe weiß, wer ihm zum Monsignore verhelfen kann. Vielleicht hat ihm Sales geraten, sich aus der Sache herauszuhalten. Sie müssen nach Rio kommen!"

„Wenn Sie dort nichts erreichen, wie soll ich in einem fremden Land, dessen Sprache ich nicht einmal spreche, zurechtkommen? Nein, das ist keine gute Idee."

„Verstehe", sagte er tonlos. „Nur dieses Dokument könnte vielleicht den Heiligen Vater umstimmen und ihn davon abbringen, sich allein auf die Befreiung der Polen zu konzentrieren. Sie haben den Mut und die Kraft, hier etwas zu erreichen."

Das war zwar sehr schmeichelhaft, aber ich lehnte trotzdem ab. Er klang sehr deprimiert, als wir uns verabschiedeten.

Mein nächster Gesprächspartner war besser drauf. Padre Boris fragte etwas beleidigt, warum ich mich nicht gleich bei ihm gemeldet habe. Er hätte nur durch die Buschtrommel erfahren, dass ich wieder im Land sei.

„Was willst du wieder in Rom?"

Ich erzählte ihm vom Entführungsfall.

„Wer? Was soll das schon wieder?", fragte er hastig.

„Namen darf ich nicht nennen. Ich habe eben mit Franco gesprochen. Ihn hat man ans Ende der Welt verbannt. Ich staune, dass du noch in Amt und Würden bist."

„Ja, der Ärmste. Ihn hat es voll erwischt. Ich bin wohl nur davongekommen, weil ich auch polnisch spreche, wie der Heilige Vater. Navarone braucht mich. Luciani und David sind tot, also keine Gefahr mehr für Navarone. Deswegen sieht man über meine Freundschaft zu David hinweg. Ich komme gut mit dem Heiligen Vater zurecht. Also bin ich Navarone nützlich."

„Was ist denn mit der Kommission, die sich um die Finanzen des Vatikans kümmern sollte? Wie ich höre, sitzt Marcinkus fester im Sattel denn je."

Boris seufzte.

„Aufgelöst. Das hier ist ein ganz anderes Pontifikat mit anderen Prioritäten. Die Traditionalisten haben Oberwasser. Wojtyla hat am Anfang seines Pontifikats eine gute Figur abgegeben und ist sehr populär. Niemand wagt mehr, sich über eine Reform der Enzyklika Humanae Vitae öffentlich zu äußern oder gar das Zölibat in Frage zu stellen. Das Tauwetter ist vorbei. Luciani und der arme David sind umsonst gestorben." Seine anfangs so muntere Stimme hatte einen klagenden Ton angenommen.

„Und unser gemeinsamer Freund Marcinkus bleibt unbehelligt", stellte ich grimmig fest.

„Ja. Aber er hat jetzt ein paar Sorgen, da Santini verlangt, dass er noch mehr Geld für die Banco Ambrosiana verpulvert. Santini bekommt nicht einmal mehr einen Termin bei seinem Freund."

Das waren interessante Informationen und vielleicht ließen sich diese nutzen und ich konnte wenigstens einen der Hintermänner an Davids Tod der Gerechtigkeit zuführen. Wir versprachen, in Kontakt zu bleiben.

„Bevor du wieder nach Deutschland zurückgehst, sollten wir uns noch einmal treffen", sagte er zum Abschluss. Ich hatte nichts dagegen. Er war meine einzige Verbindung zum Herzen des Vatikans.

Am späten Nachmittag suchte ich den Fürsten Mazarini auf. Er empfing mich, als gehörte ich zur Familie. Wir setzten uns wieder in der Bibliothek zusammen und ich bekam den wunderbaren Duque d'Alba. Er lobte mich über den grünen Klee.

„Ich bin Ihnen so dankbar, dass Sie meine Tochter so schnell aus ihrer misslichen Situation befreien konnten. Unsere Familie steht in Ihrer Schuld. Und Sie wollen wirklich die Gefahr auf sich nehmen und trotzdem das Geld übergeben? Warum nur? Estefania ist doch frei."

„Wir schmeißen ihnen das Geld in den Rachen, um dafür einzuhandeln, dass man Ihre Familie künftig in Ruhe lässt. Ein Geschäft. Ich habe einen ähnlichen Deal bereits mit Fürst Caselieri abgeschlossen."

„Was für ein mieser Charakter."

„Er wird sich daran halten."

„Und was ist mit den Toten im Weinkeller?"

„Der Fürst wird sie schon aus eigenem Interesse verschwinden lassen. Macht sich ja nicht besonders gut, wenn man in seinem Weinkeller zwei tote Mafiagangster findet."

„Sie sind ein gefährlicher Mann. In früheren Zeiten hätte ich Sie zu meinem Condottiere ernannt."

Das war nun gewiss ein zweifelhaftes Kompliment, denn die Condottiere der Renaissance waren alle große Schurken gewesen. Aber ich wusste, dass er damit nur seine Wertschätzung ausdrücken wollte. Fürsten denken so.

Trotz der späten Stunde machte ich mich nach San Paolo fuori le Mura auf und traf, wie ich gehofft hatte, Padre Flaherty bei der Abendmesse. Es waren nur wenige Gläubige anwesend. Ich setzte mich in die letzte Reihe und wartete geduldig, bis die Messe zu Ende und die Kirche leer war. Ehe er das Kirchenschiff verlassen konnte, ging ich auf ihn zu. Er sah mich an, als sähe er eine Marienerscheinung.

„Sie habe ich nicht mehr in Rom vermutet", sagte er mit schmerzlichem Lächeln. „Der Tod unseres armen David war ganz vergebens."

„Ja. Die Eiszeit ist wieder angebrochen. Alle Anhänger Lucianis wurden entfernt. Nur Padre Boris konnte sich halten."

„Ja, das hörte ich. Aber er ist nur ein Sekretär und wird nicht viel bewirken können."

„Er ist meine Geheimleitung zum Vatikan. Aber ich bin aus einem ganz anderen Grund hier." Ich erzählte ihm, was ich vorhatte, und er hörte mit großer Verwunderung zu.

„Sie möchten, dass ich die Messe abkürze?"

„Ja. Soweit dies unauffällig geht. Sorgen Sie dafür, dass niemand in der Kirche ist."

„Wird es zu einer Schießerei kommen?", fragte er besorgt. „Nicht auszudenken, dass in diesem heiligen Haus Menschen erschossen werden könnten. Welche Entweihung!"

„Nein. Das halte ich für wenig wahrscheinlich."

„Gut. Ich helfe Ihnen. Schon weil Sie Davids Freund sind. Aber es wird bestimmt keine Toten geben?", fragte er noch einmal nachdrücklich.

„Nicht einmal eine Schießerei", beteuerte ich.

Ich war dessen keinesfalls sicher, aber ich hatte den guten Willen, es zu vermeiden, und hoffte dies auch von der Gegenseite.

Als ich am nächsten Morgen das Kirchenschiff betrat, war es bereits leer. Flaherty hatte Wort gehalten. Vor der Kirche hatte ich nichts Auffälliges bemerkt. Der gute Montebello hatte sich offenbar gut versteckt. Ich wusste trotzdem, wo er war. An einem der Beichtstühle hatte sich der Vorhang ein wenig bewegt. Ich setzte mich in die erste Reihe, sah mir die Köpfe der vielen Päpste längsseits des Kirchenschiffes an und dachte an die Legende, dass Christus erscheinen würde, wenn kein Platz mehr für ein weiteres Papstbildnis vorhanden wäre. Meinetwegen konnte sich Christus mit dem Erscheinen noch eine Ewigkeit Zeit nehmen. Wie David hatte ich mir vorgenommen, ihm bei der Tempelreinigung zu helfen.

Dann hörte ich Schritte. Ich drehte mich um. Wir kannten uns. Der Sohn des Capo di Capi kam mit zwei dunkel gekleideten Typen heran. Seine beiden Begleiter blieben am Eingang stehen. Antonio kam zu mir, setzte sich und wies auf den Koffer.

„Da ist es drin?"

Ich ließ die Schlösser aufschnappen und klappte den Deckel hoch. Schön gebündelt lagen dort hunderttausend Dollar. Seine Augen glänzten und er wollte nach dem Koffer greifen.

„Nicht so schnell! Wir müssen noch die Geschäftsmodalitäten klären!"

„Wir lassen wie versprochen morgen die Contessa frei. Wir Cantonas halten unser Wort."

„Das wird nicht nötig sein."

Er staunte mich an.

„Sie wollen nicht, dass die Contessa freigelassen wird?"

„Sie ist schon frei."

Er schluckte. „Was soll das?"

„Ich habe das Landgut des Fürsten bei San Gimignano besucht. Leider gab es dabei eine kleine Unannehmlichkeit. Zwei deiner Leute wollten unbedingt ihre Schießkünste unter Beweis stellen und sind dabei zu Tode gekommen."

Er wollte sich nach seinen Leuten umdrehen, um ihnen zu befehlen, das nachzuholen, was man im Weinkeller des Fürsten versäumt hatte.

„Nur ruhig Blut! Du kannst das Geld trotzdem haben."

„Wieso?" Er sah aus, als hätte er wie Paulus eine heilige Stimme gehört.

„Ein Geschäft. Ihr bekommt den Koffer und lasst fortan die Mazarinis in Ruhe. Keine Erpressungen mehr, keine Entführungen, keine Mordanschläge. Und vor allem: Ihr lasst euch von niemandem für solche unfreundlichen Aktivitäten bezahlen."

„Und wenn ich darauf nicht eingehe?"

„Bekomme ich einen Hustenanfall und Commissario Montebello kümmert sich um euch."

„Sie bluffen!"

„Nein. Der Commissario beobachtet uns und draußen warten eine Menge Carabinieri auf ihre Arbeit."

Ich sah, wie es in ihm arbeitete.

„Vater wird den Deal nicht wollen. Sie liegen ihm immer noch quer im Magen."

Seine Hand tastete zur Innenseite seiner Jacke.

18

Eine Verabredung nach Machiavelli-Art

Ich räusperte mich.

„Na gut, wenn du lieber zwanzig und mehr Jahre in den Knast gehen willst, dann mach so weiter. Mein Hals ist total trocken. Wenn ich jetzt huste, löst du die Eintrittskarte für ein Leben hinter Gittern. Schau mal rüber zum Beichtstuhl. Siehst du, da bewegt sich der Vorhang."

Er glubschte eine Weile zum Beichtstuhl hinüber. Uneinsichtig war der Sohn des alten Cantona nicht.

„Na gut. Einverstanden!", stieß er hastig hervor.

„Dein Ehrenwort? Sind wir im Geschäft?"

„Wir sind im Geschäft."

Er reichte mir die Hand. Mir fiel das Sprichwort ein, dass man sich die Hände dabei schmutzig machen konnte.

„Und dein Alter?"

„Ich werde ihm sagen, dass wir einen Deal haben. Damit wäre das, was du in Palermo angestellt hast, ausgeglichen."

Er griff nach dem Koffer.

„Noch etwas", hielt ich ihn auf. „Wer gab euch den Auftrag, den Papst in den Himmel zu schicken? Marcinkus? Santini?"

Er stutzte.

„Den Papst? Um Gotteswillen. Wir haben mit dem Tod des Papstes nichts zu tun. Wenn er tatsächlich ermordet worden sein sollte, dann stecken andere dahinter. Wir sind gute Katholiken. Die Familie vergreift sich nicht am Stellvertreter Gottes. Auf Santini ist Vater ohnehin nicht gut zu sprechen. Wenn er tatsächlich pleitegeht, verlieren wir viel Geld." Er biss sich auf die Lippen. Er hatte mehr gesagt, als dies in seinen Kreisen üblich war.

„Nehmen wir mal an, dass Santini und Marcinkus dahinterstecken. Aber sie werden es doch sicher nicht selbst getan haben. Wer könnte es gewesen sein und vor allem: Wie hat man es gemacht?"

Er grinste schmierig.

„Keine Ahnung. Aber wenn man in den Vatikan hinein will, kommt man auch hinein. Selbst die Königin im Buckingham Palast ist schon in ihrem Schlafzimmer unerlaubt besucht worden." Er kicherte bei dieser Vorstellung. „War es das?" Er schnappte sich den Koffer und verließ mit seinen Leuten die Kirche des heiligen Paulus.

Kaum war der Ganove verschwunden, stürmte Montebello aus seinem Versteck.

„Was sollte das denn? Warum lassen Sie ihn laufen? Heilige Mutter Gottes, warum nur?"

„Ein Geschäft. Er lässt die Mazarinis in Ruhe und ich lasse ihn in Ruhe."

„Er hat ein Verbrechen begangen."

„Die Mazarinis werden dies abstreiten und die Cantonafamilie wird die Richter wie unschuldige Engel anstaunen. Ihr seid doch in Italien solche Arrangements gewohnt."

„Sie haben mich benutzt, Serge Christiansen!"

„Ich gebe es zu. Mea culpa."

Er wollte hinauseilen, um seinen Carabinieri den Befehl zu geben, die Banditen aufzuhalten.

„Halt! Ich wollte auch Ihnen gerade ein Geschäft vorschlagen."

Er blieb stehen. „Sie sind der große Geschäfteeinfädler, was?"

„Was halten Sie davon, wenn ich Santini dazu kriege, sich der Justiz zu stellen und auszupacken?"

„Ha, wie wollen Sie das denn hinkriegen?", fragte er.

Ich erklärte es ihm.

„Diabolo!", flüsterte er beeindruckt. „Was sind Sie doch für ein gerissener teutonischer Teufel. Aber wird das klappen?"

„Vielleicht ja, vielleicht nein. Aber ein Versuch ist es doch wert."

„Na gut. Wenn es nicht klappt, werde ich dafür sorgen, dass Sie des Landes verwiesen werden."

Ich nickte freundlich. Meine selbstbewusste Miene war die reinste Schauspielerei. Ich war mir keineswegs sicher, dass mein Plan funktionieren würde.

„Gut, teutonischer Teufel, dann will ich Ihnen verraten, dass uns vom FBI gemeldet wurde, dass die Savinellifamilie jemanden nach Rom geschickt hat. Angeblich wird er in den nächsten Tagen eintreffen. Er soll dem Kardinalstaatssekretär eine großzügige Spende überreichen. Das FBI hat Anlass zu glauben, dass es der gleiche Mann ist, der hier schon einmal gearbeitet hat."

„McDonaught?"

„Gut möglich. Vielleicht hat er eigentlich den Auftrag, jemanden zu eliminieren, der gewissen Leuten sehr lästig geworden ist? Wir überwachen die Flughäfen, wobei nicht viel herauskommen wird. Er kann ja auch mit dem Auto über die Schweiz oder Österreich einreisen."

„Hätten Sie mir das auch gesagt, wenn ich nicht von meinem Plan mit Santini erzählt hätte?"

„Vielleicht. Vielleicht auch nicht", erwiderte er grimmig.

Ich verstand ihn. Das war seine Retourkutsche. Ich war nicht gerade kollegial mit ihm umgesprungen.

„Übernehmen Sie sich nicht. Zu viel Selbstbewusstsein kann manchmal tödlich sein!" Er verbeugte sich leicht und ging zum Ausgang. Seine Haltung drückte große Zufriedenheit aus. Ich ließ ihm diese Befriedigung.

Ich wollte ebenfalls gehen, als Padre Flaherty aus der Sakristei trat.

„Sie haben Wort gehalten", sagte er zufrieden. „Keine Toten, keine Schießerei", fügte er auf meinen fragenden Blick hinzu.

„Wir haben ein Geschäft abgeschlossen, das zum Frieden führen soll."

„Dann hat es meinen Segen."

„Diesen Auftrag habe ich erfolgreich abschließen können. Der andere ist wesentlich schwieriger."

„Geht es immer noch darum, wer David ermordet hat?"

„Immer noch … und wer den Papst getötet hat."

Er seufzte.

„Der Herr erbarme sich unser. Das Böse ist ins Herz des Guten eingesickert. Trauen Sie niemandem!", flüsterte er. „Hier in Rom ist nichts, wie es scheint."

„Das sagen Sie mir?"

„Es passieren schlimme Dinge im Schatten der Kirche."

„Was für Dinge?", fragte ich erstaunt über die Bemerkung.

„Unzucht!", stieß er hervor. „Orgien. Heidnische Feste. Unzucht unter Männern."

„Wer organisiert diese Feste?"

„Es geht das Gerücht, dass jemand aus der Vatikanbank dahintersteckt."

„Erzbischof Marcinkus?"

„Nein. Sicher nicht. Aber nicht ausgeschlossen, dass er davon weiß."

„Vielleicht kann mir Boris etwas darüber erzählen."

„Das halte ich für unwahrscheinlich. Boris kümmert sich um solche Dinge nicht. Es sollen sogar ... Knaben dabei sein. Die schlimmsten Gräuel. Welche Schande!"

„Päderasten im Vatikan? Wenn das nicht eine Bombe ist. Wo finden diese ... Orgien statt?"

„Sie sollen sich in einem Palazzo nahe der Villa Borghese treffen. Selbst Kardinäle sollen darunter sein. Aber auch das ist nur ein Gerücht. In Rom wird viel geredet."

„Vielleicht ist doch was dran."

„Bitte seien Sie vorsichtig. Trauen Sie niemandem", wiederholte er.

Ich hatte vor, mich daran zu halten.

Fürst Mazarini war sehr erleichtert, als ich ihm berichtete, dass die Cantonas in das Geschäft eingewilligt hatten.

„Mir tut es nicht um das Geld leid, aber dass ich mit solchen Leuten ein Geschäft abschließen muss, beschämt mich schon."

„Sie haben Ruhe vor ihren Nachstellungen. Die Cantonas haben auch ganz andere Sorgen. Wenn Santini Pleite geht, haben sie niemanden mehr, der die Geldwäsche organisiert, und obendrein verlieren sie eine ganze Menge Geld. Sie dürften dann wohl mächtig zornig auf den Bankier Gottes sein!"

„Bankier Gottes? Santini ist doch nur ein kleiner Gauner. Der Bankier Gottes ist Marcinkus. Wäre gut, wenn der Vatikan ihn loswerden würde. Gut für Rom und den Erdkreis."

Natürlich, ein römischer Fürst dachte zuerst an Rom. Was gut für die Ewige Stadt war, musste auch gut für die Menschheit sein.

Je öfter Mazarini und ich uns getroffen hatten, desto herzlicher war unser Verhältnis geworden. Er hat sicher nicht vielen Menschen außerhalb seines Adelskreises so viel Sympathie entgegengebracht wie mir.

Beim Abschied sagte er diesmal: „Ich soll Sie von meiner Tochter grüßen. Auch sie ist traurig, dass Sie nicht einer römischen Familie angehören."

Ich verstand sehr wohl, dass ich nicht satisfaktionsfähig war. Er schien zu ahnen, dass zwischen Estefania und mir etwas gelaufen war, und bedauerte, dass daraus nicht mehr entstehen konnte. Ich bedauerte es nicht. Estefania war mir gar zu verschwenderisch mit ihrer Gunst. Wilde Mädchen sind auf lange Sicht etwas ermüdend.

Ich machte mich unverzüglich daran, die Schwierigkeiten des Santini zu vergrößern. Ich rief den alten Cantona in Palermo an. Man war auf der anderen Seite nicht sehr empfänglich für ungebetene Anrufe. Aber als ich sagte, dass der Artikel dann eben ohne eine Stellungnahme der Cantonafamilie herauskäme, bekam ich den Capo di Capi an den Apparat.

„Was wollen Sie von uns?", bellte mich der alte Cantona an.

„Ich bin vom Paolo Panerai. Wir bringen morgen einen Artikel, dass Santini seine Banco Ambrosiana schließt und zusammen mit Erzbischof Marcinkus eine neue Bank gründet. Der Kardinalstaatssekretär soll dies abgesegnet haben."

„Was? Was sagen Sie da?", brüllte der Alte. „Ich kenne keinen Santini."

„Seltsam. Die Ambrosiana verwaltet doch eine Menge Geld von Ihnen. Das dürfte nun durch den Kamin sein. Wussten Sie nichts von der Bank, mit der Marcinkus und Santini einen neuen Anfang starten?"

„Ich weiß nicht, wovon Sie reden!“, stieß Cantona erregt hervor.

„Und dass Santini den Detektiv Christiansen als Bodyguard eingekauft hat, ist Ihnen auch entgangen?“

„Sie reden Unsinn!“

„Also keine Stellungnahme?“

„Wir haben nichts zu sagen.“

Ich konnte mir gut vorstellen, dass er nach unserem Gespräch seinen Leuten in Rom viel zu sagen hatte.

Ich rief Santini an, der immer noch im *Grand St. Regis* residierte. Auch ihn bekam ich nur nach vielen Versuchen an den Apparat, da dieser dauernd besetzt war. Scheinbar bettelte er die ganze Welt an, die Aktien seiner Bank zu stützen.

„Was wollen Sie denn von mir?“, herrschte er mich an. „Ich habe keine Zeit für Leute wie Sie!“

„Nein? Auch dann nicht, wenn ich Ihnen sage, dass ich in Verbindung zu einer Investmentgruppe stehe, die eventuell bei Ihnen einsteigen möchte.“

„Und da nehmen die ausgerechnet über Sie Kontakt zu mir auf?“

„Tja, warum wohl? Ich spreche Deutsch so gut wie Italienisch und kenne mich mittlerweile mit den italienischen Verhältnissen ganz gut aus. Müssten Sie doch wissen.“

„Was sind das für Leute?“, fragte er, nun doch neugierig geworden. In seiner Situation griff man nach jedem Strohhalm.

„Nicht am Telefon. Die Investoren legen Wert auf äußerste Diskretion.“

„Gut. Wo treffen wir uns?“

„Heute Abend in der *Antica Taverna* in der Via Monte Giordano 12. Um einundzwanzig Uhr, wenn es recht ist.“ Es war ihm recht.

Danach rief ich Boris an und bat ihn zu einem Treffen um neunzehn Uhr in dieselbe Trattoria.

„Worum geht es denn? Navarone hält mich ganz schön auf Trab.“

„Nicht am Telefon!“

„Ach so. Verstehe. Gut, ich komme.“

Ich ging hinunter in die Lobby. Maja schenkte mir ein Lächeln, das an meinen Vorsätzen rüttelte.

„Kannst du mir für übermorgen einen Flug nach Rio de Janeiro buchen?"

„Was? Du willst nach Brasilien?" Sie starrte mich entgeistert an. „Und für wann soll ich den Rückflug buchen?"

„Nur Oneway-Ticket. Ich weiß nicht, wie lange es dauern wird."

„Du kommst doch wieder?", fragte sie hastig.

„Ich bin nun mal Europäer. Kann mir nicht vorstellen, dass es mir dort auf Dauer gefällt."

„Komm bald wieder!", flüsterte sie.

Unwillkürlich nickte ich. Mein Schutzwall begann zu zerbröseln.

Pünktlich war ich in der *Antica Taverna* und bestellte ein einfaches Gericht, einen Teller Maccaroni Pesce, und dazu eine Karaffe Chianti. Ich hatte einen Platz auf der Terrasse gewählt, wo man mich gut sehen konnte. Ich hoffte, dass der alte Cantona das Spiel mitspielte, das ich mir für ihn ausgedacht hatte, und mich oder Santini beschatten ließ. Schon bald tauchte Padre Boris auf und lächelte jungenhaft wie eh und je.

„Tut gut, mal aus der Mühle herauszukommen. Der Heilige Vater macht sehr viel Druck und den gibt Navarone an mich weiter."

Ich stutzte. Seine Soutane hatte violette Knöpfe und Streifen. Er bemerkte meinen Blick und errötete.

„Ja. Man hat mich zum Kurienprälat ernannt. Ist nur ein Grußtitel, ohne große Befugnisse. Ich bin dessen überhaupt nicht würdig. Navarone hat es bestimmt getan, weil ich mit dem Heiligen Vater jetzt oft Umgang habe. Glaube mir, es ist mir selber peinlich. Aber ich konnte die Ehrung schlecht ablehnen."

„Du machst Karriere!", stellte ich fest.

„Ja. Wenn die wüssten, wen sie damit geehrt haben, würden sie mich sofort in die finsterste Provinz schicken."

Wie arglos er war. Es tat mir leid, dass ich ihn benutzte. Wenn die Cantonaleute sahen, dass ich mich mit dem Sekretär des Kardinalstaatssekretärs traf, bekam meine Behauptung, dass Navarone und Marcinkus Santini durch eine Bankneugründung vor dem Absturz bewahrten, die nötige Glaubwürdigkeit. Cantona würde durch die Pleite der Banco Ambrosiana nicht nur viel Geld, sondern gegenüber den anderen Familien das Gesicht verlieren – zumal wenn Santini aus dem Desaster wie ein Phönix aus der Asche herauskam. Ich hoffte nur, dass sie dem armen Boris nichts antaten.

„Immerhin kann es nicht schaden, dich immer noch im Zentrum der Macht zu haben!"

„Mir ist weiß Gott nicht wohl in meiner Haut, das kannst du mir glauben."

„Wie ist der neue Heilige Vater?"

„Sehr zielstrebig. Pragmatisch. Wir marschieren stramm auf die Zustände vor dem Zweiten Vatikanischen Konzil zurück. Doch warum wolltest du mich unbedingt sprechen?"

„Würde Wojtyla eine Richtungsänderung seiner Politik vornehmen, wenn er das Dokument zum Katakombenpakt mit der Unterschrift Johannes' XXIII. in den Händen hielte?"

„Möglich. Aber es ist doch verschwunden."

„Es ist im Besitz des Neffen von Dom Helder Camara. Ich will sehen, dass er es mir herausgibt. Du kannst es dann dem Polen zuspielen."

Boris riss die Augen auf.

„Dafür könnte ich sorgen", sagte er nach einem Räuspern. „Manchmal, wenn Navarone verhindert ist, bringe ich dem Heiligen Vater die Post, die seiner Entscheidung bedarf. Der Heilige Vater geruht dann, mit mir zu plaudern. Er unterhält sich gern in seiner Muttersprache. Aber dass das wirklich etwas bewirkt, wenn er das Dokument liest, kann ich nicht versprechen."

„Wird dir Navarone nicht den Kopf abreißen?"

„Er gibt mir die Mappe mit der Post, die er natürlich vorher geprüft hat. Er wird annehmen, dass er das Dokument in der Eile übersehen hat. In letzter Zeit baut er stark ab. Er ist nicht mehr die ‚Haubitze' des Vatikans. Die Aufregung in den letzten Monaten hat ihm stark zugesetzt. Johannes Paul Due wird sich bald einen neuen Kardinalstaatssekretär suchen müssen."

„Vielleicht wirst du es?"

Boris lächelte gequält.

„Nein, da brauche ich keine Angst zu haben. Es wird vielleicht ein Deutscher. Erstaunlicherweise versteht er sich besonders gut mit den Deutschen. Wie ich höre, will er Kardinal Ratzinger zum Vorsteher der Glaubenskongregation machen. Nein. Nach der Ernennung zum Kurienprälat hat man mir genug Ehre angetan. Ich erwarte in Demut, was der himmlische Vater noch mit mir vorhat."

Ich hätte nichts dagegen, wenn er weiter die Karriereleiter hinaufklettern würde. Es konnte meinem Vorhaben nur nützlich sein.

„Und du glaubst, du bekommst diese Urkunde von dem Neffen?", fragte er stirnrunzelnd. Es war ihm anzumerken, dass er sich meinetwegen Sorgen machte.

„Keine Ahnung. Ich will es versuchen."

„Dass wir David verloren haben, ist schon schlimm genug. Wir sollten vielleicht erst einmal alles auf sich beruhen lassen und abwarten, wie sich das Pontifikat entwickelt."

„Nein. Wir sind David das schuldig."

„Du hast recht", pflichtete er mir mit einem Seufzer bei.

Wir sprachen noch über dies und das und er verabschiedete sich schließlich, wünschte mir noch viel Glück und versprach, für mich zu beten. Im Moment schlossen mich viele in ihre Gebete ein. Gebete hatten noch niemandem geschadet.

Ich bestellte mir noch eine Karaffe, da der Hauswein erstaunlich gut war. Gespannt beobachtete ich die Umgebung. Die Lichter gingen nun überall vor den Tavernen an. Doch mir fiel nichts Ungewöhnliches auf. Hatte ich den alten Cantona doch nicht nachdrücklich beeindrucken können? Schließlich traf Santini ein. Ich begrüßte ihn mit Ehrerbietung, als begrüßte ich meinen Padrone. Santini nahm dies als Selbstverständlichkeit hin. Er hatte sich kaum gesetzt, als er schon seine Frage abschoss:

„Also, wer ist diese Investorengruppe?"

Die Bedienung kam und fragte nach seinen Wünschen. Er sah auf meine Karaffe.

„Wie ist der Wein?"

„Sehr anständig."

„Gut, bringen Sie mir von dem. Ich habe bereits gegessen. Aber gegen einen Teller Calamari hätte ich nichts einzuwenden."

Die Bedienung verbeugte sich fast bis zum Boden. In Rom wusste man, welchen Einfluss der Bankier im Vatikan hatte. Santini wandte sich wieder mir zu.

„Nun?", fragte er ungeduldig.

„Es ist eine Interessengruppe um die Quest."

„Quest? Donnerwetter. Sind das die mit den Mehrheitsanteilen an den Automobilwerken?"

„Richtig. Sie schwimmen in Geld und suchen ständig nach Möglichkeiten, ihr Vermögen zu investieren."

„Wie sind die auf Sie gekommen?"

Aus dem Augenwinkel sah ich einen Lancia vorbeifahren, der mir bekannt vorkam.

„Ich habe die Erbin im Hotel *du Cap Roc* in der Nähe von Antibes kennengelernt. Wir haben uns ein wenig angefreundet und sie hat mir ihre Situation geschildert."

Daran war sogar einiges wahr. Ich kannte das Hotel, weil ich einmal einen bekannten Wirtschaftsboss dorthin begleitet hatte, als ich für ihn den Bodyguard spielte. Ich hatte bei seinem Abendessen mit der Quest im Hintergrund den Aufpasser gegeben.

„Und warum stehen Sie bei diesem Geschäft Pate? Ausgerechnet Sie, der mir schon einige Scherereien bereitet hat?"

„Für die Vermittlung verlange ich eine schöne, fette Provision, man muss ja etwas fürs Alter zurücklegen."

„Die bekommen Sie natürlich nur bei Abschluss. Über welche Investitionssumme reden wir?"

„Fünfundzwanzig Prozent Ihrer Aktien an der Banco Ambrosiana. Zu welchem Kurs müssen Sie natürlich mit den Quests aushandeln."

Santinis Augen blitzten auf. Nun war er sehr interessiert.

„Und mit welcher Provision rechnen Sie?"

„Zwei Millionen Dollar!"

Er lehnte sich zurück und sah mich scharf an.

„Das ließe sich vielleicht machen. Einverstanden. Ich nehme an, von der Gegenseite bekommen Sie noch einmal das gleiche.“

Ich lächelte durchtrieben. Ihm gefiel das.

„Na schön. Ich bin interessiert. Wie soll es ablaufen? Natürlich möchte ich einen Vertreter der Investorengruppe kennenlernen.“

„Ich werde das weitergeben. Man wird sich mit Ihnen in den nächsten Tagen in Verbindung setzen.“

„Gut. Aber es muss bald geschehen.“

„Es wird zeitnah passieren“, versicherte ich.

Er stand auf und warf ein Bündel Lire auf den Tisch. Sein Trinkgeld war höher als die Rechnung. Wir schüttelten uns die Hände und ich umarmte ihn und küsste seine Wangen.

„Was soll das?“, fragte er erstaunt.

„Für mich ist so ein Geschäft nicht alltäglich. Ich wollte meine Dankbarkeit zeigen.“

Wenn man uns beobachtete, dann musste man nun restlos überzeugt sein, dass ich in Santinis Diensten stand. Und wenn sie auch noch Boris gesehen hatten, so war die Vermutung sehr naheliegend, dass ich so eine Art Mittelsmann zwischen Santini und dem Abgesandten Navarones war. Ich glaubte nicht, dass sie sich noch groß die Frage stellten, warum Marcinkus nicht direkt mit seinem alten Freund verhandelte. Und Navarone war ja nicht nur Staatssekretär, sondern auch Präsident der Vermögensverwaltung des Apostolischen Stuhls, die mit Spekulationsgeschäften an den Börsen aktiv war. Eine Operation mit ihr war noch vielversprechender als mit der Vatikanbank. Die Pleite der Ambrosiana und die Gründung einer neuen Bank mit Vatikangeld verlangte die höchsten Weihen.

Ich ging zu Fuß zum *Hassler* zurück und setzte mich dort an die Bar. Ich fand, dass ich einen Dalmore verdient hatte. Maja war nicht mehr an der Rezeption. Ich ließ in Ruhe das ganze Gespräch noch einmal Revue passieren und war ganz zufrieden mit mir. Ein Machiavelli hätte das auch nicht besser eingefädelt. Ein Page kam.

„Signore Christiansen, ein Herr möchte Sie sprechen.“

„Was für ein Herr?“

„Er hat seinen Namen nicht genannt. Er wartet in der Lobby auf Sie."

Ich sah zur Halle hinüber, konnte aber niemanden entdecken. Ich ging zum Portier am Eingang und sah diesen fragend an.

„Der Herr ist gerade rausgegangen. Er wollte noch eine Zigarette rauchen."

Ich trat vor das Hotel. Von der Kirche Trinità dei Monti kam eine dunkel gekleidete Gestalt heran. Sie trug zum Anzug einen Hut, was in Europa nicht mehr so ganz üblich war. Ein hartes kantiges Gesicht. Lässig warf er die Zigarette weg. Mein Blick fiel auf seine schwarzen glänzenden Schuhe. Die Hosen reichten ihm nur bis zu den Knöcheln. Er trug weiße Socken. Hochwasserhosen trug kein Italiener. Ich wusste, mit wem ich es zu tun hatte. Es war der von Montebello angekündigte Besuch aus New York.

„Serge Christiansen?", fragte er.

Ich nickte. Er konnte seine Pistole nicht mehr ziehen. Ich gab ihm einen Schlag aufs Kinn. Er taumelte, ging aber nicht zu Boden. Ich versetzte ihm noch zwei Schläge in den Unterleib, die ihn ächzen ließen. Er war ein harter Brocken. Er krümmte sich, hatte aber nun seine Pistole aus dem Schulterhalfter zerren können. Ich stürzte mich auf ihn und hielt seine Hand fest. Wir gingen beide zu Boden und ich versuchte es mit einer Beinschere.

„Gib auf! Du hast keine Chance."

Er wollte es nicht einsehen. Meine Beine umklammerten seinen Hals noch fester. Hoffentlich gibt er auf, fuhr es mir durch den Kopf. Wenn du noch stärker zudrückst, bekommst du eine Menge Schwierigkeiten. Er kapierte endlich. Ich riss ihm die Pistole aus der Hand und sprang auf. Japsend rappelte er sich auf.

„Du bist wohl McDonaught?"

Es hatte sich eine Menge Publikum versammelt, das nun anerkennend klatschte. Das Volk von Rom mag immer noch ‚Panem et Circences'. Ich packte ihn am Revers.

„Rede! Bist du McDonaught?"

Seine Augen flatterten. Da ich ihm seine Pistole, eine Browning, in die Hüfte stieß, blieb er friedlich. Der Portier kam angerannt. Ich rief ihm zu, Commissario Montebello anzurufen. Doch plötzlich flammte in der Dämmerung ein Lichtstrahl auf. Neben mir schlug eine Kugel in die Glastür des Hotels, die splitternd zersprang. Ich warf mich zu Boden. Ein zweiter Schuss folgte. Die Menge um uns lief kreischend auseinander. McDonaught, wenn er es denn war, tauchte inmitten der Flüchtenden unter. Noch ein Schuss, der neben meinem Kopf einschlug und als Querschläger jaulend an der Wand seine Spuren hinterließ. Plötzlich hörten die Schüsse auf.

Als ich halbwegs sicher sein konnte, dass sich der Schütze aus dem Staub gemacht hatte, stand ich auf, ging an die Bar zurück und trank meinen Whisky aus. Meine Hände zitterten. Es war knapp gewesen. Kurze Zeit später tauchte Montebello auf.

„Mit Ihnen hat man nur Scherereien!", blaffte er mich an.

Ich erzählte ihm, was vorgefallen war.

„Der Besuch, den Sie mir angekündigt haben."

„McDonaught?"

„Schon möglich. Aber er war nicht allein."

„Warum kümmert sich die Savinellifamilie jetzt um Sie?"

„Gute Frage", stimmte ich zu und winkte dem Barkeeper zu, ihm einen Whisky zu bringen. „Mit den Cantonas habe ich eigentlich einen Burgfrieden vereinbart, also bleibt nur der Vatikan. Irgendjemandem passt mein Gesicht überhaupt nicht."

„Aber einen Profikiller aus New York anzufordern?", fragte er zweifelnd.

„Mir fallen dazu nur Navarone und Marcinkus ein."

„Was zu beweisen wäre und wenn, können wir gar nichts machen."

„Ich werde mal bei der Guardia di Finanza anfragen, wie weit die mit ihren Ermittlungen gegen Marcinkus und Santini sind."

„Sie haben wohl überall Freunde."

„Wenn man in Rom zu tun hat, braucht man viele Freunde."

„Nun übertreiben Sie es mal nicht. Was ist mit Ihrer kleinen Intrige gegen Santini?"

„Läuft auf Hochtouren."

„Es ist ein gefährliches Spiel, was Sie da treiben."

„Was gerade eben bewiesen wurde", gab ich ungerührt zu.

„Können Sie eine Beschreibung von dem Kerl abgeben?"

„Von dem Schützen nicht, aber von dem Kerl, der sich mit mir geprügelt hat. Stellen Sie sich Lino Ventura vor, nur etwas größer", versuchte ich als Beschreibung abzugeben, doch Montebello zuckte missmutig mit den Achseln.

„Könnte auf eine Menge Italiener zutreffen. Ich kann mir aus New York ein Foto schicken lassen. Kommen Sie morgen mal bei mir im Kommissariat vorbei und wir versuchen es einstweilen mit einem Phantombild."

Wir tranken noch einige Whisky und zum Schluss stellten wir fest, dass wir uns trotz aller Gegensätze mochten und bald waren wir beim Du.

„Du bist schon eine verrückte Type!", brabbelte er. „Ein richtiger Schweinehund, aber irgendwie ein Typ, den ich, wenn es hart auf hart kommt, gern an meiner Seite hätte." War für ihn ein tolles Kompliment.

„Und du bist der erste Bulle, mit dem ich gern einen saufe!"

„Guter Stoff", lobte er.

„Das will ich meinen. Ist ein achtzehnjähriger Dalmore."

„Kostet wohl eine Stange?"

Er angelte sich die Karte, sah nach und nannte ehrfurchtsvoll den Preis.

„Wir sind verrückt und süffeln das wie Grappa."

„Geht auf mein Spesenkonto. Englische Lords leisten sich sowas."

„Scheint sich zu lohnen, sein Leben zu riskieren."

„Wenn man es schon riskiert, muss es sich auch lohnen!"

Wir waren betrunken und da spuckt man schon mal große Töne. Jedenfalls trennten wir uns als dicke Freunde. Ich war mir am nächsten Tag nicht so sicher, ob es dabei bleiben würde.

19

Der Tote unter der Engelsbrücke

Ich wurde durch ein Geräusch an der Tür wach. In meinem Kopf summte ein Bienenschwarm. Ich sah zur Uhr. Es war Zeit zum Aufstehen. Aber der Zimmerservice ließ mich sonst eigentlich in Ruhe. Ich griff zu der Magnum und entsicherte sie. Die Tür wurde geöffnet. Ich zog den Hahn zurück. Maja stürmte in mein Schlafzimmer. Sie war kreidebleich.

„Ich habe gehört, was gestern Abend ... Wie geht es dir?"

Mit ihrem beigefarbenen Kleid sah sie in dem hereinfallenden Licht des frühen Morgens wie eine himmlische Erscheinung aus.

„Du siehst, ich lebe noch."

„Ich dachte, mein Herz bleibt stehen, als mir unser Portier davon erzählte."

Wir sahen uns beide eine Weile stumm an. Ihre Hände hingen zu Fäusten geballt an ihr herunter. Es war unsinnig mich meinen Gefühlen zu verweigern. Ich liebte sie. Ich tat ihr und mir mit meiner sturen Haltung Gewalt an.

„Ist das mit dem Flug in Ordnung gegangen?", versuchte ich, unserem Gespräch eine sachliche Note zu geben.

„Ja. Du fliegst morgen. Zwischenstopp in Lissabon. Ist das, was du in Rio vorhast, genauso gefährlich wie das gestern Abend?"

„Nein. Ich denke nicht. Am anderen Ende der Welt bin ich aus der Schusslinie." Ich sagte dies, um sie zu beruhigen. Sicher war ich mir dessen nicht. „Nun raus mit dir! Ich will dich nicht mit meinem Alabasterkörper verwirren."

„Du Idiot!", fauchte sie. „Erstens kenne ich deinen sogenannten Alabasterkörper und zweitens ist der nur so viel wert wie der Kopf, der draufsteckt. Dieser zeichnet sich im Moment nicht gerade durch sehr viel Intelligenz aus."

Sie lief hinaus und knallte die Tür zu.

Ich stieg aus dem Bett, stellte mich unter die Dusche und rasierte mich. Die Rasur war mir bei der Morgentoilette stets eine inspirierende Angelegenheit. Ich mochte das Gefühl, mich von den Stoppeln zu trennen. Manchmal rasierte ich mich zweimal hintereinander und genoss das Gefühl der Sauberkeit. Mir kamen dabei erfahrungsgemäß die besten Ideen. So auch diesmal. Es konnte nützlich sein, in Brasilien Unterstützung zu haben. Also rief ich die Zentrale an und bat, mich mit meinem Freund Rolf Moor in Sao Paulo zu verbinden. Wir waren einst Genossen bei den Jungsozialisten gewesen. Wir hatten vorgehabt, die Welt ein bisschen besser zu machen. Daraus war nicht viel geworden. Er hatte in Südamerika eine Riesenkarriere hingelegt und ich hatte mich auf andere Tätigkeiten verlegt, die nicht ganz so lukrativ waren. Die Überraschung war ihm anzumerken, als ich ihn am Telefon hatte.

„Mensch, Macker, du bist es wirklich?"

„Ich werde dir noch wirklicher vorkommen, wenn ich erst einmal in Brasilien bin. Ich muss nach Rio." Ich erzählte ihm in Stichworten von Dom Helder Camara und dem Katakombenpakt und meiner derzeitigen Situation. Er sagte mir sofort seine Hilfe zu.

„Klar helfe ich dir. Es gibt eine Menge Menschen bei uns in Brasilien, die Dom Helder Camara als Heiligen verehren. Minou wäre sauer, wenn ich dich nicht unterstützen würde. Was kann ich für dich tun?"

„Ich brauche eine Artillerie. Ich habe hier zwar einigen Gaunern die Kanonen abgenommen, aber bekomme sie wohl kaum durch den Zoll."

„Verstehe. An was denkst du?"

Ich sagte es ihm.

„Eine Smith & Wesson 38 Special? Du bekommst die ‚Snubby'. Kein Problem. Buch nach Sao Paulo um. Ich hole dich vom Flieger ab."

Ich freute mich auf das Wiedersehen mit ihm und sah ihn direkt vor mir. Groß, breitschultrig, dunkler Stoppelbart. Er füllte mit seiner Körperlichkeit jeden Raum und stand überall bald im Mittelpunkt. Allein sein Lachen konnte man nur als homerisch bezeichnen.

„Gut, ich informiere dich, wann ich ankomme."

„Kann es Rambazamba geben?"

„Möglich."

„Wunderbar. Komm bald."

Ich fühlte mich nun sicherer. In einem Land zu agieren, dessen Sprache man nicht verstand, konnte nur im Fiasko enden. Ich glaubte nicht, dass mir der gute Padre Franco eine große Hilfe sein würde. In der Lobby informierte ich Maja, dass sie auf Sao Paulo umbuchen sollte.

„Kein Problem. Der Flieger macht ohnehin Zwischenstopp in Sao Paulo. Was ist los?", fragte sie misstrauisch.

Ich erzählte ihr von meinem Freund.

„Du wirst also dort doch Unterstützung brauchen", stellte sie mit zusammengekniffenen Augen fest.

„Na ja, einen alten Kumpel an der Seite zu haben, kann niemals falsch sein."

Es klingelte. Sie nahm ab, stutzte und reichte mir das Telefon.

„Für dich. Commissario Montebello."

„Er will sich sicher erkundigen, wie es mir nach dem gestrigen Abend geht."

„Deine kleine Intrige ist gründlich in die Hosen gegangen!", brüllte er mir ins Ohr. „Von wegen Santini wird sich der Justiz stellen! Ich habe eben reinbekommen, dass Santini unter der Brücke St. Angelo baumelt. Bei den Zitzen der Wölfin, das ist dein Werk!"

„Wann ist er denn gestorben? Unter Umständen habe ich ein piekfeines Alibi durch einen Commissario Silvio Montebello."

Er fluchte wie ein neapolitanischer Straßendieb. „Du verdammter Barbarenlümmel, du kommst jetzt sofort zur Engelsbrücke und wir sehen uns den Schlamassel gemeinsam an."

„Ich bin schon auf dem Weg."

Die Cantonas hatten also mitgespielt. Aber mein Spiel war nicht aufgegangen. Ich hatte gehofft, dass er nach Drohungen der Cantonas bei der Justiz Zuflucht suchen würde. Ich hatte mich verspekuliert. Wer konnte auch annehmen, dass sie ihren alten Spezi gleich ins Totenreich schickten? Aber vielleicht machte ich mir da etwas vor. Ich hatte es mit Gangstern zu tun, die anderen Spielregeln folgten. Von Santini würde ich die Hintergründe nicht mehr erfahren, die zu Davids und dem Tod des Papstes geführt hatten. An einen Selbstmord glaubte ich keinen Augenblick. Santini war ein harter Hund gewesen, der freiwillig niemals aufgeben würde. Ich tröstete mich damit, dass immerhin einer der Schuldigen den Tod gefunden hatte. Schuldgefühle hatte ich deswegen nicht.

Die Brücke St. Angelo liegt genau vor der Engelsburg und hat ihren Namen durch die Engelstatuen von Bernini bekommen. Man hatte die Brücke abgesperrt. Zu beiden Seiten standen die Wagen der Carabinieri mit Blaulicht. Montebello war schon da.

Als ich zu der Gruppe um ihn stieß, schnaubte er: „Da siehst du, was du angerichtet hast, du teutonischer Abklatsch des Philip Marlowe."

Um die Beine des Engels war ein Strick gewickelt. Der Tote baumelte unterhalb der Brücke. Der Engel hielt ein steinernes Schriftband in den Händen. Mir kam dies wie eine Botschaft vor. Ging es nicht um ein Dokument, das den Menschen sagen sollte, sich um die Mitmenschen zu kümmern?

„Er kann sich auch umgebracht haben", sagte einer der Assistenten zu Montebello. Der Commissario verdrehte die Augen. Mit einem Blick zum Himmel brummte er: „Hört euch das an!"

Sie zogen den Leichnam hoch und legten ihn auf die Brücke. Sein Gesicht war verzerrt. Dieser Mann musste in großer Angst gestorben sein. Montebello winkte den Arzt heran, seine Arbeit zu tun.

„Wann und wie?", brummte er nur.

Der Arzt kniete sich nieder und untersuchte den Toten.

„Schätze, so um zwei Uhr, plus minus eine halbe Stunde. Wie? Jedenfalls war er schon tot, als sie ihn hier aufgehängt haben." Er wies auf den blauen Fleck an seinem Hals. „Donnerwetter, das arme Schwein. Sie haben ihn regelrecht gefoltert. Der Mann wurde totgeschlagen. Daher die blauen Flecken.

Selbstmord können wir mit hundertprozentiger Sicherheit ausschließen."

Ich hatte dies auch nicht angenommen. Santini war gewiss ein Gauner, aber auch ein Kämpfer gewesen. Nachdem er annehmen musste, dass ich ihm Investoren zuführen würde, konnte er hoffen, sein Bankenimperium zu retten. Er war von denen liquidiert worden, denen er solange zu Diensten gewesen war.

„Nummer eins!", sagte ich mehr zu mir selbst.

Doch Montebello hatte es gehört.

„Und wer ist Nummer zwei und drei, du verdammter Bastard eines Barbaren?"

„Wer wohl? Navarone und Marcinkus."

„Ich warne dich! Hör auf mit deinen Spielchen. Du siehst ja, wo das endet."

„Mit dem lächelnden Papst und David Bradberry wurden zwei Heilige umgebracht", erwiderte ich stur.

„Navarone und Marcinkus fallen nicht in unsere Gerichtsbarkeit."

„Aber in meine. Doch reg dich ab. Du bist mich ohnehin erst mal los. Ich fliege morgen nach Brasilien."

„Was willst du dort wieder anrichten?"

„Jeder Mann hat sein Geheimnis."

„Du hast zu viele davon."

Am Nachmittag rief ich Lord Bradberry an.

„Neuigkeiten?", fragte er hastig.

„Ja. Einer, der mit dem Tod Ihres Sohnes zu tun hatte, ist umgebracht worden."

Ich erzählte ihm, wie es abgelaufen war, wobei ich meine Beteiligung unterschlug.

„Und die anderen werden auch noch dran glauben, wenn ich das Dokument zum Katakombenpakt in die Hände bekomme. Ihr Einverständnis vorausgesetzt, fliege ich morgen nach Brasilien."

„Tun Sie, was Sie für richtig halten. Grandma will, dass alle Schuldigen ihre Strafe bekommen."

„Richten Sie ihr aus, dass sie sich auf mich verlassen kann."

„Langsam bekomme ich eine Ahnung, wer da für mich arbeitet."

„Leider habe ich Davids Tod nicht verhindern können und das werde ich mir nie verzeihen."

„Grandma will Sie sprechen."

Die Stimme ihrer Ladyschaft war voller Genugtuung.

„Sie haben also den ersten der Gerechtigkeit zugeführt."

„Ich habe mein Teil dazu beigetragen, dass er unter der Engelsbrücke baumelte."

„Sehr gut. Wer einen Engel wie David ermordet, muss wie Judas enden. Aber damit sind noch nicht alle Schuldigen gerichtet?"

„Nein. Aber ich arbeite daran."

„Sehen Sie zu, dass sie alle zur Hölle fahren!", sagte sie unerbittlich.

„Selbst wenn es jemand ist, der kurz unterhalb des Papstes steht?"

„Selbst dann. Ich bin nicht so voller Skrupel wie mein Sohn. Wer sich an David vergangen hat, soll mir dafür zahlen."

Grandma Bradberry hatte die Gene, die einst die Piratenkönige Drake, Morgan und Raleigh in sich gehabt hatten. Eine prächtige alte Dame, aber ich war doch froh, dass sie nicht meine Mutter war.

Zurück im *Hassler*, winkte mir Maja zu.

„Das Sekretariat des Kardinalstaatssekretärs hat vorhin angerufen. Ob du die Liebenswürdigkeit hättest, heute noch seine Eminenz aufzusuchen. Was hat das zu bedeuten?", setzte sie flüsternd hinzu.

„Es kommt Bewegung ins Spiel. Die hohen Herrschaften werden nervös."

„Sei bloß vorsichtig."

„Ich bin der, vor dem man Angst bekommt."

Ich meldete mich am Cortile della Sentinella und wurde sofort zum Governatoratspalast geführt. Das Empfangszimmer des Kardinalstaatssekretärs hätte auch das der französischen Könige sein können. Kostbare Möbel, Gobelins und Gemälde aus der Renaissancezeit. Sie waren zu zweit. Neben Navarone saß böse lächelnd der ‚Gorilla'. Navarones Miene war undurchdringlich.

„Wir haben gehört, dass Sie intensive Gespräche mit Santini über den Einstieg in die Ambrosiana geführt haben", begann Marcinkus.

„Dann wissen Sie auch, dass gestern ein Anschlag auf mich verübt wurde. Sie sollten Ihre amerikanischen Freunde zurückpfeifen, sonst haben wir hier in Rom bald noch mehr Tote."

„Ich weiß nicht, worauf Sie anspielen", erwiderte Marcinkus grinsend.

„Wir möchten mit Ihnen über den Tod unseres armen Bruders Santini sprechen", sagte Navarone und machte ein Gesicht, als trauere er um einen nahen Verwandten. Es hätte nur noch gefehlt, dass er wässrige Augen bekam.

„Ja. Sein Tod wird Sie eine Menge Geld kosten."

„Reden wir offen!", schlug Marcinkus vor. „Wir können uns des Eindrucks nicht erwehren, dass Sie mit seinem Tod etwas zu tun haben. Sie waren wenige Stunden vor seinem Tod mit ihm zusammen und machten ihm ein phantastisches Angebot. Kurz darauf hing er unter der Engelsbrücke."

„Das ist richtig. Und zwischen unserem Gespräch und seinem bedauerlichen Ableben hat er Sie angerufen und über das Angebot unterrichtet, das ich ihm unterbreitet habe."

Sie schwiegen. Navarone war der schlechtere Schauspieler. Er kratzte sich nervös den Handrücken und sah unsicher zu Marcinkus hinüber. Meine Vermutung stimmte also.

„Santini hat Sie wohl davon unterrichtet, dass er weiter im Geschäft ist, und Ihnen auch zukünftig als Partner zur Verfügung stünde", stieß ich nach. Marcinkus verzog das Gesicht.

„Wie dem auch sei. Die Ambrosiana wird noch diese Woche in Konkurs gehen."

„Was Sie ohnehin beschlossen hatten", unterbrach ich ihn. „Die Blase war geplatzt und Sie hatten längst die Absatzbewegungen eingeleitet."

„Und Sie haben den Cantonas gesteckt, dass wir mit Santini die Gelder der Ambrosiana in eine neue Bank transferieren und somit ein Teil der Gelder retten und die Schulden abschütteln", bellte Marcinkus.

Dumm war er nicht. Er hatte sich zusammengereimt, welche Rolle ich gespielt hatte. So viel Offenheit hatte ich nicht erwartet. Welches Ass hatten sie noch im Ärmel?

„Warum verfolgen Sie die Heilige Kirche mit solchem Hass?", fragte Navarone mit einem heuchlerischen Augenaufschlag.

Wenn ich es nicht besser gewusst hätte, wäre ich jetzt in mich gegangen und hätte meine sündigen Taten bereut.

„Sie haben Santinis Tod verschuldet!", brüllte Marcinkus mit hochrotem Kopf.

„Ich habe das beste Alibi der Welt. Zum Todeszeitpunkt saß ich mit Commissario Silvio Montebello zusammen und wir haben eine Flasche besten Whiskys vernichtet."

„Sie unterschätzen die Macht der Heiligen Mutter Kirche!", drohte mir Marcinkus ganz unverblümt.

„Keineswegs. Sie unterschätzen mich. Was schon Ihre amerikanischen Freunde erfahren haben. Die Gangster von der Savinellifamilie bringen mich nicht zum Zittern."

Navarone sah Marcinkus stirnrunzelnd an. Dieser zuckte gleichmütig mit den Schultern. Mochte ja sein, dass Navarone von der Hilfestellung der amerikanischen Mafia nichts wusste, Marcinkus wusste dafür umso mehr.

„Was hat Ihnen Santini als Provision für die Vermittlung der Questgruppe geboten?", fragte Navarone leise.

„Zwei Millionen Dollar."

„Wir bieten Ihnen das doppelte", trompetete Marcinkus.

„Und wenn ihr mir das dreifache bietet. Mit Leuten wie euch schließe ich keine Geschäfte ab. Ich weiß, auf wessen Anweisung Padre David getötet wurde."

Ihre Gesichter versteinerten. Sie wussten nun, dass ich sie im Visier hatte.

„Ich kann mich nur wiederholen. Sie unterschätzen die Macht der Heiligen katholischen Kirche!", wiederholte Marcinkus, die Augen zu Schlitzen verengt.

„Und ich wiederhole mich, dass Sie mich unterschätzen. Ich bin nicht nur auf der Jagd nach Davids Mörder, sondern auch nach dem Mörder des Luciani."

Navarone hopste fast aus dem Sessel.

„Was soll diese ungeheuerliche Behauptung amerikanischer und englischer Boulevardmedien?", erregte sich Navarone. „Johannes Paul I. starb eines natürlichen Todes. Dies wurde von zwei Ärzten festgestellt."

„Ihr hättet nur die Autopsie zulassen müssen und alle Gerüchte wären verstummt."

„Es ist wohl alles besprochen", zischte Navarone.

„Sie werden noch oft an dieses Gespräch denken", versprach ich ihm und erhob mich.

„Was verlangen Sie denn von uns?", fragte Navarone betroffen.

„Ein Geständnis. Den Rücktritt von Ihnen beiden und den Namen desjenigen, der Johannes Paul I. ermordet hat."

Navarone fuhr zurück, als hätte er der Medusa ins Gesicht geblickt.

„Wie kommen Sie nur auf den Gedanken, dass wir dem armen Luciani etwas getan haben?", stotterte Navarone.

„Es gibt genug Indizien dafür."

Ich nannte sie ihnen, nannte das, was Luciani vorhatte, die Rückkehr zur ‚Kirche der Armen', die Lockerung der Enzyklika ‚Humanae Vitae', die Einsetzung einer Kommission zur Überprüfung der Finanzen, die beschlossene Absetzung der ‚P Due'-Anhänger, die verschwundenen Dokumente.

„Wenn Johannes Paul I. noch leben würde, wären Sie beide längst nicht mehr in Amt und Würden."

Die beiden sahen mich hasserfüllt an. Selbst Navarone hatte seine salbungsvolle Art abgelegt.

„Sie wissen viel und doch nichts!", erwiderte Navarone. „Mit Ihren Spekulationen kommen Sie nicht weit."

„Sie werden sich ins Unglück stürzen", bekräftigte Marcinkus.

„Vielleicht, aber vielleicht auch nicht. Ihre Eminenzen vergessen, dass ich einen mächtigen Verbündeten an meiner Seite habe."

„Wen denn?“, fragte Marcinkus verblüfft.

„Jesus Christus.“

Beiden fiel die Kinnlade herunter. Ich weiß auch nicht, was mich bewog, mir diesen Beistand anzumaßen. Jedenfalls verfehlte es nicht seine Wirkung.

„Sie lästern!“, flüsterte Navarone.

„Ich werde dafür sorgen, dass Sie zum Teufel gehen!“, ließ Marcinkus nun völlig die Maske fallen. Er war nichts anderes als ein amerikanischer Gangster in heiligen Kleidern.

„Sie beide wissen, was Sie getan haben, und ich weiß es, und Sie wissen auch, dass es Sie zu den Bösen macht, und Sie werden doch nicht ernsthaft glauben, dass Jesus den Bösen beistehen wird?“

Irgendwie muss einem wohl dieser Ort solche Gedanken eingeben. Bis dahin hatte ich mich nicht im Auftrag des Herrn gesehen.

„Verschwinden Sie!“, schnaubte Marcinkus.

„Verlassen Sie Ihren sündigen Weg“, gab mir Navarone noch auf den Weg.

Ich machte eine karikierende Verbeugung und ging hinaus. Die beiden Soutanen würden sicher noch eine Zeitlang über mich nachdenken. Was Gutes würde für mich nicht dabei herauskommen. Aber die Fronten waren nun geklärt. Sie trugen heilige Kleider, aber darin steckten ausgewachsene Teufel.

Auf dem Flur traf ich Boris.

„Na, wie ist es gelaufen?“, fragte er, sich dabei umsehend, ob uns jemand beobachtete. „Leider erfuhr ich zu spät von der Audienz, sonst hätte ich dich vorbereitet.“

„Schon gut. Ich habe den beiden tüchtig eingeheizt. Sie werden einiges zum Nachdenken haben. Kann sein, dass dabei Schwefel durch den Vatikan streicht. Aber so oder so wird es bald zur letzten Runde kommen und dann wird man sehen.“

„Hast du etwas mit Santinis Tod zu tun?“

„Hm“, sagte ich und wiegte den Kopf.

„Habe ich es mir doch gedacht“, stieß er erschrocken hervor.

„Ich habe ihn nicht umgebracht. Das waren die Cantonas. Aber beweisen wird ihnen das niemand können.“

„Aber du hast …"

„Ich habe nichts."

Manche Geschichten werden besser nicht erzählt.

Am nächsten Morgen machte ich mich zum Flughafen da Vinci auf. Maja war noch nicht da, dafür lag ein Brief von ihr in meinem Fach. Sie schrieb mir, dass sie mich liebe und auf mich warte. Mich beschlich das Gefühl, dass sie mich mehr liebte, als ich es verdiente.

Am nächsten Tag war ich in Sao Paulo. Rolf und seine Frau empfingen mich hinter der Zollschranke mit kleinen deutschen und brasilianischen Fahnen in der Hand. Rolf war ganz der alte Tanzbär. Minou, die ich noch nicht persönlich kennengelernt hatte, war eine zierliche, entzückende Person mit viel herzlichem Charme, die ich sofort ins Herz schloss. Rolf hatte mit ihr das Glückslos gezogen.

„Schön, Macker, dich wiederzusehen", brummte er und klopfte mir tüchtig auf den Rücken. „Wir fahren auf meine Finca in der Nähe von Embu, dauert nur eine dreiviertel Stunde."

Er führte mich zu einem Geländewagen und erzählte mir eine Menge über Dom Helder Camara.

„Der ist für uns so etwas wie ein Heiliger. Er hat allem äußerlichen Pomp entsagt. Fährt mit dem Fahrrad zu seinen Schäflein. Er ist nun Erzbischof in Recife. Ein wunderbarer Mensch."

„Ist es weit zu ihm?"

„Kein Problem. Wir haben morgen eine kleine Cessna."

So kannte ich Rolf. Ein fantastischer Organisator und jemand, der intuitiv die Probleme erfasste und vorausschauend löste.

Sao Paulo enttäuschte mich. Aber es gab genug Hochhäuser und man hatte nicht den Eindruck, in der Dritten Welt zu sein. Die City sah aus wie New York im Kleinformat, umringt von gesichtslosen Vorstädten, die schließlich an den Rändern in Slums mündeten. Rolf gab dies unumwunden zu.

„Tja, mit Europa kannst du das nicht vergleichen. Wir haben hier eine Stadtwohnung in einem Viertel, das ganz ordentlich aussieht, aber an den Wochenenden leben wir auf unserer Finca."

Als wir aus der Stadt heraus waren, wurde die Landschaft hügeliger und grüner und die Erde war so rot wie in Alabama oder Mississippi. Die windschiefen Hütten mit den Veranden verstärkten noch den Eindruck, in den Südstaaten zu sein. Wie dort saßen kleine, dunkle Gestalten vor den Häusern und sahen uns sehnsuchtsvoll nach.

Unter seiner Finca hatte ich mir so eine Art Wochenendhaus vorgestellt. Sie lag in einem Areal, das von einer Mauer umgeben war, in dem fünfundzwanzig Familien lebten. Man konnte dieses Gebiet nur betreten, indem man sich am Wachhäuschen auswies. Da man Rolf kannte, winkte man uns gleich durch. Auch seine Finca war ummauert. Es war ein weitläufiges Anwesen mit einem Haupthaus und einem Nebengebäude im Patiostil. Dahinter lagen das Gästehaus und das Haus seiner Angestellten. Vor dem Haupthaus, dessen Dach bis zur Erde reichte und ein wenig an ein Schwarzwaldhaus erinnerte, befand sich ein riesiger Swimmingpool, von Königspalmen flankiert. Rolf brachte mich im Gästehaus unter, das mit Antiquitäten vollgestopft war, die manchmal kurios und manchmal kostbar waren. Ich machte mich kurz frisch und wir trafen uns auf der Veranda des Haupthauses vor dem Swimmingpool. Es gab einen guten Johnny Walker Black.

„Also, schieß los!"

Ich erzählte ihm vom Katakombenpakt und was ich in letzter Zeit erlebt hatte.

„Fest steht, dass das Dokument mit der Unterschrift Johannes' XXIII. hier in Brasilien ist und ein Vertrauter des Luciani es dem Neffen Camaras anvertraut hat. Ich muss dieses Dokument bekommen, egal wie."

„Warum? Glaubst du, dass dieses Papier den jetzigen Papst bewegen kann, seine Politik zu ändern?"

„Es ist einen Versuch wert. Vielleicht ermahnt es ihn, nicht nur an die Polen zu denken, sondern auch an die Armen der Welt. Wenn ich wenigstens erreiche, dass er den Augiasstall um Navarone und Marcinkus ausmistet, wäre das schon ein Erfolg."

„Da hast du dir viel vorgenommen."

„Ich nehme an, dass Dom Helders Neffe jetzt das Dokument besitzt. Hilf mir, ihn davon zu überzeugen, dass es in die Hände des jetzigen Papstes gehört."

„Klar helfe ich dir. Ich geh mal telefonieren, um uns anzumelden."

Minou setzte sich zu mir.

„Das Essen ist gleich fertig. Bist du verheiratet?"

In ihrem warmherzigen ovalen Gesicht funkelten die dunklen Augen. Ich erzählte ihr von Maja und meinen widerstreitenden Gefühlen.

„Du liebst sie!", stellte sie nach meiner Schilderung fest.

„Aber sie hat mich bespitzelt."

„Du sagst selbst, dass sie nichts verraten hat, was dir schaden konnte. Was sie tat, tat sie für ihre Familie. Man muss auch verzeihen können. Jeder verdient eine zweite Chance. Sie und du."

„Hm. Das denke ich auch manchmal. Aber dann habe ich wieder dieses Bild vor Augen, wie sie im *Café Greco* mit Santini zusammensaß, und in mir kocht die Wut hoch."

„Du tust dir selbst Zwang an, wenn du ihre Liebe nicht annimmst."

Minou war nicht nur eine schöne Frau, sondern auch klug. Rolf kam wieder und nickte.

„Ich habe mit seinem Sekretär gesprochen. Er empfängt uns."

Nach einem sehr schmackhaften Essen, das aus einem tellergroßen Steak, Bohnen und Süßkartoffeln bestand, hechelten wir die alten Zeiten durch, als wir noch sehr jung und unschuldig und zur Morgenröte unterwegs gewesen waren und mit Plakaten von Che Guevara durch Hamburg zogen. Darüber wurde die Flasche Johnny Walker leer.

Am nächsten Mittag, nach einem vierstündigen Flug, waren wir in Recife, einer Hafenstadt im Norden Brasiliens. Die historische Altstadt lag auf einer vorgelagerten Insel. Die Gebäude erinnerten daran, dass hier Holländer gesiedelt hatten. Recife hatte etwas von Venedig, da es von Flüssen und Kanälen durchzogen war.

Dom Helder Camara lebte tatsächlich so bescheiden, wie er es gefordert hatte. Er trug keine prächtige Robe und kein Goldkreuz, sondern eine schlichte Soutane. Vor der Brust hing ein Holzkreuz. Er war von kleiner Gestalt und hatte eine hohe Stirnglatze. Ein zerfurchtes Gesicht mit warmen Augen und einem Lächeln, das mich an Johannes Paul I. erinnerte. Er bat in sein kleines Arbeitszimmer und sah uns auffordernd an. Nachdem Rolf mich vorgestellt und kurz mein Anliegen vorgetragen hatte, wandte er sich an mich. Sein Italienisch war nicht schlechter als meins.

„Es freut mich natürlich zu hören, dass der Katakombenpakt immer noch die Herzen der Menschen berührt."

„Er kann vielleicht ein Schlüssel zu dem Herzen des jetzigen Papstes sein."

Ich erzählte ihm von David und dessen Tod und von den Machenschaften Navarones und Marcinkus'. Er seufzte.

„Der Versucher ist überall dort, wo Menschen sind", sagte er mit nachsichtigem Lächeln. „Auch unseren Herrn Jesus Christus hat er versucht, also müssen wir beten, dass wir so stark sind wie er. Mein Neffe ist Sekretär des Erzbischofs von Rio. Kardinal Araùjo Sales hält mich für einen üblen Kommunisten. Wenn ich den Armen zu essen gebe, nennt man mich einen Heiligen. Wenn ich frage, warum sie arm sind, nennen sie mich einen Kommunisten. Ich habe mich mit Johannes XXIII. und dem Patriarchen Luciani, dem späteren Johannes Paul I., sehr gut verstanden. Wir hatten alle drei die gleichen Ansichten. Ich habe Luciani sogar einmal zusammen mit meinem Neffen in Venedig besucht. Vielleicht hat er sich daran erinnert und geglaubt, mir das Dokument zurückgeben zu müssen. Aber mein Neffe hat es mir nie zukommen lassen. Unter dem Einfluss von Kardinal Sales hat sich Jesus Maria sehr verändert. Ich glaube nicht, dass er Ihnen das Dokument herausgeben wird, da er es sicher längst dem Kardinal ausgehändigt hat. Und dieser sieht in dem Katakombenpakt eine Versuchung des Teufels zur Zerstörung der Kirche."

Das waren keine guten Nachrichten. Meine Zuversicht fiel auf einen Tiefpunkt. War ich umsonst nach Brasilien gekommen? Würde ich Davids Mission nicht vollenden können? Camara sah meine Niedergeschlagenheit und legte mir begütigend die Hand auf den Arm.

„Es gibt immer einen Weg, wenn man für den Herrn eintritt. Ich habe im bischöflichen Palais in Rio eine Vertraute. Doña Maria Morales war meine Wirtschafterin, als ich dort Erzbischof war. Sie führt jetzt Kardinal Sales den Haushalt. Ich konnte sie damals nicht mitnehmen, weil sie bei ihren Kindern in Rio bleiben wollte. Ich gebe Ihnen einen Brief für sie mit. Vielleicht kann sie Ihnen helfen."

Er lächelte, ging zu einem kleinen Schreibtisch und schrieb ein paar Zeilen, steckte den Brief in einen bischöflichen Umschlag, benetzte den Klebestreifen mit den Lippen, klebte ihn zu und gab ihn mir.

„Ich wünsche, dass Ihre Mission zum Erfolg führt. Vielleicht entsteht aus Ihrem manchmal etwas unorthodoxen Handeln doch etwas Gutes. Aber denken Sie immer daran, dass auch die, die auf dem falschen Weg wandeln, unsere Brüder sind. Fehlgeleitet, das wohl, aber gerade deswegen brauchen sie unsere brüderliche Liebe. Was Sie vorhaben, findet meine Zustimmung. Wenn man allein träumt, ist es ein Traum. Wenn viele gemeinsam träumen, ist es der Anfang einer neuen Wirklichkeit."

Ich war nicht in allem seiner Meinung. Aber er war jemand, der mir das Gefühl gab, dass man für die Kirche hoffen durfte. Er segnete uns, bevor wir ihn verließen.

„Also, auf nach Rio!", stellte Rolf fest, als wir zum Flugplatz zurückfuhren.

„Auf nach Rio", bestätigte ich.

Zurück auf der Finca mussten wir Minou haarklein erzählen, wie es bei Dom Helder Camara abgelaufen war.

„Er hat euch tatsächlich gesegnet?", fragte sie ehrfurchtsvoll.

„Warum nicht?", erwiderte Rolf grinsend. „Wir haben ja noch nichts angestellt."

Am Abend gab es mir zu Ehren eine kleine Feier. Rolf hatte seine Freunde eingeladen, alles schwergewichtige Männer mit Gesichtern, die darauf schließen ließen, dass sie sich nicht die Butter vom Brot nehmen ließen. Sie hatten ihre Gitarren mitgebracht und spielten brasilianische Samba, aber hatten auch den Jazz drauf. Es wurden tellergroße Steaks gereicht und an Bier und Whisky fehlte es nicht. Minou und Rolf waren die großzügigsten Gastgeber, die man sich vorstellen konnte. Es wurde eine lange Nacht mit vielen Liedern.

Am nächsten Tag schliefen wir lange aus. Nach einem reichhaltigen Frühstück mit Spiegeleiern, Würstchen und Bohnen fragte ich nach der Artillerie. Rolf grinste, stand auf und kam mit zwei Revolvern zurück, einer kurzläufigen Smith & Wesson und einer Wumme, wie ich sie bisher nur in Wildwestfilmen gesehen hatte.

„Das ist kein Revolver, das ist eine Kanone."

„Eine Sonderanfertigung. Ich habe mir die Magnum einmal angeschafft, als ich mit Freunden am Amazonas Krokodile gejagt habe. Komm, wir gehen nebenan auf die Kegelbahn."

Neben dem Haupthaus hatte er eine Kegelbahn angelegt. Er stellte ein paar leere Flaschen an das Ende der Bahn. Ich überprüfte das Magazin und den Druckpunkt, schob den Hahn zurück und schoss. Der Rückschlag riss mir fast die Waffe aus der Hand. Natürlich hatte ich danebengeschossen. Mit der kleinen kurzläufigen ‚Snubby' kam ich besser zurecht. Ich schoss zwar auch daneben, aber dieser Revolver war ohnehin nur für kurze Entfernungen gedacht. Wir übten fast zwei Stunden, ehe ich mit der Magnum entsprechende Ergebnisse erzielte. Die kurzläufige Waffe schnallte ich mir ans Fußgelenk.

„Dann kann es losgehen!", knurrte Rolf.

Wir nahmen an der Copacabana im *Palace* Quartier, das direkt gegenüber dem kilometerlangen Sandstrand lag. Wir nahmen eine Suite mit zwei Schlafzimmern.

„Und das bezahlt dir dein Klient?", staunte Rolf.

„Der englische Hochadel, sofern er nicht durch die Erbschaftssteuer ruiniert ist, versteht sich immer noch auf Lebensart. Doch in diesem Fall ist es die Grandma von David, die die Mörder ihres Enkels bestraft sehen will."

„Dann hast du nicht nur vor, das Dokument vom Katakombenpakt dem Wojtyla zuzuspielen."

„Nein. Ich will ein bisschen tiefer graben. Wir wissen ja nicht, wie der Pole auf das Dokument reagieren wird. Ich will die Mörder Davids und Lucianis zur Strecke bringen."

Das Haus der Doña Maria Morales lag in den Favelas. Rolf mietete einen Wagen. Wir brauchten eine Weile, ehe wir zu der Adresse fanden. Als wir vor dem Haus hielten, fluchte Rolf, während er in den Rückspiegel sah.

„Der verdammte Jeep verfolgt uns seit einer halben Stunde."

Ich drehte mich um. Die Gesichter waren nicht zu erkennen. Aber einer der Insassen trug einen Hut. Ich ahnte, wer uns verfolgte.

„Ein hartnäckiger Kerl."

„Was meinst du?"

„Ich glaube, wir bekommen gleich Rambazamba!"

20

Manche Samba endet tödlich

„Ich bin zu einem Tanz aufgelegt. Wir Brasilianer sind die besten Tänzer der Welt", sagte Rolf. Ich widersprach nicht.

„Fahr weiter."

„Warum? Gehen wir raus und fangen mit dem Rambazamba an!"

„Doch nicht vor dem Haus der Morales."

„Hast recht. Wohin?"

„Zurück in die Stadt."

Vor einem etwas heruntergekommenen Wolkenkratzer aus den zwanziger Jahren hielt er schließlich. Wir waren nur einen Steinwurf von der Copacabana entfernt.

„Als ich nach Brasilien kam, musste ich mich hier erst einmal durchschlagen. War eine harte Zeit, kannste mir glauben. Ich kenne Rio wie meine Westentasche. In dieser Straße habe ich gewohnt."

Wir stiegen aus. Rolf winkte dem uns verfolgenden Wagen zu. Wir liefen über die Straße in das Hochhaus hinein. Ich blickte zurück und sah, dass der Jeep der Mafiosi auf der anderen Straßenseite hielt.

„Die lassen nicht locker", rief ich Rolf zu.

„Das will ich hoffen."

Ich ahnte, wer der hartnäckige Verfolger war. McDonaught hatte mich in Rom beschatten lassen und war mir nach Brasilien gefolgt.

Das Treppenhaus sah verwahrlost aus. Er lief auf einen klapprigen Fahrstuhl zu und schob das rostige Gitter beiseite. Ächzend setzte der Lift sich in Bewegung. Mit einem Ruck hielt er endlich. Rolf öffnete das Gitter. Wir befanden uns auf dem Dach des Hochhauses. Unter uns lag die Copacabana und dahinter das Meer. Rio de Janeiro schmiegte sich in die Arme einer Bucht. Die Sonne ließ auf dem Wasser tausende von kleinen Flammen tanzen. Einen Augenblick lang vergaß ich die Verfolger.

„Nun weißt du, dass Gott ein Brasilianer ist", rief Rolf spöttisch.

„Und nun?", fragte ich.

„Sie werden hochkommen. Stellen wir uns dort hinter den kleinen Verschlag für die Haustechnik."

Wir hörten die Geräusche des Fahrstuhls. Es klang wie ein Asthmakranker. Wir zerrten unsere Waffen hervor.

„Wir schießen, bevor sie das Gitter beiseiteschieben", schlug Rolf vor. Für einen Sesselfurzer gab er ein verdammt gutes Bild ab. Voller Erwartung bleckte er die Zähne.

„Verdammt, Macker, du bringst viel Spaß nach Brasilien."

Ich hätte gut darauf verzichten können. Der Fahrstuhl hielt kreischend an. Die beiden Verfolger zerrten am Gitter. Es ging schwer auf. Sie stellten sich dabei ein bisschen dämlich an. Wir schossen. Sie antworteten mit Schnellfeuerpistolen, die zwanzig Schüsse in der Sekunde verfeuerten. Die Kugeln klatschten gegen das Technikhäuschen. Ich schoss meine Kanone leer. Der Fahrstuhl glitt nach unten.

„Bingo", sagte Rolf. „Sie haben genug." Er grinste.

Nun gewahrte ich neben dem Fahrstuhlschacht den langsam verwesenden Kadaver eines Hundes. Rolf wies auf ihn und grinste.

„Niemand weiß, was der Bastard auf dieser Höhe zu suchen hat."

Rolf kannte seinen Hemingway. In einer fernen Zeit hatten wir bei ihm mit Claus, Bock und Werner die guten alten Sachen von Buka White, Magic Sam, Mama Thornton, Bo Diddley und Howlin' Wolf gehört und uns dabei Zitate von Old ‚Hemingstein', Raymond Chandler und Dashiell Hammett an den Kopf geworfen. Es waren gute ferne Tage; wir waren jung gewesen, unverdorben und voller Ideale. Ein paar hatten wir verloren.

„Es ist vorbei", stellte Rolf fest.

„Nach meinem Geschmack haben sie ein bisschen schnell aufgegeben."

Ich hatte keinen Zweifel, wer uns das Feuergefecht geliefert hatte. Sie würden es wieder versuchen.

Wir holten den Fahrstuhl hoch. Auf dem Boden lag ein Toter in einer Lache Blut. Eine Menge Fliegen hatte sich bereits zum Stelldichein versammelt. Wir wussten nicht, wer von uns beiden ihn erwischt hatte. Der Tote war leider nicht mein spezieller Freund McDonaught. Er sah nicht sehr hart aus. Es hätte ihm auch nichts mehr genützt.

„Ziehen wir ihn aus dem Fahrstuhl", schlug Rolf vor.

Wir legten den Toten zu dem verwesenden Hund. In ein paar Tagen würde er genauso aussehen. Auch durch diesen Kadaver würden sich weiße Maden fressen.

„Hier kommt so schnell niemand hoch", stellte Rolf fest.

Ein Gebet sprachen wir nicht. Wir fuhren nach unten. McDonaught hätte nun das Gleiche tun können wie wir oben. Vorsichtig zogen wir das Gitter zurück. Es passierte jedoch nichts. Eine Blutspur im Flur brachte Aufklärung. Er war verletzt. Also musste er Land gewinnen. Vorsichtig betraten wir die Straße. Der Jeep war weg.

Wir fuhren zurück in die Favelas. Niemand schien uns zu folgen. McDonaught hatte jetzt auch genug mit sich selbst zu tun. Es dämmerte bereits, als wir wieder vor der Hütte der Doña Maria Morales angelangten. Die Treppe zu dem Haus hoch sah nicht sehr vertrauenerweckend aus. Wir hatten keine Wahl und benutzten sie trotzdem. Unter Rolfs Gewicht knarrte sie verdächtig. Er verzog keine Miene. Wir standen vor einem windschiefen Haus, das bald den Berghang hinunterrutschen konnte. Mehr Hütte als Haus. Der grüne Anstrich blätterte bereits ab. Alle Häuser waren hier in diesem Zustand. Über der Tür hing eine kupferne Glocke. Sie machte erstaunlich viel Lärm. Die Tür wurde vorsichtig geöffnet. Die Frau trug ein geblümtes Kattunkleid. Ein altes, faltiges Gesicht. Ich konnte sie mir gut als Voodoozauberin vorstellen. Ihre dunkle Haut glänzte wie Ebenholz.

„Doña Maria Morales?", fragte Rolf.

Die Alte nickte. Zähne hatte sie auch keine mehr. Die Kirche schien sie nicht sehr gut zu entlohnen. Da ich kein Portugiesisch konnte, spielte Rolf den Dolmetscher. Das Gespräch zog sich dadurch entsprechend hin. Ich gab ihr den Brief von Dom Helder Camara. Als sie auf dem Umschlag das bischöfliche Wappen sah, nickte sie nach hinten. Wir folgten ihr. Es roch nach gekochten Bananen.

„Kommen Sie herein. Boten von Dom Helder Camara können keine schlechten Menschen sein."

Nach dem, was wir gerade getan hatten, war dies eine sehr großzügige Einschätzung. Gott sei Dank sah man uns nicht an, dass wir gerade jemanden in die Hölle geschickt hatten. Wir betraten eine kleine Wohnküche. Ein Tisch, zwei wacklige Stühle, eine Anrichte. Der Küchenschrank war vor langer Zeit einmal weiß gewesen und an vielen Stellen angeschlagen. Aber alles war blitzsauber. Sie überflog die Zeilen, nickte und goss aus einer Emaillekanne Kaffee ein. Nebenan schrie ein Baby.

„Das Baby meiner Tochter. Sie ist krank. Das Baby ist krank. Der Vater ein Halunke, der seinen Verpflichtungen nicht nachkommt. Und meine beiden Söhne sind nicht in der Lage, ihre Mutter zu unterstützen, und geben ihr Geld lieber für Huren und Drogen aus. Das ist Rio!", sagte sie bitter.

„Dom Helder Camara sagte uns, dass Sie uns helfen könnten", erwiderte ich mit schlechtem Gewissen.

Sollte ich diese Frau, die genug Sorgen hatte, in die Geschichte mit hineinziehen? Ein Scheißland, das so mit seinen Menschen umsprang. Ich hielt Gott nicht für einen Brasilianer.

Sie nestelte nach ihrer Brille.

„Ja. Das schreibt er", sagte die Morales und setzte sich. Sie wirkte jetzt sehr klein und verhutzelt und schutzbedürftig.

„Ich war bereits im Haushalt von Dom Helders Vorgänger tätig. Ich bin wie ein Möbelstück, alle haben mich übernommen. Aber als Dom Helder Camara in Rio Bischof war, ging es mir gut. Es war die beste Zeit meines Lebens. Ich hätte mit Dom Helder nach Recife mitgehen sollen, aber die Jungen waren damals noch nicht so weit. Ich sah für sie in Rio mehr Chancen, aber sie haben sie nicht genutzt." Sie seufzte.

„Dom Helder würde Sie doch auch jetzt sicher gern aufnehmen", sagte Rolf.

Doña Maria Morales nickte.

„Das würde er wohl. Aber man verpflanzt keinen alten Baum. Sie kennen das?"

Ich nickte. Das war in Deutschland oder Italien nicht anders als sonst wo auf der Welt.

„Also. Dom Helder Camara schreibt, ich soll Ihnen helfen, das Dokument vom Katakombenpakt wiederzubekommen. Sein Neffe habe ihm dieses Dokument nicht zurückgegeben."

„Richtig. Dieses Dokument gehört nun in die Hände des neuen Papstes. Vielleicht bewegt es ihn, die ‚Kirche der Armen' in die Tat umzusetzen."

„Warum wollen Sie das tun?" Sie legte den Kopf etwas schief und musterte mich prüfend.

„Ich bin es jemandem schuldig", erklärte ich und erzählte von Davids Tod und von den Machenschaften der Vatikanbank. „Aus der Kirche ist ein Tempel voller Händler geworden."

„Verstehe. Matthäus 21, 12 und 13. Dom Helder hat recht. Ich muss Ihnen helfen. Es ist meine Christenpflicht."

„Kommen Sie an das Dokument denn heran?"

„Haben Sie nicht zugehört, junger Mann? Ich bin seit dreißig Jahren im erzbischöflichen Palais tätig. Ich kenne jeden Winkel, jedes Möbel und jede Schublade."

Das Baby schrie nebenan herzerweichend. Man hörte nun einen matten Ruf nach der Alten. Die Morales stöhnte und schlug sich auf die Knie.

„Entschuldigen Sie mich. Ich muss nach meiner Tochter sehen."

Sie ging in den angrenzenden Raum. Wir waren allein und sahen uns um. Die Umgebung wurde nicht besser.

„Ein Scheißleben so!", sagte Rolf.

„Wir werden ihr helfen. Lord Bradberry ist ein sehr vermögender Mann und sehr großzügig. Fünftausend Dollar dürften einiges für sie ändern."

„Gute Idee. Ich lege nochmal den gleichen Betrag dazu. Damit könnte sie die Favelas verlassen."

Die Alte kam wieder. „Sie müsste ins Krankenhaus."

„Kann die Kirche Ihnen nicht helfen?"

„Die Kirche hat viele Schäflein zu versorgen. Ich kann doch meine Stellung im bischöflichen Palais nicht für mich ausnutzen. Das gehört sich nicht."

Rolf griff in die Tasche und reichte ihr ein Bündel Dollarnoten.

„Damit wird man Sie bestimmt im Krankenhaus aufnehmen."

„Ich helfe Ihnen aber nicht deswegen", sagte sie nach einigem Zögern und steckte das Geld ein.

„Sie wissen also, wo das Dokument ist?", wiederholte ich.

„Ich war dabei, als Jesus Maria es dem Erzbischof übergeben hat. Ich hörte, wie sie darüber sprachen, dass es ein gefährliches Papier sei, das die Kirche vernichten würde, wenn jemand die Gedanken des Katakombenpaktes in die Tat umsetzen würde. Gott habe es nun einmal so eingerichtet, dass die Menschen ungleich sind. Die einen segnet er mit Reichtum und einem guten Leben, die anderen mit der Bürde der Armut. Dies sei von Anbeginn so und werde sich auch niemals ändern. Ach, was ist nur aus unserem Jesus Maria geworden? Einst war er ein so guter Padre. Die Gläubigen haben ihn geliebt. Aber dann hat ihn die Krankheit des Ehrgeizes befallen. Er hätte mit Dom Helder mitgehen können, aber Araùjo Sales verhieß ihm eine große Karriere. Nun ist er ja auch schon Monsignore. Man spricht davon, dass er bald Bischof werden wird und vielleicht eines Tages Erzbischof von Rio. Er ist ein verlorenes Schaf."

„Und Sales?"

„Er spricht schlecht von Dom Helder Camara, nennt ihn einen Kommunisten und die Kirche der Befreiung Teufelswerk. Der Erzbischof ist mit dem Sohn des Präsidenten befreundet. Die Mächtigen des Landes gehen im bischöflichen Palais ein und aus. Er fährt nicht wie Dom Helder Camara mit dem Fahrrad, sondern in einem Cadillac durch Rio. Er ist der Bischof der Reichen und Mächtigen. Dies kann er auch nicht dadurch verschleiern, indem er vorgibt, für die Armen da zu sein."

„Wie werden Sie es machen?", führte Rolf sie auf den Grund unseres Besuches zurück.

„Ich hole es aus dem Tresor", sagte sie schlicht.

„Sie kennen die Kombination?", staunte ich.

„Dom Helder Camara hat sie mir in diesem Brief mitgeteilt. Ich glaube nicht, dass man sie geändert hat. Dafür ist Erzbischof Sales viel zu bequem. Gegenüber dem erzbischöflichen Palais ist das Café *Central*. Dort werde ich es Ihnen morgen Abend übergeben. Machen Sie etwas Gutes daraus. Sie haben den Kaffee gar nicht ausgetrunken. Warten Sie, er ist kalt geworden. Ich mache Ihnen einen frischen."

Wir lehnten ab, nicht weil wir den Kaffee nicht mochten, sondern weil das Baby nebenan wieder schrie, und wir sie nicht darin aufhalten wollten, sich um Baby und Tochter zu kümmern. Wir verabschiedeten uns schnell und fuhren zum Hotel zurück.

„Hoffentlich bringen wir die gute Frau nicht in Schwierigkeiten", sorgte sich Rolf.

„Sie darf das Geld, das wir ihr morgen geben, nicht gleich ausgeben", stimmte ich zu. „Es würde auffallen."

„Hoffen wir, dass sie nicht gleich bemerken, dass das Dokument weg ist."

„Es darf auf keinen Fall passieren, dass es auch in diesem Fall wieder die Schwachen ausbaden müssen", stimmte ich Rolf zu.

Wir wollten noch ein wenig Luft schnappen und beschlossen, auf der Copacabana einen kleinen Spaziergang zu machen. Es war eine warme Nacht. Oben auf dem Corcovado grüßte angestrahlt die Jesusstatue. Im Mondlicht leuchtete das Meer türkisfarben. Draußen fuhr ein Luxusliner vorbei und von seinen Decks funkelten die Lichter, als würden die Sterne aus dem Meer herankommen.

„Was für eine wunderschöne Stadt", sagte ich beeindruckt.

Zwei Frauen sprachen uns an. Große Frauen in körperbetonten Kleidern. Dunkle, schön geschnittene Gesichter, lange schwarze Haare.

„Nichts zu machen, Chicas!", brummte Rolf.

Die Frauen sagten etwas, lachten und gingen weiter.

„Fällt einem schwer, hier treu zu bleiben, was?", stellte ich fest.

„So schwer nun auch wieder nicht. Das waren Kerle."

„Was? Diese wunderschönen ...?"

„Transvestiten. Rio ist das Dorado der Transvestiten. Eine Nacht mit denen kann sehr gefährlich sein. Es geht auf Mitternacht zu. Wir sollten zum Hotel zurückgehen."

Doch plötzlich versperrten uns vier Männer den Weg und hatten etwas dagegen, dass wir weitergingen. Sie hielten uns lange Schnappmesser entgegen. Sie sagten etwas. Rolf antwortete ruhig.

Die Männer wollten nicht auf ihn hören und kamen näher. Einer von ihnen streckte die Hand aus.

„Sie wollen unsere Brieftaschen", sagte Rolf.

„Zeigen wir ihnen, was wir haben", forderte ich ihn auf.

Ich holte die Magnum heraus. Sie machten Augen wie Wagenräder. Ich ließ als Dreingabe den Hahn knacken. Das überzeugte sie. Als Läufer hatten sie beachtliche Talente.

„So ist das hier", kommentierte Rolf.

Wir kamen ohne weiter aufgehalten zu werden zum Hotel und gingen an die Bar, um einen Schlummertrunk zu nehmen. Von der Rezeption kam jemand herüber und redete auf Rolf ein.

„Zwei Männer haben nach uns gefragt", übersetzte er. „Scheint so, dass dein McDonaught noch immer hinter uns her ist. Einer trug den Arm in einer Schlinge."

„Seine Verletzung ist wohl doch nicht so gravierend."

„Sieht so aus. Na, Hauptsache, wir wissen, was los ist. Dein McDonaught scheint einen gut bezahlten Job angenommen zu haben, sonst wäre er nicht so hartnäckig."

Am nächsten Tag zeigte Rolf mir Rio, und wir fuhren zum Corcovado hoch. Von oben wurde die Stadt ihrem Ruf gerecht. Gott hatte sich sehr viel Mühe mit der Bucht gegeben.

Am Abend stellten wir uns rechtzeitig im Café *Central* gegenüber dem erzbischöflichen Palais ein. Ein sehr schönes altes Café mit holzgetäfelten Wänden. An der Wand flimmerte eine Reihe von Fernsehern. Natürlich Fußball. Es schien für die Brasilianer ein wichtiges Spiel zu sein. Sie machten alle konzentrierte Gesichter. Als ein Tor fiel, lagen sich alle Gäste in den Armen. Mir schlug ein schwergewichtiger Brasilianer immer wieder auf die Schulter. Ich freute mich mit ihm, um keinen Ärger zu bekommen.

Die Morales kam herein und sah sich vorsichtig um. Sie wirkte nervös. Sie sah ganz anders aus als am Vortag, sehr würdig, trug ein schlichtes Schwesterngewand und eine weiße Haube. Sie kam an unseren Tisch und zog eine rote Mappe aus einer Plastiktüte. Ich schlug die Mappe mit dem bischöflichen Wappen auf. Sie enthielt die Notizen zum Katakombenpakt mit der Unterschrift Johannes' XXIII.

„Alles in Ordnung?", fragte sie.

„Wunderbar", sagte ich und reichte ihr den Scheck. „Ein kleines Dankeschön", fügte ich hinzu.

„Deswegen habe ich es nicht getan. Sondern wegen der guten Sache."

„Das wissen wir."

„Passen Sie auf sich auf!", fügte Rolf hinzu und gab ihr einen zweiten Scheck. „Aber geben Sie das Geld so aus, dass es nicht auffällt."

„Mein Gott, dann kann ich meiner Tochter und dem Baby ein besseres Zuhause bieten."

Rolf redete noch eine Weile auf sie ein. Schließlich beruhigte sie sich und gab uns die Hand.

„Ihr beide seid gute Menschen", sagte sie und ging benommen hinaus.

„Hoffentlich passiert ihr nichts", sorgte ich mich.

„Du hast erreicht, was du wolltest. Und nun?", fragte Rolf.

„Kommst du nach Sao Paulo mit? Minou würde sich freuen, dich noch ein paar Tage zu verwöhnen."

„Nein. Ich muss schleunigst zurück nach Rom."

„Und dieser McDonaught? Wir sollten ihn hier fertigmachen. In Brasilien geht das einfacher als in Europa."

„Schon möglich. Aber ich brenne darauf, die Sache zu Ende zu bringen."

Ich verschwieg, dass ich genauso sehr darauf aus war, Maja wiederzusehen. Zwar sagte mir mein Verstand immer noch, dass ich das Bild vom Greco nicht vergessen sollte, aber zum Teufel, ich liebte sie doch. Wer hat gesagt, dass man jedem eine zweite Chance geben sollte? Ich versprach ihm, eines Tages wiederzukommen.

„Minou würde sich freuen", sagte Rolf.

Wir fuhren ins Hotel und Rolf klärte das mit unseren Flügen.

Meine Nachtruhe wurde jäh unterbrochen. Ich erwachte, weil sich eine Hand auf meinen Mund legte. Ich riss die Augen auf. Ich hatte gerade geträumt, dass ich mit Maja einen langen Strand entlanglief. Ich versuchte, in die Wirklichkeit zurückzukommen. Sie bestand aus der Mündung eines Revolverlaufs.

„Ein Mucks und du bist tot!", sagte jemand.

Ich hatte schon bessere Angebote gehört. Ich kapierte. So ein Englisch sprach man nicht in Kent oder Cambridge. Drei Schatten umstanden mein Bett.

„Zieh dich an. Wir machen einen Ausflug."

Ich tat es folgsam, aber so geräuschvoll wie möglich. Ich hoffte, dass Rolf in dem anderen Schlafzimmer davon erwachen würde. Einer meiner Besucher knipste die Stehlampe an. Der Weiße war mein guter Bekannter. McDonaught grinste breit. Er trug einen Arm in der Schlinge. In der anderen Hand hatte er eine Glock. Kein schlechter Revolver, wenn man damit umgehen konnte. Die beiden anderen waren Hilfspersonal. Zwei Schwarze mit prächtigen weißen Zähnen. Der Größere von ihnen hatte eine plattgeschlagene Nase.

McDonaught fragte mich, ob ich das Dokument schon hätte. Ich hatte es im Tresor weggeschlossen.

„Was für ein Dokument?", tat ich ahnungslos.

Erzbischof Sales hatte sie also nicht geschickt. Der Auftraggeber saß in Rom.

„Du wirst schon noch reden!", drohte McDonaught.

Als ich mich angezogen hatte, stießen sie mich vorwärts. Wir fuhren mit dem Fahrstuhl hinunter. Der Kerl an der Rezeption sah nicht einmal hoch. Draußen führten sie mich zu einem Jeep. Wir fuhren auf der Avenida Atlantica, der Strandstraße, am Meer entlang. Hinter dem weißen Strand hörte ich das Meer rauschen. Sie hatten das Fenster geöffnet und rauchten stinkende Zigarren. Havannas waren das nicht. Ich fragte, ob ich auch einen ihrer Stumpen haben könnte.

„Du bist ein tougher Junge", erwiderte McDonaught und gab mir eine Zigarre und dazu sogar Feuer. „Schade, dass ich dich umlegen muss."

Was anderes hatte ich von ihm auch nicht erwartet.

„Wer ist denn so scharf darauf, dass ich einen Grabstein bekomme?"

„Du frecher Hund", erwiderte der Ami lachend.

„Man will doch wissen, wem man das Ende seines Erdendaseins verdankt. Hat dich Navarone oder Marcinkus damit beauftragt?"

„Nee, so hohe Herrschaften geben nicht selbst ihre Wünsche bekannt. Jemand hat sich an die Cantonas gewandt, die wiederum die Savinellis beauftragt haben", gab er bereitwillig Auskunft. „So läuft das nun einmal. Wer letztendlich gesagt hat, dass man dich weghaben will, wirst du nie erfahren. Du warst ein harter Brocken, Hombre! Doch letztendlich erfülle ich noch immer meinen Kontrakt."

Der Wagen hielt am Ende der Bucht. Sie stießen mich hinaus und trieben mich über den Strand zu einer Mole. Am Ende des Holzsteges war der Schatten eines Bootshäuschens zu sehen. Klug eingefädelt, dachte ich. Hier konnten sie mich ungestört erledigen und gleich im Meer entsorgen. Der Mond ließ das Wasser silbern glitzern. Eigentlich eine zu schöne Nacht zum Sterben.

„Wie viel zahlt man dir dafür?", fragte ich McDonaught.

Seine beiden Begleiter zählten nicht. McDonaught grinste und warf sich in die Brust. Er war stolz darauf, dies erzählen zu können.

„Dreißigtausend Bucks. Dreißigtausend!", wiederholte er.

„Das ist doch zu wenig!", tat ich empört. „Ich würde dir das Doppelte zahlen, wenn du mich laufen lässt."

„Geht nicht, mein Freund. Ich habe den Kontrakt mit jemand anderem abgeschlossen. Ich wäre bald bei den Fischen, wenn ich ihn nicht einhalten würde."

Sie öffneten die Tür des Bootshauses und gaben mir einen Stoß, sodass ich hineinstolperte.

„Nicht so eilig!", höhnte McDonaught.

Einer von der Hilfstruppe zündete eine Petroleumlampe an. In dem Bootshaus lag ein schnittiges Motorboot. Zum Meer hin war das Bootshaus offen. Der Mond schien herein.

„Noch eine Zigarre?", fragte er freundlich.

„Meine Pfeife wäre mir lieber."

Er nickte. Ich zog meine ‚Haggis' und den Tabakbeutel heraus und stopfte den Pfeifenkopf. Er gab mir Feuer.

„Na, gleich wird die Polizei hier sein", bluffte ich.

„Was? Was redest du da?", fragte er unsicher lachend.

„Ja. Wir wussten zwar nicht, wann du zuschlägst, aber wir haben uns darauf vorbereitet."

Davon war kein Wort wahr. Ich hatte lediglich die Hoffnung gehabt, dass Rolf wach geworden war, aber die Hoffnung hatte vermutlich getrogen.

„Du bist vielleicht eine Type", sagte McDonaught und noch irgendetwas zu seinen Freunden, was diese auch sehr komisch fanden und sich deshalb lachend auf die Schenkel schlugen.

„Ich könnte einen Deal durchziehen. Ihr lasst mich laufen, ich halte die Polizei auf, sodass ihr verduften könnt", schlug ich vor.

Einer der Kerle ging ans Fenster und rief aufgeregt etwas.

„Was? Wie viele?", fragte McDonaught und stürzte zum Fenster.

„Sicher ein ganzes Polizeikommando!", bluffte ich weiter.

„Ich sehe einen Schatten zum Wasser gehen", rief McDonaught.

Ihm und seinen Helfern war nicht mehr zum Lachen. Es konnte nur Rolf sein. Er hatte wohl doch etwas mitbekommen. Aber ein Polizeikommando hatte er sicher nicht dabei. Ich ging ebenfalls ans Fenster.

„Tatsächlich. Da sind zehn Mann", log ich weiter.

„Wo? Ich sehe nur den Kerl, der jetzt ins Wasser geht", brüllte McDonaught wütend. Er lehnte sich noch weiter aus dem Fenster. „Du lügst!", schnaubte er.

Ich drehte mich jäh um und sprang neben dem Boot ins Wasser. Zwei Kugeln verfolgten mich. Ich tauchte und schwamm wie ein Verrückter. Es ging schließlich um mein Leben. Die Luft wurde mir knapp. Mein Brustkorb schmerzte. Ich musste auftauchen. Das Bootshaus war etwa zwanzig Meter entfernt. Dort war ein heftiger Schusswechsel zugange. Um mich kümmerte man sich nicht mehr. Rolf schien sie ganz schön in Atem zu halten. Ich bekam Angst um ihn und schwamm zur Mole zurück. Das Schießen hörte plötzlich auf. Rolf kam nun unter dem Steg hervor.

„Bist du in Ordnung, Macker?", rief er prustend.

„Ja. Wo sind die Banditen?"

„Getürmt. Aufhalten konnte ich sie leider nicht."

„Hast du gut gemacht! Sie glaubten, dass eine ganze Polizeischwadron bei dir sei."

„Wie das?"

„Ein bisschen Psychologie und eine Menge Lügen", erwiderte ich lachend.

Wir zogen uns auf den Steg und schnappten erst einmal nach Luft.

„Das war diesmal knapp!", sagte ich und drückte Rolf an mich. „Hast mir das Leben gerettet."

„Erzähl keine Arien", brummte er. „Ich hatte Schiss, dass ich zu spät komme. Auf dem Steg konnte ich ja nicht zum Bootshaus. Also musste ich ins Wasser und bin bis zum Bootshaus geschwommen und habe mich unter dem Steg an einem Balken festgeklammert und von dort das Bootshaus bepflastert. Dabei habe ich eine Menge Lärm gemacht, und die dachten wohl tatsächlich, dass ich nicht allein bin. Sie sind um sich schießend raus und wie die Kaninchen geflüchtet. Ich glaube, einen habe ich erwischt."

Wir gingen zum Strand zurück. Dort fanden wir einen von McDonaughts Hilfstruppe. Er hatte einen Steckschuss im Schenkel und eine Wunde im Hinterteil. Er dachte gar nicht daran, nach seiner Kanone zu greifen, die ihm entfallen war, sondern jammerte wie ein Kleinkind. Ich hob die Waffe auf. Das kalte Eisen gab mir ein Gefühl der Sicherheit.

„Wir schicken dir einen Krankenwagen", versprach Rolf.

Wir gingen vorsichtig weiter. Der Jeep war fort. Auf der gegenüberliegenden Straßenseite, wo kleine baufällige Häuser standen, sah ich ein Rücklicht aufglühen.

„Du hast mich zum letzten Mal reingelegt, Hombre!", brüllte jemand herüber. „Ich kriege dich noch!"

Das Auto verschwand in einer Seitengasse.

Wir gingen zu unserem Wagen. Auf der Fahrt zurück zum Hotel wurde Rolf nicht müde, jede Einzelheit des Kampfes noch einmal durchzugehen.

„Wir haben einen guten Kampf geliefert", stellte er stolz fest.

Den dösenden Kerl an der Rezeption zwangen wir, die Bar noch einmal zu öffnen. Mit nassen verdreckten Klamotten sahen wir abenteuerlich genug aus, sodass er verängstigt als Barkeeper fungierte. Wir tranken ein paar Whiskys auf unsere Gesundheit und unsere nächtlichen Heldentaten. Nachdem wir eine Flasche geleert hatten, fühlten wir uns wie Gilgamesch und Enkidu, jene großartigen Helden der Sumererzeit, als Uruk die erste Weltstadt war.

Am nächsten Tag brachte mich Rolf zum Flieger. Wir sahen beide etwas derangiert aus und hatten neben einem Schnupfen einen fürchterlichen Brummschädel.

„Mach's gut, Macker, und pass auf dich auf!"

„Hoffentlich hat McDonaught die Nase voll und ich kann mein Ding ohne Aufregung durchziehen."

„Kommst du überhaupt an den Papst heran? Der wird doch sicher wie ein Halbgott abgeschirmt."

„Ich habe so meine Beziehungen. Johannes Paul II. wird das Dokument bekommen und dann werden wir ja sehen, ob es doch noch was mit der ‚Kirche der Armen' wird."

„Macker, ich wünsche dir alles Glück der Welt. Du wirst davon eine Menge brauchen."

Wir umarmten uns noch einmal kräftig. Ich war ihm verdammt dankbar. Ohne ihn hätte ich wohl kaum das Dokument bekommen und obendrein den Fischen vor Rio als Futter gedient. Immerhin hat man kein zweites Leben zu leben.

Als wir über Rio flogen, sah ich noch einmal die Jesusstatue. Mir schien, als lächle sie mir aufmunternd zu. Man bildet sich manchmal die tollsten Sachen ein. Aber es tat verdammt gut, sich das einzubilden.

Mir fiel ein, dass ich nicht einmal Zeit gehabt hatte, Padre Franco zu treffen. Aber vielleicht war das gut so. Eine Bekanntschaft mit mir wäre bei seinem Chef Araùjo Sales sicher nicht gut angekommen. Überall in der Kirchenhierarchie saßen die Konservativen an den Schalthebeln der Macht. Ich hatte noch ein gutes Stück Arbeit vor mir.

21

When the Saints go marching in

Mein Gott, wie sie lächelte. Ich betrat das *Hassler* und sie sah mich an und ich glaube, sie hat nach meinem Abflug nach Rio jeden Tag jedes Mal zur Tür gesehen, wenn jemand eintrat. Ohne darauf zu achten, was nun ihre Kollegen denken konnten, kam sie hinter dem Tresen hervor und stürmte in meine Arme. Der Portier und der Concierge sahen diskret zur Seite.

„Du bist zurück!", stammelte sie. „Du bist endlich wieder zurück."

Sie wollte mich küssen, aber ich hielt sie zurück. Nicht weil ich mich ihrer Liebe immer noch verweigerte, sondern weil ich an die Etikette des ehrwürdigen *Hassler* dachte. Ich löste mich aus ihren Armen und ging mit ihr zur Rezeption.„Dann gib mir mal mein Zimmer wieder."

„Es ist nicht belegt worden. Fürst Mazarini hat darauf bestanden."

„Großzügiger Zug von ihm."

„Ja. Aber nun erzähle, wie ist es dir ergangen?"

„Gut, gut. Das wird aber eine lange Geschichte. Treffen wir uns heute Abend auf der Piazza Navona im *Domitian*. Einverstanden?"

„Ja. Gern. Natürlich."

Ich spürte, wie dankbar sie war, dass ich nicht das *Greco* vorgeschlagen hatte. Sie wusste nun, dass wir noch einmal neu anfangen würden.

Ich hatte jetzt einiges an Telefonaten zu erledigen. Zuerst rief ich Commissario Montebello an und berichtete ihm, wie es in Brasilien gelaufen war.

„Dann hast du das Dokument, du teutonischer Teufel?"

Ich fand, dass er meine Auseinandersetzung mit McDonaught nicht angemessen würdigte.

„Ja. Aber mit dem Ami im Nacken war das nicht lustig."

„Du hast die Musik bestellt, also beschwer dich nicht. Was hast du nun vor?"

„Mich darum kümmern, dass der Wojtyla das Dokument bekommt. Dann habe ich das getan, was David vorhatte, und ich werde ‚Arrivederci Roma' sagen."

„So, wirst du das? Meinen Segen hättest du. Aber ich glaube nicht daran. Du hast längst die römische Krankheit."

„Was soll das denn sein?"

„Man muss keine Münzen in den Trevibrunnen werfen, um unserer Stadt zu verfallen. Roma ist eine vereinnahmende Göttin."

Aber ich dachte an Maja. Sie war der Grund, der mich an die Stadt fesselte. Doch meine Heimatstadt war Hamburg. Dort kannte ich mich aus und wusste, welche Fische im Teich schwammen.

„Ich werde wohl auf dich aufpassen müssen."

„Soll das eine Drohung sein?", scherzte ich.

„Du bist ein überheblicher teutonischer Querkopf. Überschätz dich nicht!"

Ich versprach es ihm.

Als nächstes rief ich Marcello an.

„Gott sei Dank, er ist zurück!", war seine erste Reaktion. „Bist du … in Ordnung?"

„Etwas verschnupft, aber ohne Blessuren. Wie weit seid ihr mit euren Ermittlungen?"

„Der Staat Italien wird Marcinkus verhaften, sowie er den Vatikan verlässt, und ihn wegen Geldwäsche unter Anklage stellen. Aber dafür muss er aus dem Fuchsbau herauskommen. Der Vatikan zahlt zweihundert Millionen Dollar an die Geschädigten der Banco Ambrosiana, was einem Schuldanerkenntnis gleichkommt. Aber geändert hat sich an den dubiosen Geschäften der Vatikanbank nicht viel. Man ist nur vorsichtiger geworden. Die Transaktionen laufen nun über andere Kanäle. Marcinkus ist immer noch Chef der Vatikanbank. Johannes Paul II. braucht den Gorilla, weil er ihm das Geld für die Polen besorgt. Was hast du nun vor?"

Ich sagte es ihm.

„Eine gefährliche Kiste!", kommentierte er trocken. „Du hast doch schon die Mafia auf den Fersen. Willst du partout erreichen, dass man noch mehr Legionen gegen dich mobilisiert?"

„Ein Mann tut, was er tun muss", schlug ich die Trommel. Zugegeben war das mal wieder etwas heftig, aber ich wollte Davids Mission zu Ende bringen.

„Niemand wird es dir danken."

„Damit rechne ich auch nicht."

„Denk an Maja."

„Erst nachdem Troja gefallen war, kehrten die Helden an den heimatlichen Herd zurück."

„Wo sie auch kein Glück erwartete. Troja war ein schlechtes Geschäft. Gib deinen Feldzug auf!", warnte er mich.

Aber ich hörte weder auf Montebello noch auf Majas Bruder. Mein letzter Anruf galt Boris.

„Was? Du bist zurück?", rief er erregt. Er schien mich bereits abgeschrieben zu haben. „Hast du was erreicht?", fragte er hastig.

„Wir sollten uns heute Abend treffen", wich ich aus. Die Warnungen hatten mich vorsichtig gemacht. Konnte man sich darauf verlassen, dass das Telefon nicht abgehört wurde?

„Gut. Ich assistiere heute bei einer Messe in San Giovanni in Laterano. Wir könnten uns im Hotel *Forum* treffen. Dort in dem Terrassenrestaurant war ich ohnehin verabredet. Aber mein Gesprächspartner hat vorhin abgesagt."

„Kannst du mir am Nachmittag einen Termin bei Seiner Eminenz arrangieren?"

„Was willst du von Seiner Eminenz Erzbischof Navarone? Hast du das Dokument? Willst du es ihm übergeben?"

„Ich habe ihm eine Botschaft von Dom Helder Camara auszurichten. Alles andere erfährst du heute Abend. Das Telefon, du weißt …"

Ich hatte keine Botschaft von Camara zu überbringen. Ich wollte vor Navarone das Visier hochklappen und mich als Davids Rächer zu erkennen geben.

„Ich halte das für keine gute Idee. Wir sollten erst einmal über deine Reise nach Brasilien sprechen."

„Werden wir auch. Du bist schließlich mein Engel Gabriel im Vatikan. Nein, es ist eine sehr persönliche Botschaft."

„Seiner Eminenz geht es gar nicht gut. Er hat ein schwaches Herz. Die Aufregung der letzten Monate hat ihm schwer zugesetzt."

„Tu es für unsere Sache."

„Na gut. Ich kann dich nach dem Mittagessen kurz einschieben. Aber länger als zehn Minuten kann es nicht werden."

„Das reicht mir allemal."

„Komm um vierzehn Uhr in den Governatoratspalast. Ich sage am Tor Bescheid."

Ich rief Maja an.

„Ich habe heute Abend ein wichtiges Gespräch mit Padre Boris. Sollen wir unser Treffen nicht auf Morgen verschieben?"

„Nein. Ich möchte unser Wiedersehen nicht aufschieben. Ich werde im *Domitian* auf dich warten, egal wie lange es dauert."

„Ich lasse dich nicht gern warten."

„Römische Frauen sind geduldig mit ihren Männern. Sie wissen, dass sie nicht vollkommen sind."

Ich konnte spüren, wie sie lächelte.

Pünktlich war ich im Governatoratspalast.

„Nur zehn Minuten!", flüsterte mir Boris mahnend zu.

„Keine Sorge."

Navarone sah mich an, als käme ich von einem Misthaufen.

„Monsignore Brasaukas hat mir berichtet, dass Sie bei Dom Helder Camara waren. Was haben Sie denn in Brasilien zu suchen? Unser letztes Gespräch zeigte doch, dass Sie ein Feind der Heiligen Mutter Kirche sind."

„Dom Helder Camara war da anderer Meinung. Er gab mir seinen Segen für das, was ich tun werde."

„Und was ist das?", fragte Navarone scharf. Er krümmte sich dabei zusammen, als habe er Schmerzen oder Angst. Vielleicht war es beides.

„Padre David soll nicht umsonst gestorben sein. Ich werde Johannes Paul II. das Dokument zuspielen, das Johannes XXIII. unterschrieben hat."

„Diesen unseligen Katakombenpakt?", krächzte er. „Sie haben dieses Pamphlet, das der Kirche schon so viel Kummer bereitet hat?"

„Ich werde dafür sorgen, dass es der Wojtyla bekommt."

„Wie sprechen Sie denn vom Heiligen Vater? Es wird auch nichts bewirken. Zurück zur ‚Kirche der Armen'? Wir leben nicht in Galiläa im 1. Jahrhundert nach Christi. Dieses Pamphlet ist wie ein Dolchstoß in das Herz der Kirche. Ohne Macht und Geld, ohne die überlieferten Zeremonien verlieren wir die Aura der von Gott eingesetzten Kirche. Die Menschen wollen die Herrlichkeit Gottes spüren."

Mein Blick fiel auf das goldene Kreuz auf seiner Brust.

„Dom Helder Camara reicht ein einfaches Holzkreuz, ein kleines Zimmer, ein Fahrrad, um den Menschen das Evangelium zu bringen. Das Volk liebt ihn wegen seiner Einfachheit. In Recife nennen sie ihn einen Heiligen."

„Er ist ein Kommunist!", krächzte Navarone.

Plötzlich erhellte sich sein Gesicht. „Sie bluffen!"

Er griff zum Telefon und sagte, dass er mit dem erzbischöflichen Palais in Rio verbunden werden möchte.

„Wir werden das gleich haben", schnaufte er.

Wir mussten warten. In der Ecke tickte eine vergoldete Standuhr. Die zehn Minuten waren längst verstrichen. Wir sahen uns an. Blicke, die die gegenseitige Abneigung nicht verbargen. Er zwinkerte nicht. Ich gab mir Mühe, ihm nicht nachzustehen.

„Und was ist nun die Botschaft Camaras?"

„Er segnete mich, als er erfuhr, was ich vorhabe."

„Und was haben Sie vor? Ich weiß, das unselige Dokument dem Heiligen Vater zu übergeben."

„Ja. Aber auch Padre Davids Tod zu rächen. Hanseaten halten ihr Wort."

Er blickte starr und hoheitsvoll an mir vorbei. Der Mann hatte sich wieder unter Kontrolle.

„Soll das eine Drohung sein? Lächerlich. Uns haben schon Kaiser und Könige vergebens gedroht."

Boris steckte den Kopf herein.

„Eminenz, Sie haben in fünf Minuten den nächsten Termin."

„Soll warten!", fertigte ihn Navarone ab.

Boris sah mich mahnend an und zog den Kopf zurück. Wir warteten. Die Uhr tickte. Nun gesellte sich zu diesem Geräusch das ungeduldige Trommeln der Finger des Kardinals auf dem Tisch.

Endlich. Es klingelte. Navarone riss den Hörer hoch.

„Es ist mir egal, ob er eine wichtige Besprechung hat. Sie haben doch gehört, wer hier anruft. Holen Sie Kardinal Sales ans Telefon. Avanti, avanti!"

Ich schlug die Beine übereinander und sah ihn amüsiert lächelnd an. Es ärgerte ihn. Die Uhr nervte weiter. Trotz seines „Avanti" dauerte es, ehe er den Kardinal am Telefon hatte. Endlich war es soweit.

„Hat Ihre Eminenz noch dieses ärgerliche Dokument, das uns schon so viel Kummer bereitet hat? Natürlich meine ich dieses Papier zum Katakombenpakt mit der Signatur des Johannes. Dann schauen Sie nach! Ja, sofort!"

Das Trommeln auf der Schreibtischplatte verstärkte sich. Er atmete schwer und wischte sich den Schweiß von der Stirn.

„Was?", schrie er plötzlich los. „Sie finden es nicht? Es ist nicht mehr im Tresor? Wie kann das denn passieren? Haben Sie die Situation dort in Rio nicht im Griff? Nein, ich will keine Ausreden hören. Es ist ein unverzeihlicher, durch nichts zu entschuldigender Fehler."

Schwer atmend legte er den Hörer auf und starrte mich an. Seine Lippen waren bläulich verfärbt.

„Also doch. Sie ...", stammelte er. „Sie haben tatsächlich das Dokument. Sie geben es sofort ...!" Er kam nicht mehr dazu, den Satz zu Ende zu sprechen. Er griff sich an den Hals und japste nach Luft. Sein Kopf war fast so rot wie seine Soutane. Ich lief zur Vorzimmertür und riss sie auf. Boris sah erschrocken von seinem Schreibtisch auf.

„Was ist?"

„Seiner Eminenz geht es wohl nicht so gut. Du solltest dich um ihn kümmern."

Er sprang auf und lief an mir vorbei. Navarone lag nun quer über dem Schreibtisch. Er beugte sich über ihn.

„Mein Gott. Das sieht nach einem Schlaganfall aus", schrie er und griff zum Telefon.

Ich sah keinen Sinn darin, noch länger zu bleiben, und verließ den Governatoratspalast. Als ich am Annator auf den Petersplatz trat, hörte ich hinter mir bereits das Heulen des Krankenwagens. Wenn Navarone den Befehl gegeben hatte, David zu töten, so würde er vielleicht in diesem Augenblick vor dem Herrn Rechenschaft ablegen. Ich wünschte mir dies sehr.

Auf dem Petersplatz stieß ich auf den kleinen, dicken Flaherty von San Paolo fuori le Mura. Seltsam, dass ich ihn gerade jetzt hier traf.

„Noch immer auf Davids Weg?", fragte er und schüttelte mir so enthusiastisch die Hand, als hätten wir beide zusammen die Priesterweihe erhalten.

„Ich habe gerade jemandem erzählt, dass ich Davids Mission zu Ende führen werde. Es ist ihm nicht gut bekommen."

Flaherty sah mich stirnrunzelnd an.

„Ich war bei Kardinalstaatssekretär Navarone", klärte ich ihn auf.

„Bei der Klapperschlange?"

„Ja. Sie liefern ihn gerade ins Krankenhaus ein."

„Und Sie glauben wirklich, dass Sie das erreichen, was David nicht geschafft hat?"

„Ich habe das Dokument, den Beweis, was Johannes mit dem Zweiten Vatikanischen Konzil erreichen wollte. Ich werde den Wojtyla zu einer Entscheidung zwingen. Hoffentlich hilft ihm der Heilige Geist, das Richtige zu tun."

„Aber wie wollen Sie an den Heiligen Vater herankommen? Die Kurie schirmt ihn doch total ab."

„Über Davids besten Freund natürlich. Er hat Zugang zum Heiligen Vater."

„Ach ja, für David würde Boris alles tun. Boris verehrte ihn geradezu. David war der mit der Liebe im Herzen. Boris brillierte mit seinem theologischen Wissen. Gegen die beiden war ich nur Durchschnitt. Es könnte klappen. Boris ist geschickt. Er kann bewirken, dass der Heilige Vater das Papier erhält, und dann liegt alles in Gottes Hand. Ich werde für euch beten."

Er schlug ein Kreuz. Ehe er sich verabschiedete, fragte er mich, ob er mir irgendwie behilflich sein könne. Ich wusste nicht wie und musste ihm versprechen, mich bei ihm zu melden, wenn ich Hilfe bräuchte.

Am Abend ging ich ins Hotel *Forum* hinter den Trajansmärkten. Boris erschien pünktlich. Sein Gesicht war gerötet. Wir bestellten beide ein Rindercarpaccio, Spaghetti mit Meeresfrüchten und als Hauptgericht Fisch in der Salzkruste. Nachdem der Kellner die Bestellung entgegengenommen hatte, beugte sich Boris zu mir und flüsterte:

„Der Kardinalstaatssekretär ist auf dem Weg ins Hospital zum Herrn gegangen."

„Zum Teufel, wolltest du wohl sagen", korrigierte ich ihn.

„Was hast du mit ihm angestellt?"

„Ich habe ihm gesagt, was ich tun werde."

„Das hat ihn getötet", stöhnte Boris.

„Kann schon sein."

„Du hast ihm erzählt, dass du das Dokument besitzt?"

„Ja. Und der Erzbischof Sales in Rio hat ihm bestätigt, dass es nicht mehr in dessen Safe ist. Das hat ihn umgehauen."

„Nach Santini hast du nun auch Navarone getötet."

„Nein. Sie haben sich in ihren eigenen Fallstricken verheddert."

„Du hast keine Gewissensbisse?"

„Warum sollte ich? Ich habe den Heiligen Geist auf meiner Seite."

„Sei nicht so vermessen."

„Ich habe nur das Geschäft wieder aufgenommen, das uns Jesus im Tempel zu Jerusalem vorgemacht hat."

„Du glaubst wirklich an das, was du da sagst?"

„Hundertprozentig."

„Und jetzt willst du Marcinkus erledigen."

„Ihn und den anderen."

„Welchen anderen?"

„Den Übermittler. Den, der zu den Cantonas kam und sagte: Tut es!"

„Vielleicht war es Marcinkus' Sekretär Luigi Mandini?"

„Wäre naheliegend", gab ich zu. „Den nehme ich mir auch noch vor."

„Hast du das Dokument dabei?"

Ich zog es aus meiner braunen, schön schimmernden Umhängetasche, die ich für diesen Zweck auf der Via Condotti erstanden hatte, und reichte ihm die rote Mappe mit dem erzbischöflichen Wappen von Rio. Fast ehrfürchtig schlug es Boris auf und strich über das Dokument.

„Die Unterschrift des Heiligen Vaters Johannes XXIII.", flüsterte er gebannt.

„Ich habe meine Aufgabe erfüllt. Jetzt bist du dran, Davids Mission zu beenden."

Er nickte eifrig.

„Noch morgen werde ich das Dokument dem Heiligen Vater zuspielen. Da ich ohnehin kommissarisch viele Aufgaben Navarones übernehme, wird dies kein Problem sein."

„Welche Folgen hat der Tod Navarones für dich?"

„Keine Ahnung", erwiderte er und schnitt eine Grimasse. „Es wird von seiner Heiligkeit ein neuer Kardinalstaatssekretär bestellt werden und dann wird es darauf ankommen, ob der seine eigenen Leute mitbringt. Allerdings habe ich den Vorteil, dass ich Erfahrung in den Regierungsgeschäften habe und einen reibungslosen Übergang garantieren könnte. Wir werden sehen. Es liegt alles in Gottes Hand."

Er war, wie alle Priester in Rom, mit Gott sehr vertraut. Ich konnte mir gut vorstellen, dass der Tod Navarones seine Karriere sogar noch befeuern würde. Meinen weiteren Plänen konnte dies nur förderlich sein.

„In den nächsten Tagen werde ich viel zu tun haben. Nur mit Mühe konnte ich mich heute Abend loseisen. Wie war es denn so mit seiner Exzellenz Dom Helder Camara?"

„So, wie man es von einem Heiligen erwartet. Er lebt mit den Armen."

„Wie schön. So ein Mann gibt einem die Kraft, auf den Weg des Herrn zurückzufinden."

„Er hat Punkt für Punkt den Katakombenpakt verwirklicht."

„Und du glaubst, dass diese Demut echt ist?"

„Du nicht? Er sollte heiliggesprochen werden."

„Doch, doch! Schon. Aber ob jemand heiliggesprochen wird, bedarf einer intensiven Prüfung. Schon mancher, der so demonstrativ den Heiligen Franziskus von Assisi herauskehrte, wurde dann doch für zu leicht befunden."

„Ach was, Camara ist echt. Ihn sollte man zum Papst wählen."

„Vielleicht findet die Kirche eines Tages wieder einen Mann wie Luciani. Aber der nächste Papst könnte ein Deutscher sein. Der Heilige Vater bevorzugt neben seinen Polen vor allem die Deutschen. Wie du weißt, hat er vor kurzem einen Bischof von München und Freising zum Vorsteher der Glaubenskongregation ernannt, einen großartigen Theologen. Doch leider stockkonservativ. Er soll dafür sorgen, dass die Kirche nicht dem Modernismus verfällt."

„Und das findest du gut?", fragte ich erstaunt.

„Durchaus nicht. Aber ich kann verstehen, dass der Heilige Vater voller Sorge ist, dass die Kirche zu beliebig wird. Die Kirche denkt nicht in Jahren, sondern in Jahrhunderten."

Ich verstand zu wenig vom Katholizismus, um dies beurteilen zu können. Die Kirche war eine sehr alte Institution, sogar die älteste der Welt, hatte vielleicht auch durch das sture Festhalten an den Dogmen überlebt und doch hatte sie sich von der Lehre Christi allzu weit entfernt.

Der Ober kam und beugte sich zu Boris.

„Ein Telefongespräch für Sie, Monsignore."

„Da siehst du es. Ich hatte hinterlassen, wo ich zu erreichen bin. Sie lassen mich noch nicht einmal in Ruhe zu Abend essen."

Er folgte dem Ober. Ich sah ihn im Vorraum telefonieren. Er gestikulierte heftig dabei. Schließlich kam er achselzuckend zurück.

„Tut mir leid. Ich muss sofort zurück in den Vatikan. Für den morgigen Tag ist ein Protokoll für den Heiligen Vater vorzubereiten. Man braucht mich dringend dafür." Er wandte sich an den Ober und bat diesen, ein Taxi zu rufen.

„Du rufst mich an, wenn du eine Reaktion vom Wojtyla hast?“

„Natürlich. Ich informiere dich sofort, wenn ich Neuigkeiten habe.“

Er steckte die rote Mappe in seine abgeschabte Aktentasche, schlug mir leicht auf die Schulter und schon war er zur Tür hinaus. Mit rotem Kopf kam er wieder zurück.

„Entschuldige. Die Rechnung! Ich übernehme natürlich …“

„Ach was, Boris. Geht schon in Ordnung. Geht auf mein Spesenkonto.“

„Danke“, erwiderte er strahlend und verschwand endgültig zum Fahrstuhl hin.

Ich hatte das Vergnügen, den Fisch in der Salzkruste allein zu essen. Es war kein Opfer.

Es dämmerte bereits, als ich das Hotel verließ. Ich ging über die Via dei Fori Imperiali auf die andere Straßenseite, um mir das romantisch angestrahlte Forum Romanum anzusehen. Ich lehnte mich an die Absperrung und stellte mir vor, dass ich als Ermittler des Titus, vielleicht als Prätor von Rom, den Tod des verstorbenen Kaisers zu untersuchen hatte. War Luciani nicht auch Herr Roms gewesen und auf mysteriöse Weise zu Tode gekommen? Die Stadt der Wölfin änderte sich nicht. Plötzlich hörte ich hinter mir kreischende Bremsen. Ich drehte mich um. Aus einer schwarzen Limousine sprang ein Mann und eröffnete das Feuer. Vor mir spritzte der Sand hoch. Er trug immer noch den schwarzen Hut. Im Laufen zu treffen, verlangt schon einen Kunstschützen. Er war keiner. Er verfehlte mich, ich ließ mich fallen, zog die ‚Snubby‘ aus dem Fußhalfter und feuerte zurück. Meine Bemühungen waren so ergebnislos wie seine, aber insofern doch wirkungsvoll, da er kapierte, dass ich ihn erwischen würde, wenn er näher kam. Er nahm Reißaus und rannte am Zaun des Forums entlang zum Kasseneingang hin. Ich folgte ihm. Diesmal wollte ich ihn nicht entkommen lassen. Da er sich immer wieder umdrehte und Schüsse auf mich abgab, konnte ich ihm nur vorsichtig folgen. Die Tür zum Forum war offen. Davor lag sein Hut. Weiß der Teufel, wie er das Tor aufbekommen hatte. Ich lief ins Forum hinein. McDonaught rannte auf der Via Sacra zum Titusbogen hin, der, ebenfalls angestrahlt, würdevoll aus der Dunkelheit ragte. Er lief zum Palatin hoch. Ich war besser in Form als er und kam ihm näher, was ich aber nur an seinen Schritten hörte. Er lief zum Haus des Augustus. Ich rannte in ein Gewölbe hinein. Plötzlich wurde ich von drei Seiten unter Beschuss genommen.

Ich war in eine Falle getappt. Nun erklärte sich das offene Tor am Eingang des Forums. McDonaught war kein Hase. Ich war das Wild. Er musste zwei Begleiter haben, da ich drei Mündungsfeuer zählte. Ich lief einen Gang hinein. Meine Schritte hallten. Ich hörte Schritte näherkommen. Endlich fand ich einen Ausgang. Ich lief nun zum Museum hinüber. Nebenan befand sich das kleine Stadion des Domitian. Wieder Schüsse von drei Seiten. Sie trieben mich vor sich her. Der Boden war uneben, sodass ich mehrmals ins Stolpern kam. Obendrein fing es auch noch an zu regnen. Das war für mich so schlecht wie für meine Verfolger.

Plötzlich hörte ich Maschinenpistolensalven. Garben von Feuerstreifen erhellten das kleine Stadion. Ich hörte Schreie. Befehle gellten. Die Götter hatten mir Hilfe geschickt. Ich stolperte am Ende des Stadions in eine Halle. Die Schießerei draußen nahm immer wildere Formen an. Der reinste Hexensabbat. Ich duckte mich hinter eine Säule und wartete, wie sich das draußen weiter entwickeln würde. Endlich hörte die Schießerei auf. Die Stille war keinesfalls beruhigend. Schritte kamen heran. Ich hörte jemanden atmen.

„Sieht so aus, als hätte ich verloren", sagte eine mir bekannte Stimme.

McDonaught.

„Das stand von Anfang an fest."

„Du hast dich beschatten lassen."

„War nicht einmal meine Idee."

„Gut. Ich ergebe mich dir. Ich weiß, wann ich verloren habe. Lass mich noch eine Zigarette rauchen."

„Meinetwegen. Ich habe alle Zeit der Welt. Die Carabinieri werden mit dir nicht so viel Geduld haben."

Eine Zigarette glühte auf. Er stand nur wenige Meter von der mich schützenden Säule entfernt. Natürlich hätte ich ihn abknallen können. Aber er wollte sich ergeben und schließlich hat man so etwas wie einen Ehrencodex. Ich ließ ihm also die Zeit. Jedes Geschäft hat seine Regeln. Ich sah die glühende Zigarette in die Ecke fallen.

„Ich bin fertig."

„Wirf die Pistole zur Säule hinüber."

„Ach, da bist du. In Ordnung."

Die Waffe schepperte über den Boden und kam an der Säule zum Stillstand. Ich trat hinter der Säule hervor.

„Komm langsam näher. Ganz langsam!", befahl ich ihm.

Ich ging auf ihn zu. Seine Gestalt zeichnete sich vor dem Eingang der Halle ab. Plötzlich ein Feuerstreifen. Er war jedenfalls kein Mann, der sich an Regeln hielt. Mein Arm brannte, als hätte ich einen Peitschenhieb erhalten. Ich ließ mich fallen und schoss zweimal. Er konnte keinen zweiten Schuss abgeben. Ächzend ging er zu Boden. Ich warf mich wieder hinter die Säule und wartete. Draußen hörte ich Schreie und eilige Schritte.

„Serge!", rief jemand vom Eingang her.

Montebello. Ich atmete auf.

„Sei vorsichtig. Ich hatte eben einen Schusswechsel mit McDonaught. Ich glaube, dass ich ihn nun erledigt habe. Aber bei dem Kerl kann man nie wissen!"

„Erzähl keine Opern! Wo liegt er?"

Ich sah Montebellos Schatten näherkommen.

„Genau in grader Linie vor dir."

Eine Taschenlampe flammte auf. Im Lichtkegel lag McDonaught. In der Hand schimmerte die Pistole. Er hielt sie noch immer fest umklammert.

„Er rührt sich nicht", stellte Montebello überflüssigerweise fest.

Ich ging vorsichtig zu dem Gangster. Er war tot. Schon meine erste Kugel war ein Lungendurchschuss. Meine zweite hatte ihn ins Auge getroffen. So tot wie er waren nur die alten Kaiser. Der Commissario trat zu mir.

„Bist du in Ordnung?"

„Ja. Nur ein Streifschuss."

„Wir verarzten dich gleich. War doch gut, dass ich dich beschatten ließ."

„Du hattest noch nie eine bessere Idee. Was ist mit den anderen Halunken?"

„Zwei Mann. Genauso tot wie er hier."

„Ich habe Glück gehabt. Er gaukelte mir vor, dass er sich ergeben wolle. Aber der Scheißkerl hatte noch eine zweite Waffe. Er wollte unbedingt noch seinen Kontrakt erfüllen. Mein zweiter Schuss befreite ihn von allen Verpflichtungen. Das kommt dabei raus, wenn man sich nicht an die Regeln hält."

„Was für Regeln?", fragte Montebello verblüfft.

„Ich gab ihm noch Zeit für eine Zigarette und er dankte es mir, indem er noch einmal auf mich feuerte."

„Du bist genauso ein Spinner wie dieser David."

„Du hättest mir kein größeres Kompliment machen können."

„Wir werden anhand seiner DNA feststellen, ob er es war, der David getötet hat."

„Er war es!", erwiderte ich nur.

Ich steckte mir die Pfeife an und stieß den Rauch aus.

„Jetzt kommt der Schock, was?", fragte Montebello.

„Na ja, es war diesmal auch verdammt knapp. Mein Arm brennt wie Feuer."

„Du verrückter Hund. Wir haben Arzt und Sanitäter dabei, die dich gleich versorgen können."

Er führte mich aus dem Stadion des Domitian und besah sich die Wunde. Viele Carabinieri stießen zu uns.

„Streifschuss. Wir bringen dich ins Krankenhaus."

„Quatsch! Die Sanitäter sollen die Wunde kurz säubern und verbinden. Ich habe noch eine Verabredung."

„Du spinnst, Teutone. Nun erzähl mal, wie es abgelaufen ist. Wir haben dich seit gestern beschattet. Warum zum Teufel hast du dich auf den Palatin locken lassen?"

Ich erzählte es ihm.

„Du hast Glück gehabt."

„Kann man so sagen oder der Heilige Geist hat über mich gewacht."

„Lästere nicht."

Tat ich gar nicht. Wenn man die vielen Zufälle bedachte und wie ich jedes Mal nur knapp dem Tod entkommen war, konnte man schon auf den Gedanken kommen, dass der Heilige Geist tüchtig mitgeholfen hatte. Ich war schon so verdammt lange in Rom, da lernt man, an überirdische Mächte zu glauben. Wenn nicht hier, wo dann?

Ich ließ mich im Krankenwagen verarzten. Der kleine spitzbärtige Doktor machte einen Riesenzirkus um meine Verletzung und wollte mich unbedingt ins Krankenhaus verfrachten. Ich redete ihm dies aus, indem ich ihn ein paar Mal scharf ansah. Mit Typen wie mir hatte er sicher nicht oft zu tun, jedenfalls hielt er schließlich seine Klappe und ließ mich gehen.

„Komm morgen aufs Kommissariat. Wir müssen noch ein Protokoll aufnehmen", forderte mich Montebello auf.

„Klar doch", sagte ich nicht gerade begeistert.

„Es ist mir ernst. Du kommst ins Kommissariat", insistierte er.

„Habe ich doch gesagt."

„Du oller Teutone. Ein wenig Dankbarkeit könntest du ruhig zeigen!", brummte er vorwurfsvoll. Auf meine Bitte hin fuhr er mich zur Piazza Navona.

„Aber schieß niemanden mehr tot!", verabschiedete er sich.

Der Platz war um diese Uhrzeit so leer wie zur Zeit der großen Pest. Nur das Wasser des Vierströmebrunnens war zu hören. Ihm gegenüber saß Maja unter einem Schirm. In dem strömenden Regen sah sie mich nicht gleich. Sie starrte zum Brunnen hinüber. Es war ein anrührendes Bild. Niemand war zu sehen. Die Cafés und Restaurants hatten längst geschlossen und sie wartete immer noch auf mich. Ich hatte einen Kloß im Hals, als ich auf sie zuging. Sie hörte meine Schritte, sah hoch, sprang auf und lief mir entgegen. Ich wusste nun, dass alles in Ordnung kam. Wir küssten uns. Regentropfen liefen uns über die Gesichter.

22

Es gibt noch Heilige in Rom

Etwas Warmes berührte mich. Es wanderte über mein Gesicht. Ich öffnete die Augen. Durch das Fenster sah die Sonne herein. Ich fühlte Majas warmen Körper an meiner Seite. Eine tiefe Zufriedenheit durchflutete mich. So war es also, wenn man glücklich war. Vorsichtig richtete ich mich auf. Maja schlief noch. Ein Lächeln lag auf ihrem Gesicht. Ich wollte dafür sorgen, dass es nie verschwand.

Wir waren nicht ins *Hassler* gegangen, sondern hatten in der Nähe der Piazza Navona ein kleines Hotel aufgesucht, das zwar Vorkasse verlangte, aber ansonsten keine Fragen stellte. Die Tapete zeigte Wasserflecken. Die Möbel waren abgestoßen und wurmstichig. Es machte mir nichts aus. Ich stand auf und ging ans Fenster. Es war früh am Morgen. Müllmänner leerten unten die Tonnen. Ich sah zum Bett hinüber. Am liebsten hätte ich die ganze Welt antreten lassen und ihr mein Glück entgegengeschrien. Nun traf der Sonnenstrahl ihr Gesicht. Ihr Nasenrücken kräuselte sich. Sie wischte sich über die Stirn. Ich musste lachen. Sie öffnete die Augen, sah zu mir herüber, öffnete ihre Arme und zog mich an sich. Wir küssten uns. Haut rieb sich an Haut. Feuchte empfing mich.

„Komm! So komm doch", flüsterte sie.

Ich war nur noch Gefühl. Wann ist man Gott am nächsten? Ich glaubte, es in diesem Augenblick zu wissen. Ihr Schrei stieg hoch wie der Jubel eines Vogels. Keuchend lagen wir nebeneinander. Hand in Hand. Wir sahen uns an. Immer noch war der Hunger in ihren Augen. Ich wünschte mir, dass er nie aufhörte.

„Wir müssen uns anziehen."

„Wie spät ist es denn? Oh mein Gott, in einer halben Stunde beginnt mein Dienst."

Sie sprang aus dem Bett und zog mich unter die Dusche. Das Wasser prasselte auf uns herab. Sie griff nach meinem Schoß.

Hatte die Kirche einst die Lust verboten, weil die Menschen sich dabei wie Götter wähnten?

„Was wird nun werden?", fragte sie, als wir uns anzogen.

„Einstweilen will ich warten, was Boris erreicht."

„Und dann?"

„Ich weiß es nicht. Aber was auch passiert, du wirst bei mir sein."

Sie sprang in meine Arme.

„Ich könnte es wieder tun", gestand sie mit schelmischem Lächeln.

Ich sah auf die Uhr.

„Du hast recht. Wir müssen vernünftig sein", sagte sie seufzend.

„Sehr vernünftig", bestätigte ich. „Ich gehe jetzt ins Kommissariat und unterschreibe Montebellos verdammte Protokolle."

„Sehen wir uns heute Abend?"

„Was sollte ich sonst tun?"

„Wir werden zu uns nach Hause fahren und wir werden meine Familie glücklich machen. Wir werden ein Fest feiern."

„Und ganz Trastevere wird mitfeiern?"

„Aber natürlich. Vater und Mutter waren so unglücklich, als wir auseinander waren. Aber das ist vorbei, nicht wahr?"

„Für immer", versprach ich.

Silvio Montebello machte ein Gesicht, das nicht zu diesem Tag passte. Er sah grau aus.

„Ich habe mich schon seit drei Stunden mit dem Scheißpapierkram herumgeschlagen." Er wies auf den Schreibtisch, der mit Formularen vollgemüllt war. „Du brauchst nur zu unterschreiben."

Ich las die Protokolle durch. Viel Ähnlichkeit mit dem, was oben auf dem Palatin passiert war, hatten die Erklärungen nicht. Es stand viel über Notwehr in den Papieren, von meinen Bemühungen, der Polizei zu helfen. Heldensagen. Eine Menge Blabla. Ich unterschrieb.

„Damit bist du aller Sorgen ledig. Was hast du nun vor?"

„Mal sehen, wie es hier weitergeht."

„Wie ich dir schon mal geraten habe: Verdufte nach Deutschland!"

„Könnte sein, dass du mich nicht so schnell loswirst."

„Amore?" Er grinste. „Ja, die römischen Frauen sind unwiderstehlich. Sie sind so geheimnisvoll wie die Vestalischen Jungfrauen und wir blöden Männer fallen darauf rein und versuchen, ihr Mysterium zu ergründen."

So einen Spruch hätte ich dem Commissario nicht zugetraut. „Wo hast du das denn her?"

„Lies Ovid. Dann lernst du eine Menge über das Weib. Übrigens, es gibt tatsächlich einen geheimen Gang zu den Gemächern des Heiligen Vaters. Mich hat deine Bemerkung damals nicht losgelassen. Wir haben zwar keine Berechtigung, Spuren im Vatikan nachzugehen, aber ich habe eine Kopie der Umbaupläne aus dem 19. Jahrhundert einsehen können. Ein Freund von einem Freund, wie es bei uns so üblich ist, nannte mir einen emeritierten Professor, der wiederum den Ururenkel des Architekten kannte, der damals die Umbauten durchgeführt hat. Die Pläne wurden von Generation zu Generation weitergegeben und sorgsam aufbewahrt. Es gab tatsächlich einen Gang von den Räumen der Vatikanbank hoch zum Stockwerk der heutigen Papstwohnung."

„Gute Arbeit!", lobte ich ihn. „Ein weiteres wichtiges Indiz. Und was machen wir damit?"

„Was schon? Nichts!", brummte Montebello. „Santini ist tot. Gelli ist nach Südamerika geflohen. Navarone hat der Schlaganfall hinweggerafft. Den Mörder Davids hast du erledigt. Mehr ist wohl nicht drin."

„Marcinkus und der Überbringer des Mordbefehls an die Cantonas?"

„An Marcinkus kommen wir nur heran, wenn er den Vatikan verlässt, und das wird er nicht tun. Und den Überbringer des Mordbefehls kennen wir nicht."

„Kann das italienische Finanzministerium nicht die Vatikanbank vom internationalen Geldverkehr abschneiden?"

„Im Prinzip schon. Doch Johannes Paul II. ist der Held der westlichen Welt. Er kämpft für die Freiheit vom gottlosen Kommunismus. Nirgendwo werden die Intrigen so fein gesponnen wie in Rom. Wenn die Kommunisten Polen verlieren, verlieren sie auch bald Ungarn, Ostdeutschland und die anderen Vasallenstaaten. Das Reich des Bösen wird wie ein Kartenhaus zusammenfallen und all dies hat ein Kardinalskollegium verursacht, das einen Polen zum Papst wählte. Stalins spöttische Frage ‚Wie viele Divisionen hat der Papst?' wird sich noch als die größte Fehleinschätzung der Weltgeschichte herausstellen."

Wir philosophierten noch eine Weile über die Mächte, die die Welt beherrschten, aber viel Neues kam dabei nicht heraus. An Marcinkus kamen wir nicht heran.

Im Hotel zurück sagte mir Maja, dass Fürst Mazarini um meinen Besuch gebeten habe. Sie kniff dabei die Augen zusammen.

„Da steckt doch sicher diese Contessa dahinter. Pass nur auf dich auf."

Ich versicherte ihr, dass sie sich keine Sorgen machen müsse. Aber sie machte sie sich trotzdem. Ich rief den Fürsten an, ob ich gleich zu ihm kommen solle. Er stimmte zu und sagte, dass er etwas Interessantes mit mir zu besprechen habe.

Maja hatte insofern recht, als dass die Contessa auch anwesend war. Sie begrüßte mich mit einem Kuss auf den Mund. Den Fürsten schien das nicht zu stören. Er schmunzelte.

„Setzen Sie sich, lieber Serge."

Der Diener brachte den wunderbaren Brandy in angewärmten Gläsern. Die Contessa entschied sich für einen trockenen Martini. Sie sah mich lauernd an, als habe sie noch viel mit mir vor. Ich fühlte mich etwas unbehaglich.

„Was halten Sie davon, wenn Sie in Rom bleiben?", eröffnete mir der Fürst.

„Schön, sich das vorzustellen. Aber irgendwann muss ich doch nach Hamburg zurück, um meinen Espresso zu verdienen."

„Das können Sie doch auch in Rom. Ich habe mich mal ein wenig umgehört. Sie würden auch in Italien Ihr Auskommen haben. Es gibt in Mailand die Tolginiwerke, die würden gern einen langfristigen Vertrag mit Ihnen abschließen. Abwehr von Industriespionage."

„Ich habe mich auch umgehört“, sagte Estefania und warf ihr Haar zurück. „Der Modeschöpfer Palini könnte dich auch gebrauchen.“

„Und noch ein aktueller Auftrag“, ergänzte der Fürst. „Dem Bauunternehmer Traetti in Lucca hat man den Sohn entführt. Ich habe Sie ihm wärmstens empfohlen.“

„Du wirst mächtig in Mode kommen“, prophezeite die Contessa.

Ich hatte mir schon eingestanden, dass mich das römische Fieber gepackt hatte. Ich liebte diese Stadt, und was sprach dagegen, dass ich hier in Rom ein zweites Büro einrichtete? Ich würde für Hamburg sicher jemanden finden, der dort die einfachen Fälle übernahm. Warum nicht in zwei Weltstädten operieren? Ich fand diese Idee immer verlockender. Vor allem Maja würde sich freuen, Rom, ihre vertraute Umgebung und ihre Eltern nicht verlassen zu müssen.

„Ich könnte Ihnen ein Stockwerk in einem unserer Häuser in der Via del Babuino, gegenüber der Englischen Kirche, überlassen. Im zweiten Stock ist eine Wohnung frei geworden. Sie zahlen eine symbolische Miete von einem Dollar im Monat. Einverstanden?“

„Ein großzügiges Angebot. Warum?“

„Ich bin in Ihrer Schuld. Außerdem mag ich Sie“, erwiderte der Fürst und prostete mir zu.

„Wir machen aus der Einweihung der Detektei eine große Sache. Ich werde dafür sorgen, dass alles kommt, was in Rom Rang und Namen hat“, fügte die Contessa hinzu. Ihren glitzernden Augen merkte ich an, dass sie immer noch an eine Wiederholung unserer toskanischen Liebesnacht glaubte. Irgendwie musste ich ihr beibringen, dass wir zukünftig auf solche Freuden verzichten mussten.

„Das ist alles sehr generös von Ihnen“, bedankte ich mich noch einmal bei den beiden. „Ich werde es mir durch den Kopf gehen lassen.“

„Tun Sie das“, sagte der Fürst. Er wusste, dass ich das Angebot nicht abschlagen würde und war mit sich sehr zufrieden.

„Doch nun kommen Sie. Gehen wir in die Bibliothek. Ich habe eine sehr seltene Dante-Ausgabe erstanden. Ich bin sehr stolz auf diese Antiquität. Was nützt eine solche Anschaffung, wenn man damit nicht vor seinen Freunden angeben kann!"

„Na gut, dann kümmert euch mal um die alten Scharteken. Ich bin nachher mit der Fürstin Borghese verabredet. Wir wollen nächste Woche nach St. Tropez. Willst du nicht mitkommen, Serge? Es wird sehr lustig werden. Prinz Savoyen hat uns auf seine Yacht eingeladen."

„Wenn ich mich in Rom niederlassen will, kommt eine Menge Arbeit auf mich zu", schlug ich ihr Angebot aus.

„Ach, das kann doch warten."

„Tochter, Männer können nicht nur an ihr Vergnügen denken. Richtige Männer, meine ich", kam mir der Fürst zu Hilfe.

Schmollend ging sie aus dem Salon.

„Schade, dass Sie keiner von uns sind", seufzte der Fürst.

Ich war immer noch nicht scharf darauf, einer von denen zu sein. Gut, der Fürst war in Ordnung, aber deswegen musste man sich nicht aufgeben, indem man sich mit der stolzesten und emanzipiertesten Frau Roms einließ.

Es wurde auch ohne die Contessa ein interessanter Nachmittag, weil der Fürst viel über Dante, Petrarca und Boccaccio wusste.

„Sie müssen öfter bei mir vorbeikommen. Es gibt nur wenige, die sich so interessiert an meinen Leidenschaften zeigen. Sie werden jederzeit willkommen sein", sagte er zum Abschied.

Ich versicherte ihm, dass es mich jedes Mal bereicherte, wenn ich bei ihm war. Nur die Contessa machte mir Sorgen. Sie war ein wildes Mädchen und schön und klug und hatte Charisma und die Moral einer Gottesanbeterin.

Um mein Gewissen zu beruhigen, spürte ich den Drang, Maja etwas Besonderes zu schenken. Unsere Versöhnung bedurfte eines sichtbaren Zeichens. Deswegen suchte ich in der Via Condotti ein Schmuckgeschäft auf und kaufte einen Ring mit einem herrlichen blauen Saphir, der von glitzernden Diamanten umringt war. Ich zahlte dafür ein kleines Vermögen, aber ich war mächtig stolz auf das Schmuckstück. Als ich ihr, bevor wir nach Trastevere hinausfuhren, den Ring ansteckte, fiel sie mir um den Hals und belohnte meine kleinbürgerliche Anwandlung mit ein paar leidenschaftlichen Küssen.

„Du bist wahnsinnig“, hauchte sie. „Einen ähnlichen Ring habe ich nur bei Prinzessin Diana gesehen. Er ist wundervoll.“

Aber noch mehr freute sie sich, als ich ihr von dem Angebot des Fürsten erzählte.

„Du wirst in Rom bleiben? Das ist das schönste Geschenk. Ich habe mich ein wenig vor deinem Deutschland gefürchtet. Aber ich wäre mit dir auch nach Schweden oder Island gegangen.“ Sie schaute auf den Ring. „Ich werde ihn niemals abnehmen. Er wird mich immer an den heutigen Tag erinnern, als du dich für Rom entschieden hast. Niemand hat einen solchen Ring“, flüsterte sie glücklich, was ein kleiner Widerspruch zu dem war, was sie über den Ring der exzentrischen Diana erzählt hatte. Sie war eben ein richtiges Weib.

Am Abend besuchten wir meine Schwiegereltern in spe. Sie nahmen mich auf wie den verlorenen Sohn. Vater Buardi quälte sichtlich sein schlechtes Gewissen. Halb Trastevere war da und es wurde viel gegessen, getrunken und gesungen. Ganze Berge von Pasta mit Meeresfrüchten wurden vertilgt. Mutter Buardi sagte jedem, ob er es nun hören wollte oder nicht, dass ihre Tochter einen Mann bekommen würde, der die besten Eigenschaften der Deutschen mit denen der Italiener in sich vereinigte. Keine Ahnung, warum sie mir italienische Wurzeln andichtete. Vielleicht, weil sie nur einen Italiener für einen wahren Menschen hielt? Ich bekam bei diesen Lobeshymnen ein paarmal rote Ohren. Maja zeigte ihren Freundinnen und Cousinen den Saphirring und alle bestätigten ihr, dass sie es mit diesem Blonden wirklich gut getroffen habe, denn einen solchen Ring bekämen nur Filmstars und Prinzessinnen geschenkt. Aber auch ich war entschieden der Meinung, dass mir nichts Besseres hatte passieren können, als diese Familie als Zugabe zu bekommen.

Marcello prahlte vor seinen Freunden damit, dass ich Fürsten als Freunde hätte und ein großer Sportsmann fernöstlicher Kampftechniken sei.

„Er wird sicher auch hier in Rom bald eine Sportschule einrichten und ihr müsst alle hingehen.“

Mir würde es auch hier nicht an Schülern mangeln.

Die nächsten Wochen hatte ich genug damit zu tun, mir in der Via del Babuino mein Büro einzurichten. Man muss eigentlich Römer sein, um in Rom zurechtzukommen. Es gab anfangs einige Schwierigkeiten mit den Behörden. Der Fürst sorgte dafür, dass ich die Genehmigung zur Ausübung meines Berufes ohne große Wartezeiten bekam. Er konferierte meinetwegen sogar mit dem Bürgermeister, was dazu führte, dass man mich mit einer Hochachtung behandelte, als sei ich dessen Schwiegersohn. Als ich dem Fürsten Maja vorstellte, war dieser entzückt. Als Mann von Welt wusste er wahre Schönheit zu schätzen. Estefania bedachte mich mit einem funkelnden Blick, aber danach tat sie so, als sei sie Majas beste Freundin. Die beiden balzten wie zwei Igel mit eingefahrenen Stacheln.

Boris meldete sich die ganze Zeit nicht. Auch gab es keine Anzeichen, dass sich im Vatikan irgendetwas verändert hatte. Marcinkus war immer noch Chef der Vatikanbank und Fotos im L'Osservatore Romano zeigten ihn in vertrautem Einvernehmen mit dem Heiligen Vater. Die Reisen des Papstes gerieten wie die eines Gottkaisers. Mit der ‚Kirche der Armen' hatte der bombastische Aufwand nichts zu tun.

Ich versuchte immer wieder Boris an den Apparat zu bekommen, aber unter seiner Nummer war er plötzlich nicht mehr zu erreichen. War ihm etwas passiert? Ich machte mir Sorgen. Hatte man ihn aus dem Vatikan geworfen und in irgendein Bergdorf verbannt? Unter seiner alten Adresse war er abgemeldet, eine neue nicht bekannt. Italienische Schlamperei? Wo war Boris?

Montebello konnte mir schließlich helfen. Boris war in die Via Borgo Vittorio verzogen. An einem Freitagabend machte ich mich mit Spencer zu ihm auf. Mein Freund, Harry Zobel, hatte ihn mir aus Deutschland nach Rom gebracht. Es war ein schöner Sommerabend. Den Tag über war es brütend heiß gewesen und die Abgase hatten das Atmen schwer gemacht. Doch jetzt am Abend kühlte ein angenehmer Wind die Stirn. Seine Wohnung war in einem schönen alten Renaissancepalast. Ich klingelte an der Haustür. Aber niemand reagierte. Ich klingelte bei dem nächsten Namen. An der Tür summte es und sie sprang auf. Ich betrat einen Flur mit schönen grünen Kacheln, die für eine angenehme Kühle sorgten. Aus einer Wohnungstür trat eine Frau und sah mich fragend an.

„Sie haben geklingelt?"

Es war eine schöne Brünette, in einer Kittelschürze, die ihre wundervolle Büste nicht verbarg.

„Entschuldigung. Ich habe mich vertan. Ich will zu Padre Boris Brasaukas."

„Ach, Seine Exzellenz wohnt eine Etage höher. Aber Sie werden kein Glück haben. Er kommt immer sehr spät aus dem Vatikan. Manchmal übernachtet er dort sogar."

Ich entschuldigte mich noch einmal und bekam dafür einen aufmunternden Blick. Ich stieg die Treppe zum zweiten Stock hoch und klingelte. Wieder keine Reaktion.

Die gute Frau von unten rief mir nach: „Ich sagte Ihnen doch, dass Sie kein Glück haben werden. Sie können aber auch bei mir warten."

Majas Mahnung im Hinterkopf, dass Römerinnen einen Seitensprung erahnen, lehnte ich dieses Angebot höflich ab. Als ich die Haustür öffnete, stieß ich mit Boris zusammen. Entgeistert sah er mich an.

„Was machst du denn hier?"

„Wenn der Berg nicht zu Mohammed kommt, muss Mohammed zum Berg kommen."

„Das ist kaum die richtige Begründung gegenüber einem römischen Geistlichen", erwiderte er lachend. „Entschuldige, dass ich mich nicht gemeldet habe. Ich habe viel um die Ohren. Aber nun komm, wo du schon mal da bist."

Das erklärte weder die geänderten Telefonnummern noch den Umzug. Er ging mir voran und öffnete die Wohnung. Es ging durch einen langen Flur in ein großes Wohnzimmer, das erstaunlich modern eingerichtet war. Designermöbel. Viel Glas und Chrom. Weiße Polstermöbel. Eine Ausstattung wie aus dem Journal Schöner Wohnen. Nur das Bild einer Kreuzigungsszene von Dalì erinnerte an seine Profession. Es war eine große Wohnung. Alle Türen waren offen. Im Schlafzimmer lag auf dem Bett ein Wolfsfell. Die Küche sah aus wie ein kleines Raumschiff. Konnte sich ein Prälat einen derartigen Luxus leisten? Aber vielleicht war Boris, wir hatten nie darüber gesprochen, von Haus aus begütert.

„Setz dich. Ein Glas Wein?“

„Gern. Schön hast du es hier.“

„Ja. Eine sehr angenehme Gegend. Diese Wohnung habe ich durch Vermittlung Mandinis bekommen. Wer, wenn nicht die Vatikanbank, kennt die schönsten Immobilien Roms.“

Er schenkte mir einen Rotwein ein. Wir prosteten uns zu. Spencer hatte sich auf dem weißen flauschigen Teppich genussvoll breitgemacht und beobachtete unser Gespräch.

„Nun sag mal, was ist los? Du rufst mich nicht an. Deine Telefonnummer stimmt nicht mehr, und diese Adresse habe ich nur mit Montebellos Unterstützung herausbekommen.“

„Du musst das verstehen. Ich habe wahnsinnig viel um die Ohren“, wiederholte er noch einmal. „Der neue Kardinalstaatssekretär muss sich erst einmal einarbeiten und so bleibt vieles an mir hängen. Viel zu viel.“

Er seufzte, sprang auf und rückte eine kleine Statue zurecht.

„So ist es besser. Ich weiß, es ist unentschuldbar“, fuhr er fort und setzte sich wieder. „Ich muss dich um Verzeihung bitten. So lässt man seine Freunde nicht hängen.“

„Und diese Wohnung? Das riecht hier alles nach sehr viel Geld.“

„Eine Erbschaft“, sagte er kurz.

Irgendwie kam mir das alles seltsam vor. Diese elegante Wohnung, diese vage Entschuldigung, seine offensichtliche Nervosität.

„Wie ich hörte, hat sich im Vatikan nichts geändert. Hast du das Dokument dem Wojtyla übergeben?“

„Natürlich. Das hatten wir doch vereinbart. Gleich am nächsten Tag. Aber Seine Heiligkeit hat bisher nicht darauf reagiert.“

Er machte ein zerknirschtes Gesicht.

„Du hast von der Schießerei auf dem Palatin gehört? McDonaught ist tot.“

„Ja. Rom ist ein Dorf. Ich wollte dich gleich anrufen, als ich es erfuhr, aber irgendwas kam dann immer dazwischen. Aber ich hörte ja auch, dass du es überlebt hast und …“

„Ich habe McDonaught erschossen."

Er schlug ein Kreuz. „Ich werde für dich beten."

„Das lass man. Er oder ich. Ich hatte keine Wahl."

Ich erzählte ihm, wie es abgelaufen war. Er hörte mir betroffen zu.

„Der Herr wird dir verzeihen." Er faltete die Hände.

„Beten muss jetzt nicht sein. Er war ein Gangster, ein wegen vielfachen Mordes gesuchter Schurke. Davids Mörder habe ich bestrafen können. Aber wer bei der Familie Cantona den Mörder bestellte, weiß ich immer noch nicht."

„Das wird man wohl nie erfahren", sagte er bekümmert.

Die Sonne kam noch einmal heraus und erhellte das gegenüberliegende Schlafzimmer. Mein Blick fiel auf das Bett, weil ein Windzug die Vorhänge zu einem tanzenden Schleier aufbauschte.

„Der Tag war sehr heiß. Aber jetzt tut der Abendwind gut", stellte Boris fest.

Ich starrte immer noch fassungslos zu dem Bett mit der Wolfsdecke hinüber. Mir war, als hätte ich einen Schlag in den Magen bekommen. Mein Verstand wehrte sich gegen das, was ich sah. Es war zu surreal. Unter dem Bett standen rote Schuhe. Schweiß trat mir auf die Stirn. Ich erinnerte mich, was mir Lucianis Sekretär erzählt hatte. Die Papiere über die Absetzung einiger Kardinäle, die Brille und die roten Schuhe des Heiligen Vaters waren niemals aufgefunden worden. Mein Puls raste. Konnte es sein, dass ... Die roten Schuhe des Papstes waren in dieser Wohnung, und das bedeutete... Nur zögernd akzeptierte ich die Folgerung daraus.

Boris bemerkte meinen Blick und drehte sich um. Sein Gesicht verzerrte sich zu einer Fratze. Ich sprang auf, ging ins Schlafzimmer und nahm die Schuhe hoch. Spencer bellte aufgeregt. Kein Zweifel. Es waren die roten Schuhe Johannes Pauls I., die Schuhe, von denen wir geglaubt hatten, dass sie Navarone an sich genommen hatte. Ich dachte es zu Ende. Der Besitzer dieser herrlich weichen roten Schuhe wurde von ... Boris ermordet. Nur so gab es einen Sinn.

„Fühlst du dich wie der Papst, wenn du die Schuhe anziehst? Spielst du hier in deiner Wohnung den Heiligen Vater?", höhnte ich.

Ich hielt ihm die Schuhe unter die Nase. Sie sahen wie neu aus. Luciani war ja auch nur dreiunddreißig Tage Papst gewesen.

Er keuchte.

„Du ziehst die falschen Schlüsse!"

„Das glaube ich nicht. Hast du auch die Brille und die Papiere mit den Namen der Kardinäle, die er in den Ruhestand schicken wollte?"

„Es war alles ganz anders. Versteh doch! Ich habe die Schuhe unter dem Nachlass des Kardinalstaatssekretärs gefunden."

Ich stutzte. Das konnte natürlich wahr sein. Aber ich traute ihm nicht mehr. Ein anderer Gedanke durchschüttelte mich. Wenn er Johannes Paul I. getötet hatte, konnte er auch der Überbringer gewesen sein, der den Cantonas den Mordauftrag gab. Die roten Schuhe waren jedoch nur ein Indiz. Um meine Vermutung zu beweisen, brauchte ich Stichhaltigeres.

„Du hast das Dokument des Katakombenpakts gar nicht an den Heiligen Vater weitergegeben, stimmt's?"

„Doch. Glaube mir. Der Heilige Vater hält es vielleicht nicht für wichtig, so eine alte Geschichte aufzuwärmen. Was weiß ich? Er hat andere gewichtigere Dinge, um die er sich kümmern muss."

Ich musste Boris aus der Reserve locken. Ich brauchte ein Geständnis. Er knetete erregt seine Hände.

„Ich werde die Schuhe mitnehmen und sie der Zeitschrift Paolo Panerai übergeben und in einem Interview erzählen, wer Papst Johannes Paul getötet hat. Gibt eine hübsche Geschichte mit der Überschrift: Die Schuhe des Fischers sind zurück. Was hat Padre Boris Brasaukas mit dem Tod Johannes Pauls I. zu tun? Von diesem Skandal erholst du dich nicht mehr. Ob du ihn nun umgebracht hast oder nicht, spielt dann keine Rolle mehr. Du bist als vermutlicher Papstmörder gebrandmarkt."

„Das wirst du doch nicht tun? Wir sind doch Freunde", stöhnte er mit weit aufgerissenen Augen. Spencer sah gebannt zu ihm hoch.

„Doch. Das werde ich tun. Aber wir können einen Handel abschließen. Du erzählst mir, welche Rolle du bei Davids Tod gespielt hast. Ich werde darüber schweigen, wenn du den Vatikan verlässt und dich in irgendeinem Kloster am Ende der Welt verkriechst."

Er sprang plötzlich auf und warf sich auf mich. Seine Hände umklammerten meine Kehle. Wir stürzten zu Boden. Er lag schwer über mir und verkrallte sich in meinen Hals. Er hatte nicht mit meinem Hund gerechnet. Spencer sprang ihn an und verbiss sich in seinen Arm. Boris ließ mich los und ich gab ihm einen Schlag in die Nieren und stieß ihm mein Knie in den Unterleib. Er schrie auf und rollte sich schreiend zur Seite. Spencer sprang auf seine Brust.

„Fuß, Spencer! Fuß!" Mein Hund folgte und knurrte Boris an.

„Raus mit der Sprache! Warst du der Bote, der bei den Cantonas den Mord an David bestellte?"

„Nein. Ja. Ja doch. Ich befolgte nur, was mir Navarone befahl. David war ein Verräter an Papst Paul. Der Katakombenpakt war Verrat an der Kirche. Das ganze Zweite Vatikanische Konzil war ein Werk des Teufels."

„Du verdammter Heuchler! David war dein Freund! Du nanntest ihn deinen besten Freund. Alle bestätigten, wie sehr du ihn verehrt hast. Was ist mit dir passiert?"

„Ich habe nur den Befehl weitergegeben. Wenn einer Schuld hat, dann ist es Navarone. Ich liebte David, aber noch mehr liebe ich die Kirche. Nicht der einzelne ist wichtig, sondern nur die Kirche. Es tat mir weh, was ich tun musste. So weh! Aber ich war ein Werkzeug Gottes."

„Und warum hast du Albino Luciani ermordet, den die ganze Welt verehrt hat?"

„Das wirst du niemals beweisen können."

Er rappelte sich hoch, warf sich in den Sessel und lächelte hämisch.

„Der, der es getan hat, tat es für die Heilige Mutter Kirche. Luciani musste sterben, damit der rechte Glaube keinen Schaden nimmt. Er wollte die Enzyklika Humanae Vitae zurücknehmen, die Empfängnisverhütung erlauben, die Vatikanbank abschaffen und vielleicht hätte er sogar das Zölibat infrage gestellt. Wer weiß, wohin sich dieser fehlgeleitete Mensch noch verstiegen hätte. Er soll sogar darüber nachgedacht haben, Frauen das

Priesteramt zu gewähren. Der Mann, der Luciani tötete, tat es im Auftrag des Herrn."

Ich bin kein gläubiger Mensch, aber das, was er sagte, trieb mir das Adrenalin durch die Adern. Ich verpasste ihm eine Ohrfeige, die ihn fast aus dem Sessel schleuderte.

„Womit hast du ihn umgebracht?"

Er schwieg trotzig.

Durch das offene Fenster hörte ich die Glocken von Sankt Peter. Mir wurde klar, dass er den Mord niemals zugeben würde. Ich zog den Revolver und drückte den Lauf auf seine Stirn.

„Rede, sonst zerplatzt dein Kopf wie eine Melone. Wie hast du es gemacht? Du bist durch den geheimen Gang von den Räumen der Vatikanbank in die Wohnung des Heiligen Vaters gestiegen und dann ...?!"

Er zuckte zusammen. Für mich war es Bestätigung genug. Ich zog den Hahn zurück.

„Womit hast du ihn getötet?"

„Du wirst es nie beweisen können."

Er hatte recht.

„Und wenn ich es getan hätte, wohlgemerkt wenn ..., dann trägt Kardinal Navarone die Verantwortung. Ich habe alles, was ich tat, längst gebeichtet und Absolution erhalten."

Es war so gut wie ein Eingeständnis und doch vor Gericht nichts wert. Er befürchtete wohl, zu viel gesagt zu haben, und biss sich nervös auf die Lippen.

„Wenn ich es getan hätte", wiederholte er.

Wie sollte ich ihn strafen? Erschießen? Man erschießt keinen Wehrlosen. Außerdem, es stimmte: Er war nur ein Werkzeug der Traditionalisten um Navarone gewesen.

„Du hast deinen besten Freund auf dem Gewissen."

„Es wurde den Cantonas nur übermittelt, dass sie David aus dem Verkehr ziehen sollen. Wer konnte ahnen, dass ... Wie dem auch sei, David war mit seinem Katakombenpaktfimmel für die Kirche zur Gefahr geworden."

„Du hast ihn doch unterstützt und sogar angefeuert", unterbrach ich ihn.

„Ja, das habe ich. Anfangs hielt ich den Katakombenpakt für eine gute Sache. Doch dies war Irrtum und eine Anmaßung. Je mehr Verantwortung mir Navarone aufbürdete, desto deutlicher wurde mir, dass der Katakombenpakt die Kirche, wie wir sie lieben, vernichten würde. Oh ja, alle Welt hielt David für einen Heiligen. Daraus erwuchs Hochmut. Er hielt sich für berechtigt, sich höher zu stellen als Eminenzen und Exzellenzen. Man lobhudelte, dass er ein Segen für die Kirche und zu den kühnsten Hoffnungen berechtigt sei. Dabei war er ein Narr, der nicht die Welt sehen konnte, wie sie wirklich ist. Sein Hochmut brachte den Heiligen Stuhl in Gefahr."

So hatte er es sich zurechtgelegt, um mit seiner Schuld fertig zu werden. Sollte ich ihn abknallen? Ich war kein Mörder. Vorsichtig sicherte ich die Waffe.

„Wo ist das Dokument zum Katakombenpakt?"

Er lachte mir dreist ins Gesicht.

„Was denkst du?", fragte er höhnisch. Nun, wo er wusste, dass ich den Revolver nicht benutzen würde, fasste er wieder Mut.

„Johannes Paul II. hat es jedenfalls nicht", mutmaßte ich.

Er nickte, begeistert von sich selbst. Glucksend antwortete er: „Ich habe dieses üble Papier verbrannt. Es existiert kein Dokument mit der Unterschrift Johannes' XXIII. mehr. Niemand kann nun zum Heiligen Vater gehen und irgendetwas von ihm fordern."

Ich nahm die roten Schuhe und warf sie ihm an den Kopf. In manchen Gegenden gilt dies als die schwerste Beleidigung.

„Du bist das Schlimmste, was ich mir vorstellen kann! Ein Freundesmörder. Du hast nicht selbst abgedrückt, aber hast ihn wie Judas verraten! Wie viele Silberlinge hast du erhalten? Du wirst in Rom nicht einmal mehr eine Messe halten. Mein Wort darauf!"

„Wer bist du schon? Wer wird auf deine verrückten Anschuldigungen hören? Du bist kein Kardinal, nicht einmal ein Katholik. Ich dagegen werde Ende der Woche zum Titularbischof von Antiochia ernannt werden. Ich lache über dich. Ha, ha, ha!"

„Ich werde dafür sorgen, dass du der Kurie peinlich wirst und man dich aus Rom verbannt."

Sein Gesicht verzerrte sich zu einer hässlichen Fratze. Ich erkannte ihn kaum wieder.

„Man wird mich beschützen. Ich habe der Kurie gedient“, stöhnte er.

Ich sah die Angst in seinen Augen. Er war sich nicht sicher, ob man zu ihm halten würde. Die Verbannung aus Rom, der Verlust seiner Würde war für ihn eine schlimmere Strafe als der Tod. Ich steckte den Revolver weg und nahm das halbvolle Glas Rotwein und kippte ihm den Inhalt ins Gesicht. Wie Blut tropfte es auf seinen weißen Teppich.

„Und du wirst mich nie vergessen, Boris“, sagte ich gepresst. Es war auch viel Wut über meine Ohnmacht dabei. Er hatte recht. Vor Gericht würden alle meine Indizien nicht viel Gewicht haben. Ich kannte sein Motiv und trotzdem würde er davonkommen. Aus krankhaftem Ehrgeiz hatte er seinen Freund verraten und vielleicht sogar Luciani getötet. Ich nahm die roten Schuhe und steckte sie ein. Er verfolgte dies mit einem wilden Blick. Unzufrieden mit mir und der Situation verließ ich die herrschaftliche Wohnung.

Er kreischte mir hinterher: „Du kannst gar nichts tun! Gar nichts!“

Spencer hopste vor mir die Treppe hinunter. Die Tür im ersten Stock öffnete sich wieder.

„Haben Sie Seine Exzellenz doch noch angetroffen? Er ist ein so frommer, guter Mann.“

„Sie wissen, dass er Bischof wird?“

„Ja. Er hat es mir gestern erzählt.“

Jetzt fiel es mir ein. Sie hatte ihn vorher auch Exzellenz genannt, und ich hatte dies als eine etwas übertriebene Ehrenbezeichnung gehalten. Was für ein Narr war ich doch. Aus ihrer Wohnung hörte ich eine Arie aus La Traviata.

„Sie irren sich. Er ist ein Teufel!“, widersprach ich.

Sie legte erschrocken die Hand vor den Mund. Von Sankt Peter waren immer noch die Glocken zu hören.

23

Die Mühlen Gottes

Es war der Fürst, der mir half, Boris aus dem Vatikan zu jagen. Zur Einweihung meines neuen Büros in der Via del Babuino kam die gute Gesellschaft Roms. Jede Menge Fürsten, Wirtschaftsgrößen, Kardinäle, Künstler und natürlich die Jeunesse Dorée der Stadt. Die Contessa hatte alles mobilisiert, was in Rom Bedeutung hatte oder zumindest in Mode war. Das Erscheinen des Fürsten Mazarini, der sich schon lange nicht mehr in der Gesellschaft gezeigt hatte, war für meine Gäste der Beweis, dass ich dazu gehörte. Estefania besorgte eine Kapelle in Rokoko-Kostümen, die Verdi spielte. Die Köche des *Hassler*-Restaurants lieferten das Büffet. Und Pavarotti sang aus Aida. Die Contessa und Maja benahmen sich immer noch wie zwei Igel, die aufpassten, sich nicht mit den Stacheln zu verletzen. Ich hatte auf der Einweihungsfeier nur einmal Gelegenheit, Estefania allein zu sprechen.

„Zugegeben, deine Maja ist eine schöne Frau. Aber ich kenne Männer wie dich. Du hältst das Ehemannsein nicht lange aus."

„Du weißt ja, wie das mit der Liebe ist. Irgendwann trifft man die Richtige und sagt sich, diesmal werde ich mein Glück nicht aufs Spiel setzen."

„Ein Tiger wird keine Schmusekatze. Und wenn du die Hausmannskost leid bist, meine Telefonnummer hast du."

„Du wirst schon noch einen Fürsten bekommen."

„Natürlich werde ich das. Aber auch ich werde Hausmannskost recht schnell überdrüssig und ... Na ja, einstweilen belassen wir es bei einer wunderbaren Freundschaft, mein Retter." Sie lachte hell.

Maja sah stirnrunzelnd zu uns herüber und kam mit Spencer herbeigeeilt.

„Worüber freut ihr euch so?"

„Ich habe Serge gerade gesagt, dass ich gern bei eurer Hochzeit Brautjungfer und bei eurem ersten Kind Patin sein würde."

„Das ist eine große Ehre", erwiderte Maja trocken. Eine leichte Röte überzog ihre Wangen. Ich war mir sicher, dass diese Wünsche keine Chance auf Erfüllung hatten.

Der Fürst gesellte sich zu uns, nahm mich beim Arm und führte mich beiseite.

„Was macht der Kreuzzug für Johannes Paul I. und Ihren armen Freund?"

Ich erzählte ihm von Boris Brasaukas und dessen Verrat an seinem Freund.

„Ich weiß, dass Boris den Mord bestellt hat, und glaube auch, dass er Luciani ermordet hat. Aber beweisen kann ich es nicht."

„Sie haben doch einmal von Unterlagen gesprochen, die die Vatikanbank belasten?"

„Ja. Ich habe Fotokopien der Kontoauszüge, die die Geldwäsche belegen und die Verstrickungen der Vatikanbank mit dem Konkurs der Banco Ambrosiana und den Pleitefirmen in Panama."

„Bringen Sie mir das Material vorbei. Machen Sie einen ausführlichen Bericht darüber, welche Rolle dieser Titularbischof von Antiochia als Werkzeug des Navarone gespielt hat. Bringen Sie unbedingt die roten Schuhe mit. Als Fürst von Rom bin ich Mitglied des Päpstlichen Haushalts und Gentiluomini di Sua Santita. So eine Art Kammerherr. Ich werde Gelegenheit haben, das Material nebst Schuhen über den Präfekt des Päpstlichen Hauses an den Heiligen Vater weiterzuleiten. Dieser schurkische Titularbischof wird nicht ungeschoren davonkommen."

Schon wenige Tage später bat der Fürst um meinen Besuch. Wie es seine Art war, zeigte er mir neue bibliophile Kostbarkeiten und wir plauderten über die Bedeutung Winkelmanns für die Wiederentdeckung der Antike. Bei einem guten Brandy Duque d'Alba kam er dann auf den eigentlichen Grund für unser Treffen zu sprechen.

„Morgen wird die Pressestelle des Vatikans berichten, dass Marcinkus zurückgetreten ist. Der Vatikan wird ihm zum Gefängnis werden, da er die Grenze nach Italien nicht übertreten kann, ohne Gefahr zu laufen verhaftet zu werden. Wenn sich alles beruhigt hat, wird man ihn in die USA abschieben, wo er seinen Lebensabend verbringen kann. Dieser Titularbischof von Antiochia wird nach Papua Neuguinea versetzt, wo er sich der Missionsarbeit widmen soll. Bis vor kurzem gab es dort noch Menschenfresser", schloss er lachend.

Ich war zufrieden. Es war eine viel bessere Strafe als eine Kugel. Boris hatte sein Leben nicht zu hohen Ehren geführt und würde in Verachtung und Schande enden.

„Die Menschen in Neuguinea sollen recht widerspenstig sein, was die Missionierung betrifft", fuhr der Fürst fort. „Ausschlaggebend für seine Verbannung waren die roten Schuhe. Sie zeigten allen, dass er seine Seele dem Teufel verkauft hatte."

Ich ließ mich noch in der gleichen Nacht zum Vatikan fahren, ging mit Spencer über die Piazza St. Pietro und sah zu der Papstwohnung hoch. Meine Arbeit war zu Ende. Am nächsten Tag würde ich Lord Bradberry anrufen, um ihm mitzuteilen, dass auch der Verräter und Mitschuldige am Tod seines Sohnes seiner gerechten Strafe nicht entgangen war. Boris würde in dem ungewohnten Klima kein langes Leben haben. Dort, wo ich die Wohnung des Papstes wusste, brannte noch Licht.

So lange es immer wieder Heilige wie Papst Paul Johannes I., Dom Helder Camara und David Bradberry gab, bestand Hoffnung, dass Jesus die Händler nicht vergebens aus dem Tempel gejagt hat.

Als ich über die Engelsbrücke zurückging, drehte ich mich noch einmal um und sah zur Petersbasilika hinüber, deren beleuchtete Kuppel den Himmel zu berühren schien. Ich liebte die Stadt und die Menschen in ihr. Es gab unter ihnen sicher noch einige, die so waren wie David. Spencer blieb bei jedem Engel stehen und kläffte zu ihm hoch. Ich hatte den Eindruck, dass er sich bei ihnen bedankte.

Ich war entschlossen, in dieser Stadt glücklich zu werden. Hanseaten halten ihr Wort. Mir fiel jener Abend im Vier Jahreszeiten ein, als ich die Nachricht bekam, die mich schließlich nach Rom geführt hatte. Man konnte sich in andere Städte verlieben, aber Hamburg trug man ein Leben lang in sich.

Ich nahm mir vor, mit Maja nach Hamburg zu fahren und ihr meine Stadt zu zeigen. Wir würden im Vier Jahreszeiten essen und ich würde ihr in der kleinen Bar von jenem Anruf erzählen, der unser Leben so entscheidend verändert hatte. Mit solch angenehmen Gedanken verließ ich die Engelsbrücke.

*

Das ist die Geschichte, die ich meinem Freund und Anwalt Dieter Prätorius erzählte. Das Tonbandprotokoll habe ich später mit Erinnerungen und Empfindungen privater Natur ergänzt und zu einem sehr persönlichen Bericht zusammengefasst, der allerdings nur veröffentlicht wird, falls mir etwas zustößt. Dieter Prätorius glaubt nicht an die Friedfertigkeit der Kurie. Er erinnerte mich daran, mit welcher Hartnäckigkeit die Kirche sich weigerte, das Urteil über Galilei aufzuheben.

Ich dagegen nehme mir ein Beispiel an Spencer und bleibe gelassen und genieße es, in den beiden schönsten Städten Europas zu leben. Ich gebe gern zu, dass dies eine sehr persönliche Einschätzung ist.

Weitere Titel im acabus Verlag

Heinz-Joachim Simon

Der Enkel des Citizen Kane. Die Geschichte des Sternenjägers

Buch-ISBN: 978-3-86282-289-8
BuchVP: 14,90 EUR

244 Seiten
Paperback
14 x 20,5 cm

Ein Blick hinter die Kulissen des Big Business und der Medien

Ein Schlüsselroman? Man könnte es annehmen, wenn man verfolgt hat, dass in London gerade ein Zeitungstycoon angeklagt wurde, weil seine Zeitungen hemmungslos Prominente und Gewaltopfer ausspionierten und Politiker manipulierten. Zweifellos hat der Kampf um Sensationen zu bedenklichen Auswüchsen geführt. Doch dieser Roman zeigt, wie die eigenen Ziele Menschen die einstigen Ideale vergessen lassen. Was Orson Welles in seinem berühmten Film Citizen Kane so einzigartig geschildert hat, wiederholt sich in den Etagen der Finanzwelt, der Industrie und beim Kampf der Medien gegeneinander. Man wird nicht ohne Schuld zum Sternenjäger. Der Preis der Macht ist oft die Deformierung der eigenen Persönlichkeit. Davon erzählt dieser Roman in dramatischen, oft erschütternden Bildern, über einen mythisch anmutenden Kampf zwischen Vätern und Kindern.

Ein Thriller, der unter der glänzenden Oberfläche ein gewaltsames Leben zeigt, nicht minder erbarmungslos wie in griechischen Tragödien.

Heinz-Joachim Simon

Der Schrei der Zypressen
Ein Provence-Umwelt-Krimi

Buch-ISBN: 978-3-86282-286-7
BuchVP: 14,90 EUR

252 Seiten
Paperback
14 x 20,5 cm

Die Gier droht Châteauromain zu vernichten. Ein idyllischer Ort in der Provence. Die Zikaden lärmen, die Zypressen bewegen sich leicht im Wind. Im Schatten vor dem Bistro sitzt man bei einem Pastis und diskutiert über die Zeitläufe. So war es seit Generationen - und so soll es bleiben, denken einige junge Leute.

Aber der Bürgermeister hat anderes im Sinn und will neben dem Ort ein Luxusresort bauen lassen. Die Ruhe des kleinen Ortes ist jäh vorbei, als einer der Umweltschützer erschossen wird. Und dies bleibt nicht der einzige Tote. Eine Tragödie von archaischer Wucht bahnt sich an. Zwei Frauen nehmen den Kampf gegen die Geschäftemacher auf. Die Situation eskaliert.

Der Privatdetektiv Peter Gernot aus Berlin wollte nur seinem Freund beim Renovieren seines Ferienhauses helfen und gerät unfreiwillig in den Sog der Ereignisse. Durch seine Liebe zur schönen Ismene wird er immer tiefer in das komplizierte Geflecht der Dorfgemeinschaft hineingezogen.

Ein Buch für das Urlaubsgepäck!

Heinz-Joachim Simon

Das Evangelium der Grabtuch-räuber

Buch-ISBN: 978-3-86282-192-1
BuchVP: 14,90 EUR

288 Seiten
Paperback
14 x 20,5 cm

Ein Thriller so schwarz wie ein Film noir. Was wäre, wenn eine Sekte nicht nur Menschen und Industrieunternehmen in ihre Gewalt bekommt, sondern einen ganzen Staat? Eine geheimnisvolle Sekte plant einen zweiten Finanzcrash, der die europäische Wirtschaft ruinieren soll. Der Großkyros, der Sektenführer, will sich und seinen obskuren Glauben als Rettung anbieten. Um seiner Gruppe - er sieht sich als Wiedergänger des Messias - einen religiösen Anstrich zu geben, lässt er das Turiner Grabtuch rauben.

Der Berliner Privatdetektiv Peter Gernot stößt bei einem Entführungsfall auf die Sekte der Marsianer und gerät in Lebensgefahr. Von Turin geht es nach Paris, Rom, Istanbul und Rio de Janeiro. Eine Hetzjagd, ein erbarmungsloser Kampf. Was hat es mit den „Sieben Siegeln der Erneuerung“ auf sich? Hat Gernot überhaupt eine Chance? Der Großkyros hat ihn zum Tode verurteilt. Peter Gernot tanzt die Samba des Todes.

Heinz-Joachim Simon

Der Picassomörder. Huntinger und das Geheimnis des Bösen

Buch-ISBN: 978-3-86282-097-9
BuchVP: 14,90 EUR

268 Seiten
Paperback
14 x 20,5 cm

Können Bilder töten?
Können die Werke des großen Picasso Mordlust auslösen? Eine geheimnisvolle Mordserie hält die Kunstwelt und die Öffentlichkeit in Atem. Es beginnt in Berlin. In der Nationalgalerie wird die Kuratorin tot aufgefunden. Ein Bild von Picasso aus der Minotaurus-Serie fehlt. Bald stößt Hauptkommissar Huntinger auf einen ähnlichen Mord in der Nähe von Dachau. Es beginnt eine atemlose Jagd durch die Museen Europas. Morde in Avignon und Paris. Stets sind Frauen die Opfer. Immer wieder stehen die Verbrechen mit den Minotaurus-Bildern in Verbindung. Es sind Bilder voller Gewalt. Stiermenschen, die sich die Frauen unterwerfen. Der Serienmörder scheint sich mit dem Minotaurus zu identifizieren. Er tötet die Frauen und belohnt sich dafür mit einem Picassobild.

Die Zeit wird knapp. Hauptkommissar Huntinger weiß, dass der Minotaurus weiter töten wird. Der Ursprung dieses Falles liegt in der Vergangenheit des Dritten Reiches, in der Erziehung der Kinder. Das Zusammentreffen mit dem Mörder auf dem Berghof Hitlers wird zum dramatischen Höhepunkt eines außergewöhnlichen Krimis.